Hannes Köhler

Götterfunken

HANNES KÖHLER

GÖTTERFUNKEN

Roman

Ullstein

Besuchen Sie uns im Internet:
www.ullstein.de

ISBN: 978-3-550-05047-3

Gesetzt aus Albertina und Futura
Satz: Pinkuin Satz und Datentechnik, Berlin
Durck und Bindearbeiten: GGP Media GmbH, Pößneck

A mi familia de Barcelona
y siempre
Paula

PROLOG

Wir stehen am Meer, an einem der alten Orte. Auch wir sind alt, alle drei, die Gesichter faltig, die spärlichen Haare grau. Der *Rompeolas* aber, auf dem wir stehen, ist noch der große Wellenbrecher der Siebziger: eine breite Straße, darauf geparkte Autos und Mopeds, Spaziergänger auf dem Weg zum Essen im *Porta Coeli*. Von den schweren Steinbrocken aus strecken sich die weiß getünchten Holzplanken der Angler über die Brandung. Einen Augenblick später sitzt jeder von uns auf einer dieser Brücken, unter unseren Füßen die Gischt. Die Stadt ist alt, aber die Gedanken kommen aus dem Heute. Das Hotel fehlt, denken sie, wo ist das Hotel *Vela*, wo sind die Kreuzfahrtschiffe?

Ich habe Kohlestaub in der Nase, den Lärm alter Frachter im Rücken, die Füße über dem Wasser, sehe glitzernde, flitzende Fische. Ich bin Teil dieser drei und bin ihr Beobachter. Drei alte Männer auf ihren Anglerbrücken am Meer, Toni, der Spanier, Germain, der Franzose, und *Jorge*, der *Alemán*. Wir sind immer noch gefangen in dieser Zeit, sind nie davon losgekommen. Im Blinzeln der Augen sind wir wieder jung, für einen Moment nur, im Blinzeln der Augen ist da ein grelles Licht, im Blinzeln der Augen höre ich vertraute Stimmen, erfühle mit meinen eigenen Händen den gestärkten Stoff eines Bettlakens, das leicht über meinen Beinen und Armen liegt. Ich halte die Augen geschlossen, ich rieche den Diesel der Motoren, höre das Rauschen der Wellen. Und lasse mich ziehen. Ich bin fast wieder hier, fast im Jetzt. Aber am Ende, denke ich, will ich zurück, habe ich immer zurückgewollt.

FRANCO HA MUERTO (I)

[EL CLOT, BARCELONA, SPANIEN, AUGUST 1974]

Es klopfte.

»Verschwinde!«

Einen kurzen Moment war es still, aber kurz darauf klopfte es erneut, diesmal öfter, dringlicher.

»Ich hab dir gesagt, dass du verschwinden sollst!«

Antonio hörte Diego im Flur atmen, sah seinen Schatten durch den Spalt zwischen Türkante und Schwelle. Er sprang aus dem Bett, griff sich die Stoffhose vom Boden und zog sie sich über. Er öffnete die Tür einen Spaltbreit, schob sich hinaus in den dunklen Flur, in dem sein Mitbewohner auf ihn wartete. Diegos Blick war auf seine Füße gerichtet, nur seine schwarzen, zerzausten Locken boten sich Antonio dar.

»Was ist los, *joder?*«

Für einen Augenblick nur hob Diego den Kopf. Seine Augen leuchteten weiß, Antonio hörte ihn ausatmen, hörte dieses leise, unterdrückte Schnaufen, das an manchen Tagen seine einzige Form der Kommunikation sein konnte. Der Bart überwucherte sein ganzes Gesicht, vom Kinn bis unter die Augen; in der Gruppe nannten sie ihn nur noch *El Lobo,* den Wolf. Er spürte Diegos warmen Atem auf der Brust, er roch das Haschisch und ärgerte sich, dass der *Lobo* die neue Lieferung bereits ohne ihn angebrochen hatte.

»Was ist los?«

Diego ließ ihn stehen, lief den Flur hinab Richtung Wohnzimmer und nur mit einer knappen Handbewegung auf

Höhe der Hüfte forderte er Antonio auf, ihm zu folgen. Eines der Hosenbeine seiner karierten Stoffhose war zerrissen. Es machte den Eindruck, als humpele er. Antonio schaute zur geschlossenen Tür seines Zimmers, er legte eine Hand und die Stirn auf das Holz.

»Ich bin gleich wieder da«, sagte er. Drinnen blieb es still.

Als er das Wohnzimmer betrat, saß der *Lobo* im Schneidersitz auf dem Sofa, hatte sich bereits einen neuen Joint gedreht und hielt ihn gerade über eine der vielen Kerzen, die auf dem kleinen Tisch in der Mitte des Raumes brannten. Aus dem Kofferradio, das auf dem Boden neben dem Sofa stand, versicherte der Nachrichtensprecher dem spanischen Volk, dass sich ihr großer Führer Franco, der erhabene *Caudillo,* bei bester Gesundheit befände, alle anderslautenden Gerüchte seien Lügen kommunistischer Provokateure. Franco, so der Sprecher, habe die Zügel des Landes weiter fest in seinen Händen. Antonio lächelte. Wenn sie schon im Radio über seinen Gesundheitszustand sprachen, musste es übel um den alten Mistkerl stehen. Diego beugte sich vor, schaltete das Radio aus. Im Raum jetzt Stille. Die bunten Tücher, die sie vor die Fenster genagelt hatten, wehten leicht im Abendwind und ließen nur spärliches Licht einfallen; von draußen dröhnte und knatterte der Verkehr auf der sechsspurigen *Avenida Meridiana,* der ihn seit der ersten Nacht bis in seine Träume verfolgte. Schlangen aus Lastwagen und Motorrollern krochen durch seine Nächte, endlose Runden drehend, niemals still, niemals ruhend. Selbst im fünften Stock war die große Ausfallstraße eine Mitbewohnerin, die sich in jedem Zimmer breitmachte, die immer ihren Raum einforderte, der man zuhören musste. Er schob ein paar Teller mit dem Fuß zur Seite, hatte das Gefühl, auf Fleisch zu treten, vielleicht auf ein altes Stück Tortilla. Der Boden im Halbdunkel eine Ruinenlandschaft, Stoffberge, Kissen, Tassen, Teller, über denen der Staub tanzte. Er ließ sich gegenüber dem Sofa auf das Sitzkissen fallen. Seine langen Beine ragten wie die Extremitäten einer Spinne in den Raum, er suchte vergeblich nach einer angenehmen Sitzposition. Diego reichte ihm den Joint, er zog daran, gutes Haschisch, das musste man ihm lassen, direkt aus Marokko, von einem seiner Kontakte am Hafen. Der *Lobo* spielte mit dem Kreuz, das vor seiner haarigen Brust hing, er nahm es zwischen Daumen und Zeigefinger und drehte die Kette, bis sie sich nah um seinen Hals schloss.

»Du musst das mal einschmelzen«, sagte Antonio.

»Warum?« Diego fror in der Bewegung ein, hielt die gezwirbelte Kette vor sich wie eine zu kurz geratene Hundeleine.

»Das Kreuz, Jesus, Gottes Sohn, darum.«

Er deutete auf die Marienstatue in einer Nische des Wohnzimmers, die von ihren Vormietern zurückgelassen worden war und der sie am Abend ihres Einzugs den Kopf abgesägt und vor die Füße gelegt hatten. Auf ihrer Brust ein rotes A. Diego zuckte mit den Schultern und ließ die Kette los. Der kleine Heiland drehte sich ein paar Mal um die eigene Achse, bis er wieder im Brustpelz des *Lobo* lag. Die ganze politische Sache, glaubte Antonio, die Bewegung, auch das mit der Religionslosigkeit, all das war seinem Freund ziemlich egal. Während der Treffen mit der Gruppe in den letzten Wochen hatte er selten mehr als ein paar Worte gesagt und auch dann meist nur, wenn es um die Organisation von Feiern ging. Er reichte ihm den Joint zurück. Immerhin das Haschisch, das brachte er. Aber vielleicht war auch das nur ein persönlicher Nutzen, den er aus den Aktivitäten der Gruppe zog. Die Wohnung hatte er immerhin gefunden. Und das war wichtig genug. Er dachte an sein Zimmer, an sein Bett.

»Also, was willst du? Ich hab Besuch.«

»Mireia?«

Diego grinste. Frauen, das interessierte ihn doch.

»Geht dich nichts an.«

»Also Mireia«, sagte Diego.

»Willst du mir nur auf die Eier gehen, oder was wird das?«

Diego inhalierte, die glühende Asche hing wie eine dünne Zunge herab. Schatten unter seinen Augen, trockene Haut, Schlafmangel, er senkte den Blick, ließ den Rauch langsam durch die Nase ausströmen.

»Die Sache ist die«, sagte er. Und danach eine Weile nichts mehr; saß einfach still, den Joint im Mund, die Augen geschlossen, so als habe er seine eigenen Worte vergessen. Draußen fuhr ein Laster vorbei. Die Vibrationen waren durch den Fußboden bis in Antonios Rücken zu spüren.

»Ich kriege die Scheiße vom Fuchs nicht weg.«

»Die was?«

»Die Scheiße. Vom Fuchs«, wiederholte Diego. Antonio hob die Handflächen in Richtung Decke.

»Ernsthaft, *Lobo*? Warst du wieder im Wald?«

Immer wieder kam es vor, dass sein Freund in seinen ausgeblichenen gelben Citroën-H-Transporter stieg und für Tage verschwand. Wenn er zurückkam, sah er noch wüster aus als zuvor, er roch nach Erde, verbranntem Holz, nach altem Schweiß, und fast immer hatte er erlegte Kaninchen dabei, ab und an einen Fasan. Zu Beginn des Jahres, als sie noch in der Bruchbude am Berghang oberhalb der Stadt gewohnt hatten und Diego fast jedes Wochenende geflüchtet war, hatten sie oft zusammen Wildschwein gegessen. Seine Wilderei war vielleicht die klarste Form des Widerstandes, auf die der *Lobo* sich einließ.

»Mh-mh«, machte er und schüttelte den Kopf.

»Diego, *por favor*!«

Antonios Stimme mit dem verzweifelten Klang von Señor

Sánchez, Diegos Vater, wenn er auf den Stufen vor seinem Krämerladen in der *Calle Mayor* ihres Dorfes stand, die Hosenträger über dem massiven Bauch gespannt, die kleinen Hände in die Hüften gestemmt. Und vor ihm Diego, die Hose zerrissen oder die Hände blutig, den Blick gesenkt wie auch jetzt wieder, diese Geste, die etwas Unterwürfiges und zugleich etwas Spöttisches hatte, die immer gerade so ehrlich wirkte, dass man sie akzeptieren musste. Und der Zorn des Vaters war stets in wenigen Augenblicken verpufft, hatte sich auf einige Floskeln von der Mutter beschränkt, die ihm schon einbläuen werde, was es für Mühen bedeutete, die Hose zu flicken oder die Hände zu verarzten. Und Antonio, in einigem Abstand, als kleiner Steppke oder später als schlaksiger Jugendlicher, hatte den Freund um diese Gabe beneidet, Menschen ihren Zorn abspenstig zu machen, auch um den Vater, den freundlichen, verständnisvollen, so weich wie die süßen *chuches*, die er in den kleinen Glaskästen in seinem Laden verkaufte.

»Diego, *por favor*!«

»Er hat sich losgerissen, hat das Leder durchgekaut, was weiß ich. Jedenfalls komm ich nicht ran. Ich schaffe das nicht allein.«

»Was schaffst du nicht?«

»Ihn wieder einzufangen. Er pisst alles voll. Scheißt auch. Wenn der Gestank zu groß wird, werden sie die Polizei rufen.«

Antonio schloss die Augen.

»Diego, wo ist der Fuchs?«

»Was?«

»Dieser Fuchs, wo ist er?«

»Auf dem Dachboden.«

Er hätte aufstehen und Dinge nach dem *Lobo* werfen, ihm eine verpassen können. Aber er würde dadurch vermutlich nicht viel ändern, sie würden nur Zeit verlieren. Oder es war das Haschisch, vielleicht war es das, vielleicht blieb er deshalb so ruhig. Das Sitzen, der Joint, clever eingefädelt. Vielleicht unterschätzten sie ihn alle. Toni dachte an sein Zimmer, an sein Bett.

»Wenn die Polizei kommt«, sagte Antonio leise, »sind wir beide so was von am Arsch. So oder so. Der Fuchs allein reicht vielleicht schon, bei unserer Vita. Und mit Marcos' Paketen erst recht. Scheiße, *Lobo*, wirklich? Wir haben Marcos' Pakete und du schleppst einen Fuchs an?«

»Ich weiß«, sagte Diego. Und nach einer Pause, in der er sich langsam, fast methodisch den Bart gekratzt hatte: »Aber wir haben den Fuchs schon länger als Marcos' Pakete.«

Der Gestank war überwältigend. Es roch nach Kot, Urin, dazu ein intensiver, übersättigter Geruch nach Kreatur, süßer als menschlicher Schweiß und den dunklen, niedrigen Bereich unter den Dachbalken so vollständig ausfüllend, dass er glaubte, der Fuchs ströme ihm mit jedem Atemzug in die Lungen. Im Licht einer einzelnen, schwachen Glühbirne, die an einer Wand zu ihrer Rechten befestigt war, streckten sich ihnen die Schatten der Stützbalken wie Finger entgegen. Er schaute an sich herab, auf seine Schuhe und auf die dicke Lederschürze, die auf seinem nackten Körper lag. Diego hatte die beiden Schürzen aus seinem Zimmer geholt, hatte sie vor ihm auf den Boden geworfen.

»Ausziehen!«

Er hatte auf Antonios Hose gedeutet.

»Er kratzt, er pisst. Den Gestank wirst du nicht wieder los. Die Schürzen sind vom *Matadero*, da geht nichts durch.«

Antonios Resignation, seine Zustimmung, alles geschah langsam, bedächtig, ohne Widerworte, während der Ausblick auf die gemeinsame Fuchsjagd auf dem Dachboden

den *Lobo* zu vitalisieren schien, er lief zwischen Zimmer und Salon hin und her, er redete viel, zumindest für seine Verhältnisse.

»Gummistiefel«, hatte er gesagt, »Gummistiefel wären perfekt gewesen, aber die Jungs beim Schlachter haben so schon schräg geschaut, haben gelacht. ›*Lobo*, was willst du schlachten?‹, haben sie gefragt.«

Und Antonio hatte im Wohnzimmer gestanden, nackt, nur mit einer Schürze bekleidet, sein Schwanz drückte unangenehm gegen den harten Stoff; je aktiver Diego wurde, desto weniger war er in der Lage, sich zu rühren.

»Komm schon, Toni, komm schon!«

Er hatte ihn vor sich hergeschoben. Ins Zimmer, dachte Antonio, er hätte ins Zimmer gemusst, er hätte es Mireia erklären sollen, es war völlig verantwortungslos, sie so zurückzulassen. Während er auf Zehenspitzen durch das Halbdunkel schlich, den haarigen Arsch seines besten Freundes vor sich, konnte er nur an Mireia denken, wie sie dort lag, in seinem Zimmer, auf seinem Bett. Wenn die Polizei kam, dachte er, waren sie alle erledigt, absolut, vollständig erledigt.

»Da ist er«, flüsterte Diego, schaute über die Schulter zu Antonio zurück und deutete in eine Ecke. Er trat neben ihn, seine Schuhe rutschten über etwas Weiches, Glitschiges. Er griff nach Diegos Schulter. Der *Lobo* hatte den hölzernen Stab, an dessen Spitze er eine Lederschlaufe befestigt hatte, neben sich abgesetzt, er war ein halb nackter, erbärmlicher *Picador* ohne Pferd, ohne leuchtende Montur. Sein Gegner war kein Stier, sondern ein stinkender, räudiger Fuchs. Ihm selbst fiel die Hauptrolle zu, die des *Matadors*. Und das, dachte er, waren im Zweifelsfall diejenigen, die auf die Hörner gingen.

»Es ist ganz einfach«, hatte Diego gesagt, als sie vor der hölzernen Tür zum obersten Stockwerk standen und er den

Schlüssel in das Vorhängeschloss fingerte, »wir halten ihn gemeinsam in der Ecke, ich fange ihn mit dem Stab ein, dann legst du ihm die Kette um, drückst ihn zu Boden, bindest ihm den Maulkorb vor die Schnauze.«

Den weichen, warmen Maulkorb in einer Hand, die kalte Kette in der anderen, beobachtete Antonio das Tier. Das Fell, das er sich leuchtend rot vorgestellt hatte, war schmutzig, fast braun, die Spitze des langen, buschigen Schwanzes aber korrespondierte mit den weiß leuchtenden Augen. Der kleine Kopf zuckte bei jeder ihrer Bewegungen, das Tier machte langsame Schritte rückwärts, während sie sich aufteilten, Diego sich von links, er sich von rechts näherte. Der Fuchs fauchte, er zeigte seine Zähne, er begriff, dass sie es auf ihn abgesehen hatten, zwei sonderbare Gestalten, ein dünner Riese und ein Wolfsmensch.

Schritt für Schritt verringerten sie die Distanz, sie gingen auf Zehenspitzen, obwohl der Fuchs sie längst bemerkt hatte, sie tanzten, alle drei, einen alten, archaischen Tanz. Je näher sie kamen, desto intensiver wurde der Geruch des Tieres, desto mehr wurde er ein Teil von ihnen. Und zugleich war da ein Gefühl, als schwebe Toni, als liefe er auf Federn.

Diego sprang vor, er versuchte mit der Schlaufe den Kopf des Tieres zu fangen, aber der Fuchs wich aus, fauchte, biss nach dem Leder, erwischte es, Diego zog daran, er bewegte den Stab vor und zurück, versuchte das Tier mit dessen Spitze zu stoßen, aber der Fuchs war zu schnell, er sprang zur Seite, ohne seine Zähne von der Schlaufe zu lassen. Der *Lobo* versuchte den Stab gen Decke zu heben, er ächzte, die Vorderpfoten des Fuchses hoben sich, er hielt sich nur noch auf den Hinterläufen, wie zwei wilde Halbwesen standen sich die beiden für einen Augenblick gegenüber, bevor Diegos Kräfte schwanden und er den Stab wieder sinken ließ.

»Toni, Scheiße, ich krieg ihn nicht, Toni!«

Die Kette klirrte, als Antonio sie aus den Fingern gleiten ließ, nur noch das Ende um seine Hand gewickelt. Er riss seinen Arm nach vorne, die Kette folgte seiner Bewegung, sie schabte über den Boden, glitt vorwärts wie eine metallene Schlange. Noch ignorierte der Fuchs sie, also machte Antonio einen Schritt, noch einen und noch einen, er zog die Faust zurück, beschrieb einen Halbkreis, die Kette folgte seiner Bewegung, er ließ sie seitlich an sich vorbeischaben, dann riss er den Arm vor, so als boxe er die Schatten vor sich. Die Kette flog durch den Raum, donnernd schlug das Metall auf den Holzboden. Staub wirbelte auf. Der Fuchs ließ die Schlaufe los, er wandte sich Antonio zu, er fauchte, zeigte seine Zähne, er ging in die Hocke, als setze er zum Sprung an. Aber er verharrte so, die Augen aufgerissen und den Blick auf sein Gegenüber gerichtet. Speichel troff ihm aus dem Maul, ließ die Reihen der Zähne glänzen. Noch einmal zog Antonio die Faust zurück, noch einmal sauste die Kette. Der Fuchs biss danach, doch er war zu langsam, wurde von der Spitze am Kopf erwischt. Das Jaulen des Tieres ging Antonio in die Knochen. Er schloss die Augen.

»Ich hab ihn, ich hab ihn!«

Diego war vorgesprungen, hatte die Schlaufe über den Kopf gestülpt und zugezogen, mit der Spitze des Stabs drückte er den Kopf des Tieres zu Boden, der *Picador* hatte seine Arbeit getan.

»Nimm die Kette, pack die Beine, ich hab ihn! Wir haben ihn!«

Triumph in der Stimme des *Lobo*. Und Antonio ein trauriger Matador, als er auf das Tier zuschritt, das am Boden lag, hechelte und winselte. Als er die Hinterläufe packte und sie zusammenkettete, dann die Vorderläufe, leistete der Fuchs noch Widerstand. Aber seine Kräfte schienen zu schwinden. Als es daranging, ihm den Maulkorb überzuziehen, war das

Tier gebrochen, es fletschte nicht einmal mehr die Zähne. Antonio sah, wie es nach Luft rang, er sah die Angst und Verzweiflung in seinen Augen, und als der Maulkorb festgezogen war, strich er dem Tier über das völlig verdreckte Fell, durch den verhärteten Kot, er ließ die flache Hand auf seiner Seite liegen, summte leise eine Melodie, er spürte das Heben und Senken der Rippen, spürte das schlagende Herz.

[CASTELL D'EMPORDÀ, SPANIEN, APRIL 2017]

Sie streckte die Hand aus, legte sie ihm auf die Brust, hielt ihn auf Abstand. Er trat einen Schritt zurück, die Finger noch an der Gürtelschnalle, die zu öffnen er angesetzt hatte, das Hemd halb aufgeknöpft, das Sakko hinter sich auf dem Boden. Er sah sie an, sah, wie ihr Kopf sich langsam bewegte, wie sie ihn schüttelte, wie ihre wunderbaren schwarzgrauen Haare dabei wippten. Er wusste, dass der Moment vorbei war, er sah das Mitleid in ihren Augen, hasste diesen Ausdruck, verharrte trotzdem noch einen Moment regungslos, so als könne sie es sich anders überlegen.

»Toni, es tut mir leid«, sagte sie, »das war eine Schnapsidee, wirklich, du weißt, dass wir das nicht machen können.«

Sie saß auf der dunkel glänzenden Holzkommode, auf die er sie vor wenigen Augenblicken gehoben hatte, nachdem er ihr in ihr Zimmer gefolgt war, nachdem sie ihn geküsst und an den Arsch gefasst hatte, draußen im Flur. Er war aus dem Fahrstuhl und auf sie zugeeilt, nur diesen einen Satz im Kopf: Der Deutsche, der Deutsche ist hier, der Deutsche von damals. Er hatte sich durchgefragt nach ihr, ein Kellner hatte gesagt, dass die Brautmutter gerade nach oben gefahren sei, er war in den Fahrstuhl gestiegen und ihr gefolgt. Und anstatt ihn sprechen zu lassen, hatte Mireia ihn an sich gezogen und geküsst, einfach so, ohne Vorwarnung. Und jetzt saß sie auf diesem alten, vermutlich unbezahlbar teuren Möbelstück, das Kleid verrutscht, der Lippenstift verschmiert, und sah immer noch aus wie die junge Frau, die vor ein paar Jahrzehnten alles in seinem Leben auf den Kopf gestellt hatte. Sein Atem ging stoßweise, beruhigte sich nur langsam. Er ließ den Gürtel los, stand einen Augenblick lang völlig verloren und hilflos vor ihr, auch er wieder der junge, schlaksige Kerl von damals, bevor er sich besann und das Hemd zuknöpfte. Hinter ihm das Doppelbett, auf dem sie heute Nacht mit ihrem Begleiter schlafen würde, darauf die geöffneten Koffer der beiden, ihr Kulturbeutel und ihre Unterwäsche, die Socken und Hemden des anderen. Er lachte leise.

»Wenn alle Dinge so einfach mit dir wären wie das«, sagte Mireia, »wenn es nur um eine schnelle Nummer ginge, wenn ich allein hier wäre.« Sie stützte sich mit den Händen auf, hob leicht ihren Hintern, schob sich vorwärts und glitt von der Kommode, griff sich ihre Schuhe. Sie ging barfuß an Antonio vorbei, legte ihm erneut die Hand auf die Brust, setzte sich auf das Bett und schnallte die feinen Riemen der Sandalen wieder fest. Als sie den Kopf hob und ihn anschaute, war die Traurigkeit in ihrem Blick zu viel für ihn.

»Alles in Ordnung bei dir?«

Er zuckte die Schultern.

»Natürlich, natürlich.«

Der Deutsche, dachte er, der Deutsche ist hier.

»Sei mir nicht böse«, sagte sie. »Als du mir im Gang entgegenkamst, dieser Zufall, wir beide hier oben, auf der Flucht vor der Feier der eigenen Tochter. Ich weiß auch nicht.«

»Es ist in Ordnung, Mire, wirklich.«

»Und unsere Tochter? Machst du dir keine Sorgen?«

Er lachte.

»Wenn Montse eines ist, dann immerhin eine Tochter, um

die man sich nicht sorgen muss. Manchmal frage ich mich, von wem sie das hat.«

Mireias kratziges, warmes Lachen.

»Von uns bestimmt nicht.«

Er setzte sich neben ihr auf das Bett. Dass er ihr vom Deutschen erzählen sollte, dachte er. Dass er ihn an einem Tisch in der Ecke des Saals gesehen hatte, dass er ein Freund der Familie des Bräutigams war.

»Erinnerst du dich an den Fuchs?«, fragte er stattdessen.

»An wen?«

»Den Fuchs, den Diego gefangen und oben unter dem Dach gehalten hatte?«

Sie schüttelte den Kopf.

»Davon weiß ich nichts. Wann war das?«

»Ich dachte, ich hätte dir davon erzählt. In der Wohnung an der *Avenida*. Kurz bevor der Deutsche und der Franzose auftauchten. Ich glaube, du warst da, an dem Morgen, als er ausgebrochen war und wir ihn wieder einfangen mussten.«

Sie kniff ihre Augen zusammen und schaute ihn an. Die junge Frau aus der *Avenida* war verschwunden, die Frau auf der Hochzeit zurückgekehrt und mit ihr die Falten in ihrem Gesicht. Auch Antonio war wieder der kahlköpfige, von den Jahren krumm gebogene Kerl.

»An die Postsäcke mit den Peseten erinnerst du dich«, sagte er.

»Natürlich«, sagte sie und lachte.

»Ich glaube, an diesem Morgen war es«, sagte er. »Der *Lobo* und ich und ein Fuchs.«

»An die Peseten erinnere ich mich«, sagte sie, »aber an keinen Fuchs.«

»Sonderbar«, sagte er, »ich hätte schwören können, dass ich es dir erzählt hatte.«

»Was weiß denn ich, Antonio. Die ganze Zeit, die Tage

und Wochen damals, das ist alles ein großer Klumpen Erinnerung in meinem Hirn. Keine Ahnung, wo Anfang und Ende ist. Keine Ahnung, ob da Füchse sind, Wölfe, Bären, was auch immer.«

Der Deutsche ist hier, wollte er sagen, er wollte sie in den Speisesaal führen und ihn ihr zeigen, fragen, erkennst du ihn nicht? Der verdammte Deutsche, nach all diesen Jahren, kannst du das glauben? Dass er sich hierherwagt? Dass er keine Angst hat? Aber vielleicht ist er schon öfter hier gewesen, vielleicht hat er sich nie genug darum gekümmert, was aus uns wurde, vielleicht hat er sich nie schlecht gefühlt, hat nie Angst gehabt, vielleicht dachte er, man hätte uns endgültig aus dem Weg geräumt.

»Wir sollten zurück auf die Feier«, sagte er.

Mireia erhob sich.

»Du hast recht«, sagte sie, »wir sollten unserer Tochter diese Peinlichkeit ersparen. Die Eltern beim Stelldichein im Hotelzimmer. Wer will so was schon hören, zumal auf der eigenen Hochzeit.«

Er nickte. Ging zur Tür. Sie fing ihn ab, nahm seine Hand, drückte ihm einen Kuss auf die Wange.

»Danke«, sagte sie, »dass du nicht böse bist.«

»Ich konnte dir nie wirklich böse sein«, sagte er.

»Konntest du nicht«, sagte sie, zog ihm das Hemd zurecht, lächelte, öffnete die Tür, spähte in den Gang, nickte. Er trat hinaus, machte ein paar geräuschlose Schritte auf dem schweren dunkelroten Teppich des Hotelflurs. Die Holztür des Zimmers fiel dumpf hinter ihm ins Schloss. An den Wänden Ölgemälde der Empordà, Jagdszenen, Fischerboote an der Costa Brava. All dieser Luxus. Wenn ihm jemand vor Jahren gesagt hätte, dass seine Tochter so heiraten würde. Er wäre ausgeflippt. Aber die Familie des Bräutigams hatte zu viel Kohle, die Tochter und die Exfrau verdienten gut, nur er, nun ja, er war eben er, er hatte seinen Laden, verkaufte Wein und Delikatessen, fast nur noch an Touristen, die mittlerweile in Massen bis hoch nach Gràcia strömten, was schlecht war für das Viertel, aber gut für das Geschäft, so ungern er das auch zugab. Und immerhin, dachte er, hatte er deshalb seinen Anteil bezahlen können, immerhin. Es hatte ihm wehgetan, aber es war ihm ums Prinzip gegangen, den reichen Deutschen, die sich ausgerechnet dieses Luxushotel ausgesucht hatten, nicht alles zu überlassen. Er gelangte zum Fahrstuhl. Die Türen schoben sich auf, er trat ein ins Licht, trat sich selbst im Spiegel gegenüber. Antonio, der Kapitalist. Die Krawatte saß, das Gesicht darüber ein wenig schief, vom Alkohol verrutscht. Er glaubte etwas von Mireias Lippenstift auf seiner Wange zu sehen, er steckte den Daumen in den Mund und wischte darüber, kontrollierte anschließend sein Hemd. Es würde gehen. Niemand würde ihn beachten, den Brautvater von der traurigen Gestalt, außer Montse und David vielleicht, in einer ihrer Tanzpausen, aber es war fast überstanden. Nach der Hochzeit, dachte er, da würde er fragen, ganz beiläufig, ganz unschuldig, nach der Liste der Gäste, er hätte sich da ganz vorzüglich mit jemandem unterhalten, aber leider die Visitenkarte verloren. Die Dinge, dachte er, all diese alten, verkrusteten Geschichten, würden wieder in Bewegung geraten. Der Fahrstuhl summte leise, er spürte das kurze Gefühl der Schwerelosigkeit in den Beinen, als er hinabglitt. Er schloss die Augen. Atmete ein, atmete aus. Die Tür öffnete sich. Der Franzose, dachte er, als ihm Licht und Lärm der Feier entgegenschlugen, er musste dem Franzosen Bescheid sagen, unverzüglich. Er trat hinaus, ließ sich verschlucken von Menschen und Musik, durchquerte die Masse der Feiernden, machte sich auf den Weg zum Parkplatz.

Das Freizeichen war zu hören, wieder und wieder, bis Germains Stimme erklang und erklärte, dass er leider gerade nicht erreichbar sei und darum bat, man möge eine Nachricht hinterlassen. Er werde zurückrufen, sobald es ihm möglich sei.

»Scheiß Franzose!«

Antonio legte auf, warf das Telefon auf den Beifahrersitz, drückte den Hinterkopf gegen den Sitz. Er schloss die Augen, presste die Luft aus, ließ sie langsam wieder einströmen, wiederholte den Vorgang einige Male, bevor er die Lider hob. In seinem Sichtfeld die gelb leuchtenden Äste eines Ginsterbusches, dahinter die Reihen geparkter Autos der Hochzeitsgesellschaft. Er schwitzte, wischte sich einige Tropfen mit seinem Stofftaschentuch von der Stirn, schaute auf das schwarze Display des Telefons. Rechts neben ihm die Tür eines schwarzen Ungetüms, vermutlich eines Porsche, darunter machten es die meisten hier nicht. Er fragte sich, warum er überhaupt auf den Gedanken gekommen war, Germain anzurufen, nach all diesen Jahren, warum er nicht einfach zum Deutschen gegangen, ihn am Kragen gepackt, gegen die Wand gedrückt und unter Androhung von Schlägen zum Reden gezwungen hatte. Aber war das die Option? Vielleicht irgendwann, dachte er, aber nicht auf der Hochzeit deiner Tochter. Immerhin hatte der Franzose noch seine alte Nummer. Er versuchte sich zu erinnern, wann sie das letzte Mal miteinander telefoniert hatten: vielleicht zu seinem Geburtstag vergangenes Jahr, vielleicht ein Jahr früher, oder in dem davor. Er legte die Hände auf das Lenkrad, spürte, wie rutschig sein Griff war.

Er sollte zurückkehren, trinken, sich nichts anmerken lassen. Aber wie sollte das gehen, wenn da nach all den Jahren plötzlich dieses vertraute Gesicht auftauchte, an einem Tisch auf der Hochzeit der eigenen Tochter, diese gealterten, aber doch vertrauten Züge, die hellen, leicht ergrauten Haare, die blauen Augen, die nichts von ihrer Kraft verloren hatten, ein Schnurrbart, der war neu, aber auch der Mund und das kantige Kinn darunter warfen ihn direkt in jene Tage und Wochen zurück, in denen er geglaubt hatte, Teil von etwas Großem zu sein und an deren Ende er für diesen Glauben ordentlich gefickt worden war. Und zwar genau von diesem Kerl, der jetzt dort saß und mit dem Vater des Bräutigams anstieß, der den Wein soff, den Antonio mitbezahlt hatte. Germain würde ausflippen, wenn er das hörte. Er versuchte es erneut, aber wieder verklangen die Freizeichen im Nichts, wieder erklang Germains weiche, freundliche Stimme und bat um eine Nachricht. Er legte auf.

»Kommst du noch zurück?«

Er hatte das Gefühl, sein Herz würde explodieren. Mireia stand neben der Fahrertür, die Stimme dumpf wie durch einen Schalldämpfer. Jetzt klopfte sie mit ihrem Ring gegen die Scheibe.

»Sie wollen den Kuchen anschneiden. Alle warten auf dich. Bist du okay?«

Er fuhr die Scheibe herunter, streckte den Kopf raus.

»Gib mir fünf Minuten!«

Sie schaute zu ihm herab.

»Du bist doch sauer.«

»Ist alles in Ordnung, Mire«, sagte er, und legte ihr die Hand auf den Unterarm.

»Lass uns die Hochzeit einfach heil hinter uns bringen«, sagte sie, »die restlichen Begrüßungen, Toasts, Torten, Reden. Apropos.«

Sie ging in die Knie und streckte den Kopf ins Auto. Sie hatte ihre Lippen dunkelrot nachgeschminkt, ihre Augen schwarz umrandet, alle Spuren ihrer vorherigen Begegnung gelöscht. Ihre Locken drückten gegen die Decke des Wagens.

»Himmel, Antonio«, sie fuhr ihm mit dem Daumen über die Stirn, steckte ihn sich danach in den Mund. »Du schwitzt wie ein Schwein.«

Er schaute in den Rückspiegel. Ein Glanz auf der hohen Stirn, selbst der graue, kurz geschorene Haarkranz schien zu schimmern; ein Heiligenschein aus Schweiß.

»Ich wollte fragen, ob zuerst du oder ich. Aber wirst du überhaupt etwas sagen können?«

»Was?« Er drehte den Kopf.

»Unsere Reden.« Sie machte ein Victoryzeichen. »Zwei Reden. Eine vom Papa, eine von der Mama. Hast du was vorbereitet?«

Er nickte. Sie strich ihm mit der Hand über die Wange.

»Ich hatte gehofft, du würdest mir den Vortritt lassen.«

»Was immer du willst«, sagte er. »Wie immer.«

Sie lachte.

»Wenn das so wäre«, sie zog den Kopf zurück, »dann wären wir heute noch zusammen hier. Und müssten vermutlich nur eine Rede halten.«

»Fünf Minuten«, sagte er.

Sie nickte, drehte sich um und ging. Er blinzelte, starrte auf ihre schwarzen Strümpfe, die unter dem einfachen weinroten Kleid zum Vorschein kamen. Vor einer Viertelstunde hatten seine Hände ihre Schenkel noch auseinandergeschoben, bereit, ihr Höschen herunterzureißen. Und jetzt ging sie, ging schon wieder. Ihr Geruch hing noch im Auto, und als er sah, wie sie mit ihren hochhackigen Schuhen auf dem Kies des Parkplatzes zu kämpfen hatte, schwappte eine Welle der Wärme über ihn hinweg. Er hätte es ihr sagen können, trotz Trennung und allem. Sie hätte es verstanden, als einzige Person auf dieser Hochzeit, sie hätte vielleicht sogar gewusst, was zu tun ist. Stattdessen erreichte sie die Treppe am Ende des Parkplatzes, stieg zwischen zwei Lavendelsträuchern zur

Terrasse empor und verschwand aus seinem Blickfeld. Er blieb zurück mit dem stummen Telefon.

Erneut wählte er, erneut nur das unbeantwortete Tuten der Leitung, bis der Anrufbeantworter ansprang. Diesmal wartete er die Ansage ab.

»Hier ist Antonio«, sagte er. Und nach einem kurzen Zögern. »Ich hab den Deutschen gefunden. Er ist aufgetaucht, vielmehr. Hat zu mir gefunden, nach all den Jahren. Ich glaube nicht, dass er mich erkannt hat, aber ich bin sicher, dass es der Deutsche ist. Melde dich, wenn dir noch etwas an der Sache liegt!«

[EL CLOT, BARCELONA, SPANIEN, AUGUST 1974]

Er klopfte vorsichtig. Im Zimmer blieb es still. Er öffnete die Tür einen Spaltbreit, spähte ins Halbdunkel. Das Tuch mit den bunten indischen Mustern, das sich vor dem Fenster spannte, schlug leichte Wellen im Wind, seine rote Farbe weichte die Konturen auf, den Schreibtisch, die auf dem Boden herumstehenden Bücher, das Bett. Er trat ans Fenster, hob das Tuch ein wenig. Draußen die Sommerhitze, unter ihm die dröhnende Ausfallstraße, aber über die Dächer des gegenüberliegenden Gebäudes hinweg, in der Ferne, hinter den Schloten von Poblenou und den grauen Türmen von La Mina, glänzte das Meer. Er ließ das Tuch zurückfallen, drehte sich um. Sie schlief. Er trat leise näher, wieder mit der dünnen Stoffhose bekleidet, in der er den Raum vor ein paar Stunden verlassen hatte. Die Haut seiner Oberarme und Brust rot von den Striemen der Bürste, mit der er sich den Fuchs vom Körper zu schrubben versucht hatte, über den Spülstein in der Küche gebeugt, das kalte Wasser aus der Leitung spritzend. Trotzdem roch er ihn noch, trotzdem war das Tier noch überall an ihm, er hatte zu viel davon eingeatmet, fühlte sich wie ein Zwitterwesen. Und hier lag sie, auf der schmalen Matratze, hatte die Beuge des Ellenbogens über die Augen gelegt. Er hörte ihren leisen, gleichmäßigen Atem. Einer der beiden Bettkästen war noch hervorgezogen, er sah den geöffneten Postsack. Einige der Scheine, die sie vorhin achtlos zurückgestopft hatten, lagen auf dem Boden; das zerknitterte Gesicht von San Isidoro schaute von einem Tausend-Peseten-Schein zu ihm empor. Er ging in die Knie, hob den Schein auf, strich ihn mit den Fingern glatt. Direkt neben ihm war ihr braun gebrannter Körper, der nur halb von einem Laken bedeckt war. San Isidoro senkte beschämt den Blick unter seiner Bischofsmitra, auch die *Reyes Católicos*, die Antonio kurz darauf vom Boden fischte, starrten grimmig zur Decke, empört darüber, dass der nackte Körper dieser schönen Frau nicht ausreichend bedeckt war im Beisein von Majestäten. Er berührte sie vorsichtig mit den Fingerspitzen an ihrem Knöchel. Sie bewegte sich ein wenig im Schlaf.

»Komm schon, Toni«, hatte sie am Morgen gesagt, ihr spitzes Kinn auf seine Brust gelegt, »zeig mir das Paket, zeig mir die Kohle!«

Und er hatte gelacht und den Kopf geschüttelt, unmöglich sei das, Marcos würde sie umbringen, aber sie hatte einfach das Laken von seinem Körper gezogen, hatte sich auf ihn gerollt, ihre hellen Brüste auf seiner Brust, ihr Gesicht ganz nah vor seinem, ihre Locken der schwarze Rahmen seines Blickfeldes.

»Komm schon, Toni! Nur ein kurzer Blick!«

Und sie hatte die Ellenbogen gehoben und auf seine Brust gedrückt, ihr ganzes Gewicht daraufgelegt und ihm den Atem genommen.

»Du weißt, dass ich stärker bin!«

Und er hatte gelacht, hatte sie von sich geschoben, war aufgestanden und hatte die Schublade des Bettkastens aufgezogen. Dieses Leuchten ihrer Augen, als sie begriff, dass sie all diese Tage direkt über dem Geld geschlafen hatte.

»Du hast sie nicht alle!«

»Was denn? Du wolltest die Pakete, da sind die Pakete!«

Drei mittelgroße Postsäcke, die Königskrone und das Horn darauf gedruckt, die Öffnung mit einfachen Lederbändern zugebunden. Und als er vor dem Bett kniete und sie ihn auffordernd anschaute, da hatte er die Schlaufe eines der Säcke geöffnet, hatte hineingegriffen mit beiden Händen, hatte Scheine genommen und sie ihr gereicht. Und sie griff zu, sie lachte, und auch er lachte, als sie die Arme hob und die Scheine über seinen Kopf rieseln ließ, er lachte aus vollem Hals, etwas packte ihn, eine Leichtigkeit, die ihm in den letzten Wochen verloren gegangen war. Er nahm mehr Peseten, packte mit beiden Händen zu, zerknitterte das Papier, roch daran, sprang auf und legte eine kurze Tanzeinlage hin. Das Geld roch nach altem Pergament, es roch nach Abenteuer, ein Teil der Verwegenheit der Bankräuber färbte auf sie ab.

»Zum Teufel mit den Banken!«, hatte er gerufen, den Kopf gedreht und sie angeschaut.

Und sie hatte seinen Blick erwidert, hatte sich einen Schein auf die Lippen gelegt und ihn durch das Papier hindurch geküsst. Und er hatte sich gewünscht, jener Rebell sein zu können, jene Fantasie des eigenen Ichs, dem sie eigentlich in diesem Moment den Kuss gab.

Jetzt war er zurück, Stunden später, erschlagen und erschöpft. Er schnaufte leise. Verdammter Fuchs, verdammter *Lobo*. Sie drehte sich zur Wand.

»Komm ins Bett«, murmelte sie.

Er hob das Laken, drückte sich an ihren Rücken und bedeckte ihre beiden Körper mit dem weißen Stoff. Morgen würde er darüber nachdenken, was Marcos ihm antäte, wenn er davon erfuhr: vom Fuchs, von Antonios Umgang mit dem Geld. Und von Mireia. Aber bis dahin würde er schlafen. Schlafen war alles, wozu er noch in der Lage war.

KOPFGEBURT (I)

[VESTERBRO, KOPENHAGEN, DÄNEMARK, APRIL 2017]

Auf dem kleinen Platz vor der Maria Kirke die Penner und Säufer, ihr Gelächter, Geschrei, splitterndes Glas, Scherben im Abendlicht. Jonas bremste sein Rad, lehnte einen Fuß auf den Kantstein, verharrte. Der rote Backstein leuchtend in der Abendsonne, durch das erhellte, kreisrunde Fenster in der Kirchenfront ist die Silhouette des Kreuzes zu sehen, aber niemand außer ihm hatte einen Blick dafür, niemand schaute hinauf, alle Augen auf den Boden, auf sich selbst gerichtet, auf die anderen, im Gewühl, Gekröse. Eine Mitarbeiterin der Caritas vor der Tür der Essensausgabe, sie hob die Hände, sie beschwichtigte, ihre kräftigen Arme in sanften Bewegungen, auf und ab, eine Dirigentin der verlorenen Seelen. Kurze graue Haare, ein rundes rötliches Gesicht. Blutdruck zu hoch, eigener Abusus womöglich, obwohl das sonderbar wäre, die feine Linie, wenn es denn, wenn überhaupt, wenn denn überhaupt noch Linien existierten, nirgendwo, dachte er, nirgendwo Grenzen mehr, aber trotzdem wäre es zu viel, wäre es eine ungewöhnliche Kombination. Wobei, was wusste er schon, er wusste nur, dass alles möglich war, nichts undenkbar. Das verschissene Belohnungszentrum, dachte er, die gottverdammten, nein, wichtig: zufallsverdammten, darwinverdammten Endorphine, danach die Gewöhnung, wenn nur die Gewöhnung nicht wäre, an Freude, an Belohnung, an alles, beinahe alles. Man konnte etwas machen, man konnte tricksen, ersetzen, er wusste das besser als die meisten. Aber es war nicht dasselbe, war es nicht, niemals. Und es kostete Geld, es kostete Anstrengung, es brauchte Willen. Er stieß sich ab, folgte dem Strom der Radfahrer auf der *Istedgade*, ließ das Orchester der Trinker zurück. Und überhaupt Willen, mit dem Willen war das so eine Sache. Jeden Tag vor ihm in der Röhre löste er sich auf, zersetzte sich auf dem Bildschirm, in den Strömungen der Neuronen, Farbfeldern, Reaktionen, die so steuerbar waren, so planbar. Aber woran stattdessen, woran lag es, wovon hing es ab? Genetik? Zufall? Wer trinkt, wer dabeibleibt, wer davonkommt. Für eine Weile davonkommt, bis das Unausweichliche geschieht. Er machte eine schnelle Bewegung, umkurvte einen alten Mann mit Gehstock, der ohne zu schauen auf den Fahrradweg getreten war. Zufall, dass ich es bin, Zufall, dass ich aufmerksam bin, reagieren kann, ansonsten: Zusammenstoß, Metall auf Greis, Oberschenkelhalsbruch, Minimum, das war es in diesem Alter, das Todesurteil. Ein paar Tage, Wochen vielleicht noch Intensiv, das Piepen, die Schläuche, die Ärzte: Wir würden sie bitten, darüber nachzudenken, die lebenserhaltenden … Schalter umlegen; und aus. Er rauschte weiter, beugte sich tief über den Lenker seines Rennrades, überholte andere Radfahrer, eine junge blonde Frau auf einem Hollandrand, er bog in die *Oehlenschlægersgade* ein, rollte aus, stieg vom Fahrrad. Vibration in der Brusttasche seiner Jacke.

»alles in ordnung bei dir? Wir denken an dich!«

Jürgen, der besorgte Papa. Eine zweite Nachricht, nachgeschoben.

»du kannst dich jederzeit melden, jederzeit vorbeikommen.«

Ach Jürgen, ach ja. Morgen würde vermutlich eine Nachricht von Charlotte folgen, vielleicht auch ein Anruf. Das alles war gut gemeint. Gut gemeint seit Monaten. Aber gut gemeint konnte ihm im Moment und vielleicht überhaupt für immer gestohlen bleiben. Und außerdem, wie stellte sein Vater sich das vor? Einfach ins Labor gehen, *Farvel,* meine Freunde, dem Professor sagen, dass er dann mal weg war, dass sie die nächste Reihe ohne ihn starten müssten. Ach Jürgen, ach Charlotte, wie rührend ihr seid. Aber wie stellt ihr euch das vor?

Vor dem Puff unten im Haus stand eine der Damen, sehr breit, sehr vollbusig, in einer engen Lederhose, darüber ein rot-schwarzes Korsett mit ausufernden Spitzenrändern am Dekolleté. Schwarze, glatte Haare, die ihr weit über die Schultern fielen. Sie sah asiatisch aus und hatte gleichzeitig etwas unglaublich Nordisches an sich, je nachdem, wie das Licht gerade fiel, schien sie ihr Aussehen wandeln zu können. Vielleicht war sie, je nach Lichteinfall, nicht ein und dieselbe Person, vielleicht hatte sie eine Doppelgängerin, eine Schwester, ein zweites Ich. Sie rauchte, hatte die Kippe im Mundwinkel und schaute die Straße hinunter, ihre großen, schwarz umrandeten Augen, die künstlichen Lider klimperten in Richtung der Lichter von Coffeeshops, von Burgerbuden und Kleiderläden, dorthin, wo der Kommerz wuchs und glänzte, der saubere, glatt polierte, die Renovierungen, die Ordnung, die sie bald aus dem Stadtteil drängen würde. Neben ihr die offene Metalltür, dahinter ein kleines Separee, ein Barhocker, ein zurückgebundener Vorhang und ein dunkler, niedriger Gang, der ins Innere des Bordells führte. Über ihr das Schild: *»Kærlighed hus«*. Haus der Liebe. Kündigen hatten sie wollen, ihr und ihren Kolleginnen, Doppelgängerinnen, die ganze Hausgemeinschaft war sich einig gewesen, raus mit dem Schmutz, raus mit dem Liebeshaus, den schmierigen, mittelalten Typen in Lederjacken und Trenchcoats, die abends in die *Oehlenschlægersgade* einbogen und den herzförmigen Klingelknopf neben der Metalltür drückten. Plastiktüten voller Sperma im Hausmüll. Nicht, dass man sie sah, aber man wusste es doch, man ahnte doch, man wollte ja niemanden verurteilen, so war man ja nicht, aber die Hausgemeinschaft hatte sich besprochen, hatte entscheiden wollen, doch dann kam alles zum Stillstand: seinetwegen. Man musste gemeinsam, einstimmig, so sah das die Satzung, und was wäre man ohne Satzung, und so hatte er Stopp gesagt, einfach so, weil er alles bremsen wollte, alles anhalten. Der Retter der Damen des Kærlighed Hus, Held der traurigen Freier, wobei auch hier, gerade hier, der Zufall sein Recht auf die Lorbeeren hätte einfordern können. Des einen Leid, des anderen. Er nickte der Frau zu, wünschte einen guten Abend, schloss die Tür des Gebäudes auf, die an der bunt besprayten Wand den Mund eines Characters bildete, und so schulterte er sein Rad und stieg der kantigen Figur mit Basecap und Mikrofon in der Hand in den Rachen, die steile Treppe in den ersten Stock hinauf. Er stellte das Rad im Flur ab, nahm sich ein Bier aus dem Kühlschrank, einen Teller mit Pasta vom Vortag, er lief ins Wohnzimmer, stieg über einige Paar Schuhe hinweg, über auf dem Boden liegende Zeitschriften, Fotos, er musste die Fotos wegräumen, ließ sich auf das Sofa fallen. Der Fernseher surrte leise, das Bild schwarz: *Intet signal registreret.* Er warf eine Webserie auf YouTube an, in der man Schauspielern Hunderte von Stunden lang dabei zuschauen konnte, wie sie *Dungeons & Dragons* spielten. Er starrte, lauschte auf die verzerrten Stimmen der Charaktere, die ihm seit Wochen näher waren als alles, was in seinem Leben eigentlich Realität war. Das Bild verschwamm. Er schloss die Augen, leerte das Bier, stand auf, um sich ein neues zu holen. In der Küche brummte der Kühlschrank, aus dem Wohnzimmer das undeutliche Brabbeln im Fernseher. Und irgendwo dazwischen: er selbst.

Ihr Kopf und ihre Schultern hatten aus der Menge geragt, die im Klang der Musik wogte. So hatte er sie gefunden. Sie hatte herausgeragt wie ein Eisberg, dachte er, wie ein tanzender Eisberg in der gleißenden Sommersonne Aragóns. Ihre Haare waren fast weiß, ihr Hemd darunter war, wie die Kleidung aller Tanzenden, vom dunklen Rot des Weins getränkt und eng am Körper anliegend. Spitze Schultern hatte er gesehen, er hätte gerne seine Hände nach ihr ausgestreckt, damals und heute, aber sie war zu weit entfernt, die Menge war zu dicht gewesen, damals. Der Reggaeton stampfte, ein Sänger sang davon, dass er mehr Benzin brauche, dass ihm das Benzin gefalle, dass man ihm mehr davon geben solle und die Menge riss die Arme empor. Weit über ihnen die Wäscheleinen zwischen den Hauswänden, die Blumentöpfe auf den Balkonen, die hölzernen Läden der verrammelten Türen und Fenster all jener Anwohner, die sich schützten gegen die Hitze und gegen den Lärm der feiernden Menge. Wer nicht selbst trank, war vermutlich längst aus Huesca geflohen. Der helle Sandstein war leuchtend und sauber, vermutlich per Sandstrahl gereinigt in den letzten Jahren. Über ihnen auch, unbemerkt von den meisten, an einer Hausecke: eine Heiligenfigur, ein kleiner Mann mit erhobener rechter Hand, das fein gearbeitete Werk eines alten Steinmetzmeisters, sonderbar fehl am Platze, zumindest an diesem Morgen. Unter dem Heiligen johlten Menschen mit Wasserpistolen in allen Farben und Formen, aus denen der Wein schoss, begleitet vom Kreischen der Opfer, der Freude über die Abkühlung, über was auch immer. Geöffnete Münder, geschlossene Augen, Küsse, Umarmungen, Gelächter, Geschrei, Gefummel. Und Jonas schob sich vorwärts, die Arme eng am Körper, das grüne Halstuch durchtränkt und verrutscht, seine Füße sappschten in seinen Schuhen, sie schwammen im Wein. Jemand leerte von der Seite einen Eimer Rotwein über ihnen aus, der Alkohol klebte, er leckte ihn sich von den Lippen, von den Wangen, es brannte in den Augen, jemand fasste ihm ins Gesicht, an den Hintern, tastete nach seinem Schritt. Er aber war auf der Suche nach dem Eisberg, nach der Abkühlung, an die er sich hatte halten wollen. Er hatte versucht sie nicht aus den Augen zu verlieren, er sah, wie sie die Arme in den Himmel reckte, als der DJ ins Mikrofon brüllte und ihnen allen einen glücklichen *Día de San Lorenzo* wünschte. Er kam näher, er schwamm sich heran. Sonderbar, dachte er, dass er sich ausgerechnet dort in Huesca, wo er abseits des Unilebens von Saragossa, tief im Hinterland, wirklich ins spanische Leben und Feiern einzutauchen gehofft hatte, dass er sich ausgerechnet dort von einer Frau hatte anziehen lassen, die ganz offensichtlich ebenso fremd gewesen war wie er selbst.

»*Where are you from?*«, hatte er gebrüllt, als ein Schub ihn plötzlich direkt vor sie spülte. Sie schaute zu ihm herab, sie musste über einen Meter achtzig groß sein, war außerordentlich schlank, fast mager, ein Eindruck, der durch die weingetränkte Kleidung an ihrem Körper noch verstärkt wurde.

»*Denmark*«, rief sie und lächelte. Er sah, dass ihr die Spitze eines Schneidezahns fehlte. Sie bemerkte seinen Blick: »*Those Spanish parties get to you*«, brüllte sie, oder etwas in der Art. Er lachte.

»*What are you doing here?*«, fragte er sie, indem er seinen Mund nah an ihr Ohr bewegte.

»*What are* you*?*«, entgegnete sie, »*what the fuck are we all doing here?*«

So hatte es angefangen.

Jonas öffnete die Augen. Draußen, etwas oberhalb des Fensters, leuchtete hell die Straßenlaterne, dahinter, auf der anderen Seite der *Oehlenschlægersgade*, lag das Schulgebäude, darüber Dunkelheit. Der Teller war ihm vom Schoß gefallen,

Essensreste waren auf dem Boden verteilt, er sammelte sie mit den Fingern auf, fand dabei eine Murmel, die auf dem Teppich vor dem Sofa gelegen hatte. Er befreite die kleine Glaskugel vom Staub, kniff ein Auge zusammen und schaute in die blau leuchtende Mitte wie in eine Iris, die jemand in seiner Wohnung verloren hatte. Er schaltete den Fernseher aus, stellte den Teller in die Spüle, die Murmel immer noch in der linken Hand. Als er sich die Zähne putzte, kurz und lustlos, mehr um den Schein zu wahren vor sich selbst, legte er die Murmel auf die Ablage unter dem Spiegel. Es ging nur noch darum, die Form zu wahren, darum ging es viel öfter, als man gemeinhin glaubte. Er spuckte, spülte, griff sich die Murmel, lief den Flur hinab, fror ein auf der Schwelle zum Schlafzimmer. Dieses abendliche Spiel, diese unsichtbare Wand seit Monaten, dieser Druck; er versuchte, er musste. Das Rollo hatte er seither noch nicht wieder geöffnet, das große, von Wand zu Wand reichende Bett, das er kurz nach ihrem Einzug gebaut hatte, war staubbedeckt. Die Bücherstapel auf dem Fensterbrett, einer rechts, einer links, die große Decke zerwühlt, alles lag unberührt. An der Wand ihre Zeichnungen, angepinnte DIN-A4-Seiten, deren Kanten im Strom eines Luftzugs flatterten, auch wenn das Fenster geschlossen war, auch wenn sich nichts regte, vielleicht gar nichts flatterte außer seinen Augenlidern. Er sog die abgestandene Luft durch die Nase ein. Er roch: nichts. Er sollte das Rollo hochlassen, das Fenster öffnen, er sollte das Bett abziehen und die Bezüge waschen. Er drehte sich um, kehrte ins Wohnzimmer zurück, legte sich auf die Couch, hob die Wolldecke vom Boden und zog sie sich bis zur Brust. Er hielt die Murmel zwischen Daumen und Zeigefinger, starrte hinein, starrte hindurch, daran vorbei. Wo kommst du her? An der Decke über ihm ein kleines Loch, aus dem zwei Kabel mit ausgefransten Drähten hervorschauten. Er hatte eine

Lampe anbringen wollen. Er wusste nicht mehr, wann. Er steckte die Murmel in die Hosentasche, schloss die Augen. Er wartete, dass etwas geschah. Aber nur die Bilder kamen, die Erinnerungen, Gesichter, Stimmen, Gerüche, der nahende Schlaf drohte alle Schleusen zu öffnen, doch er drückte sie zurück, er behielt die Kontrolle. Und wo, dachte er, bleibt die Gewöhnung, wenn man sie braucht, wo bleibt das Abebben, das Abstumpfen, jeden Abend seit Monaten die Bilder mit derselben Kraft, er sollte, dachte er, seinen eigenen Kopf in die Röhre schieben, er sollte sich messen lassen von den eigenen Kollegen. Was löste was aus, welche Bereiche konnte man abschalten, um diese Flut zu bremsen, diese Überwältigung an Gedanken.

Er stand wieder auf, ging zum Kühlschrank, starrte in die leeren Ablagefächer, in denen doch vor Kurzem, vor Stunden, vor Tagen noch Bierflaschen gelegen hatten. Er fuhr mit dem Finger über den gläsernen Boden der untersten Ablage, kratzte ein Stück Papier ab, das alte Etikett einer Flasche, darunter das Gemüsefach, in dem sich grüne, undefinierbare Formen befanden; der Kühlschrank begann zu fiepen wie ein Tier, dem man zu lange in die Gedärme schaute, dessen Narkose wich und das deshalb zu jammern begann. Er schloss die Tür. Außen ihr Stundenplan, von zwei Magneten gehalten, der ihm von den Regelmäßigkeiten einer vergangenen Zeit berichtete. Darüber, etwa auf Augenhöhe, ein Foto, das er bereits umgedreht hatte, dessen helle Rückseite nichts verriet und doch alles erzählte. Er nahm den Stundenplan ab, knüllte ihn zusammen und warf ihn in den Müll.

Unten, auf der Straße, öffneten sich ihm zumindest die Lungen, war es angenehm kühl. Er zog den Reißverschluss seiner Jacke bis zur Hälfte empor, um das alte, löchrige T-Shirt zu verdecken, das er zum Schlafen angezogen hatte, obwohl er doch wusste, dass der Schlaf sich nur noch auf Stippvisite in seine Wohnung traute. Er schaute unschlüssig die Straße hinunter. Die Lichter des Kiosks an der Ecke *Matthæusgade* waren bereits erloschen.

»Willst du eine?«

Er drehte sich um. Die kleine Prostituierte hatte die Tür geöffnet und war auf den Bürgersteig getreten. Ein Mann entfernte sich, ein grauer, mittelgroßer Mann, die Schultern emporgezogen, den Kopf gesenkt.

»Feierabend?«, fragte er.

Sie nickte und hielt ihm eine Kippe aus ihrer Packung hin, obwohl er nicht geantwortet hatte, die dünne Zigarette zwischen den Fingern mit den langen lilafarbenen Nägeln, auf denen kleine glitzernde Steine angebracht waren.

»Du siehst aus, als könntest du eine gebrauchen.«

Er lachte, nahm die Zigarette. Sie gab ihm Feuer. Er inhalierte, spürte, wie ihm das Nikotin in den Körper flutete, wie ihm schwindelig wurde.

Sie zog an ihrer Zigarette, musterte ihn mit einem Seitenblick.

»Du wohnst über uns«, sagte sie nach einer Weile. »Deine Frau hatte den Unfall.«

Er drehte sich zu ihr um, schaute sie an, erwartete Mitleid in ihrem Blick unter den langen, falschen Wimpern, aber da war nichts, oder vielleicht doch, war vielleicht doch etwas, nur nicht das, was er erwartet hatte. Etwas wie Interesse war dort, Neugierde womöglich. Sie deutete auf das erloschene Schild des *»Kærlighed hus«*.

»Wir haben eine Bar«, sagte sie. »Ich geb dir ein Bier aus.«

Er warf seine Kippe auf den Boden, trat sie aus.

»Aber wirklich nur Bier«, sagte er.

[NORDEND, FRANKFURT, DEUTSCHLAND, SEPTEMBER 1999]

Jonas öffnete die Tür, betrat die Wohnung, setzte seine Sporttasche auf den Boden neben die gerade Reihe makellos geputzter Schuhe, ging in die Hocke, knüpfte seine Schnürsenkel auf. Der lange Flur vor ihm lag im Halbdunkel. Er drückte mit Rücken und Hinterkopf die Wohnungstür zu. Aus der Tür zum Gäste-WC roch es nach frischem Putzmittel, etwas weiter hinten markierte das Beastie-Boys-Poster den Eingang zu seinem Zimmer. Durch das Buntglas der gegenüberliegenden Wohnzimmertür war ein schwaches Schimmern auszumachen. Die neue Stehlampe neben dem Sofa, wusste er, Jürgens Leselampe. Donnerstagabend, Lektürezeit, sein Vater in der Ecke des dunklen Stoffmonstrums, das seine Mutter vor ein paar Jahren in irgendeinem Katalog entdeckt und durchgesetzt hatte, die Beine angewinkelt, so stellte er es sich vor, auf dem Fensterbrett ein Glas Whisky und der metallene Aschenbecher, aus dem der Qualm seiner Zigarre aufstieg. Jonas warf seine Sneaker auf die Reihe der Schuhe seiner Eltern. Er zählte: vier von ihm, zwei von ihr. Das konnte bedeuten, dass Charlotte unterwegs war. An der Garderobe Jürgens Segeljacke, sein Sakko, aber nur ein Mantel von ihr, ein dicker grauer Wollmantel, viel zu warm für die Jahreszeit. Er schlüpfte aus der eigenen Trainingsjacke, hängte den roten Kunststofffetzen mit den weißen Ärmelstreifen und den Ellenbogenflicken über die dunkle Seide seines Vaters.

»Ich bin zurück!«, rief er in den leeren Flur, fragte sich gleichzeitig, wann er das letzte Mal so getan hatte, als sei das überhaupt noch sein Ding: seine Eltern über seine Anwesenheit zu informieren.

Er ging in die Küche, öffnete den Kühlschrank, nahm eine Dose Cola heraus, öffnete sie und starrte auf den glatten Marmor der Küchenkonsole, in dem die Lichter der Deckenstrahler glänzten. Vor einigen Tagen hatte er einen Briefumschlag auf dem Fußboden im Arbeitszimmer seiner Eltern gefunden, nahe der Fensterbank, und heute Morgen hatte er ihn, mit Charlottes Namen versehen, in der Küche platziert. Er stellte sich vor, wie seine Mutter den großen, schweren Umschlag in die Hand nahm, ihn wog und schließlich, so wie er selbst, die Briefe herauszog und las. Briefe ohne Namen, ohne Ansprache und Absender, aber Briefe, die doch so eindeutig sexuell in ihrer Natur waren, die vom Zusammensein von Körpern, von Zungen, Küssen, Gerüchen handelten, dass es völlig klar war, was für ein Verhältnis sein Vater mit der anonymen Absenderin unterhielt. Dass Briefe und Mutter nicht in der Wohnung waren, sprach für die Richtigkeit dieser Vorstellung. Er schaltete das Radio an, holte sich Käse aus dem Kühlschrank, schnitt sich Brot. Das Millennium, hörte er, stehe bevor, obwohl es doch noch Monate bis zum Jahreswechsel hin war, von Computerproblemen wurde gesprochen, von fehlgeleiteten Datumswechseln, die ganze Systeme zerstören konnten. Er aß gegen die Arbeitsplatte der Mittelkonsole gelehnt, schaute aus dem Fenster, in den blauen Abendhimmel, durch den die Mauersegler schnitten. In irgendeiner russischen Teilrepublik, deren Namen er noch nie gehört hatte, waren Kämpfe ausgebrochen, erklärte der Nachrichtensprecher, und Präsident Jelzin hatte irgendeinen Ex-Geheimdienstler, dessen Namen er ebenfalls noch nie gehört hatte, zum Ministerpräsidenten ernannt. Er drehte am Frequenzrädchen des Radios, probierte es mit einigen Musiksendern, die nichts als grausige Mambos und schmonzende Boygroups zu bieten hatten, bevor er ausschaltete. Er überlegte, ob er ins Zimmer gehen und endlich in Ruhe das neue EPMD-Doppelalbum hören sollte, das seit jenem Abend ungeöffnet auf seinem Plattenspieler stand, an dem er den Briefumschlag gefunden hatte. Zuerst hatte er gelacht über den Inhalt der Briefe, die sich wie die Untertitel der schwedischen Pornohefte lasen, die unter seiner Matratze versteckt waren. Und als er aufgehört hatte mit dem Lachen: diese Frage, was zu tun sei mit den Briefen und dem Wissen darum, diese Frage, auf die er erst heute Morgen eine Antwort gefunden hatte.

Jürgen trug dunkle Bermudashorts und ein weißes, kurzärmeliges Leinenhemd, seine hellen, haarigen Beine waren ausgestreckt und Jonas sah, dass seine Zehen sich langsam bewegten, so als trippelten sie im Rhythmus der gelesenen Worte. Das Fenster hinter dem Sofa stand offen, Glockengeläut und Vogelgezwitscher wehten herein, über dem Dach des gegenüberliegenden Gebäudes ein Rest von Abendrot am Himmel, dazu die Spitzen der Bankentürme der Innenstadt. An den Mythos des Zahlenfehlers dachte Jonas und fragte sich, was wohl passieren würde, wenn zum Jahreswechsel alle Computer in diesen Türmen ausfielen.

»Kann ich dir helfen?«

Jürgen hatte das Buch zugeklappt und auf seinen Schoß gelegt, die Lesebrille auf der Nase hinabgeschoben und musterte seinen Sohn. Vom Cover des Buchs aus lächelte der freundliche Blick von Roosevelt, aufmunternd, unterstützend.

Allein diese Frage, dachte Jonas, so als sei gar nichts geschehen, so als sei er nur ein weiterer Klient, der seine Wünsche dem großen Jürgen Klingsporn antrug. Er stellte sich die Firmenbosse vor, wie sie Jürgen in ihre Türme luden, hinauf in die obersten Stockwerke, wie sie ihn mit der Aussicht aus ihren Büros zu beeindrucken suchten und ihn dann um seine Hilfe baten. Datenanalysen aller Systeme und Programme, der Y2K-Bug, der es seinem Vater erlaubt hatte, sein Geschäft im letzten halben Jahr deutlich zu erweitern. Gebräunte Business-Großspurigkeit traf auf Jürgens herablassende Freundlichkeit, diese Ruhe, die vielleicht nichts anderes als nett verpackte Kälte war, mit der er seinen Service vorstellte, erläuterte, ausführte, um dann, wenn der Mann hinter dem großen Eichentisch von dessen absoluter Notwendigkeit überzeugt war, seine Preise zu nennen. Jürgen der Macher, der knallharte Verhandler, der über die Ahnungslosigkeit seiner Kunden lachte, wenn er am Telefon mit seinen Mitarbeitern sprach.

Und so einer ließ Liebesbriefe im Arbeitszimmer liegen, das er sich mit seiner Frau teilte. Als sollten sie gefunden werden. Aber vielleicht, und dieser Gedanke hatte etwas Beruhigendes, war auch sein Vater nicht frei von Fehlern, von Überheblichkeiten, vielleicht würde auch er den großen Crash nicht verhindern können. Oder aber, und dieser Gedanke war wie ein kalter Griff in den Nacken, alle Krisen, die des Millenniums und die der gefundenen Briefe, liefen genau nach Jürgens Wünschen ab.

»Wo ist Charlotte?«

Jürgens dicker blonder Schnauzer zog sich in die Länge, als er lächelte. Er drehte sich, setzte die nackten Füße auf den Boden, federte leicht mit den Fersen, so, als bereite er sich darauf vor aufzuspringen, oder so, als wolle er in seinem Sohn den Eindruck hervorrufen, er könne jeden Moment aufspringen. Die gewölbte, breite Brust unter dem weißen Leinen, die muskulösen Oberarme. Zweiundvierzig Jahre geballte Fitness und Wachheit. Schon als Kind war er stets an diesem Körper abgeprallt, dagegen gerannt, beim Fußball oder Basketball, abgehängt worden beim Laufen, beim Training für die Bundesjugendspiele. Überhaupt Training. Wie absurd, seinen Sohn zu trainieren, ihm Freude am Wettkampf beibringen zu wollen durch die eigene Härte. Und

Jonas hatte diesen Aufprall, der vom Vater so forciert wurde, stets zu vermeiden gesucht, er hatte den eigenen Körper geschmeidig gemacht, er hatte das Ausweichen gelernt. Vielleicht war es kein Wunder, dass er beim Basketball geblieben war, diesem vermeintlich körperlosen Spiel, dessen Schläge versteckt geschahen. Viel zu klein war er eigentlich, aber er war schnell, er hatte ein Auge, er war ein Playmaker. Und was Jürgen anging, blieb Jonas außen weich, er gab nach, er vermied, aber er hatte in seinem Kern eine Härte gefunden, die ihn manchmal selbst überraschte.

»Und warum sollte ich wissen, wo sie ist?«

»Noch bist du ihr Mann, oder?«

»Und was soll das bitte heißen?«

Jonas schüttelte den Kopf. Jürgen lehnte sich zurück, breitete die Arme auf der Sofalehne aus.

»Bitte, Jonas. Vielleicht weißt du ja was, das ich nicht weiß?«

Jürgen legte die Brille auf den Sofatisch.

»Ich habe die Briefe gefunden. Und sie Mama gegeben.«

»Was für Briefe?«

Jonas lachte.

»Natürlich, Jürgen. Bloß nichts zugeben. Zum Glück sind die Briefe eindeutig genug. Das wird auch Charlotte kapieren.«

Jürgen schüttelte den Kopf, er zog die Brauen zusammen.

»Na, wenn du das sagst. Dann ist ja gut.«

Jonas wollte schreien, er wollte Risse brüllen in diese Mauer aus Selbstsicherheit. Nur eine leichte Irritation war zu sehen in diesem Gesicht. Jürgen verschränkte die Arme vor der Brust, musterte seinen Sohn.

»Und jetzt glaubst du was? Dass Charlotte auf und davon ist?«

»Vielleicht.«

Jürgen lachte.

»Das wäre ja sehr solidarisch von ihr«, er hob die linke Faust, »dich einfach mit mir zurückzulassen, oder? Das wird ja eine prima Männer-WG mit uns, meinst du nicht?«

Er nahm die Zigarre vom Rand des Aschenbechers, zündete sie an, klappte das Buch auf, paffte ein wenig Rauch aus, senkte den Blick, begann zu lesen. Das Gespräch war beendet. Jonas trat zurück in den Flur, überlegte die Wohnzimmertür zuzuschmeißen, dass das Buntglas aus den Rahmen sprang. Aber ihm fehlte die Kraft. All diese Wut und kein Ziel, nur diesen Vater, der sich trotz breiter Schultern diffus stellen konnte, durchlässig. Alles ging durch ihn hindurch und das, was ihn doch erreichte, glitt an ihm ab. Eine aufgedeckte Affäre, eine aufgebrachte, geflohene Ehefrau, ein zornerfüllter Sohn. Und Jürgen saß im Wohnzimmer und las in seiner Roosevelt-Biografie, als ginge ihn das alles nichts an, als hätte ihr Leben nur am Rande mit seinem zu tun.

CEUX QUI RÊVENT LES YEUX OUVERTS (I)

[RUE BRIDAINE, 17. ARRONDISSEMENT, PARIS, MAI 2017]

Das Telefon klingelte, hörte nicht auf, klingelte weiter und weiter, verstummte für einen kurzen Augenblick, nur um seine langsam ansteigende, dudelnde Melodie unmittelbar darauf erneut zu beginnen. Catherine lag auf dem Sofa. Obwohl sie sich schon vor einer halben Stunde die Packung mit den Ohropax aus dem Bad geholt hatte, schaffte sie es nicht, die Geräusche der Wohnung vollständig auszusperren. Und selbst wenn es doch für einen Moment gelang, hob sich irgendwann ihr Blick und sie sah das rote Leuchten des Telefons auf dem Sekretär. Vor zwei Stunden hatte sie sein Smartphone ausgeschaltet, danach war es etwa dreißig Minuten lang ruhig geblieben. So lange hatte es gedauert, bis sie ihre Festnetznummer recherchiert hatten, bis sich das Summen des Smartphones auf dem Küchentisch in das nervige Dudeln des Festnetztelefons verwandelt hatte, jene elektronisch verzerrte Version von Beethovens Neunter, die sie jetzt beim Lesen störte. Sie steckte die kleine Metallschnalle des Lesezeichens, auf das das Bild einer winzigen, in ein Buch vertieften Geisha gedruckt war, auf die Seite, die sie gerade zum dritten Mal zu lesen begonnen hatte. Sie legte den Roman auf den Fußboden, setzte sich auf. Einen Moment war ihr schwindelig, ein seit Wochen bekanntes Gefühl, das sie jedes Mal aufs Neue erschreckte und das sie doch genoss. Freitagabend, aber sie gaben keine Ruhe, kannten kein Wochenende, keinen Feierabend, keine Privatsphäre. Sie starrte auf das Leuchten, starrte auf sein Foto daneben, das in einem kleinen silbernen Rahmen steckte, verfluchte ihn, der sich im Schlafzimmer unter der Decke verkrochen hatte. Vor allem, dachte sie, vor allem aber war er verkatert nach der Feier der letzten Nacht, nach dem Essen, das ausgeartet war, nach den unzähligen Gläsern, die er mit seinen Freunden im *Ecailler* geleert hatte, noch unerkannt, noch in seinem alten Leben. Sie hatte am Ende des Tischs gesessen und ihn beobachtet, ihr Weinglas zwischen Daumen und Zeigefinger drehend, hatte ihm zugeschaut, wie er die Hände hob, um seine Überraschung über den Anruf zu beschreiben, bestimmt zum zehnten Mal an diesem Abend, wie er lachte, den großen Mund weit aufgerissen, die Reihe der Zähne, neuer, künstlicher Zähne, wie nur sie wusste, für alle sichtbar, sein Glänzen, sein Strahlen. Wie er die Aufmerksamkeit der Kollegen und Weggefährten genoss, das Schulterklopfen, die Witze, er, der alte Freund, der jetzt ein neuer war, ein Kabinettsdirektor der Kulturministerin. Und wohin immer der Herr Direktor mit Luis und Jean-Michel danach noch gezogen war, sie hatte aufgegeben, sich verabschiedet; erst als das erste Morgenlicht schon in ihr Schlafzimmer fiel, war er zurückgekehrt, nach Schnaps und Zigaretten stinkend, immerhin nur danach und nach nichts anderem.

»Directeur de cabinet de la minstre de la Culture.«

Sie sprach den neuen Titel leise in den Raum, so als könne dieser ihn beschwören, ihn in den Raum zwingen, damit er sich mit den Journalisten auseinandersetzte, die am Nachmittag von der Entscheidung erfahren hatten. Aber der Herr Direktor schlief, der Herr Direktor war indisponiert, was für ein Einstieg, bestimmt würden sich die ersten von ihnen schon das Maul zerreißen. Ein Außenseiter, ein alter Weggefährte und Autor der Ministerin, die als ehemalige Verlagsleiterin selber eine Außenseiterin war, ein Linker, ein Wissenschaftler, der ein paar Jahre an der Uni Toulouse gearbeitet, später mit ein paar Krimis unter Pseudonym einen kurzen Erfolg gehabt hatte, so viel wusste man wohl, aber sonst, was wussten sie schon, gar nichts wussten sie von ihm. Sie lief zum Sekretär, drückte die Stummtaste.

Stille.

Sie war nie seine Sekretärin gewesen, ganz im Gegenteil, eher hatte er für sie gearbeitet, in seinen langen Jahren ohne festes Einkommen, wenn sie Material sichtete und suchte für ihre sozialwissenschaftlichen Studien, wenn er wieder einmal keinen Job hatte, keine Aufträge, keinen Vertrag für ein eigenes Buch. Dann war er ihr Assistent gewesen, der unbezahlte Gehilfe der Frau Professorin. Aber jetzt, in diesem Moment, schienen sich die Dinge zu wandeln, zu drehen. Sie sollte sich freuen. Aber vor allem sorgte sie sich. Das war so eine Angewohnheit, die man schwer loswerden konnte. Sie nahm ihr eigenes Telefon vom gläsernen Couchtisch. Immerhin war noch niemand auf die Idee gekommen, sich nach ihrer Nummer zu erkundigen. Sie versuchte Maxine zu erreichen. Erneut landete sie direkt auf der Mailbox. Wie der Vater, so die Tochter. Es war gut vorstellbar, dass sie ebenfalls im Bett lag, in ähnlichem Zustand wie ihr Vater, nur dass es bei ihr keinen besonderen Anlass geben musste, um eine Donnerstagnacht zum Tage zu machen.

»Hallo, Maxine, hier ist Maman, es gibt hier einige Neuigkeiten, falls du es noch nicht gehört hast. Melde dich mal!«

Sie legte auf, starrte auf die Taube an der Wand, den dämlichen Picasso-Print. Sie hatte mehrere Werke junger Künstler im Kopf gehabt, die sie auf einer Ausstellung in der Galerie einer Freundin im Marais gesehen hatte, aber Germain hatte gesagt, dass sie sich das Geklecksе und Geschmiere gerne in ihr Arbeitszimmer hängen könne, aber nicht ins gemeinsame Wohnzimmer. Bücherwände, Picasso und sein verdammter Toulouse-Lautrec, der heilige Zwerg. Sonst nichts. Er war ein Orthodoxer, auf gewisse Weise, immer gewesen. Er hatte sich einfach andere Orthodoxien gesucht als die meisten. Er würde es nicht leicht haben auf seinem neuen Posten. Sie lächelte. Organisieren konnte er, da hatte die neue Ministerin recht. Pläne machen, Termine, Veranstaltungen ansetzen, umsetzen, auch Reden schreiben, sie sogar halten, wenn es sein musste, aber Menschen, das war das Problem, Menschen, die nicht seiner Vorstellung von aufrechten, ehrlichen Vertretern der Spezies entsprachen, da hatte er so seine Schwierigkeiten. Und sie bezweifelte, dass er nur auf ausgewählte Exemplare treffen würde. Aber wenn sie ehrlich war, hatte sie keine Ahnung, was genau sein Job als Kabinettsdirektor eigentlich beinhalten würde. Und sie war sich nicht sicher, ob er selbst es wusste. Sie traute ihm zu, dass er es tat, traute ihm aber auch zu, dass es ihm völlig egal war.

Sie verließ das Wohnzimmer, zögerte wie immer einen kurzen Moment an der Stelle, an der sich vor drei Monaten noch die Wand zur Küche befunden hatte, jetzt hingegen nur mehr eine kleine Schwelle aus rotem Backstein, eine Erhöhung, die ihre eigene Idee gewesen war, eine Erinnerung an die alten Linien der Wohnung; alte Linien und neue Offenheit, so hatte sie das selbst formuliert, und jetzt war da jedes Mal diese Angst, die alte Wand könnte wieder aus dem Boden schnellen, emporwachsen, als hätten die Arbeiter sie nicht mit schweren Hämmern eingeschlagen und abgetragen, sondern nach unten in den Boden gedrückt. Sie strich mit der Hand über den Marmor der Kücheninsel. Durch das Fenster zum Innenhof fiel ein helles Rechteck Sonnenlicht auf die blank polierte Arbeitsplatte. Sie öffnete den Kühlschrank, griff sich eine halb volle Flasche Sauvignon Blanc. Dieser Anruf, dachte sie, würde alles verändern; ob zum Guten oder Schlechten, vermochte sie nicht zu sagen. Zum ersten Mal seit vielen Jahren hatte sie nicht mehr den Eindruck zu wissen, was die nächsten Monate bringen würden, ein Gefühl, das ihr die Brust öffnete und gleichzeitig den Impuls auslöste, sich verkriechen zu wollen.

[UNIVERSITÉ TOULOUSE II – LE MIRAIL, SEPTEMBER 1974]

»Sie haben ihn kaltgemacht wie ein Stück Vieh! Mit der Garrotte, mit einer verfluchten Garrotte, eingespannt wie ein Stück Holz in einer Werkbank!«

Der Spanier stand seitlich neben dem Pult, er schlug mit der Faust der linken Hand in die flache Rechte, drehte die Faust dann in der Innenfläche, wie um das Wirken der Hinrichtungsmaschine zu verdeutlichen. Die Spitze seines abgespreizten Ellenbogens zitterte, der ganze Mann zitterte, vor Aufregung, vielleicht auch Angst. Vor ein paar Tagen war er über die Grenze gekommen, hatte Germain erzählt, die Spezialpolizei auf den Fersen, Tag und Nacht sei die Gruppe durch die Pyrenäen gewandert, was sich Catherine bei diesem kleinen, dünnen Mann kaum vorstellen konnte.

»Selbst der Papst, der arschgefickte Scheiß-Papst, hat um sein Leben gebeten. Aber das ist diesen Faschisten egal. Wir haben gedacht, dass es überstanden ist, weil Franco dahinsiecht, weil die Kameraden der ETA seinen geliebten Kronprinzen Carrero Blanco auf den Mond gejagt haben, aber ich sage euch, Genossinnen und Genossen, dieser Kampf ist noch lange nicht zu Ende. Dieser Kampf braucht uns und euch, heute mehr denn je!«

Applaus brandete auf, mehrere Anwesende begannen mit den Füßen zu trampeln. Catherine schaute zu Germain, der neben ihr stand, Daumen und Zeigefinger in den Mund steckte und laut pfiff.

»Nieder mit dem Faschismus!«, brüllte er, »nieder mit Franco!«

Der Spanier vorne am Pult des Seminarraumes lächelte müde, verbeugte sich leicht, hielt diese Geste dann aber wohl für unangemessen, verharrte halb in der Beugung des Oberkörpers, sodass es aussah, als habe er etwas auf dem Boden verloren. Sie grinste, wollte Germain etwas sagen, aber der war mittlerweile aufgestanden, klatschte immer noch euphorisch.

»Das ist ein echter Kämpfer, ein echter«, sagte er. Catherine nickte und lächelte.

Vorne trat Loïc an das Pult, er schüttelte dem Spanier, den er um fast zwei Köpfe überragte, die Hand, klopfte ihm auf die Schulter. Eine Geste, die Catherine nun tatsächlich unpassend vorkam, onkelhaft, gutmütig. Der Spanier ließ sich auf einen Stuhl fallen, und Loïc wandte sich jetzt dem Auditorium zu. Schweißperlen glänzten auf seiner hohen Stirn, seine dunklen Haare raspelkurz geschoren, die kleinen Augen blinzelten gegen die Reflexionen der Sonne, die von draußen durch die schmutzigen Scheiben drangen, er schaute in die Menge der Studenten, die den Raum fast zum Bersten brachten. Ein Wochenende in den Semesterferien, und trotzdem war der Saal fast bis auf die letzte Reihe gefüllt. Obwohl Fenster und Tür geöffnet waren, war die Luft stickig, kaum auszuhalten. Die Sommerhitze saß ihnen in Nacken und Rücken, ein glänzender Film auf allen Gesichtern, die den Sprecher der *Groupe des anarchistes d'Occitanie* jetzt anstarrten. Loïc lächelte, er hob dic Hände. Langsam erstarb der Applaus.

»Freunde!«, rief er, wartete erneut, bis sich das Klatschen

und Trampeln vollständig gelegt hatte, »Genossinnen und Genossen!«

Seine Stimme war hell und doch kräftig, sie konnte spüren, wie sich die Aufmerksamkeit aller Anwesenden auf ihn richtete, wie eine Spannung entstand, die er wie kaum ein Zweiter aufzubauen verstand.

»Dieser Augenzeugenbericht des Genossen Francisco, dieser Augenzeugenbericht aus der faschistischen Hölle, dieser Hölle, die nur wenige Kilometer entfernt von uns beginnt, dieser Bericht sollte uns klarmachen, dass unser Kampf hier in Frankreich von größter Bedeutung ist. Die Hinrichtung des Genossen Salvador durch dieses mörderische Regime muss für uns der Weckruf zum Kampf sein, zum Kampf sowohl gegen den Faschismus in den Köpfen hier in unserer Heimat, diesen Gesinnungsfaschismus, der dafür sorgt, dass ein solches Verbrecherregime geduldet und sogar unterstützt wird, ein Gesinnungsfaschismus, der jederzeit auch in einen echten, mörderischen Faschismus umschlagen kann.«

Pfiffe und Buhrufe aus der Menge.

»Wir scheißen auf d'Estaing!«, rief jemand und erntete Gelächter.

Loïc lächelte, aber Catherine konnte sehen, dass ihn die Unterbrechung störte. Erneut hob er die Hände.

»Aber nicht nur hier«, rief er, »nicht nur in Frankreich werden wir gebraucht. Auch unsere Genossen in Spanien brauchen unsere Hilfe, heute mehr denn je. Sie brauchen uns, um ihre verfolgten Kämpferinnen und Kämpfer sicher auf unsere Seite der Grenze zu bringen, sie brauchen uns, um neue Netzwerke aufzubauen und den Kampf gegen Franco und seine Schergen fortzuführen! Deshalb sage ich euch: Auf in die Berge, auf nach Spanien, auf in den Kampf!«

Er reckte die linke Faust in Richtung Decke. Sein Hemd war völlig durchnässt, es klebte an seinem Körper. Catherine hatte den Eindruck, dass er in den letzten Wochen noch mehr an Gewicht verloren hatte. Wie ein Asket wirkte er. Seine Augen leuchteten.

»Auf in den Kampf!«, wiederholte er, und stampfte dazu kräftig mit dem Fuß auf. Wieder und wieder stampfte und schrie er, die Schlagader an seinem Hals geschwollen, wieder und wieder, bis fast der gesamte Seminarraum stampfte und schrie.

»Auf in den Kampf! Auf in den Kampf!«

Catherine blieb sitzen, blieb still. Sie beobachtete Loïc, sah die Begeisterung in seinen Augen, die Freude über den Enthusiasmus, den er entfacht hatte, sie drehte den Kopf und sah Germain, auch er voller Freude, voller Kraft und Energie, der kräftige, breitschultrige Germain, dessen helle Locken sich dunkel verfärbt hatten und ihm in der Stirn klebten, Germain als ein Teil der jubelnden Menge, der Ex-Freund auf dem Podium und der neue Freund klatschend davor, verbunden, wenn man so wollte, endlich wieder gemeinsam, nach all den Beleidigungen und dem bitterbösen Schweigen der letzten Wochen, vereint im politischen Kampf. Der Gedanke gefiel ihr, auch wenn sie wusste, dass vieles von dem, was in diesem Moment begonnen hatte, ihr am Ende vermutlich nicht mehr gefallen würde. Immerhin, dachte sie, während sie aufstand und ebenfalls anfing zu klatschen, waren die Dinge in Bewegung gekommen.

FRANCO HA MUERTO (II)

[LA MODELO, BARCELONA, SPANIEN, JULI 1975]

Die Seitentür des Transporters wurde aufgezogen, »*¡Vamos! ¡Vamos!*«, die Schreie der Wächter, die an den Männern zu ziehen begannen, das Klirren der Ketten, als sie sich in Bewegung setzten. Nach der Dunkelheit im Wagen verursachte das gleißende Licht im Innenhof einen stechenden Schmerz in seinem Kopf, Antonio blinzelte, seine Augen tränten.

»Ordnung!«, brüllte einer der Polizisten, der ihre Überstellung begleitet hatte, und sie formierten sich zu einer Reihe. Antonio schaute zu Boden, im grauen Beton die trockenen Flussläufe zahlloser Risse. Ein Wächter trat heran, baute sich vor ihnen auf und begann zu schreien, die üblichen Sätze, Abschaum, Dreck, Ordnung und Disziplin, all diese Dinge, die er aus Marcos' Geschichten über seine Zeit in der *Mili* kannte, den Erzählungen von endlosen Monaten zwischen Faschisten und Vollidioten in einer Kaserne in Alicante.

Jetzt spürte er die Müdigkeit, Kraftlosigkeit, sein ganzer Körper erinnerte sich mit einem Mal. Der Wunsch, einfach zu Boden zu sinken, liegen zu bleiben, wurde allbeherrschend. Die Erschöpfung, die er schon in den dunklen Zellen der Polizeiwache, in den langen Stunden der Verhöre erwartet hätte, traf ihn jetzt, im Innenhof des Gefängnisses, mit aller Wucht. Der Wächter deutete auf ein schweres Eisentor, das im Schatten des den Hof umspannenden Säulengangs lag. Schön hätte er sein können, dieser Hof, dachte Antonio, wenn nicht die abgeplatzte, dunkle Farbe gewesen wäre, dahinter das Grau der Steine und in den Fensterbögen die metallenen Gitterstäbe. Mit einem langen Ächzen öffneten sich die Flügel des Tores, unter lauten Rufen der Wächter marschierten sie los. Antonio marschierte mit, irgendwo tief in seinem Körper fand er die Kraft dafür, er folgte den Männern vor sich, weil er wusste, dass eine Weigerung nicht nur Schläge von den Wächtern bedeutet hätte, sondern vermutlich auch Schläge von den Mitgefangenen. Am ersten Tag galt es, nicht sofort als Querulant aufzufallen. Das Klirren der Handfesseln weiterhin die einzige Sprache zwischen den Gefangenen; vor ihm die glänzende Kopfhaut eines älteren Mannes, der Kragen seines Hemdes dunkel von Schweiß. Der Gang, der sich vor ihnen öffnete, war höher und breiter als erwartet, steinerne Torbögen und hoch an der Decke baumelnde Lampen, der Boden mit schwarzen Steinplatten bedeckt, in die sich weiße Einsprengsel verirrt hatten. Zu ihrer Linken eine Art großer Schaukasten, in dem einige Wächter an einer Konsole saßen und sie beobachteten, eher gelangweilt wirkten sie, einer schaute nicht einmal von seiner Zeitung auf. Aus einem Seitengang rechts von ihnen kam ein weiterer Mann in Uniform hinzu, er schwenkte einen schweren Schlüsselbund, lief vorweg, bis sie ein schweres Tor erreichten, daneben ein weiterer Kasten, hinter dickem Glas Wächter, deren Blicke aufmerksamer wirkten, bleiche Gesichter mit hellen Augen, einige Schnurrbärte, die Münder schmal und regungslos.

Der Wächter am Kopf ihrer Kolonne begann mit seinem Schlüsselbund zu klimpern, kurz darauf zog er das schwere Gittertor auf, wieder feuerte man sie an, sie schlurften vorwärts, erreichten ein neues Tor, an dem sich das Spiel wiederholte. Jede Pause eine Warnung, ein Hinweis darauf, wie aussichtlos jeder Fluchtversuch wäre. Dunkle Funzeln an der Decke, helle Kacheln an den Wänden. Antonio machte

Sprünge in der Keramik aus, gebrochene Kanten, darunter dunkle Mörtelreste.

Hinter dem letzten Tor die Überraschung: Licht, natürlich und hell. Sie kamen zum Stehen, starrten die Wände empor, die sich zu einer runden, gigantischen Halle erhoben, an deren Wänden auf mehreren Etagen Galerien verliefen. Wärter standen dort, über die metallenen Geländer gelehnt, Knüppel oder Gewehre im Anschlag. Hinter ihnen waren an mehreren Stellen Öffnungen zu Zellblöcken zu sehen, gigantische Fensterbögen, an deren schwere Gitter sich die Gesichter von Männern drückten, die auf sie hinabschauten, die brüllten, lachten, pfiffen. Die Wärter wiederum schlugen mit ihren Knüppeln gegen die Gitter, um die Gefangenen zurückzuscheuchen. Der Lärm war ohrenbetäubend. Toni sah, dass sich von der untersten Galerie aus feine schwarze Metallsäulen bis zum äußeren Teil der Decke streckten, wo sie in ein feines Muster aus Gitterbögen ausfächerten. Im Zentrum wölbte sich das Gebäude noch einmal mehr, erhob sich zu einer Kuppel, die viele Kathedralen vor Neid hätte erblassen lassen. Durch mehrere der obersten Fenster fielen die Sonnenstrahlen wie Arme aus Licht. Wäre der Lärm nicht gewesen, dachte er, hätte diese Halle ein Ort der Schönheit sein können. Wenn er sich nur weit genug streckte, so schien es, würden seine Hände in die Sonnenstrahlen greifen, würde sein Blick im Gleißen verschwinden wie in jenen Momenten in der Dorfkirche in seiner Kindheit, wenn er mit zurückgelegtem Kopf zwischen den Bänken gestanden hatte, noch vor der Messe. Ob das Engel seien, hatte er seine Mutter an einem Morgen gefragt, die Arme der Engel, und Celestina hatte ihren schmalen Hals gereckt, kurz hinaufgeschaut, den Kopf geschüttelt und ihm mit der Faust einen Schlag gegen den Hinterkopf verpasst.

»Es gibt keine Engel«, hatte sie gesagt, »in Spanien schon

seit Jahren nicht mehr.« Dann hatte sie ausgespuckt, mitten in der Kirche, einen dicken weißen Speichelfleck auf dem glänzenden Stein. Und obwohl Antonio die Bedeutung dieses Flecks damals noch gar nicht begreifen konnte, hatte ihn ein Schauer erfasst, als seine Mutter seine Hand packte und ihn hinter sich herzog und zum Knien und Beten zwang, weil etwas anderes trotz ihres Hasses nicht denkbar war.

Was seine Mutter wohl zu dieser neuen Kirche gesagt hätte und zu der Tatsache, dass er die nächsten Monate darin verbringen würde, vielleicht Jahre, bis es Zeit für seinen Prozess war. Im Herzen dieser Kathedrale stand kein Taufstein und keine Kanzel, sondern ein achteckiges Wärterhäuschen, dessen Fundament aus Backstein und dessen Oberhälfte aus einem dicken Glaskasten und einem soliden Dach bestand, unter dem Männer mit versteinerten Mienen und verschränkten Armen standen, lange Knüppel an den Seiten ihrer dunklen Uniformen.

»Nach links, nach links!«

Im unteren Teil eines schweren Metalltors, auf das man eine fette schwarze Eins gepinselt hatte, stand eine Tür offen. Man schob sie darauf zu. Antonio sah, wie einer der Wächter vorne seinen Knüppel hob und einem Gefangenen am Anfang ihrer Reihe in die Seite schlug. Ihre gesamte Bewegung geriet in Unordnung, der Schlag setzte sich bis zu ihnen fort, verbog ihre Reihe. Obwohl es keine physische Verbindung zwischen ihnen gab, erreichte der Schlag sie doch alle, der Wärter schimpfte, setzte noch einige Hiebe hinterher. Dass es schneller gehen müsse, brüllte er, dass er nicht den ganzen Tag Zeit habe für solche Hurensöhne, dass er auf die Gräber ihrer Verwandten scheißen werde. Antonio stolperte durch ein weiteres Gittertor hindurch und erreichte eine schmale, längliche Halle, an deren Kopfseite etwas Licht durch ein großes, kreisrundes Fenster fiel. An den grau gekachelten Wänden in regelmäßigen Abständen Metalltüren, *duchas* stand über zwei davon zu seiner Linken, über ihren Köpfen, auf zwei unterschiedlichen Höhen, lagen schmale Galerien mit sonderbar verschnörkelten Geländern. Dort sah er weitere Türen: Die Zellen, begriff er, sie hatten den Zellblock erreicht. In der Mitte und am Ende der Halle spannten sich schmale Brücken von einer Seite zur anderen, je ein Wärter stand darauf, breitbeinig, die Arme hinter dem Rücken verschränkt; die Posen wirkten einstudiert.

Man ließ sie vor der Wand gegenüber den Duschen Aufstellung nehmen. Ein Pochen war in Antonios Kopf, ein Donnern, es dröhnte in ihm, und die Welt dröhnte mit; der Lärm in seinem Kopf im Gleichschlag mit jenem Lärm, den Dutzende Hände erzeugten, die von innen gegen die Metalltüren der Zellen hämmerten. Ein Willkommensgruß für die Neuen, der Rhythmus eines neuen Tanzes, den zu tanzen sie würden lernen müssen. Kälte in seinem Nacken, trotz Sommerhitze und stickiger Luft. Seine Fingerspitzen tasteten nach den Kacheln hinter sich, aber fanden sie nicht. Der Wärter vor ihm war ein großer, muskulöser Kerl mit feiner, langer Nase und braun gebranntem Gesicht, er grinste ihn an, so als wüsste er genau, welchen Effekt der Lärm auf Antonio und die anderen Neuankömmlinge haben würde.

»Willkommen im *Modelo*«, sagte er.

Antonios Zelle lag auf der ersten Etage, relativ nah an der Treppe. Er musste neben der Tür Aufstellung nehmen, wurde eingewiesen, dass er sein Bett zu machen habe, dafür habe er eine Stunde, dann, um Viertel nach eins, könne er sich sein Essen in der Küche holen, gegessen werde in der Zelle, nach der Zählung habe er Freigang im Hof bis sieben, danach Essen, Zählen, Lichter aus. Ob er verstanden habe. Ja, sagte er, er habe verstanden. Wenn nicht, sagte der Wärter, und deutete in die Zelle, frag ihn, er ist schon ein paar Wochen da.

»Eintreten!« Der Mann schrie ihn unvermittelt an, aus nächster Nähe, was völlig albern wirkte, völlig überflüssig, Antonio spürte die Spucketropfen auf Wange und Mund. Er machte einen Schritt in die Zelle. Die Tür knallte hinter ihm ins Schloss. Rechts eine Art Regal aus dicken, klobigen Betonfächern vom Boden bis zur Decke reichend, links eine schmale Wand und eine Öffnung, die Toilette, keine Tür, keine Brille; weiter im Raum, an der rechten Wand das dunkle Metallgestell eines Doppelstockbettes, unten eine nackte Matratze und einige Tücher, Laken, Hemden, eine zusammengerollte Wolldecke, oben ein sauber bezogenes Bett, klare Kanten, weißer Stoff, so als habe seine Mutter persönlich hier für Ordnung gesorgt. Am schmalen Tisch an der Wand gegenüber saß ein kleiner, irgendwie krumm gewachsener Kerl, die großen, kugelrunden Augen auf Antonio gerichtet, vor sich eine zusammengefaltete Zeitung. Der Mann erhob sich, was seinen Kopf kaum bis auf Antonios Brusthöhe brachte, er machte zwei trippelnde Schritte, irgendetwas zwischen Humpeln und Tanzen, und reichte ihm die Hand.

»Luismi«, sagte er.

In seinem Grinsen mehrere schwarze Lücken. Antonio nahm die kleine Hand des Mannes und drückte sie.

»Mach's dir bequem«, sagte Luismi und deutete auf die untere Matratze, »und mach's vor allem schnell. Bei Neulingen kommen sie gerne und kontrollieren direkt, so haben sie mich drangekriegt, gleich am ersten Tag.«

»Danke«, sagte Antonio, und machte sich daran, sein Bett zu beziehen.

[SAN ANDRÉS, BARCELONA, SPANIEN, JUNI 1974]

Die Tür öffnete sich, der kurz geschorene Kopf eines Mannes erschien, die Haare pechschwarz und dicht wie ein Teppich, die Augen klein und dunkel. Er musterte Antonio und Diego, die nebeneinander im Treppenhaus standen. Der Zeitzähler der Lampe über ihnen surrte, durch eine Leitung an der Wand rauschte eine Ladung Abwässer. Irgendwo dudelte aus einem Radio *»Canta y sé feliz«* von Peret, was Antonio komisch fand, er traute sich aber nicht zu lächeln.

»Was wollt ihr?«, fragte der Mann.

»Wir bringen Brot, für *Señor* Blanco«, nuschelte Diego.

»Was?«

»Brot«, wiederholte Antonio etwas lauter, »Brot für *Señor* Blanco.«

Der Mann zeigte seine Zähne.

»*Señor* Blanco ist leider zum Mond geflogen, aber mal sehen, was ihr dabeihabt. Kommt erst mal rein!«

Er verschwand, ließ die Tür aber angelehnt. Diego und Antonio schauten sich an. Der *Lobo* hob fragend die Augenbrauen. Antonio holte tief Luft, griff den Türknauf und trat ein.

Der lange Flur der Wohnung war leer und fast völlig verdunkelt, nur am Ende stand eine Tür einen Spaltbreit offen. Von dort waren Stimmen zu hören. Antonio spürte den Angstschweiß im Nacken und unter den Achseln, er hörte Diegos Schritte hinter sich, war sich plötzlich nicht mehr sicher, ob es sich um Diego handelte. Er hielt den Blick nach vorne gerichtet, lief einfach vorwärts und schob die Tür auf.

Im Raum saßen zwei Frauen und ein Mann dicht gedrängt auf einem Sofa, ihnen gegenüber zwei Männer auf Stühlen. Alle Gesichter wandten sich ihnen zu. Diego war neben ihn getreten, ihre Arme berührten sich.

»Da seid ihr ja endlich!«

Marcos erhob sich von seinem Stuhl, er grinste, hatte die langen Haare zu einem Zopf gebunden, sich den Bart abrasiert, erst als er dicht vor ihm stand, erkannte Antonio sein Gesicht unter den dichten, buschigen Augenbrauen. Marcos packte ihn mit seiner Pranke am Nacken, zog seinen Kopf ein wenig herunter und küsste ihn zweimal auf die Wange. Auch Diego bekam zwei Küsse. Dann legte er ihnen seine Hände auf die Schultern und stellte sie der Gruppe als Toni und den *Lobo* vor. Er habe sie bei einer illegalen Demo zur Unterstützung streikender Arbeiter in Badalona getroffen, sagte er, sie seien beide an vorderster Front gewesen und hätten gesungen, die Fäuste gereckt. Schulter an Schulter hätten sie die Linien gehalten, als die *Guardia Civil* kam; seien zusammen geflüchtet, als die Wasserwerfer anrückten, hätten anschließend, nachdem sie die Handlanger des Systems abgeschüttelt hatten, am Strand gesessen und Bier getrunken, dort seien sie erst so richtig ins Gespräch gekommen, hätten erste Kontakte geknüpft.

Das Ende der Geschichte, dachte Antonio, stimmte so weit. Flucht und Bier und Gespräche. Danach mehrere Treffen in Barcelona, zunächst einige Male im *Parc de la Ciutadella*, am großen Springbrunnen, später in einer *Bodega* in *Gràcia*. Marcos hatte sie mit Literatur versorgt, vor allem Antonio, der die darauffolgenden Nächte mit *Gott und der Staat* verbracht hatte, mit *Die Eroberung des Brotes*, mit Texten von Guérin und Mühsam, die ihm von einer Alternative erzählten, vom Wunsch, in einer freien, selbstbestimmten Welt zu leben. Nachdem er sich durch Kropotkins ausschweifend utopische Visionen einer neuen Gesellschaft gekämpft und zunehmend gefragt hatte, was das alles mit ihm zu tun hatte, waren der Zorn und die Energie Bakunins wie ein Gewitter über ihn hereingebrochen. »Ich erkenne keine unfehlbare Autorität an«, las er, und:

»Das Dasein eines persönlichen Gottes und die Unsterblichkeit der Seele sind zwei unzertrennliche Fiktionen, sind die beiden Pole des gleichen, unbedingten Unsinns.« Er hatte lachen müssen, hatte gedacht, dass diese Sätze des zornigen Russen auch seiner Mutter gefallen hätten, besonders dieser: »Als eifersüchtiger Anhänger der menschlichen Freiheit, die ich als die unbedingte Grundbedingung von allem, das wir in der Menschheit verehren und achten, ansehe, drehe ich Voltaires Satz um und sage: wenn Gott wirklich existierte, müsste man ihn beseitigen.« Der Text von Guérin, gedruckt in einem dünnen Heftchen eines argentinischen Verlages, schon vergilbt und in Auflösung begriffen, war ein historischer Abriss, eine vermeintlich wissenschaftliche Arbeit, aber eigentlich eine Liebeserklärung an den Anarchismus, besonders den spanischen. Zum ersten Mal las er schwarz auf weiß von der Selbstverwaltung der Bauern in Aragón, von ihrem gemeinsamen Kampf, von ihrem Wunsch nach einer neuen Gesellschaft, die sich »von unten nach oben« organisierte. An das bleierne Schweigen dachte er, das über ihrem Dorf gelegen hatte, das bleierne Schweigen, das über jene Dinge gebreitet wurde, die die Frauen und Männer in den Dreißigern getan hatten. Und Antonio, der mehr hatte wissen wollen, war immer wieder gegen Wände gelaufen, hatte das Gefühl gehabt, vom Schweigen seiner Eltern und seiner ganzen Umgebung erstickt zu werden. Er las, wie die Stalinisten unter Lister die Kollektive in Aragón vernichtet hatten, und er erinnerte sich an die wenigen Kommentare der Alten, die sich manchmal, nach vielen Gläsern Wein auf den *Fiestas* aus der Deckung wagten und gleichermaßen auf die Kommunisten wie auf Franco schimpften, nur im kleinen Kreis am Feuer, wenn kaum noch jemand wach war und man sich sicher glaubte. Antonio war daran gewöhnt, dass seine Mutter an die hohe, dunkle Steinwand spuckte, die den

Hof und Garten der *Hacienda de la Vega* vor den Blicken des restlichen Dorfes schützte. Das große, mehrstöckige Haus im Zentrum des Dorfes wie eine Trutzburg, die zu stürmen sich auch im Krieg niemand getraut hatte, so viel wusste er. Dass man darüber nachgedacht hatte, das ganze Haus niederzubrennen, sich aber dagegen entschieden hatte, hieß es, dass zum Dank dafür nach dem Ende des Krieges mehrere Dutzend Dorfbewohner denunziert und erschossen worden waren. Das waren die Mythen, die in den harten Steinen Aragóns steckten, in den trockenen Wurzeln der Bäume, die dort von den Kinder ausgegraben wurden, oder von irgendwo anders, aus dem Geflüster der nächtlichen Zwischenreiche, wenn der Wein die Zungen lockerte, auf sie übersprang, und die Kinder waren es, die diese Mythen lebendig hielten, sie einander erzählten und bewahrten.

»Ich denke«, sagte Marcos und riss Antonio aus seinen Gedanken, »sie werden unserer Sache äußerst nützlich sein. Toni hier ist sehr gut mit Zahlen, und Diego«, er drehte sich zum *Lobo* um, schaute ihn an, zögerte einen Augenblick, »Diego ist einfach ein Tier, in jeder Hinsicht!«

Er lachte sehr laut, und zu Antonios Überraschung stimmte Diego in seinem dunklen, grollenden Lachen mit ein. Sie wurden von den einzelnen Mitgliedern der Gruppe begrüßt, den beiden Frauen, Eli und Isabela, die Marcos, wie sie sagten, noch von der Schule kannten. Eli war sehr groß und dünn, hatte dunkle, wenige Zentimeter kurze Haare und große, runde Augen, die ihn an ein französisches Model denken ließen; Isabela dagegen war klein und kompakt, ihre Arme waren muskulös und ihre Haare honigfarben und hüftlang. Und obwohl sie aussahen wie Tag und Nacht, wirkten die beiden Frauen wie Schwestern. Wenn sie so nebeneinandersaßen, und das taten sie bei den Versammlungen meistens, legte Eli ihren kleinen, schmalen Kopf auf Isabelas Schulter. Von den beiden Männern, José und Lolo, war der Erste ebenfalls ein Schulkamerad von Marcos gewesen. Auch er hatte lange, zu einem Zopf gebundene Haare, schien ansonsten aber der Gegenentwurf seines Freundes zu sein; Marcos war laut und raumgreifend, José dagegen wirkte zurückhaltend, still, sein Körper beinahe zierlich, Marcos dagegen war trainiert und muskulös. Lolo, kurz für Manolo, der neben ihm auf einem Stuhl saß, war es gewesen, der ihnen die Tür geöffnet hatte. Auch er war erst später zur Gruppe gestoßen, erzählte er, wie Antonio und Diego auf einer Demo angesprochen und nach einigen Wochen des Kennenlernens rekrutiert worden. Antonio fragte sich, ob Lolo sofort begriffen hatte, dass die Erzählungen über ihre Heldenhaftigkeit bei der Demo ersponnen waren, dass Marcos sie einfach angesprochen und gefragt hatte, ob sie ein paar Flugblätter verteilen wollten. Und Antonio und Diego, die eigentlich nur nach Badalona gekommen waren, weil ihnen ein Bekannter von einer Arbeit auf einer Baustelle erzählt hatte, waren stattdessen auf der Demo gelandet, hatten politische Pamphlete ausgehändigt, waren eingekeilt worden von der Polizei und mit Marcos zusammen geflohen, hatten dabei einen Polizisten über den Haufen gerannt, mehr per Zufall, als sie um eine Ecke jagten, sie hatten die Schreie des Mannes ignoriert, waren in den Rauch der brennenden Reifen gerannt, in den Nebel, der nach dem Einsatz der Wasserwerfer vom dampfenden Asphalt aufstieg, hatten sich zum Meer durchgeschlagen und schließlich an einem *Chiringuito*, völlig verschwitzt und aufgekratzt vor Angst und Freude, einige Biere gekauft, hatten die Gleise überquert und den Strand erreicht. Mehrere klobige weiße Fischerboote hatten vor ihnen im Sand gelegen, wovon sie eines erklettert, sich auf die schmale Bank am Heck gesetzt und auf die wenigen Einheimischen geschaut hatten, die noch auf der anderen Seite der Schienen unter den bunten

Sonnenschirmen der Bar gesessen und Bier getrunken hatten. Ein paar Kinder waren kreischend zwischen den Tischen umhergerannt. Die Demonstration, die Schreie, die Kämpfe mit der Polizei hatten nur wenige Minuten und Hunderte Meter zurückgelegen, schienen aber aus einer anderen Welt zu stammen. Marcos hatte seine Bierflasche vor den Mund gehalten und leise Töne über die Öffnung geblasen, dabei in die tief stehende Sonne geblinzelt. Dass er ihnen dankbar sei, hatte er gesagt, für ihre Hilfe. Dass sie sich unbedingt wieder treffen müssten, in Barcelona. Große Dinge, hatte er gesagt, seien in Bewegung geraten. Der alte Mann sieche dahin, sein Nachfolger Blanco sei von der ETA erledigt worden. Und wenn sie ein Teil dieser neuen Bewegung sein wollten, dann sollten sie sich treffen, damit er ihnen mehr darüber erzählen konnte. Sie hatten sich per Umarmung verabschiedet, die Verabredung für das Treffen im Park am nächsten Wochenende auf eine Serviette des *Chiringuito* gekritzelt. So hatte es begonnen. Weniger heldenhaft, mehr zufällig.

Anfangs hatte sich Antonio in den Diskussionen mit Marcos gefühlt wie ein Kind, wie der in der Schulbank eingeklemmte Dorfjunge, dessen Beine von unten gegen den Tisch stießen, nur dass er jetzt, im Park, und später in der Kneipe seine Unsicherheit in Bier ertränken konnte. Dass es gelte, in der Zeit der Schwäche des Systems, den Anarchismus endlich wieder zu stärken, sagte Marcos, den Anarchismus, der schließlich die längste und tiefste Tradition in Spanien habe, der viel mehr sei als das, was die vermeintlichen Gewinner der Geschichte, die Faschisten und Stalinisten, aus ihm gemacht hatten. Es gelte, eine neue Gemeinschaft zu bilden oder zumindest die Keimzelle einer solchen. Und als Antonio fragte, ob es nicht viel mehr um den Einzelnen ging, um die persönliche Freiheit, lächelte Marcos freundlich, aber etwas herablassend.

»Freiheit«, hatte er gesagt, »ist keine Sache der Isolierung, sondern der gegenseitigen Anerkennung, keine Sache der Abgeschlossenheit, sondern im Gegenteil der Vereinigung; die Freiheit jedes Menschen ist nichts anderes als die Spiegelung seines Menschseins oder seiner Menschenrechte im Bewusstsein aller freien Menschen, seiner Brüder, seiner Genossen.«

Erst abends, allein mit *Gott und der Staat* in seinem Bett, war Antonio bewusst geworden, dass das nicht Marcos gewesen war, der da gesprochen hatte, sondern Bakunin selbst. Er war aufgesprungen, hatte sich an seinen Schreibtisch gesetzt und die entsprechende Stelle abgeschrieben. So hatte es begonnen, so war es gewachsen. Ein langsames, mühsames Lernen, das ihn schließlich in diese Wohnung, in diese Ansammlung junger Leute gespült hatte.

Vermutlich, dachte er und schaute sich um, war es bei Lolo und den anderen ebenfalls so gewesen, gewiss. Vielleicht aber hatte Marcos die Geschichte ihres Kennenlernens auch nur deshalb aufgehübscht, damit sie sich vor den anderen nicht schlecht fühlen mussten. José drückte ihnen Biere in die Hand, zwischen Elis schmalen, langen Fingern steckte ein Joint, den sie ihm wortlos reichte. Später saßen Diego und Antonio stumm auf dem kalten Steinboden und lauschten Marcos, der von dieser Bank erzählte, dieser kleinen Privatbank in El Prat de Llobregat, die zu überfallen ein Kinderspiel sein würde.

[LA MODELO, BARCELONA, JULI 1975]

Der Lärm auf dem Hof war ohrenbetäubend. Er hatte Stille erwartet, leises Flüstern, gesenkte Köpfe. Stattdessen erwartete ihn eine Masse aus Männern, die sich dicht an dicht drängten, die sich laut gestikulierend unterhielten, anschrien, schubsten, lachten. Aus zwei Öffnungen im Beton in der Mitte des Hofes erhoben sich zwei Palmen, zwei große, sehr gerade gewachsene Exemplare, die die Fächer ihrer Blätter über ihnen aufspannten und bei der hoch stehenden Sonne doch kaum Schatten spendeten. Es war selbst für einen Sommertag außergewöhnlich heiß, die Männer hatten ihre Hemden aufgeknöpft oder ganz ausgezogen. Antonio sah mehr Tätowierungen als je in seinem Leben zuvor; Anker, Messer, Sonnen, Gesichter, auf den Bizeps, die Brustmuskulatur oder die Rücken seiner Mithäftlinge gestochen. Der Hof, der zwischen zwei der sternförmig vom zentralen Überwachungskern ausgehenden Zellblöcke gelegen war, hatte die Form eines spitzen Dreiecks, das an einer Mauer zur Straße endete, die man mit einem Drahtzaun noch zusätzlich erhöht hatte. Dahinter, direkt auf der anderen Straßenseite gelegen, erhoben sich Mietshäuser, so als sei die *Calle de Provenza* ein Wohnort wie jeder andere auch. Er konnte einen Mann sehen, der auf einem Balkon eines dieser alten, schmalen Häuser stand und rauchte, eine Sonnenbrille trug und zu ihnen hinüberschaute, so als seien sie die Attraktion in einem Zoo. Am Rand des Hofs wurde Ball gespielt, Dinge wurden hin und her geworfen. Erst als Antonio genauer hinschaute, bemerkte er, wie ein Paket in hohem Bogen von der Straße über die Mauer geflogen kam, ein Stoffbündel, rund wie ein Fußball geknotet. Er sah, dass die Männer, die vor der Mauer standen, die Köpfe in den Nacken gelegt hatten und laut die Namen ihrer Freunde oder Verwandten brüllten, damit diese ihnen über die Mauer schleudern konnten, was auch immer sie ihnen zukommen lassen wollten. Selten erreichten die Sendungen direkt ihre Adressaten, sodass ein sonderbares Passspiel zwischen den Häftlingen entstand, ein Austausch der Habseligkeiten. Vom Turm aus, der oben auf der Ecke der Mauer über Hof und Straße thronte, beobachteten zwei Wächter das Schauspiel und schienen sich nicht daran zu stören. Straßenlärm war auszumachen, das Hupen von Autos, aber auch die Rufe der Menschen auf der anderen Seite der Mauer.

»Hierher, Toni, hier!«

Luismi stand in der Nähe einer der Palmen, er winkte ihn zu sich, hatte sein Hemd ausgezogen und es sich in Form eines Turbans um den Kopf gebunden. Sein Brustkorb war sehr weiß, sehr behaart und über dem Herzen war, durch das Fell seiner Haare, ein tätowiertes Stadt- oder Vereinswappen zu sehen. Luismi gab ihm die Hand, grinste, deutete auf das Wappen und sagte, dass er ganz und gar Betis sei, Betis schlage in seinem Herzen.

»Wenn du weiter so gestanden und gestarrt hättest«, fügte er hinzu, »hätte dir einer aufs Maul gegeben, einfach so, als Willkommensgruß.«

»Wie nett«, sagte Antonio.

»Ist nicht so, dass hier alles voller Arschlöcher ist, lass dir mal die Geschichten aus Block 4 erzählen, in dem die richtig harten Jungs sitzen. Dagegen ist das hier ein Kindergarten.«

Er deutete auf die Wand zum Block 2, an der eine Gruppe breitschultriger Männer zusammenstand, mehrere von ihnen mit kurz geschorenen Köpfen.

»Die Faschos. Müssen dicht zusammenstehen. Keiner von denen kann hier allein irgendwohin. Nicht mal die Wärter mögen die richtig. Könnten einem fast leidtun«, er zeigte seine Zahnlücken, »wenn's keine Faschos wären.«

Antonio streckte den Rücken, ließ den Blick über die Reihen der Gefangenen gleiten, ohne irgendwo lange zu verweilen.

»Welche Gruppen gibt's noch?«

»Katalanische Nationalisten haben wir natürlich, die haben eigentlich einen guten Stand, werden aber gern von den Wärtern schikaniert. Trauen sich meistens nicht mal mehr, *Catalán* zu sprechen. Und die Kommunisten«, sagte er und musterte Antonio aus seinen hellen Fischaugen, »die Kommunisten halten's wie draußen in Francos Spanien; die sind überall und nirgendwo.«

»Und die Anarchisten?«, fragte Antonio und ärgerte sich sofort darüber. Er sah Luismi lächeln, war sich nicht sicher, ob freundlich oder spöttisch. Vielleicht beides.

»Durrutis Erben, *vaya vaya.*«

Er trat noch näher an Antonio heran, sein Atem roch sauer.

»Ich stell dir jemanden vor, beim nächsten Ausgang. Aber sei bloß vorsichtig und halt mich da raus! Die kriegen gern von allen Seiten auf die Schnauze, deine Genossen. Betteln auch drum, wenn du mich fragst. Immer Unruhe, immer Proteste.«

»Ich habe nicht gesagt, dass das meine Genossen sind«, sagte Antonio.

»*Vale,* versteh schon. Aber wie gesagt: Wenn du willst, stell ich dir jemanden vor.«

Einige Bekannte von Luismi schoben sich durch die Menge, fragten nach Tabak, der überall knapp zu sein schien. Kaum jemand rauchte. Antonio schüttelte Hände, wurde mehrmals gefragt, wofür sie ihn erwischt hatten, was er stets nur mit *Überfall* beantwortete. Den Männern schien das zu genügen. Viele seiner Mithäftlinge waren dünn und drahtig. Auch das Essen schien nicht gerade üppig zu sein.

»Und die Pakete?«, fragte Antonio und deutete zur Mauer, über die noch immer vereinzelte Sendungen geworfen wurden.

»Die Wärter kriegen ihren Anteil, darum lassen sie es zu. Wer schlau ist, lässt sich zusätzlich etwas einpacken, gibt es direkt bei seinem zuständigen Wärter ab und kauft sich so seine Sicherheit.«

Antonio schloss die Augen, legte den Kopf in den Nacken, spürte die Hitze der Sonne auf den Lidern, konnte die Helligkeit nicht wirklich aussperren. Vielleicht, dachte er, würde er Mireia bitten können, an die Mauer zu kommen, wobei er nicht wusste, ob sie ihn überhaupt besuchen würde. Als sie ihn aus seiner Verhörzelle im Keller hinaus ins Licht eines Innenhofs und direkt in einen Transporter stießen, da hatte er diese absurde Hoffnung gehabt, dass er sie dort sehen würde, ihr Gesicht zwischen den Fratzen der Polizeibeamten, ihr Gesicht auf der Straße, auf dem Weg zum Gefängnis. Aber niemand hatte im Hof der Wache auf ihn gewartet, niemand hatte überhaupt gewusst, dass er dort war. Und der Transporter war dunkel gewesen, dunkel und stickig. Er öffnete die Augen wieder und lauschte Luismi, der ihm von der Hitze in Sevilla erzählte, davon, wie sie alles lähmte und erdrückte, und dass deshalb all das hier, wobei er nach oben in den Himmel deutete, für ihn noch sehr angenehm sei. Er würde ihr schreiben müssen, dachte Toni. Mireia war der einzige Mensch, dessen Besuch er sich wünschte.

[EL CLOT, BARCELONA, JULI 1974]

Es klopfte. Er legte sein Buch ab, erstarrte auf dem Sofa, wartete. Erneut klopfte es, zweimal sehr schnell hintereinander, danach noch dreimal in sehr großen Abständen, schließlich viermal sehr schnell. Er stand auf, ging zur Tür. Aus der Dunkelheit des Hausflurs schoben sich Marcos und José an ihm vorbei in die Wohnung. Sie trugen weite, helle Trenchcoats, wie die Figuren in einem schlechten amerikanischen Gangsterfilm. Als er sich vorstellte, wie sie, auf dem Weg zu seiner

Wohnung, mit diesen Mänteln den breiten, neuen Bürgersteig an der *Meridiana* entlangspaziert waren, drehte sich ihm der Magen um. Seitenstraßen, sagte er sich, sicher nur Seitenstraßen. Sie betraten das Wohnzimmer. Nur eine kleine Lampe brannte über dem Sofa, dort wo Antonio gesessen und gelesen hatte, ansonsten war es dunkel. Er erwartete die Sirenen von Polizeiwagen im Nachklang zu hören, aber da war nur das gleichmäßige Rauschen der *Meridiana*. Und hier oben: die Höhle seiner Wohnung; Berge aus Stoff, Dunkelheit, stickiger, alter Rauch, das perfekte Versteck.

Wo der *Lobo* sei, fragte Marcos, und Antonio erzählte ihm, dass sein Mitbewohner auf dem Land sei, jagen vermutlich. Vielleicht sogar besser so, sagte José, der noch nie in der Wohnung gewesen war und sich umschaute, so als rechne er jeden Moment damit, dass mehrere Polizisten in der kleinen Küche oder im Gang auftauchen könnten. Er öffnete seinen Mantel, hob den ausgebeulten Pullover an und ließ zwei schwere Postsäcke auf den Boden plumpsen. Mit den Säcken schien auch alle Kraft und Spannung von ihm abzufallen; er sank auf eines der ledernen Sitzkissen, entdeckte Antonios Tabakpaket auf dem niedrigen Wohnzimmertisch, griff danach und begann, sich eine Zigarette zu drehen. Marcos und Antonio schauten ihm dabei zu, warteten, bis er sie angezündet und den ersten Zug genommen hatte, nach hinten sank und die Augen schloss.

»*Joder*«, sagte er leise, blies den Rauch aus und dann, schnell hintereinander: »*Joder, joder, joder …*«

Auch Marcos öffnete jetzt seinen Mantel, förderte ebenfalls zwei Säcke zutage und warf sie zu den anderen auf das Sofa. Ob Antonio kein Bier habe, fragte er. Antonio ging ins Bad, in dem sie in der großen Badewanne eine kleinere Wanne aus Blech abgestellt hatten, in der Diego Eis aus dem Schlachthaus deponierte, um all ihre Getränke zu kühlen, die nicht mehr in den winzigen Kühlschrank passten. Seitdem der *Lobo* am Vorabend seine letzte Ration mitgebracht hatte, war das Eis bereits beträchtlich geschmolzen, das Wasser in der Wanne milchig und von leichten Blutschlieren aus dem Schlachthaus durchsetzt, aber die drei Flaschen, die Antonio aus dieser Brühe fischte, waren noch so kalt, dass ihre Hälse an seinen Handflächen brannten. Er blieb vor dem Spiegel stehen; er schaute sich an, musste sich dazu ein wenig herunterbeugen. Er sah den Schweißfilm über der Oberlippe, hatte das Gefühl, seine rechte Mundhälfte würde zucken, die Biere klirrten in seinen Händen. Fast erwartete er, bei seiner Rückkehr ins Wohnzimmer von einer Gruppe Bewaffneter empfangen zu werden, aber nur José und Marcos waren dort, Letzterer war auf das Sofa gesunken und hatte sich seine Stiefel von den Füßen gestreift, wackelte mit den Zehen und schien ganz auf die Bewegung konzentriert zu sein. Nur Marcos und José, dachte Antonio, das sind nur Marcos und José und ein paar Säcke voller Geld. Er hielt ihnen die Biere hin.

»Und?«

»Und was?« José schaute ihn an.

»Ist alles glattgelaufen?«

José wollte etwas entgegnen, aber Marcos schnitt ihm das Wort ab.

»Glatt ja, schon glatt. Aber was heißt das überhaupt? Wir sind hier, Isa und Lolo dürften schon wieder in *San Andrés* sein. So weit, so glatt.«

Antonio stand noch immer mitten im Wohnzimmer, schaute auf die beiden Männer hinab, die vor wenigen Stunden noch in El Prat gewesen waren; mit Waffen, sagte er sich, mit Waffen und Sturmmasken, mitten in der Stadt. Und jetzt waren sie hier, lagen in seinem Wohnzimmer herum und schwitzten ihre Angst aus. Und ihre Angst stank bestialisch, roch nach alten Zwiebeln und toten Tieren, sie erfasste ihn, zerrte an seinen Gliedmaßen. »Es gibt keine Freiheit, außer der, die der einzelne sich selbst erobert«, flüsterte er tonlos. Angelesene Sätze gegen die Angst, er wiederholte sie mechanisch, fast betete er sie.

»Einer der Wächter«, sagte José, der fiebrig wirkte und sich die verschwitzten Haare mit der kalten Bierflasche aus der Stirn wischte. Er und Marcos wechselten einen Blick.

»Der Beifahrer des Geldtransporters, der hat versucht nach seiner Waffe zu greifen. Alles war ganz ruhig, ganz leise, in der Seitenstraße neben der Bank, wo uns hinter dem Wagen niemand sehen konnte, genau wie Marcos es geplant hatte. Und plötzlich greift der Idiot nach seiner Waffe. Ich hab ihm eins übergezogen, mit dem Griff meiner Walther, mitten ins Gesicht, danach auf den Hinterkopf.«

»Er wird okay sein«, sagte Marcos. »Er hat ihn ausgeknockt, er hat ein bisschen geblutet, das ist alles. Er wird okay sein.«

Was du zu sein die Macht hast, dazu hast du das Recht. Stirner sollte ihm Zuversicht zuflüstern, aber trotzdem zitterte das Bier in seiner Hand. Er hatte den Namen Puig Antich auf der Zunge, sie alle wussten von ihm; Salvador von der MIL, wie Marcos ihn bei einem Treffen genannt hatte, so als sei er ein alter Bekannter. Salvador Puig Antich von der MIL, dem die Schweine hier in Barcelona vor ein paar Monaten ganz offiziell mit der Garotte den Nacken gebrochen hatten, nachdem er bei seiner Verhaftung einen Polizisten erschossen haben soll.

»Er wird okay sein«, wiederholte Marcos.

Antonio trat zum Sofa, griff sich zwei der Geldsäcke. Was das werde, fragte José. Und Antonio entgegnete, sie hätten ihn als Verwahrer ausgewählt, also werde er sie verwahren. Dass er durchzählen müsse, sagte Marcos, durchzählen und Buch führen. Antonio ignorierte ihn, lief den Flur hinunter, je einen der schweren Säcke an den Seiten seines Körpers, er zog den Bettkasten auf, hob einige Bettlaken an und schob die Postsäcke darunter, kehrte ins Wohnzimmer zurück und griff sich die anderen Säcke. Er werde zählen, sagte er Marcos, der sein Bier ausgetrunken und die Flasche einfach auf den Boden hatte fallen lassen, aber nicht jetzt. Jetzt werde er alles verstauen.

»Und dann verpisst ihr euch«, sagte er. »Und wenn ihr euch verpisst habt, werde ich die restlichen Biere trinken und versuchen zu schlafen. Und morgen nach dem Aufstehen, wenn ich nicht von den Knarren der *Grises* geweckt werde, dann werde ich zählen und dokumentieren, bis auf die letzte Pesete.«

[LA MODELO, BARCELONA, SPANIEN, SEPTEMBER 1975]

Es herrschte ein Höllenlärm in dem niedrigen Saal, dessen graue Kacheln allen Gesichtern einen kranken Glanz verliehen. Die langen, flackernden Neonröhren an der Decke taten ihr Übriges. Er trat ein, wollte stehen bleiben und sich einen Überblick verschaffen, wurde aber sofort von den nachrückenden Mithäftlingen nach vorne geschoben. Erst nach einigen Metern kam er zum Stehen, schon mitten im Gang zu den Besucherzellen. Alle Zellen waren voll, und auch im Raum dahinter drängten auf seiner Seite die Häftlinge, auf der anderen Seite die Besucher. Die Wärter hatten Mühe, das Chaos unter Kontrolle zu halten. Er sah Hände, die von der Besucherseite auf die Häftlingsseite griffen, die Gesichter befühlten, Schultern. Und dahinter die Männer, die ihre Angehörigen noch nicht entdeckt hatten, die laut ihre Namen brüllten, so, wie die Angehörigen die Namen ihrer Ehemänner, Brüder oder Liebhaber riefen. »Pepe, hierher, hier!«

»Santi, Santi, hier drüben, hier drüben!« Ein Schreien und Weinen, dazu der Geruch Dutzender Menschen, die sich in diesen Saal quetschten. Das *Modelo* war belegt bis zur letzten Zelle und die Besuchszeiten waren kurz. Die Wächter griffen immer dann ein, wenn die Dinge zu offensichtlich von einer Seite zur anderen gereicht wurden. Dann rissen sie die Türen zu den Besuchszellen auf, konfiszierten die Geschenke und beendeten die Besuche unter Schlägen und Schreien. Was im Hof toleriert war, wurde hier unterbunden.

Antonio wusste: Jemand wartete, er hatte Besuch. Man hatte ihm keinen Namen genannt. Vielleicht der *Lobo*, dachte er, auch wenn er nicht sicher war, ob das eine gute Idee wäre, das Risiko wert. Andererseits, dachte er, würden sie ihn bereits verhaftet haben, wenn sie ihn im Verdacht hätten. An seine Mutter dachte er, an den Vater. Aber wer sollte ihnen von seiner Verhaftung erzählt, wer die Nachricht bis nach Aragón gebracht haben? Seine Eltern, vermutete er, würden im Dorf sitzen und über den treulosen Sohn schimpfen, der seit Wochen nichts mehr von sich hatte hören lassen. Und das war besser so. Mireia war die Einzige, der er geschrieben hatte.

»Toni! Hier drüben!«

Er erkannte ihre Stimme sofort, diesen hellen, rauchigen Klang, er schob sich hastig durch die Masse der Männer, ohne sich um die Konsequenzen zu kümmern. Er folgte einfach ihrer Stimme, ließ sich von ihr ziehen. Endlich sah er ihr Gesicht hinter den Gitterstäben, an der offenen Tür einer Zelle. Ihre Haare waren in den Wochen seit seiner Verhaftung noch wilder gewachsen. Ein Wächter musterte ihn, musterte Mireia. Er nickte, ließ ihn passieren. Toni wünschte sich so dünn zu sein, dass er sich durch das Gitter zwängen könnte, zumindest den Kopf, wollte nichts sehnlicher, als sein Gesicht in diesen Haaren vergraben, die ihm jetzt gegenübersaßen. Mireia streckte eine Hand durch die Stäbe. Er griff danach, sank auf die Knie, hielt ihre Hand und weinte, weinte das erste Mal, seitdem er angekommen war. Das Gefängnis um sie herum löste sich auf, wurde eine düstere Traumwelt, nur er und Mireia waren noch da, nur er und sie, nichts anderes zählte mehr. Als er den Kopf hob, lächelte sie verlegen, wusste nicht recht, was sie anfangen sollte mit diesem langen, dünnen Mann, der ihre Finger nicht loslassen wollte und nicht aufhören konnte zu flennen.

KOPFGEBURT (II)

[LUFTRAUM ÜBER HESSEN, DEUTSCHLAND, MAI 2017]

Im nächtlichen Anflug auf Frankfurt diese Sinnestäuschung, er flöge über das Meer und die leuchtenden Orte in der Dunkelheit unter ihm seien Inseln, die Scheinwerfer der vereinzelten Autos die Lichter von Booten, die auf unsichtbaren Linien eine schwarze See durchquerten. Das Gesicht nah am Fenster, versuchte Jonas vergeblich die Illusion aufzulösen, Details in der Schwärze auszumachen, aber der Flieger war noch zu hoch, die hessischen Wälder unter ihm zu dicht und zu dünn besiedelt. Kurz vor dem Touchdown dann, über der Innenstadt der Metropole, erkannte er das Band des Main, in dem sich die Türme der Banken und Versicherungen spiegelten, die Lichter der Brücken. Das Wasser des Flusses glänzte in der Nacht, das Meer der Bäume wenige Minuten zuvor hatte alles Licht noch geschluckt. Je näher sie dem Boden kamen, desto kräftiger rüttelten Böen an den Tragflächen, Menschen schrien auf vor Schreck, das Absacken der Maschine in seinem Bauch als ein Gefühl der Schwerelosigkeit. Sein Sitznachbar hatte die Armlehnen gepackt, die Finger um das Plastik gekrallt. Jonas lächelte, schloss die Augen. Am Ende drosch der Pilot den Flieger auf die Landebahn, und ein Raunen ging durch den Flieger, irgendwo weinte ein Kleinkind. Er roch die Angst seines Nebenmannes, der sich hastig nach vorne schob, kaum dass die Türen geöffnet waren. Im Terminal waren die Geräusche der Welt durch den schlechten Druckausgleich noch heruntergeregelt, dumpf, die Lichter und

Gerüche dagegen übersteuert. Wenn er jetzt angeschlossen wäre, dachte er, wenn sein Kopf auf dem Monitor im Labor zu sehen wäre, dann so: grelles Leuchten seines visuellen Cortex, eine Blendung, so musste es aussehen, so fühlte es sich an, der auditive Cortex dagegen nur ein Glimmen, das erst langsam seine normale Kraft zurückgewinnt. Er vermisste schon jetzt die Röhre, vermisste den Bildschirm, die klare Struktur der Simulation, vermisste die Arbeit und die Kollegen. Am Ausgang blieb er kurz stehen, ließ den Strom der Reisenden an sich vorbeigleiten, ließ sich anrempeln, anraunzen, war ein Störfaktor im Fluss der Abläufe. Niemand wartete auf ihn, Schilder mit unbekannten Namen, erwartungsfrohe Gesichter, Blumensträuße, Gelächter und Tränen, die nichts mit ihm zu tun hatten. Er trat aus dem Weg, lehnte sich an eine Werbetafel, erschrak, als sie mit einem Surren ihre Anzeige wechselte. Er schloss die Augen, konzentrierte sich auf den Druck seiner Finger um den Griff des Rollkoffers.

Er hätte Charlotte absagen sollen, oder besser: Jürgen anrufen und ihn fragen, ob sein Besuch wirklich nötig war. Er war sich sicher, dass es seinem Vater unangenehm sein würde, ihn in der Wohnung zu haben. Dass er ihn gebeten hätte, in Kopenhagen zu bleiben. Alles halb so wild, hätte er gesagt. Und jetzt war es zu spät. Bis zur Landung war alles erstaunlich glattgegangen, hatte er nicht darüber nachgedacht, wie lange er nicht mehr in Frankfurt gewesen war, nicht mehr gereist war, nicht mehr – eigentlich gar nichts mehr. Die Masse der Menschen setzte ihm zu, die Vertrautheit des Flughafens, zu dem er früher mit seinem Vater an den Wochenenden gefahren war, um von der Terrasse aus den startenden und landenden Fliegern zuzuschauen.

»Transitorische ischämische …«

»TIA«, hatte er sie unterbrochen, »das kenne ich, Charlotte. Ganz so dramatisch ist das doch gar nicht.«

»Das haben die Ärzte auch erzählt«, hatte sie gesagt. »Aber das Problem ist, dass das Ganze von einer Herzklappe ausgelöst wurde, die verengt ist. Er bekommt jetzt Blutverdünner. Sie sagen, dass es sein kann, dass er operiert werden muss. Ich denke, es ist wirklich besser, wenn du nach Frankfurt kommst!«

Sie hatte zu weinen begonnen, und in ihm war ein Zorn aufgestiegen, der ihn selbst überrascht hatte und den er nur mit größter Anstrengung hatte unterdrücken können.

»Selbstverständlich komme ich«, hatte er gesagt.

Am Ende war er nur geflogen, sagte er sich, um sich ihr Weinen nicht weiter anhören zu müssen. Was natürlich Unsinn war. Er war sich sicher, dass er sie in bester Stimmung antreffen würde, seinen Vater vermutlich schon wieder fit und auf den Beinen. Sie hatten ihn rausgelockt, so fühlte es sich an, nachdem er ihre Besuchswünsche monatelang hatte abwehren können, sie hatten ihn aus seiner Höhle getrieben. Jetzt war er im Freien, war wieder draußen in der Welt. Zu Hause in Kopenhagen war es oft schwierig genug, aber die Wege waren abgesteckt, vertraut. Er hatte eine innere Landkarte, Orte und Straßen, in denen er sich bewegen konnte. Daran änderte sich seit einem Jahr wenig. Die Theke des *Kærlighed hus* war einer der wenigen neuen Orte, eine Ausnahme. Nach dem ersten stummen Bier in jener Nacht hatte Anita, die sicher nicht so hieß, ihn noch das eine oder andere Mal angesprochen, wenn er draußen stand und rauchte. Vor einer Woche dann hatte er das erste Mal von sich aus an die Tür geklopft, eine Kollegin von Anita hatte ihm geöffnet und zugenickt, der Barmann ihm wortlos ein Bier auf den Tresen gestellt. Dass er Nachbarschaftspreise zahlte, fiel ihm erst auf, als er das erste Mal einem anderen Gast die Getränkekarte reichte. Der Mann, ein kräftiger, blasser Mittvierziger, war einer der Stammgäste, Jonas hatte ihn bereits drei oder vier

Mal dort getroffen, und beim letzten Mal, als er vor ein paar Tagen um kurz vor zwölf eintrat, um Anita zu besuchen, hatte der Mann ihm wortlos die Hand gegeben. Stammkunden unter sich. So musste das aussehen.

»Netter Kerl«, hatte sie gesagt, nachdem sie ihn eine Stunde später verabschiedet und sich zu Jonas an die Theke gesetzt hatte. »Steht darauf, es mit dem Dildo besorgt zu bekommen. Seine Frau ist für so was nicht zu haben, also haben sie einen Deal, dass er hierherkommt, in einen Laden am anderen Ende der Stadt, und es sich nicht von wechselnden Bekanntschaften machen lässt.«

»Klingt fair«, sagte Jonas.

Anita grinste.

»Ich kann nicht mal sagen, ob du das ernst meinst oder ob du dich lustig machst.«

Es hatte an der Tür geklingelt. Sie hatte ihr Korsett zurechtgerückt und ihm auf die Schulter geklopft.

»Mach nicht zu lange heute, Jonas.«

Der Glanz im Bahnhofsviertel hatte zugenommen, aber die Menschen waren geblieben. Vor Jonas ein uralter Mann, vielleicht nur wenige Jahre älter als er selbst, der sich auf einem Rollstuhl über die Straße schob, nur noch ein Fuß beweglich, der andere, rot, nackt, hing leblos auf der Fußstütze; die Bomberjacke glänzend schwarz, viel zu neu; er keuchte, redete vielleicht, es war nicht auszumachen, die Dumpfheit aller Klänge begleitete Jonas noch immer, er sah die Anstrengung im Gesicht des Mannes. Die roten Flecken, Ausschläge, Entzündungen auf Wangen und Hals leuchteten, seine Stirn lag in Falten, die Mütze verrutscht, darunter fettiges schwarzgraues Haar. Auf der anderen Straßenseite erwartete den Alten ein schmächtiger Mann, vielleicht gerade groß genug, um nicht als kleinwüchsig zu gelten. Der Rollstuhlfahrer und der andere begrüßten sich durch Kopfnicken, der Kleine hob eine Plastiktüte vom Boden auf, legte sie dem Alten auf den Schoß, trat hinter den Rollstuhl und begann seinen Freund die Kaiserstraße hinabzuschieben, vorbei an neuen Restaurants und Bars, in denen Touristen bei Burger und Craftbeer saßen. Im Hintergrund, in der Flucht der Straße: die Türme der Banken, als liefe alles zu auf das Geld, auf den Reichtum; und der Reichtum wiederum strömte aus, er war ein Gewächs, das die Gebäude des Bahnhofsviertels Stück für Stück erreichte. Aber die Junkies waren noch da. Er sah dem Zwerg und dem Rollstuhlfahrer nach, die entweder noch auf der Suche waren oder sich nur noch ein stilles Plätzchen auf einer der Bänke in der Taunusanlage suchen mussten. Er lief hinunter zur Münchener Straße, stieg in die Straßenbahn, wollte die Stadt aufnehmen. Aber am Ende war das Licht in der Tram zu grell, war das Leuchten der Türme und Häuser hinter der Glasscheibe zu fern. Die Zwölf rumpelte am Museum für Moderne Kunst vorbei. Vor Jahren, dachte er, hatte er dort mit Liv in einer Lichtinstallation gestanden, die anfangs, wenn man eintrat, nur aus einem schwarzen Raum bestanden hatte. Ein Schild vor dem Eingang hatte sie informiert, dass sie sich Zeit nehmen müssten, abwarten. Er hatte in der Schwärze nach ihrer Hand gegriffen, hatte ihren Atem gehört, hatte gegen die Panik angekämpft, die ihn hinaustreiben wollte. Ihre Anwesenheit hatte es ihm erlaubt zu bleiben. Und irgendwann, nach mehreren Minuten, war ein Licht sichtbar geworden, ganz zart nur, ein optischer Hauch, der seine geweiteten Pupillen erreichte. Ein schwacher Glanz an den Rändern der hinteren Wand, und mit diesem Glanz hatten sich sehr langsam Objekte aus der Dunkelheit geschält, Quader, Blöcke, gestapelt und verdreht. Und irgendwann, er wusste nicht mehr, wie lange sie so gestanden und geschaut hatten, war das Licht am Ende des

Raumes so klar zu sehen, dass es undenkbar schien, dieses Strahlen vorher nicht bemerkt zu haben. Als sie wieder hinaustraten in das Weiß des Museums, erschien alles übersteuert, grell, war die Welt eine Überforderung. Und, dachte er, den Kopf gegen die Scheibe gelehnt, während die Tram auf die Schumacher-Straße in Richtung Konstablerwache einbog, er fühlte sich seit Wochen, als sei diese Überforderung jetzt ein Teil seiner täglichen Wahrnehmung, als könnten seine Pupillen sich nicht mehr anpassen an die Welt, während ein Teil von ihm noch immer in diesem dunklen Raum stand und vergeblich darauf wartete, dass das Licht zurückkehrte.

Der Sommer ihres Kennenlernens war voller Licht gewesen und die Sonne so heiß, dass sie tagsüber nackt im Halbdunkel von Livs kleinem Zimmer in Saragossa lagen, die Rollläden fast komplett heruntergelassen. Das Licht drang durch die Zwischenräume in dünnen Strahlen, in die man mit der Hand hineinfassen konnte. Livs Arme und Beine, auch der Kopf bis zum Hals waren tief gebräunt, ihr Körper aber war leuchtend weiß gewesen, noch heller als ihre Haare, die sie wie einen Vorhang über ihr Gesicht gelegt hatte. Die Zeit war ein sonderbares Ding gewesen in diesen Tagen der Sommerhitze. Sie war träge gewesen, unbeweglich, nur um sich mit dem Einbruch der Dunkelheit zu beschleunigen, Liv und ihn hinauszutreiben auf die Plätze der Stadt, zu Freunden, Musik, dem Lachen und Tanzen. Die Zeit war aber auch das: ein Kalender über ihrem Schreibtisch, der die verbleibenden Tage abzählte, ein Countdown, an dessen Ende Flüge und Verabschiedungen stehen würden. Er hatte vergessen, wann er das letzte Mal in seiner eigenen WG geschlafen hatte, hatte nicht mehr gewusst, wann er das letzte Mal ohne sie aufgewacht war. Drei Wochen waren vergangen, seit sie sich über den Weg gestolpert waren in diesem Wahnsinn aus Rotwein und Lärm in Huesca. Am Ende des Tages, der irgendwann in eine leuchtende, laute Nacht gekippt war, die weißen Hosen und Hemden dunkelrot durchtränkt und am Körper klebend, hatten sie an einer Straßenecke auf dem Bordstein gesessen und geknutscht, wie Teenager geknutscht, schwitzig und stinkend, neben ihnen Menschen, die in der Gasse vor einem Club tanzten; Elektrobeats aus einer Tür mischten sich mit dem Gitarrenklang und einer hellen spanischen Frauenstimme aus einer anderen Bar. Und jetzt lag er neben ihr, schwitzend und glücklich. Wie man von hier zurückkehren sollte, hatte er sich schon damals gefragt, aus der Befreiung, die dieses Jahr und vor allem Liv für ihn bedeutet hatte. Er hatte Angst gehabt vor Frankfurt, vor dem Herbst, dem Winter. Vor Vorlesungssälen und überfüllten Seminarräumen. Er hatte Angst gehabt vor Tagen und Wochen ohne Liv, ohne ihre Stimme, die ihn nach Dingen fragte, die er selbst nie gefragt hatte. Mit Vehemenz und Halbwissen hatte sie ihm gegenüber den freien Willen verteidigt, als er ihr zu erklären versuchte, dass das Bewusstsein ihr zuvor im Gehirn festgelegte Prozesse als freie Entscheidungen vorgaukelte. Sie hatte die Illusion verteidigt, sogar behauptet, lieber in einer Illusion von Freiheit leben zu wollen als in einer Realität ohne. Das hatte ihn damals sprachlos gemacht. Ihre Energie hatte ihn umgeworfen. Was mit den Dingen von außen sei, mit ihr und ihm, mit dem Dazwischen, mit dem Körper? Zufall, hatte er gesagt, das Einzige, was bliebe, sei der Zufall, wunderbarer Zufall in diesem Fall.

»Weißt du«, hatte sie an einem Morgen Ende August gesagt, halb gegen die Wand gerichtet, »was ich mir überlegt habe.«

Sie hatte sich auf den Rücken gedreht und ihm mit der Hand über den Bauch gestrichen.

»Du könntest nach Kopenhagen kommen, bis dein Semester losgeht. Lesen kannst du ja überall.«

»Stimmt«, hatte er gesagt, und ein Kribbeln vom Kopf bis zu seinen Füßen gespürt, »lesen kann ich überall.«

Jonas stand an der Schwelle zum Wohnzimmer seiner Eltern und war überrascht, dass sein Vater so schlecht aussah. Jürgen saß auf dem Sofa, die Beine unter einer Wolldecke, der Oberkörper in einer Strickjacke, darunter ein ungebügeltes Hemd, den Rücken mit mehreren dicken Kissen gestützt; er hatte wie üblich ein Buch vor sich aufgeschlagen, aber er stand nicht auf, als Jonas den Raum betrat, er lächelte nur schmal und verkündete, Charlotte habe ihm Bettruhe verordnet und er versuche sich daran zu halten. Im Gesicht ein neuer, sehr heller Dreitagebart mit leichtem Rotstich, der ihm gut hätte stehen können, unter anderen Umständen. Aber Jonas sah vor allem: Müdigkeit, eingefallene Wangen, Farblosigkeit. Er trat ans Sofa, musste sich weit hinunterbeugen, um ihn zu umarmen. Auch der Geruch seines Vaters hatte sich verändert. Der Duft nach Zigarren war nur noch eine schwache Erinnerung, stattdessen roch er stark nach Seife, sehr sauber, sehr frisch, was Jonas absolut unpassend erschien. Fast wünschte er sich den kräftigen ehernen Jürgen zurück, der ihm, auf der Höhe seiner jugendlichen Rebellion, als er mit Edding einen gestreckten Mittelfinger auf die Wohnzimmertür taggte, mit der flachen Hand so ansatzlos und gleichzeitig kräftig ins Gesicht geschlagen hatte, dass seine Wange noch Tage danach die Spuren zeigte. Diese geschwächte Version seines Vaters machte ihn nervös. Wie lange er krankgeschrieben sei, fragte Jonas. Nur zwei Wochen, sagte Jürgen. Wenn es nach ihm ginge, wäre er schon wieder in der Firma, aber er tue Charlotte den Gefallen, auch weil er sonst keine Ruhe haben würde. Er lächelte.

Und im Hintergrund ein Klangteppich von Charlotte, die in der Küche Schränke öffnete und wieder schloss, um Vater und Sohn ein wenig Zeit zu geben. In jedem Klappern, jedem Verschieben von Tellern, hörte er ihre Ungeduld.

»Läuft ja auch ohne mich gut«, sagte Jürgen. Und als er Jonas' fragenden Blick bemerkte: »Die Firma. Die ganzen Berichte von russischen Hackern, das ist kostenlose Werbung für uns. Die Firmen investieren in Sicherheit, immer mehr Leute wollen VPN-Clients.«

»Und CD-Protect hilft«, sagte Jonas. »Damit der Rubel rollt.«

Jürgen lachte. Er klappte sein Buch zu, einen schmalen weißen Band, auf den ein fettes rotes A in einem Kreis gedruckt war. Jonas nahm es seinem Vater aus der Hand.

»Chomsky? Wärmst du die alte Liebe auf?«

»Dein Vater glaubt, dass er in vergrabenen Geschichten rühren muss.«

Charlotte stand in der Tür, ein Tablett mit Tassen und einer dampfenden Teekanne in den Händen. Dass sie das für keine gute Idee halte, sagte sie, sich jetzt mit altem Kram zu befassen. Was Jürgen jetzt brauche, sei Ruhe. Musik solle er hören, habe sie ihm gesagt, vielleicht mal eine Serie schauen. Jürgen winkte ab. Charlotte setzte das Tablett vor ihm auf die Glasplatte des Wohnzimmertischs.

»Ich liege, ich ruhe. Was willst du denn noch?«

»Er hat die spanische Grippe«, sagte Charlotte. »Das ist ihm alles zu Kopf gestiegen. Seit er bei der Hochzeit in Girona war, hat er lauter Flausen im Kopf. Das hat sein Herz nicht vertragen.«

»Du warst in Spanien?«, fragte Jonas.

Sie habe ihm doch eine Nachricht geschickt, sagte Charlotte, ihm davon erzählt. Aber das habe er wohl vergessen. Überhaupt, fügte sie hinzu, hätte er sich mal melden können.

Sie mache sich Sorgen. Jonas wollte sagen, dass er keine Sorgen mehr ertrug, dass er erstickte an Sorgen, den eigenen, aber vor allem den fremden, weil sie von ihm eine Reaktion forderten, ein Verhalten, was von den Trägern dieser Sorgen dann als normal eingestuft werden konnte. Die Sorgen *um ihn* legten sich *um ihn* wie eine Kette, sie zerquetschten ihm die Brust, der es noch an jeglicher Kraft fehlte.

»Du siehst ja, was hier los ist!«, sagte Charlotte.

Sie schaute zu Jürgen, so als habe das alles, Jonas' Abwesenheit, die Hochzeit, die Lektüre-Auswahl seines Vaters, irgendwas mit dem Auftreten des TIA und den Herzklappenproblemen zu tun.

»Lass doch den Jungen in Ruhe«, sagte Jürgen, griff nach der Kanne. Charlotte kam ihm zuvor, füllte Tee in die Tassen.

Dieser Gedanke: Er war aus der eigenen, kleinen Hölle in eine größere, fremde Hölle geraten. In Kopenhagen folterte er sich selbst, aber hier, hier geriet alles aus den Fugen, hier brannten die Dinge, lichterloh.

»Und was hat Spanien mit Chomsky zu tun?«, fragte er, zeigte auf das rote A auf Jürgens Buchdeckel.

»Anarchismus natürlich«, sagte Jürgen. »Vor meiner Zeit in den Frankfurter Gruppen war ich eine Weile in Spanien aktiv. Kampf gegen die Diktatur.«

Er hob die geballte linke Faust und grinste.

»Du warst in Spanien aktiv? Was heißt denn bitte *aktiv?*«

Jonas schaute zu Charlotte, die mit den Augen rollte. Im alten Fotoalbum seiner Eltern: Jürgen mit Lederjacke und einer schwarzen Melone auf dem Kopf, in deren Band eine rote Feder steckte, Charlotte daneben mit hüftlangem lockigem Haar in einem Blumenkleid, die beiden bei einer Diskussionsveranstaltung in der Uni, mit ernsten Gesichtern im Kneipenrauch von Studentenlokalen, später bei den Versammlungen der Mackay-Gesellschaft oder an einem großen

Tisch, auf dem die frischgedruckten Exemplare der *Graswurzelrevolution* lagen, Fotos aus ihrer Kommune in einer besetzten Villa am Stadtrand und von den Demos an der Startbahn West. Etwas schräge Linke eben, typische Frankfurter. Erst der große Ausbruch, dann die große Normalität. Sie wurde Lehrerin und er Unternehmer. Sie heirateten, bekamen ein Kind. Trotzdem behielt Jürgen seine ausufernde Bibliothek und ein Theoriewissen, das jeden Versuch der Rebellion des eigenen Sohnes sofort erstickte. Ob er wirklich glaube, dass er bei staatsfetischistischen Stalinisten bestens aufgeboben sei, hatte ihn sein Vater gefragt, als er einen Flyer der DKP mit nach Hause gebracht hatte. Anarchist? Das wusste Jonas, zumindest auf dem Papier. Aber Spanien? In Spanien *aktiv* sein? Das war ein Jürgen, der ganz außerhalb seiner Vorstellungskraft lag.

»Wir haben damals geglaubt«, sagte scin Vater, »dass man Systeme mit Steinen und Molotowcocktails ändern kann. Man lernt – mit der Zeit.«

»Und was ist mit Chomsky?«

»Dass so jemand immer noch zu kämpfen glaubt, für die große Freiheit. Und lässt dafür dann Dokumentationen über sich drehen, die auf irgendwelchen Kommerzplattformen laufen. Der tapfere Quijote gegen die Windmühlen des Systems. Ich frage mich halt, wer das glauben soll.«

Charlotte schwieg. Jürgen musterte Jonas, und seine alte Streitlust schien zögerlich zurückzukehren.

»Gerade du müsstest das doch albern finden«, sagte er. »Leuchtest die Hirne aus, schiebst Leute in die Röhre. Alles nur Signale und Impulse, alles berechenbar, vorhersehbar. Und du weißt immer schon, welcher Knopf gedrückt wird, bevor es deine Versuchskaninchen wissen. Ich lese doch, was ihr da macht. Und alle Werber wissen das, die neuen Medien. Jeder mit der kleinen Maschine in der Tasche, die summt und piept und alle reagieren wie Affen in Experimenten. Keine Überraschungen mehr, erst recht keine Freiheit. Wie hat Bakunin das formuliert? ›Der Materialismus leugnet den freien Willen und führt zur Einführung der Freiheit‹. Was für ein Quatsch. Am Ende dann doch eher zu ihrer Abschaffung, oder meinst du nicht?«

Jonas glaubte, dass sein Vater ihn nur provozieren wollte. Früher wäre er sich sicher gewesen. Aber Jürgens Wangen waren gerötet, Schweiß perlte auf seiner Stirn, er schloss die Augen, die Teetasse zitternd in der rechten Hand, er hob die linke, so als wolle er Jonas zum Warten auffordern, als schüttle ihn ein Gedanke, den er endlich zu Ende denken, endlich seinem Sohn mitteilen wollte. Aber Charlotte sprang auf, nahm Jürgen die Tasse ab, strich ihm über die Haare, drückte ihm einen Kuss auf die Stirn. Jonas erhob sich, stand verloren im Raum. Seine Mutter bedeutete ihm, das Wohnzimmer zu verlassen. Er ging, obwohl er gerne geblieben wäre, gerne mehr gehört hätte von diesem Jürgen, der unter der Oberfläche seines alten Vaters hervorzubrechen schien. Etwas daran berührte ihn, obwohl er sich gleichzeitig vor der Veränderung fürchtete, vor ihren Folgen für die Ordnung in seinem Kopf. Er ging in sein altes Zimmer, in dem nur noch sein Jugendbett und einige Bücher in einem Eckregal an seine Jahre in dieser Wohnung erinnerten. Verschwunden die Poster von Jordan und Yeboah, von NAS und dem Wu-Tang-Clan. An der Seitenwand gegenüber von Fenster und Bett reihten sich Ordner, erstaunlich viel Papier für einen Mann, dessen Firma sich aufs Digitale spezialisiert hatte. Auf dem metallenen Schreibtisch standen zwei große, neue Bildschirme, darunter ein Rechner, der leise summte und sein grünes Auge auf- und abflammen ließ. Jonas trat heran, bewegte die Maus. Eine Passwort-Abfrage erschien. Kurz überlegte er, einen Versuch zu starten, unterließ es aber. Auf allen Ordnern dieser sonderbar altmodische Name, CD-Protect, von dem Jürgen sich nie hatte trennen wollen, selbst als seine Firma schon längst keine Disketten mehr schützte, sondern nur noch Virensoftware und Anti-Spyware produzierte. Der VPN-Client war vor einigen Jahren hinzugekommen, als die ganze Snowden-Affäre immer mehr Menschen davon überzeugt hatte, dass sie ihre Bewegungen im Netz verschleiern mussten. Der Bildschirm wurde wieder dunkel, das Summen und Rauschen der Maschine aber hielt an. Er hatte keine Ahnung, wie viel Kunden Jürgen hatte, wie viel Geld er mit der Firma verdiente. Es hatte ihn nie interessiert. Das Bürogebäude im Westend war nicht sonderlich groß, ein typischer Büroneubau, vor etwa zehn Jahren errichtet. Manchmal glaubte Jonas, dass sein Vater immer noch von der Kohle zehrte, die er damals in der Millenniumshysterie verdient hatte, aber vielleicht täuschte er sich, vielleicht war CD-Protect eine sauber ausprogrammierte Maschine, über deren Fortbestehen er irgendwann entscheiden musste. Vorausgesetzt, er würde sie erben. Dieses Wort. Er ließ sich auf das Bett fallen, starrte an die Decke. Das konnte Jürgen ihm wirklich nicht antun. Es hatte ihn alle Anstrengung gekostet, im Verlaufe des letzten Jahres irgendeine Art von Kontrolle über sein Leben zurückzugewinnen. Und jetzt kam sein Vater und zog ihn heraus aus diesem Kontrollfeld, aus diesem Schutzraum. Und kaum war er draußen, kaum schaute er von der Ferne auf Kopenhagen und sein Leben dort, kam es ihm vor, als ob die vermeintliche Ordnung dort nichts war als ein immer weiter schrumpfendes Gefängnis.

Wenn es nach ihm gegangen wäre, hätten sie die Wohnung nicht einmal gesehen. Sie hatten in der *Oehlenschlægersgade* gestanden, er hatte auf die Uhr geschaut, ihre Hand genommen.

»Lass uns gehen!«, hatte er gesagt.

Aber sie hatte ihre Finger von seinen gelöst.

»Gib ihr noch einen Moment!«, hatte sie gesagt.

Liv war von der Bordsteinkante zwischen die geparkten Autos getreten, hatte die Straße hinab in Richtung *Istedgade* geschaut, auf der der Verkehr gemächlich brummte. Einige Radfahrer waren an ihnen vorbeigerauscht. Die Sonne hatte bereits tief gestanden und das dunkle, alte Backsteingebäude der gegenüberliegenden Schule leuchten lassen. Die Klassenräume verlassen, nur im angeschlossenen Neubau hatten in vereinzelten Räumen die Neonröhren geleuchtet, vermutlich für Gruppenaktivitäten oder Musikunterricht.

»Stell dir mal vor«, hatte Liv gesagt, »ich würde hier arbeiten. Wie viel Zeit das sparen würde, wie einfach das wäre.«

Sie hatte gerade erst die Anzeige entdeckt, auf dem Bett in seinem WG-Zimmer sitzend, den Laptop auf den nackten Oberschenkeln, aber schon hatte sie den Stadtplan geöffnet und die Umgebung erkundet, schon hatte sie sich ausgemalt, wie die Dinge sein würden. Eine Möglichkeitsmeisterin, hatte er sie genannt, nachdem sie begonnen hatte, seinen Umzug nach Kopenhagen zu organisieren, damals, kurz nachdem er zum ersten Mal einen Fuß in die Stadt gesetzt hatte. Und sie hatte ihn erst geküsst und dann geboxt, hatte gesagt, sie hoffe, das sei nichts Doppeldeutiges, worüber er laut hatte lachen müssen.

Aber in der Kälte eines Märznachmittags auf der Straße stehend, hatte das Licht der Sonne für ihn nichts anderes getan, als den Schmutz der Schule zu beleuchten, die Traurigkeit. Und auf ihrer Seite: ein Puff, direkt unter der Wohnung, ganz offensichtlich ein Puff: das rote Licht, das Herz, die Aufschrift: *»Kærlighed hus«*. Die Graffiti hatten ihm gefallen, das musste er zugeben, da hatte sich jemand Mühe gegeben beim Malen; sie waren auf dem Weg vom Hauptbahnhof an mehreren Kneipen vorbeigekommen, in die sie öfter mit Freunden gingen. Aber in einem Haus, in dessen Erdgeschoss Prostituierte arbeiteten; das war dann doch nicht gerade seine Traumvorstellung für die erste Wohnung mit Liv gewesen.

»Sie kommt!«

Liv hatte gestrahlt, sich die Haare aus dem Gesicht gestrichen, sich mit dem Zeigefinger auf die etwas zu klein geratene Nase getippt, diese Wickie-der-Wikinger-Geste, der kleine weiße Stein im rechten Nasenflügel.

»Ich habe dir gesagt, dass sie kommt.«

Die Frau der Hausverwaltung war kaum älter als sie beide gewesen, sie war von ihrem knallroten Rennrad gestiegen, hatte es an ein Gitter neben dem Eingang zum Puff gekettet und ihre Ledertasche vom Gepäckträger genommen. Kurze blonde Locken, eine etwas zu große Brille, ein Piercing in der Augenbraue. Er hatte am liebsten lachen wollen, so sehr hatte diese Frau zu seinem Bild von einer Kopenhagener Wohnungsvermittlerin gepasst. Sie hatte ihnen die Hand gedrückt, sich als Signe vorgestellt, einen Schlüssel hervorgekramt und die schwere Metalltür aufgeschlossen, die Jonas für den Zugang zu einem Gewerberaum gehalten hatte. Direkt dahinter begann die steile Treppe in den ersten Stock, Signe und Liv waren vorangegangen, er ihnen gefolgt. Die beiden hatten die Wohnung betreten, sich wie alte Bekannte unterhalten, waren in der Küche verschwunden. Die Wohnung: alt und klein. Lange, mit den Jahren etwas auseinandergedriftete Dielen, saubere, helle Wände, zwei Zimmer zur Straße, ein Zimmer und die Küche zum Hof, am Ende des Flurs ein innenliegendes Bad. Er war an das Fenster des größten Raumes getreten, hatte erneut auf das Schulgebäude geschaut, auf dessen Obergeschoss noch die letzten Strahlen Sonne gestanden hatten. Er hatte eine Gruppe Kinder im Neubau in einem Stuhlkreis sitzen sehen, eine Frau mit einer

Gitarre in ihrer Mitte. Er hatte die Kinder klatschen sehen, die stummen Bewegungen ihrer Münder. Liv war hinter ihn getreten, hatte seinen Bauch umarmt und ihre Stirn zwischen seine Schulterblätter gedrückt. Warum nicht, für den Anfang, hatte er gedacht.

Und jetzt, auf dem weichen Stoff seiner Jugendmatratze, hatte er das Gefühl zu versinken, umfasst zu werden von Stoff, obwohl er die Decke bereits bis zum Bauch herabgeschoben hatte. Er war hierhergekommen und seitdem er Kopenhagen verlassen hatte, war diese Wunde aufgebrochen, die diese Stadt, ihre Wohnung war. Alles an ihm brannte. Neben ihm das Surren des Rechners. Jonas hatte Jürgen fragen wollen, ob er ihn ausstellen könne, aber sein Vater hatte bereits geschlafen, die Wolldecke bis zum Kinn gezogen, das Anarchismus-Buch auf den Boden gefallen. Jonas hatte sich dabei ertappt, nach dem Atem seines Vaters zu lauschen, der jetzt sehr ruhig gewesen war, sehr gleichmäßig. Er hatte Jürgens Alter gesehen, die Erschöpfung in seinem Gesicht. Vielleicht war nicht wichtig, was bisher gewesen war, dachte er. Vielleicht konnte er Jürgen tatsächlich helfen, einfach weil er da war. Weil er blieb. Jonas hatte die Leselampe ausgeschaltet, war in die Küche zurückgekehrt und hatte Charlotte Gute Nacht gesagt. Sie hatte ihn umarmt und so hatten sie eine Weile in der Küche gestanden. Sie legte viel zu viel in diese Umarmung, er hatte es kaum ausgehalten, war am Ende wortlos aus dem Raum gehuscht.

Jetzt lag er bereits seit Stunden wach und atmete schwer, er kannte diese Art der Erschöpfung, er fürchtete sich vor ihr, hatte sich über ein Jahr lang erfolgreich vor ihr versteckt. Oder er hatte es ein Jahr lang erfolgreich geschafft, sie nicht zu spüren, obwohl sie jede Faser seines Körpers durchdrungen hatte. Das blinkende grüne Auge des Rechners, das er mit seiner Hose überdeckt hatte, starrte ihn durch den Stoff hindurch an. Das Auge amüsierte sich über diese erbärmliche, kleine Menschmaschine, über diesen auseinandergebrochenen und schlecht wieder zusammengesetzten Kerl, der auf dem Bett seiner Jugend lag und durch die Zeit fiel. Dass sie den Menschen zerstückelten, hatte Jonas bei einem Kneipenabend im Team vor ein paar Jahren gesagt, etwas zu laut, etwas zu lallend. Und Lars, sein Chef, hatte gelacht, sehr offen, nicht gehässig. Dass der Mensch schon immer zerstückelt gewesen sei, hatte er geantwortet, dass sie aber jetzt nachwiesen, in wie viele Teile er wirklich zerfiel. Und andererseits, hatte Lars gesagt, ihn angelächelt und ihm die Hand auf die Schulter gelegt, setzen wir ihn jetzt vielleicht erstmals richtig zusammen, als ein Ganzes, eine Einheit, ganz ohne Trennungen von Geist und Körper. Damals hatte ihn dieser Gedanke beruhigt. Aber jetzt fragte er sich, ob das bei Menschen wie ihm jemals wieder möglich sein würde: zusammengesetzt zu sein, eine Einheit zu sein. Er hörte die Spülung im Bad, hörte seine Mutter durch den Flur schlurfen, kurz an seiner Tür innehalten, so wie sie es früher immer getan hatte. Als sie weiterging, merkte er, dass er die Luft angehalten hatte. Er setzte sich auf, öffnete das Rollo, schaute in den Hof. Bei den Nachbarn war alles dunkel, aber in einigen Wohnungen über ihm brannte noch Licht, es reichte für ein schwaches Leuchten in seinem Zimmer, das es ihm endlich erlaubte, die Augen zu schließen.

Hier in Frankfurt vermisste er sie noch mehr als zu Hause in Kopenhagen. Er hatte nicht gedacht, dass das möglich sei.

CEUX QUI RÊVENT LES YEUX OUVERTS (II)

[17. ARRONDISSEMENT, PARIS, FRANKREICH, MAI 2017]

Er saß am Tisch, den Kopf vorgebeugt, die Augen geschlossen, das Telefon an das linke Ohr gedrückt. Er lauschte, schüttelte den Kopf, sein Mund verzog sich, er setzte das Gerät ab und beendete die Nachricht. Catherine saß ihm gegenüber und musterte ihn. Er gab sich Mühe, sehr konzentriert zu wirken, aber sie konnte sehen, wie schwer es ihm fiel. Die Stirn lag in Falten, durch die Strähnen seiner grauen Haare hindurch war seine glänzende Kopfhaut zu sehen. Wenn er einatmete, zog er beide Schultern nach oben, so als koste es ihn all seine Kraft; eine Weile hielt er die Luft an, stieß sie laut schnaufend aus, nachdem er eine weitere Nachricht abgehört hatte. Was hatte er für Locken gehabt, dachte sie, blond und wild und leuchtend, jetzt waren seine Haare ein graues, drahtiges Chaos, das mit jedem Jahr weiter zurückwich. Sie hatte ihm vorgeschlagen, sich den Kopf komplett zu rasieren, und er hatte entgegnet, dass er nicht Foucault sei, damals sei er es nicht gewesen und jetzt erst recht nicht. Der Vorschlag hatte ihn schwer getroffen, das hatte sie zu spät begriffen, erst dann, als dieser Streit, einer ihrer schlimmsten seit Jahren, schon in vollem Gange war. Seitdem hatte sie nie wieder etwas über seine Haare gesagt, aber sie konnte sich genauso wenig dagegen wehren, dass ihr Anblick sie traurig machte, besonders an einem Tag wie diesem. Erneut hörte er eine Nachricht ab, tat seit einer Stunde nichts anderes, seitdem er sich aus dem Bett gequält, geduscht, zwei Ibuprofen und einen Espresso gefrühstückt hatte. Sie hatte ihm zwei Spiegeleier in der Pfanne gebraten, aber noch immer standen sie auf dem Teller neben ihm und starrten ihn mit ihren orangefarbenen Augen an.

»Schon wieder nur Beleidigungen.«

Er legte das Telefon für einen Moment auf den Tisch, schaute sie an. Seine Augen hatten nichts von ihrer Kraft verloren, dieses tiefe, dunkle Grün, das sie auch heute, nach über 40 Jahren, noch in seinen Bann schlagen konnte, selbst an einem Tag wie diesem, an dem der Rest seines Körpers sein ganzes Alter offenbarte; erste Altersflecken auf den Händen, die Haare auf den Armen überwiegend weiß, die Augenringe, die Hautfalten unter dem Kinn. Seine Schultern waren noch breit, verrieten die Kraft, die er einst gehabt hatte, aber manchmal sah es aus, als ob der Rest seiner Sehnen und Muskeln schlaff an diesen breiten, immer noch aufrecht gehaltenen Schultern hing.

»Drei Arten von Nachrichten«, sagte er. »Journalisten, die mich kennenlernen wollen, alte Weggefährten, die mir gratulieren, und alte Weggefährten, die mich als Verräter beschimpfen.«

»Das war zu erwarten«, sagte Catherine.

Germain rieb sich mit dem Zeigefinger über die Nasenwurzel.

»Vermutlich, ja. Trotzdem erstaunlich, wer es alles für notwendig hält, mir mitzuteilen, ich würde jetzt einem Neo-Lib den Schwanz lutschen oder wäre direkt Teil der Weltverschwörung geworden. Da sind Leute dabei, mit denen habe ich seit zehn Jahren kein Wort mehr gewechselt. Und die klingen oft so, als ob sie in der Zwischenzeit auch sonst nicht viel menschlichen Kontakt gehabt hätten.«

»Alles Männer?«, fragte sie. Er lachte.

»Natürlich. Den Frauen bin ich zu egal, oder sie hassen mich im Stillen.«

Er nahm das Telefon wieder auf.

»Und alles für so einen unwichtigen Scheiß-Posten. Ich will gar nicht wissen, was bei Éloise los war, als sie Ministerin wurde.«

Catherine stand auf, lief um den Tisch und griff ihm in den Nacken, dann in die Schultern, drückte ihre Finger tief in seine Muskulatur; er stöhnte, die Schultern hoben sich, sanken wieder, sie spürte, wie er unter ihren Händen weich wurde. Sie küsste ihn auf die helle Haut seines Hinterkopfs. Sie hörte eine undeutliche Frauenstimme, Germain hob den Stift, notierte eine E-Mail-Adresse und eine Telefonnummer. *Figaro* schrieb er dahinter, malte ein kleines Hakenkreuz dazu. Sie lachte. Sie würden ihn lieben. Er löschte die Nachricht. Als Nächstes erklang eine Männerstimme.

»Was jetzt?«, flüsterte sie in sein freies Ohr. »Die Priester von *La Croix* oder die Schweine vom *Parisien?*«

Er hob die Hand, um sie zu unterbrechen, schob den Kopf ein wenig vor; sie spürte, wie die Muskeln wieder hart wurden, wie er verspannte. Als er die Nachricht zu Ende gehört hatte, schüttelte er den Kopf, starrte eine Weile auf das leuchtende Display seines Telefons. Anstatt zu löschen, tippte er auf die Eins und hörte die Nachricht erneut. Catherine nahm sich ein Glas aus dem Schrank, füllte es mit Wasser, stellte es auf den Tisch und setzte sich ihm wieder gegenüber. Seine Brauen hatten sich zusammengezogen, hinter der Stirn jagten die Gedanken durch seinen Kopf. Er legte das Telefon ab, schaute sie an. Entgeisterung, dachte sie, auch etwas anderes. Vielleicht Freude. Irgendetwas amüsierte ihn.

»Toni«, sagte er nur, und als er ihren fragenden Blick bemerkte: »Der Spanier. Aus Barcelona.«

»Ach du Scheiße«, sagte sie.

Er grinste.

»Gutes Timing, wie immer.«

Er schaltete das Display frei, tippte auf den Lautsprecher und spielte die Nachricht erneut.

[PYRENÄEN, FRANKREICH, NAHE PORTA, OKTOBER 1974]

Der Himmel über ihr hatte eine eigene Schwerkraft, so als könne er sie von den Füßen heben und kopfüber hinauffallen lassen ins Blau. Dünne Wolken wie Seidentücher hineingespannt, Tücher zum Auffangen von Menschen oder zumindest ihrer Gedanken, die Sonne ein langsam schwächer werdendes Gleißen, das sich auf die grünen, glatten Bergkuppen im Westen setzte. Das Licht begann sich zu wandeln, verlor seine stechende Härte und wurde weich in dem Maße, in dem ihr eigener Schatten länger wurde. Sie beschirmte ihre Augen mit der Hand, schaute beinahe direkt in die Sonne. Irgendwo dort, auf der anderen Seite dieser Gipfel, lag Andorra; weich aufsteigende, baumfreie Bergrücken, die ab einer bestimmten Höhe plötzlich kantig und schroff wurden, als sei das Gestein von einer Faust zerknittert worden. Seit Stunden hatte sie kein Grünzeug mehr gesehen, das ihr über das Knie reichte, sie fühlte sich nackt, so als schaue jemand von oben auf sie herab. Sie musste lachen; religiöse Anwandlungen, der Natur ausgeliefert und ihrer Weite, seit sie die Baumgrenze kurz nach ihrem Aufstieg aus Porta hinter sich gelassen hatten. Immer diese Angst, eine Grenzpatrouille könnte sie entdecken, obwohl sie auf dieser Seite der Grenze nichts anderes waren als harmlose Wanderer. Der gefährliche Teil würde später kommen.

»Cat, was machst du? *Viens!*«

Germain auf einem Felsen ein Stück des Weges unter ihr, soweit man von Weg sprechen konnte. Steine und trockenes, schroffes Moos, soweit das Auge blickte. Nur ihr Führer, ein schweigsamer Katalane, der erst vor wenigen Wochen auf demselben Weg nach Frankreich gekommen war, schien keine Schwierigkeiten zu haben, Pfade zu sehen, wo Catherine nur Geröllfelder oder weite, einförmige Wiesen ausmachte. Pau, der Katalane, und die beiden anderen Begleiter, zwei Franzosen aus der Gruppe um Loïc, waren noch weiter vorausgegangen. Sie sahen von Catherines erhöhter Position aus wie Menschenminiaturen, die in dunklen grünen Jacken ihren Weg den Berghang hinab suchten. Danach noch ein Aufstieg, hatte Pau gesagt, und sie würden Spanien erreichen. Germain winkte ihr, sah ungeduldig aus. Er hatte sich ein rotes Tuch um den Kopf gebunden, um seine Haare zu bändigen, die Ärmel seiner Armeejacke waren aufgerollt und spannten am Oberarm, die Knöpfe an der Brust geöffnet, darunter ein weißes Unterhemd. Er sah aus, wie sich ein Junge aus gutem Hause einen Bergsteiger oder einen Revolutionär vorstellte. Sie lächelte, sprang vorwärts und beeilte sich, ihn zu erreichen, obwohl ihr dabei die Füße in den Stiefeln schmerzten. Er wollte sich drehen und sofort weiter, aber sie hielt ihn am Arm fest, zog ihn heran. Sie roch seinen Körper, vermischt mit dem Duft von Tabak und Sonnencreme, sie legte ihre Stirn an seinen Hals, hörte nur seinen Atem und dahinter die Stille der Welt.

»Wir müssen uns beeilen«, sagte er leise. »Pau sieht nicht so aus, als würde er warten. Wer verloren geht, bleibt verloren.«

Sie klopfte mit der Hand auf seinen Rucksack.

»Vergiss nicht, wer die Hälfte der Lieferung für die Spanier im Gepäck hat. Da wird er schon auf dich warten müssen.«

Sie schaute den Hang hinab, und wie zum Beweis ihrer

Worte sahen sie die Männer unter sich, die angehalten und sich umgedreht hatten, jetzt zu ihnen hinaufschauten, mit den Händen die Sonne abschirmend. Vermutlich verfluchten sie sich dafür, dass sie ein Paar mitgenommen hatten, überhaupt eine Frau. Aber das war der Vorteil, dachte sie, wenn der Anführer der Gruppe immer noch an einem hing, trotz des Ärgers, den er nach ihrer Trennung veranstaltet hatte, nach ihrer Entscheidung für Germain. Loïc hatte ihre Gruppe in seinem alten Transporter bis nach Porta gefahren, sie an einem Gasthaus abgesetzt, so als hätte er sie per Anhalter mitgenommen, war sofort weitergebraust. Vermutlich war er bereits zurück in Toulouse und erzählte irgendeinem Mäuschen von seiner heldenhaften Höllenfahrt in die Berge. Und sie schwitzte stattdessen an diesem Hang. Sie zwang sich, die Schmerzen in ihren Füßen zu ignorieren, obwohl sie glaubte, das Blut an ihren Zehen spüren zu können, sie quälte sich weiter, obwohl ihr jeder Atemzug in der dünnen Höhenluft in die Lungen stach; weil sie wusste, dass diese vier Männer, selbst Germain, sie besonders beobachteten, auf Zeichen der Schwäche warteten, einfach weil sie eine Frau war. Freiheit und Befreiung für alle, das sagte sich leicht, bis es auf einmal darum ging, wer für den Kampf was wann oder wie machen sollte.

Eine kleine Stele, das war alles. Auf der einen Seite *France,* auf der anderen *España.* Pau setzte seinen Rucksack direkt daneben, schnallte seine metallene Trinkflasche ab und reichte sie reihum. Unter ihnen weiche, dunkle Hügel, Wälder, die sich bis weit in den Süden erstreckten, Spanien hier in den Bergen war grün und satt, es war ganz anders, als sie es sich vorgestellt hatte. Die Sonne im Westen, schon hinter dem steinernen andorranischen Massiv versunken, schickte einen letzten Strahlenkranz über die Gipfel, der Menschen im Mittelalter vermutlich auf die Knie hätte sinken lassen. Sie aber tranken Wasser und lachten über eine Felsformation dort im Westen, die laut Pau aussah wie ein Schwanz mit dicken Eiern. Ihr Führer deutete den Hang hinab, in Richtung der Baumwipfel. Dort gebe es eine Hütte, nur etwas mehr als eine Stunde entfernt, in der sie übernachten und ihre Kontakte treffen würden. Je schneller sie sich im Schatten von Bäumen bewegen könnten, sagte Pau, desto besser. Die Runden der Grenzwächter folgten einem klaren Plan, den ihnen ein Kontakt wöchentlich zuspielte, aber trotzdem; man konnte nie wissen. Catherine schaute in das grimmige Gesicht des Mannes, das so platt war, als sei er damit als Kind mehrmals gegen eine Wand gelaufen. Wie leicht es war, das alles nur für ein Spiel zu halten, wenn man nicht von hier kam, wenn man nicht wusste, was einen erwartete.

»Auf geht's, bevor es dunkel wird!« Er hielt ihren Blick, zeigte etwas wie ein Lächeln, so als läse er gerade ihre Gedanken und freue sich tatsächlich darüber. »Alles Weitere besprechen wir später.«

Die drei Spanier sahen vor allem müde aus, dachte sie. José, der Mann, den sie über die Grenze bringen sollten, hatte dunkle Ringe unter den Augen, seine Lippen waren gesprungen, die langen Haare glänzten fettig, sein ganzer Körper erweckte den Eindruck, als könne er jeden Augenblick zerspringen, wenn man ihn nur mit dem Finger antippte. Sein schmales Gesicht war das Erste gewesen, was sie gesehen hatte, als sie in die Hütte eintrat. Zuvor hatte Pau den kleinen, quadratischen Holzbau mehrmals umrundet und ihnen dann das Zeichen gegeben, dass die Luft rein war. José hatte am Tisch gesessen und war aufgesprungen, schreckhaft und zittrig, als sie die Tür öffneten. Catherines Anblick hatte ihn etwas beruhigt, schien es, von einer Frau glaubte er offenbar nicht verhaftet zu werden. Seine beiden Begleiter, ein großer, schlaksiger Kerl und ein kleinerer, aber breitschultriger Bär von einem Mann, dessen Augen und Mund Catherine in seinem haarigen Gesicht auf den ersten Blick kaum ausmachen konnte, waren an der Feuerstelle beschäftigt gewesen, hatten ihre Bemühungen unterbrochen und sie freundlich begrüßt. Aber auch sie hatten abgekämpft gewirkt, am Ende ihrer Kräfte. Pau und der Bär wechselten einige Worte, es klang eher wie ein Brummen zwischen zwei Tieren, es ging offenbar um die Feuerstelle. Am Ende zuckte Pau mit den Schultern und der Bär kehrte zum Kamin zurück.

»Er sagt, dass er der letzten Patrouille eine Weile gefolgt ist, dass sie in einen Jeep gestiegen und abgefahren sind und niemand in der Nähe ist, heute Nacht niemand mehr kommt. Deshalb macht er ein Feuer. Wenn wir später aus dem Schlaf gerissen und alle verhaftet werden, dann bedankt euch bei Diego.«

Der Bär, schon wieder über das Holz gebeugt, tippte sich nur mit Mittel und Zeigefinger an die Schläfe, ohne sich umzudrehen. Kurz darauf knisterte es, begann es, nach Rauch zu riechen, und wenige Augenblicke später erhellte das Flackern eines Feuers den Raum. José drehte die Gaslampe ab, die vor ihm auf dem Tisch stand. Sein Gesicht verlor im warmen Flackern des Feuers etwas von seiner Geisterhaftigkeit.

Der Schlaks, der einen Trinkschlauch mit Wein dabeihatte, machte jetzt die Runde, bot ihnen allen davon an und drückte ihre Hände. Er stellte sich als Toni vor. Sein Französisch war erstaunlich gut, klang aber kantig, wie aus Holz geschnitzt. Er hatte einen breiten Mund mit vollen Lippen, die er ständig zu einem Lächeln verzog; es hatte etwas von einem Tick, war aber vielleicht nur der Situation geschuldet. Dass sie lieber in Aragon in die Berge gegangen wären, wo sie sich besser auskannten, sagte er, da seien sie schon als

Jugendliche manchmal zum Wandern hin und dann über die Grenze und zurück. Ein Kinderspiel, im wahrsten Sinne des Wortes.

»Aber José hier«, er klopfte seinem Begleiter auf die Schulter und einen Augenblick lang glaubte Catherine, er würde unter dieser Berührung zerbersten wie ein Glas unter zu viel Druck, »José musste so schnell wie möglich weg, so schnell wie möglich nach Frankreich. Immerhin kennt sich der *Lobo* hier relativ gut aus.«

»Lobo?« Germain lachte.

»Diego, mein Freund, der da!«

Toni zeigte auf den Bären, der also ein Wolf war und mittlerweile ein beachtliches Feuer in Gang gesetzt hatte.

»José wurde erkannt bei unserer letzten Aktion«, sagte Toni, »oder verpfiffen, wer weiß das schon. Das ganze Land ist voller stiller Faschisten.«

Er schien so etwas wie der inoffizielle Anführer der drei zu sein; vielleicht der einzige, der momentan in der Lage war, vernünftig zu sprechen.

»Wir haben eine Warnung bekommen, von einem Kontakt bei der Polizei. Dass sie schon den Namen hatten, nur noch versuchten, den Aufenthaltsort ausfindig zu machen, dass es Durchsuchungen geben würde. Da sind wir los, ziemlich überstürzt, ziemlich schlecht vorbereitet. Aber immerhin mit Wein.«

Er nahm noch einen Schluck, bot José etwas an, der nur die Hand hob und abwinkte. Anarchisten von der traurigen Gestalt, dachte Catherine. Sie wusste nicht, was genau sie erwartet hatte. Das hier nicht, so viel stand fest.

»Habt ihr die Lieferung?«, fragte Toni.

Germain und Pau wuchteten ihre Rucksäcke auf den Tisch, öffneten sie und holten jeweils die Stoffbündel hervor, in die ihre Lasten eingewickelt waren. Toni faltete eines der

Bündel auf, nahm eine der Pistolen in die Hand, prüfte erst das Gewicht, dann das Magazin, strich mit dem Zeigefinger darüber. Dass er wenig mehr Ahnung hatte als sie, dachte Catherine, dass er den erfahrenen Kämpfer nur spielte. Er öffnete auch das zweite Bündel, schob zwei weitere Pistolen beiseite und hob eine etwas größere Waffe mit einer Art langer Schulterhalterung hervor, eine Maschinenpistole. Man sah ihm die Angst an, die Waffe könne losgehen, obwohl Loïc ihnen versichert hatte, alle Waffen seien gesichert und die Magazine entnommen. Catherine stand der Schweiß im Nacken. Pistolen, davon hatte sie gewusst, aber es sah so aus, als ob diese Jungs wirklich in den Krieg ziehen wollten. Sie suchte Germains Blick, aber der schaute konzentriert auf die Hand des Spaniers und die Waffe, die darin lag.

»In Ordnung«, sagte Toni, legte die Maschinenpistole zurück und rollte die Tücher wieder ein. »Und wer von euch ist derjenige, der mit uns nach Barcelona kommt?«

Catherine konnte sich ein kurzes Lachen nicht verkneifen. All diese Dinge, die man ihr nicht erzählt hatte. Sie musterte die Begleiter aus Loïcs Gruppe und fragte sich, wer von den beiden dumm genug war, sich auf diese Kriegsspiele einzulassen. Vielleicht der kleine Dünne, der etwas Hartes, Undurchschaubares an sich hatte.

»Ich«, sagte Germain, hob seine Hand und schaute gleichzeitig zu Boden.

Und Catherine spürte, wie sich das Dach der Hütte öffnete, wie der Himmel über ihr mit all seiner Schwerkraft an ihr zog und sie davonflog ins Dunkle.

[RUE BRIDAINE, PARIS, FRANKREICH, MAI 2017]

»Lösch die Nachricht einfach!«, sagte sie. »Wenn du nicht darauf reagierst, hat sich die Sache vermutlich sofort erledigt. Er klang besoffen, wenn du mich fragst.«

»Er klang aufgeregt, das sicher«, sagte Germain.

Er strich mit der Hand über den Tisch, wirkte nervös. Der verschissene Toni, dachte sie, der ihr den Mann schon einmal ausgespannt hatte, auch wenn er ihn damals noch gar nicht kannte und Germain sich eigentlich, wenn sie ehrlich war, von ganz alleine ausgespannt hatte. Aber trotzdem blieb er für sie der verschissene Toni mit seinen Theorien über Verrat und Betrug, die er nach seiner Entlassung aus der Haft erst in Briefform vor ihnen ausgebreitet hatte, später dann bei gemeinsamen, von Loïc organisierten Treffen in Toulouse. Die Spur des Deutschen, der Verrat des Deutschen, der Geheimdienst, Franco, die Nazis, alles war zusammengekommen in Tonis Kopf damals, er hatte, so erschien es Catherine, seinem ganzen Unglück einen höheren Sinn geben wollen, die Verhaftung, die einfach nur Pech gewesen sein konnte, würde sich bald als der ausgetüftelte Plan eines bösen Genies entpuppen. Er hatte ihr leidgetan, dachte Catherine, das auch; wie er damals am Tisch gesessen hatte in einer Ecke der *Estanquet,* dünn und ausgemergelt, die langen Finger um den bauchigen Körper des *Porrón* geschlossen, aus dem er sich viel zu oft Wein in den Mund gegossen hatte. Durch die Jahre im Knast hatte er innerlich geschrumpft gewirkt, ganz so, als könne er den eigenen Körper mit seinem Ich nicht mehr ausfüllen. Sie hatte Artikel gelesen über die spanischen Gefängnisse, über die Zustände, die Aufstände. Kein Wunder, dass er verbittert gewesen war. Aber im Laufe der Neunziger war der Kontakt zwischen Toni und Germain abgeebbt. Es schien, dachte Catherine, als sei mit dem Land auch ihr

Freund zur Ruhe gekommen. Und jetzt das: der Deutsche, als *Diabolus ex Machina*, ausgerechnet jetzt. Und obwohl sie noch hoffte, dass Germain die Sache auf sich beruhen lassen würde, dass sein Zögern und sein Grübeln nur seinem Kater und der Überraschung zuzuschreiben waren, hätte sie andererseits darauf wetten können, dass diese Hoffnung völlig naiv war. Germain würde einen alten Genossen nicht einfach so hängen lassen, das war etwas, was Germain nie getan hatte und lange Jahre hatte es ihn gebremst, hatte es ihn unfähig gemacht für einen Blick nach vorne. Und ausgerechnet jetzt, wenn sich die Treue und Freundschaft zu alten Wegbegleitern auszahlte, oder zu einer Wegbegleiterin vielmehr, dachte Catherine, was sicher auch kein Zufall war, ausgerechnet in diesem Moment warf Toni seine Angel aus, schickte einen Köder aus Spanien bis nach Paris. Und Catherine sah in den Augen ihres Mannes, dass er bereits angebissen hatte.

[PYRENÄEN, NAHE MERANGES, SPANIEN, OKTOBER 1974]

Das Heulen eines Wolfes schnitt durch die Nacht. Sie saßen auf der Holzbank an der Seite der Hütte. Über ihnen der Sternenhimmel, der Wald vor ihnen eine Wand aus Schwärze, im Rücken noch das Massiv der Berge, die Luft klar und kalt. Sie zitterte. Er streckte die Hand nach ihr aus.

»Wenn du mich jetzt anfasst, schreie ich«, flüsterte sie. »Ich scheiß auf die Patrouillen und deine neuen Freunde. Dann gehen wir alle in den Knast.«

Er ließ die Hand sinken, seufzte.

»Wie hätte ich es dir sagen können? Mir ist klar, was du davon hältst.«

Eine Weile sagte sie nichts, lauschte der Stille. Wünschte

sich, eine Wölfin zu sein und einfach in der Nacht verschwinden zu können.

»Ich halte davon, was jeder Mensch davon halten würde, der halbwegs klar bei Verstand ist.«

»Dein Ex sieht das anders«, sagte er.

»Eben«, sagte sie, »klar bei Verstand ist der sicher nicht. Aber schön, dass ihr euch einig seid.«

All diese Kämpfe, dachte sie, all sein Werben um sie, in den Seminaren und Diskussionsrunden, die Tage und Wochen des Versteckspielens, und vor allem die Nächte, diese langen, langen Nächte mit ihm, bis es eines Morgens beim gemeinsamen Frühstück mit Loïc einfach aus ihr herausgeplatzt war, ihre Liebe zu Germain, Liebe hatte sie tatsächlich gesagt, was ihr heute etwas lächerlich vorkam. Loïcs Wut, seine Fassungslosigkeit, seine Rede von Verrat und Betrug, sein vermeintlich gerechter Zorn, nicht über den Sex, so hatte er gesagt und in Bezug auf Wünsche nach Treue auch wenig Argumente auf seiner Seite gehabt, sondern über die Heimlichkeit und am Ende über die Entscheidung für einen anderen. Und jetzt, nachdem all das ausgekämpft war, da hatte sich Loïc gerächt, gerächt auf die schlimmste Art und Weise, ungewollt, ungeplant, einfach, indem er Germain seine Flausen ins Hirn gesetzt hatte. Das hatte man davon, wenn man sich mit Jungs einließ, die glaubten, dass man gesellschaftliche Veränderung mit ein paar Gewehren in irgendwelchen Kommandos erreichen konnte.

»Ich glaube wirklich, dass man etwas tun muss. Jetzt, genau jetzt. Franco ist alt, sein vermeintlicher Kronprinz Blanco ist tot. Die Diktatur ist am Ende. Und wenn es irgendein Land gibt, in dem der Anarchismus eine realistische Chance hat in den nächsten Jahren, dann ist es Spanien.«

Er hatte leise, aber eindringlich in Richtung Wald geflüstert, den Oberkörper weit vorgebeugt, die Arme auf die

Oberschenkel gestützt. Es war so kalt, dass kleine Dampfwolken seine Rede begleiteten.

»Hast du die gesehen?«, fragte sie. »Diese drei traurigen Helden? Völlig planlos, völlig verängstigt. Wie willst du mit denen denn in den Kampf ziehen?«

»José hat Angst, ja«, flüsterte er, »weil er das Land verlassen muss. Wie würdest du denn reagieren? Aber die beiden anderen? Da täuschst du dich. Diego würde hier draußen auch mit den Wölfen rennen, wenn du mich fragst, und Toni«, er zögerte kurz, »bei Toni habe ich ein gutes Gefühl.«

»Und wie lange soll er dauern, dein Kampf?«

Er schwieg eine Weile.

»Mal sehen, wie die Dinge in Barcelona stehen. Es sind viele Aktionen und Streiks geplant, hat Loïc erzählt. Ein paar Wochen vielleicht. Ein paar Monate, wenn es sein muss.«

Catherine stand auf, betrachtete ihn von der Seite, wie er dort saß, die Augen in den Wald gerichtet, die Finger ineinander verschränkt, so als bete er.

»Nur damit du es weißt«, sagte sie. »Ich werde nicht auf dich warten. Ich werde nicht einsam in meinem Zimmer sitzen und sehnsuchtsvoll an meinen tapferen Revolutionär denken. Ich denke, dass es eine Dummheit ist, was ihr tut! Ihr werdet Spanien nicht mit ein paar Knarren verändern!«

Sie ging zur Tür, zog sie auf und trat ins Warme. Drinnen rollte sie ihren Schlafsack aus und legte sich in eine Ecke, starrte an die Wand, wartete auf den Schlaf, wartete noch, als Pau sich ein paar Stunden später daranmachte, die Schlafenden zu wecken. Sie stand schweigend auf, packte ihre Sachen zusammen und trat ins Freie. Die Nacht zog sich langsam zurück, aber der Tag war noch nicht mehr als eine Ahnung, die Formen der Welt noch undeutlich, ein Dazwischen. Die Luft roch satt nach feuchtem Holz und Farn; sie hörte einen Specht hämmern.

Er war schlau genug, nicht ihren Blick zu suchen, keine große Geste zum Abschied zu probieren. Ihre Gruppen trennten sich wortlos, Germain und die beiden Spanier marschierten tiefer in den Wald; Pau führte José und die Franzosen zurück an die Bergflanke. Als Catherine sich noch einmal umdrehte, waren die anderen bereits zwischen den Bäumen verschwunden. José marschierte neben ihr. Sein Nacken war vorgebeugt, die Schultern hochgezogen. Er lächelte schief. Wie ein Geier ohne Federn wirkte er, und sie fragte sich, ob er den Aufstieg in die Berge schaffen würde. Das wäre die Krönung, dachte sie, die ganze Tortur nur wegen dieses Mannes, und am Ende machte er schlapp. Sie blieb ein wenig zurück, schaute auf seine dünnen Beine, die in überdimensioniert anmutenden Stiefeln steckten. Sie sah, dass sein Tritt sicher war, seine Schritte größer und fester, als sie erwartet hatte. Vielleicht hatte sie sich getäuscht. Und wenn es sein musste, dachte sie, würde sie ihn eigenhändig über die Grenze schleifen.

[PLACE DU DR FÉLIX LOBLIGEOIS, PARIS, FRANKREICH, MAI 2017]

Einige Nachzügler der Messe kamen aus der Église Sainte-Marie, drei ältere Damen, die vermutlich noch in einer der hinteren Stuhlreihen gesessen und geplaudert hatten, vielleicht sogar gebeichtet. Sie standen zwischen den mittleren der vier hohen Säulen, die das Portal des ansonsten schlichten, kastenförmigen Gebäudes dominierten. Wäre nicht das Kreuz auf dem Giebel des Portals gewesen oder die kleine, frei hängende Glocke auf dem Dach des erhöhten Mittelschiffs, man hätte das Gebäude für eine Bibliothek halten können. Die Damen blinzelten in die Sonne, zwei von ihnen zückten dunkle Brillen aus ihren kleinen, eckigen Handtaschen. An Maulwurfsdamen musste Catherine denken, in cremefarbenen, teuren Kostümchen. Eine Weile standen sie noch und unterhielten sich, schienen der Bettlerin auf den Stufen vor der Kirche einige Almosen zu geben und spazierten dann, sauber aufgereiht das gesamte Trottoir einnehmend, die *Rue Legendre* hinauf, direkt am Tisch vorbei, an dem Catherine saß und auf Germain wartete. Sie roch das Kölnischwasser der Damen, hörte einzelne Wortfetzen und Gelächter in ihren tiefen, beinahe männlich klingenden Stimmen. Das letzte Mal, dachte Catherine, war sie mit ihrer Mutter in der Kirche gewesen, fünf Jahre musste das her sein, als Juliette noch gut zu Fuß gewesen war, kurz bevor alles schnell und entschieden den Bach hinuntergegangen und vorbei war. Sie erinnerte sich daran, dass ihr die Kirche gefallen hatte, die schlichte Schönheit darin. Ihre Mutter hatte ihr über den Arm gestrichen und gesagt, dass es Zeit für sie werde, wieder öfter in die Kirche zu gehen. Und sie hatte nicht gefragt, was das zu bedeuten habe, *dass es Zeit wurde*. Vielleicht der Tod, dachte sie, vermutlich war es das. Eine Tochter, damals Anfang sechzig, Juliette selbst schon Ende achtzig, vermutlich war das der Grund für ihre Mutter: der Tod. Und es war ihr schon damals verlogen vorgekommen, eine Art Nothilfe, weil man die eigene Sterblichkeit nicht aushielt. Als ob man sich plötzlich noch in ein sicheres Boot begeben könnte, während alle anderen ertranken. Das ewige Leben. Sie hatte ihrer Mutter nicht widersprochen, hatte die ganze Messe neben ihr gestanden und das Prozedere mitgemacht, war aufgestanden, hatte gekniet, hatte sogar gesungen, war überrascht gewesen, wie viel sie doch noch erinnerte, wie viele Texte sie aus der Kindheit mit herübergerettet hatte, versteckt und vergraben in den Untiefen ihres Gedächtnisses und plötzlich wieder da, als sei es das Natürlichste der Welt für sie, in einer Kirche zu stehen und den Herrgott zu preisen. Sie hatte an die Decke geschaut, die weißen Deckenbalken mit den himmelblauen Absätzen bewundert, deren Farbe sie in der Rückwand hinter dem kitschigen Altar wiedergefunden hatte. Was macht es aus, hatte sie gedacht, ein wenig gegen die eigenen Grundsätze zu verstoßen, wenn man dafür die alternde Mutter glücklich machte. Beim Beichtstuhl hatte sie ihre Grenze gezogen, hatte in der letzten Reihe gewartet, während ihre Mutter in dem dunklen Holzkasten verschwand. Sünde und Vergebung. Germain, dachte sie, während sie ihn von den Toiletten zurückkehren sah, Germain hatte schon immer einen Hass auf die Kirche gehabt, viel stärker als ihre eigene eher diffuse Abneigung, er hatte gebrannt vor Wut, wenn er über die Kirche sprach, über die Religion überhaupt, den Glauben, besonders aber über das Beichten, diese Idee, dass einem irgendein Pfaffe alles vergeben konnte, dass diese Vergebung aber eben auch in der Hand dieses Pfaffen lag, dass er die Gebete festlegte, die Strafen, die man zu erleiden hatte, um sich reinzuwaschen von Schuld.

»Alles in Ordnung?«

Er hatte ihren Tisch erreicht, setzte sich ihr gegenüber. Er sah besser aus, hatte wieder Farbe bekommen. Die frische Luft tat ihm gut. Er lächelte. Sie schaute die Straße hinauf, konnte die drei Damen aber nicht mehr entdecken. Sie deutete zur Kirche.

»Hab an Juliettes letzten Besuch gedacht.«

Wie lange das her sei, fragte er.

»Und dann so schnell«, sagte er, mehr zu sich selbst.

Ein Kellner kam und nahm ihre Bestellungen auf. Das Steak, das Germain für sich wählte, war das eindeutigste Indiz dafür, dass es ihm besser ging. Sie schloss die Augen, genoss das Flackern der Blätterschatten auf ihrem Gesicht, die Wärme der Sonne, die sich langsam an Sommerhitze herantastete, sie genoss das Lärmen der Motorroller und Autos, das Lachen am Nachbartisch, das Rauschen des Windes, genoss die Stadt, ihre Geräusche und ihren Geruch.

»Ich habe nachgedacht«, sagte er.

»Und zwar?«

»Über den Spanier.«

»Das kann doch nicht dein Ernst sein!«

»Moment, Moment!« Er lachte, hob die Hände. »Ich werde ihn anrufen. Das bin ich ihm schuldig. Vermutlich hat sich die Sache eh schon erledigt. Ich werde ihm von meinem neuen Job erzählen, werde ihm sagen, dass ich gerade nicht aus Paris wegkann. Dass er uns gerne besuchen kann, wenn er möchte. Und spätestens damit hat es sich dann erledigt.«

Sie empfing ihr Weinglas direkt aus der Hand des Kellners und nahm einen etwas zu großen Schluck.

»Wenn du dich da mal nicht irrst«, sagte sie.

FRANCO HA MUERTO (III)

[GRÀCIA, BARCELONA, SPANIEN, MAI 2017]

An der *Plaça de la Virreina* saßen Jugendliche auf den Stufen der Kirche und kifften, Antonio roch das Gras, atmete tief ein, als er an ihnen vorbeilief. Er musste daran denken, bei der nächsten Weinlieferung aus dem Kollektiv auch an die Zusatzbestellung zu denken, sein eigener Vorrat war fast aufgebraucht. Der Platz summte vor frühsommerlicher Aktivität, Kinder rannten umher, warfen Bälle durch die Gegend oder jagten sich. Die Tische der Cafés waren voll besetzt, Kellnerinnen balancierten Tabletts mit Bierflaschen und Tapas-Tellern, er hörte ein Gemisch aus Fremdsprachen aus aller Herren Länder. Irgendjemand hatte tatsächlich Sangria bestellt. Er winkte der Kellnerin der *Terra*-Bar zu, der er seit Tagen auf dem Weg zu seinem Laden nach der Mittagspause begegnete; er kannte ihren Namen nicht, sie war neu, musste für den allmählich anbrechenden Sommeransturm angestellt worden sein. Die Frau lächelte, hob die rechte Hand zu einem Victoryzeichen, schob einige Bierflaschen auf einem Tisch voller Touristen in Bermudashorts zusammen und rollte die Augen. Er lachte, sie lachte zurück. Der Tag war gerettet, sagte er sich, egal, was heute noch passierte, er konnte dieses Lachen festhalten und den Tag zu einem guten Tag erklären.

»Toni!«

Einer der alten Männer auf den Bänken am Rand des Platzes, im Schatten der hohen Platanen, hob seinen Gehstock und winkte ihn zu sich. Jordi war einer seiner Stammkunden, einer, der schon in seinen Laden gekommen war, bevor die Touristen das Viertel erreicht und seinen Umsatz nach oben gekurbelt hatten. Jene Jahre, in denen er stundenlang allein hinter dem Tresen gesessen und gelesen hatte. Ob er sich nachher sein Öl und seinen Wein abholen kommen könne, fragte der Alte. Seinen Nachbarn, die ihre Gehstöcke neben sich abgestellt hatten, fast jeder der Alten hier schien so eine Krücke zu besitzen, erzählte er, dass Toni den Wein- und Ölladen besäße am Ende der *Carrer de Torrijos*, den besten Laden überhaupt.

»Ganz ohne Schickimicki«, sagte der Alte. Er schob sich seine Schiebermütze zurecht, zwinkerte Antonio zu. Kostenlose Werbung, wenn auch ein wenig Etikettenschwindel, denn natürlich gab es in seinem Laden mittlerweile das, was Jordi Schickimicki genannt hätte: Fläschchen mit Öl aus ökologischem Anbau, die so winzig waren, dass kein Katalane oder Spanier je auf die Idee gekommen wäre, sie zu kaufen, Schokomandeln mit Rotweinaroma, Weinflaschen mit den bunten Etiketten der jungen Winzer, hausgemachten Wermut in Glasflaschen, auf die er Pfand nahm, Dosen mit Sardellen oder Oliven. Seit Wochen dachte er darüber nach, ob er sich um eine Lizenz bemühen sollte, um den Wein auch vor Ort auszuschenken. Die Touristen kamen und kauften, kauften, als gäbe es kein Morgen, bewunderten seine großen, dunklen Weinfässer, lobten sein Geschäft als *very authentic*, was immer das heißen sollte. Die Studenten aus der Stadt kamen, um sich mit Wermut zu versorgen, seit Monaten verkaufte sich die Hausmischung, die er nach dem Rezept seiner Mutter herstellte, wie verrückt. Er hatte bereits einen neuen Tank im Hinterraum aufstellen lassen, kam aber meist mit der Produktion gar nicht hinterher; oft musste er seinen traurigen Kunden am Ende des Monats mitteilen, dass *Toni's Vermú* schon ausverkauft war.

»Gehst du morgen zur Demo?«, fragte Jordi, und sein Sitznachbar hakte ein, die jungen Leute müssten hingehen, sie, die Alten, könnten nicht mehr so lange stehen, aber junge Leute wie Toni müssten demonstrieren, nur so würden sie etwas erreichen, nur so könnten sie alle endlich ihre Freiheit erlangen. Antonio nickte, sicher werde er hingehen, das sei doch klar. Jordi klopfte ihm seitlich auf den Oberschenkel. Das sei gut, auf Toni sei Verlass. Ob er ihm seine Lieferung später rumbringen solle, fragte Antonio, nach Ladenschluss.

»So sparst du dir das Schleppen. Und ich kann deiner Frau Hallo sagen.«

»Kannst du auch jetzt«, sagte Jordi und deutete mit dem Gummistopper am Ende des Stocks auf die andere Seite des Platzes, wo seine Frau Maria ebenfalls auf einer Bank saß, in einer blauen, weiß geblümten Kittelschürze, und sich mit ihren Freundinnen unterhielt. Und zu seinen Banknachbarn:

»Seht ihr, so ist er. So ein guter Junge. Und den besten Wein, wirklich den besten!«

Antonio verabschiedete sich, begrüßte kurz Jordis Frau und beeilte sich anschließend in seinen Laden zu kommen. Was die beiden wohl sagen würden, dachte er, wenn sie wüssten, dass er nicht zur morgigen Demonstration gehen würde, es nie vorgehabt hatte. Und zwar nicht, weil er keine Zeit hatte, sondern weil er sich grundsätzlich von allen Demos für die Unabhängigkeit fernhielt. Für die Freilassung der katalanischen Politiker, die man in einen Knast in der Nähe von Madrid gesteckt hatte und dort wie Geiseln hielt, mochte er sein, aber wenn er sich erst einmal dort unter die Menschen mischte, dachte er, zwischen all diese Leute, die sich der absurden Idee verschrieben hatten, dass Katalonien jetzt eine eigene Nation zu sein hatte, würde er sich wie ein Verräter vorkommen. Als ob es nicht schon genug Nationen gäbe, genug Nationalismen. Und sie mochten sich noch so sehr

Mühe geben, das alles heiter und fröhlich zu pinseln, am Ende lief das immer auf eine Sache hinaus: wir gegen die. Statt sich um die wirklichen Probleme zu kümmern. Vor ein paar Tagen hatte er bei einem Spaziergang durch Poblenou eine Gruppe von Studenten entdeckt, die auf einem Platz vor einem anarchistischen Kulturzentrum gesessen hatten, viele von ihnen mit der schwarz-roten Fahne der CNT über den Schultern, Biere und Joints in den Händen, hatten sie zum Klang einer Gitarre den »*A las barricadas*« gesungen. Und es war lächerlich gewesen, wie sehr ihn der Anarcho-Kitsch berührt hatte, der Anblick dieser jungen Leute. Er hatte sich auf eine Bank am Rande des Platzes gesetzt, hatte ihnen zugehört, hatte ihre Freude beobachtet, ihre Unbekümmertheit. Ein Gefühl der Hoffnung hatte sich geregt, ein ganz klein wenig nur, irgendwo in diesem langen, dünnen Körper, diese kleine Idee, dass es vielleicht doch eine Alternative geben konnte zu all diesem Wahnsinn. In solchen Momenten, und manchmal fiel es ihm schwer sich das einzugestehen, stiegen die alten Sätze wieder auf, aber nicht die Formeln, die staubigen Phrasen, die er damals aus Büchern auswendig gelernt hatte, sondern eine aus seinem Körper wachsende Idee davon, dass der Mensch seine individuelle Freiheit nur im Zusammensein mit allen ihn umgebenden Individuen erreichen konnte, mit einer Gemeinschaft, vielleicht nur einer kleinen zunächst. Keine absolute Freiheit – was sollte das sein? Allein in einer Hütte auf einem Berg sitzen womöglich? Aber wofür? Was sollte das nutzen, ohne die anderen, ohne das Zusammenspiel, das aus der Gruppe heraus, von unten nach oben, ein Zusammenspiel der Freiheiten erlaubte. Das war es, was alle vergessen hatten, wenn sie an Anarchismus dachten. Individualismus, Bombenleger, das dachten die Leute. Obwohl es am Ende um das Miteinander ging. Es gärte in ihm, vielleicht seit der Hochzeit, vielleicht seitdem er die jungen

Anarchisten gesehen hatte. Bakunin und sein Positivismus, dachte er. Dazu diese so unzeitgemäße Idee: Keine Staaten, keine Nationen. Aber das, dachte er, konnte er Jordi und seinen Freunden, die dort freundlich lächelnd auf ihrer Bank hockten und von einem freien Katalonien träumten, unmöglich sagen. Stattdessen gab es Frontlinien überall, Frontlinien durch Länder, durch diese Stadt, durch ihre Straßen, durch Häuser, durch Familien. In den Dreißigern, als die katalanischen Nationalisten gemeinsam mit den Kommunisten auf die Anarchisten losgingen, als in den Straßen geschossen wurde und Arbeiter Arbeiter töteten, weil die eine Internationale die andere hasste, weil die Nationalisten sowieso immer ihr eigenes Süppchen gekocht hatten. Sein Vater, damals ein Mitglied der Milizen der FAI und auf Fronturlaub in der Stadt, war geflohen und in sein Heimatdorf in Aragón zurückgekehrt und von dort kurz darauf wieder an die Front gegangen, verwundet worden, ein Beinschuss, dann aus dem Lazarett von den Kommunisten verhaftet worden, als die reinen Tisch machten. Er blieb einfach im Gefängnis, wurde später, als Unteroffizier der republikanischen Armee, von den Franquisten zum Tode verurteilt, nach Jahren im Wartestand auf den Tod schließlich überraschend begnadigt und nach ein paar weiteren Jahren entlassen. Ein Mann, den all die Kämpfe müde und schwach gemacht hatten. Dessen rechtes Bein sich nie ganz von dem Durchschuss vor Huesca erholt hatte. Was seinen Sohn nicht davon abgehalten hatte, sich seine eigenen Kämpfe zu suchen, seine eigene Zeit im Gefängnis. Toni fragte sich, ob er wohl anders gehandelt hätte, wenn sein Vater ihm diese Geschichten der eigenen Politisierung nicht erst so spät erzählt hätte, als alter Mann, kurz vor seinem Tod. Aber vermutlich, dachte er, hätte das nichts geändert an seinem Zorn und seinem Willen, etwas gewaltsam zu verändern. Denn direkt nach dem Krieg drehte sich das

Rad weiter: Opportunisten und überzeugte Faschisten mit Franco gegen den Rest, gegen die Katalanen und alle Linken, gegen alle linken Spanier, egal, wo sie lebten. Und danach Jahre wie aus Blei gegossen, eine Gesellschaft erstickt unter einem schwarzen Priesterrock und einer Uniform. Dagegen hatte er kämpfen wollen. Und auch jetzt, dachte er, drehte das Rad sich weiter, jetzt ging es wieder los, alle gegen alle, der furchtbare König und der noch furchtbarere Rajoy vorweg, und auf der anderen Seite Witzfiguren wie Puigdemont, dessen Heldenpose wirklich zum Totlachen war, hätten die Leute in seinem Umfeld sie nicht so ernst genommen. Er nestelte den Schlüssel aus der Tasche, ging in die Knie und schloss das schwere Metallrollo vor seinem Laden auf, auf das ein befreundeter Graffitikünstler Weinfässer und Wermutflaschen gesprayt hatte, darunter den Namen *Celler de Toni* und einen sonderbar eckigen Kopf, der wohl sein Konterfei darstellen sollte. Keine Ähnlichkeit erkennbar, trotzdem freute er sich jedes Mal. Drinnen erwartete ihn Kälte und Dunkelheit, vorne die Kasse und die Regale mit dem Kleinkram, den Konserven und den Weinflaschen, im hinteren Teil des langen, schlauchartigen Ladens die dunklen hölzernen Weinfässer, danach eine Metalltür, hinter der sich der Lagerraum mit dem Wermut-Tank versteckte. Er schaltete das Licht an, fuhr den Rechner hoch. Wenn es noch Menschen gab wie diese jungen Leute mit der Fahne der CNT, Studenten vermutlich, die in ein anarchistisches Kulturzentrum gingen, konnte die Menschheit ihren Verstand nicht völlig verloren haben. Vielleicht gab es eine Aussicht auf eine bessere Zukunft, nicht für ihn, aber vielleicht für irgendeine Enkeltochter oder einen Enkelsohn, die er eines Tages unter seine Fittiche nehmen konnte. Seine Tochter, dachte er, die PR-Spezialistin, hatte er längst an den Kapitalismus verloren. Er schaute an die gegenüberliegende Wand, an der über den Regalen die rot-schwarze Flagge der CNT hing, und lachte. Weil er sich, und darüber konnte auch diese Fahne nicht hinwegtäuschen, in die Tasche log, weil er der Letzte war, der ein Recht hatte, über die Arbeit seiner Tochter zu urteilen. Toni mit dem Weinladen, der Schickimicki verkaufte, der seinen Wermut mischte und dessen Konto seit über einem Jahr, seit der Investition in den Wermuttank, nicht mehr in den roten Zahlen gewesen war, ganz im Gegenteil. Selbst die Weinlieferanten aus den Kollektiven, mit denen er von Anfang an zusammenarbeitete, hatten begonnen, Witze über seine stetig größer werdenden Bestellungen zu machen. Aber wenn er ihre stylishen Etiketten betrachtete und die neuen, modernen Wohngebäude an den Weingütern, die Webseiten mit Angeboten für Weinseminare und Genusswochenenden, konnte er die Witze nur an ihre Adressaten zurücksenden. Die Tür öffnete sich, ein junges Paar aus dem Viertel trat ein, Stammkunden der nächsten Generation, sie sehr klein und katalanisch, er dünn, groß und rothaarig, aber mit argentinischem Spanisch. Sie kauften Wermut und zwei Flaschen Wein, verabschiedeten sich lachend mit einem *Fins aviat! Bis bald!* Das war es doch, dachte er: Mischung, Durchmischung. Die eine von hier, der andere von dort. Ganz egal, welche Sprache man sprach. Aber welche Linken waren denn heute noch für offene Grenzen, für eine wirklich freie Internationale, für eine Gesellschaft von unten nach oben, wie sein Vater sie sich erhofft hatte, und auch er selbst, wenn er ehrlich war. Die Einzigen, die wirklich noch für offene Grenzen waren, waren die neoliberalen Arschgeigen, die Großkonzerne. Es war zum Grausen. Alles drehte sich von links nach rechts und wieder zurück, oben und unten, ein völliges Chaos. In ganz Europa keine Partei, die seine Energie noch wert gewesen wäre, nirgendwo. Die Anarchisten waren verschwunden, untergegangen, da mochten auch ein paar Jugendliche in Poblenou nicht darüber hinwegtäuschen. Einige wenige der Alten publizierten zwar noch Bücher, hofften auf eine freie, libertäre Zukunft. Aber die meisten verschanzten sich in Nischen irgendwo im Netz, verfeinerten eine Theorie, die niemand mehr las. Und wieder andere, hatte er gehört, waren so weit nach links gerückt, dass sie wieder am rechten Rand ankamen, angetrieben vom Hass auf den Islam und kruden Verschwörungstheorien. Er war ein Überbleibsel aus einer früheren Zeit, noch am Leben, aber allein. Vielleicht waren da deshalb diese Schwärmereien, diese Hoffnungsattacken: weil er sich zurücksehnte, weil alle anderen weitergezogen waren, weil man ihn zurückgelassen hatte. Wer konnte es diesem zurückgelassenen Toni übel nehmen, dass er sich darauf konzentrierte, die Leute mit Alkohol zu versorgen und damit ein wenig Geld zu verdienen. Er würde die Welt nicht mehr ändern. Er hatte es versucht, das lag hinter ihm. Aber den Deutschen, dachte er, kehrte hinter die Kasse zurück und starrte auf die schwarz-rote Flagge, den Deutschen hatte er nicht vergessen. Das war etwas anderes.

•

[SAN ANDRÉS, BARCELONA, NOVEMBER 1974]

Er ließ sie warten, seit über einer halben Stunde. Antonio konnte ihn in einem der Seitenzimmer des Flurs reden hören, gerade leise genug, damit sie ihn im Wohnzimmer nicht verstehen konnten. Er hasste es, wenn Marcos den Chef raushängen ließ, den Ober-Verschwörer. Er hätte draußen sein, mit Mireia durch die Stadt spazieren oder mit dem neuen Motorroller, den er sich gekauft hatte, die Küstenstraße entlangfahren können wie am letzten Wochenende; vor ihnen das aufgewühlte, wogende Meer, das Chaos und der Gestank der Stadt weiter und weiter hinter ihnen, der eisige Fahrtwind im Gesicht, ihre Arme um seine Hüften geschlungen, ihre Brüste an seinem Rücken, das Kinn auf seiner Schulter. Die Stunden am Strand in Sitges, unter einer dicken Wolldecke gegen den außerordentlich kalten Herbst, ihre vom Meer nassen Haare, die an seinem Hals trockneten und eine dünne Salzschicht hinterließen, weil sie trotz allem nicht vom Baden abzuhalten war. Sein Zeigefinger unter dem Träger ihres BHs, die weißen Brüste und der dunkel gebräunte Rest ihres Körpers, später Biere auf der Terrasse eines Restaurants, sie wie verloren in seinem dicken Wollpullover, er mit der Decke über den Schultern, im Hintergrund die alten Bürgerhäuser und Strandvillen, deren prächtige Fassaden durch die Abgase der Autos von einem schwarzen Film überzogen waren. Später die Rückfahrt, die untergehende Sonne im Rücken, in weiten Kurven an der Küste entlang. Heute klebte sein Hemd am hässlichen Stoffsofa in Marcos' Bude, von der Antonio glaubte, dass Marcos sie nur für die Treffen und die Unterbringung der Gruppe nutzte. Irgendwo hatte Marcos, das stand ganz außer Frage, noch eine weitere Absteige, vielleicht bei einer Freundin, von der niemand etwas wusste. Immer wieder verschwand er, tagelang, niemand hatte ihn hier, in *San Andrés*, jemals übernachten sehen. Außerdem sahen alle Möbel aus, als seien sie von der Müllkippe geklaut worden, das Holz der Stühle und Tische abgeschabt, oft ganz ohne Lackierung, offene Polster, über die er einfach Stofftücher gelegt hatte, überall herausragende Nägel und Schrauben, Teppiche mit faustgroßen Brandlöchern, an der Wand blätterte die Farbe ab und gab die roten Ziegel frei; die Leitungen in der Küche machten Geräusche, als müssten sie ihr Wasser heraufwürgen. Auch für die Abwasserrohre im Bad war jedes Spülen ein Kampf, das Gas in der Küche kam stotternd, die Flamme des Herds zitterte, in die Röhre des Ofens hatte Antonio nicht einmal zu schauen gewagt;

die Fliesen in den Räumen waren überwiegend gesprungen. Immer waren die Jalousien heruntergelassen, immer leuchtete das Licht aus nackten Glühbirnen, die Ausnahme: ein einzelner dunkelroter Schirm im Wohnzimmer, der aussah wie eine übergroße Strickmütze. Antonio war sich sicher, dass es Mäuse gab, auch wenn er noch nie eine gesehen hatte. Ihm tat der Franzose leid, der ihm gegenüber in einem ausgefransten Bastsessel versank; er sah müde aus, abgemagert, hatte sich sein Abenteuer als Revolutionär sicher anders vorgestellt. Antonio hätte ihn warnen sollen bei ihrem Kennenlernen vor drei Wochen in den Bergen, hätte ihn zurückschicken sollen mit seiner Freundin, die offenbar alles andere als begeistert gewesen war von seiner Entscheidung, nach Barcelona zu kommen. Er hob den Blick: Germain schaute auf seine Hände, pulte an der Haut in seinem Nagelbett. Wer verschwieg seiner Freundin solch eine Entscheidung? Er versuchte sich vorzustellen, was Mireia mit ihm angestellt hätte. Völlig undenkbar. Wer so etwas verschwieg, mit dem stimmte etwas nicht. Germain wirkte fehl am Platz, schon seitdem er angekommen war. Ein stummer, breitschultriger Fremdkörper. Bei den letzten Treffen hatte er schweigend am Rand gesessen, bei einer Demo in Santa Coloma zur Unterstützung einer streikenden Fabrik hatten sie ihn nach wenigen Minuten, als das Chaos ausbrach, aus den Augen verloren. Als sie später vor der Polizei davonrannten, war er sich sicher gewesen, dass die *Grises* ihn sofort geschnappt hatten. Aber hier saß er. Traurig und schweigsam wie eh und je. Seine Locken, die in den Bergen noch hell geglänzt hatten, waren kraftlos und grau, sein Gesicht war bedeckt von einem dunklen Dreitagebart.

»Und, wie läuft es?«

»Gut, gut«, sagte der Franzose, nicht ganz anwesend.

»Hast du schon alle aus der Gruppe kennengelernt?«

»Hm?«

»Die Gruppe. Kennst du schon alle?«

»Ja, ja. Natürlich. Alle, bis auf den Neuen.«

»Den Neuen?« Antonio setzte sich auf, beugte sich vor. Sein Interesse schien auch den Franzosen zu beleben. Er kramte etwas Tabak und Blättchen aus der Seitentasche seiner Lederweste und begann, eine Kippe zu drehen. Er sprach mehr zu den krümeligen Resten als zu Antonio.

»Ist vor ein paar Tagen angekommen. Über ausländische Kontakte von Marcos. Hat ihn persönlich an der französischen Grenze abgeholt. Seit gestern ist er in der Stadt. Darum«, sagte er, hob den Kopf und machte eine kreisende Bewegung mit der Hand, »darum das ganze Treffen hier.«

»Und die anderen?«

Der Franzose schüttelte den Kopf.

»Erst mal nur du, Marcos und ich. Der Rest wird ihn später kennenlernen.«

Der innere Kreis, dachte Antonio, freute sich darüber, war aber gleichzeitig verärgert, dass der Franzose vor ihm Bescheid gewusst, dass Marcos ihn nicht als Ersten eingeweiht hatte. Andererseits, dachte er, konnte es der Franzose eine halbe Stunde früher erfahren haben, einfach weil er hier in dieser Bruchbude wohnte. Er selbst gehörte mit diesem Treffen zum inneren Kreis, das war es, was am Ende zählte, er war der *Contable*, der Buchhalter. Er lächelte über diesen Spitznamen und beschloss, ihn bei Gelegenheit fallen zu lassen.

Der Deutsche sah aus, als sei er aus einem dieser alten Filme von Riefenstahl entsprungen. Blaue Augen, natürlich; ein feuchter Traum für jeden Nazi. Er lächelte, zeigte gerade, glänzende Zähne. Er trug eine enge Schlaghose, die an den Knien aufgerissen war, und ein schwarzes Hemd, dessen oberste Knöpfe offen waren und den Blick auf eine breite haarlose Brust offenbarten. Er war aus einer anderen Welt in diese enge, schmutzige Bude im Nordosten Barcelonas geweht worden, er passte in ihre anarchistische Zelle, wie Antonio in eine Versammlung des *Opus Dei* gepasst hätte.

Das Erstaunlichste aber war, dass Antonio, während er all das dachte, den Kerl musterte; während also seine Gedanken noch versuchten, auf Distanz zum Neuankömmling zu gehen, war sein Körper dem Charme des Fremden längst erlegen. Wärme, Freundlichkeit, Direktheit. Es war kaum auszuhalten, und trotzdem war vor dieser Wirkung kein Entkommen.

»Nenn mich *Jorge*«, sagte der Neue in einem etwas eckig klingenden, aber recht flüssigen Spanisch, »oder einfach den *Alemán*, das ist auch okay.«

Er lachte.

»Toni«, sagte Toni.

Auch der Franzose schüttelte dem Deutschen die Hand, auch ihm merkte man an, welchen Eindruck der *Alemán* auf ihn machte. Marcos stand dahinter im Türrahmen und lächelte, als stellte er seinen Eltern gerade seine Verlobte vor.

»*Jorge* musste ausreisen, abtauchen, war gesucht per Haftbefehl. Er hat über seine Zelle in Deutschland Erkundigungen gemacht, bevor er raus ist. Die haben ihn nach Frankreich gebracht. Aber er wollte keine Ruhe, keinen Urlaub, er wollte kämpfen. Ich habe mich angeboten, ihn zu uns über die Grenze zu holen. Und hier ist er.«

Er hob die Hände, die Innenflächen zur Decke gerichtet. Der Deutsche lächelte.

»Ist die Hölle jetzt in Deutschland«, sagte *Jorge*. »Die alten Nazis kommen wieder aus ihren Löchern, obwohl die Sozen regieren, alles unter dem Vorwand, die bösen Linken zu bekämpfen. Und wenn du dich dagegenstellst, wenn du etwas tust, heißt es sofort: RAF, Kommunist. Wirst in den großen Sack gesteckt; und dann mit dem Knüppel drauf. Und den Leuten ist es egal, die Leute sind Mitläufer, darin haben sie Erfahrung. Also bin ich bei Saarbrücken über die Grenze. Ohne Marcos hätte ich in Südfrankreich bleiben müssen. Und nichts gegen Frankreich«, er klopfte Germain auf die Schulter, »aber ich wollte etwas bewegen, wollte dahin, wo die Leute noch wirklich kämpfen.«

Das waren sie also, Marcos, er selbst und die anderen, dachte Antonio, Leute, die wirklich kämpften. Er betrachtete die beiden Nordeuropäer, den Pariser und den Deutschen, wie sie dort beisammenstanden, zwei Kerle, die sich dieses konservative, unterdrückte Land, dessen Grau man vor lauter Sonne und Palmen auf den ersten Blick gerne übersah, die sich dieses Land ausgesucht hatten, weil sie es mit einer Sehnsucht verbanden, die ihre eigenen Länder nicht stillen konnten. Nicht im Kampf, nicht im Frieden. Er dachte an die Massen, die seit Jahren jeden Sommer an die spanischen Strände strömten, nach Benidorm im Süden und nach Lloret oder Tossa de Mar in Katalonien, die ihre weißen Körper ins Wasser warfen und unter bunte Sonnenschirme legten, die sich rot verbrannten und deren Haut sich abpellte, die Geld brachten, jede Menge Geld, das am Ende dem System zugutekam. Und diese beiden Männer waren ganz anders, natürlich waren sie das, aber dennoch, dachte Antonio, dennoch konnte er diesen Eindruck nicht loswerden, dass sie am Ende Touristen waren, die gehen würden, wenn der Sommer vorbei war, und ihn, Marcos und die anderen im spanischen Herbst und Winter zurücklassen würden. Und vermutlich, dachte er, würde er es ihnen nicht einmal übel nehmen können.

»*Jorge* ist ein Spezialist der direkten Aktion«, sagte Marcos, »hat auch in Deutschland den ein oder anderen Überfall mitgemacht. Ist ein guter Cocktail-Mixer.«

Der Deutsche grinste.
»Molotow wäre stolz auf mich.«

[GRÀCIA, BARCELONA, SPANIEN, MAI 2017]

Er ließ die Metalljalousie herunterrattern und schloss sie ab, schulterte den Beutel mit Jordis Wein und Olivenöl und lief die Straße hinab. Ein Motorroller umkurvte ihn knatternd, hinter dem Fahrer eine junge Frau in kurzer Hose und ärmellosem T-Shirt, deren helle Haare unter ihrem Helm hervorquollen. Mireia und er hatten früher nie Helme getragen, dachte er, nicht in den Gassen der Stadt, nicht auf der Landstraße zum Strand. Ein Wunder, dass er sich nie den Schädel gespalten hatte, so betrunken oder stoned, wie er oft gefahren war. Aber andererseits, dachte er, würde er heute, hätte er noch einen Roller, das Gefühl des Windes in seinen Haaren vermissen. Er kreuzte die *Travessera*, passierte die Markthalle, in der ein einsamer Fischhändler unter der Neonröhre seines Stands damit beschäftigt war, seine Auslage mit einem Schlauch abzuspritzen. Er bog in eine Seitenstraße und brachte Jordi und seiner Frau, die in ihrer Erdgeschosswohnung am Küchentisch hockten und auf einen überdimensional wirkenden, neuen Flachbildfernseher starrten, den bestellten Wein und das Öl, reichte die Flaschen einfach durch das Küchenfenster und lehnte die Einladung zum Bleiben, auf ein Schlückchen und eine Kleinigkeit zu essen, freundlich ab. Er spazierte weiter; ein leichter Wind wehte, die Stadt unter den Straßenlaternen in ihr grellgelbes Nachtlicht getaucht; auf der *Plaça del Raspall* hatten Nachbarn einige Stühle zu den öffentlichen Bänken gestellt, Weinflaschen und Biere auf dem Boden, einige der Anwesenden balancierten kleine Teller mit Wurst und Käse auf ihren Oberschenkeln. Eine der Nachbarinnen auf dem Platz prostete ihm zu.

Immer, wenn er Abneigung verspürte gegen diese Stadt, dachte er, erinnerte sie ihn daran, warum er vor über vierzig Jahren in sie hineingestolpert und seitdem nicht wieder von ihr weggekommen war. Viele Freunde und Bekannte waren vor Jahren aufs Land gezogen, schickten Fotos von sanften Hügeln und Wäldern, von frei laufenden Hühnern oder großen Schaukeln, die sie für ihre Enkel gebaut hatten. Antonio kannte das Landleben, kannte die kalten Winter in Aragón, kannte die Härte des Bodens und der Wälder, die sich im grünen Katalonien nur besser versteckte, kannte die Härte der Menschen, dort und hier. Er war vor dem Landleben geflüchtet, kaum dass er volljährig war, er hatte nicht vergessen, warum; er würde nie wieder dorthin zurückkehren. Irgendwann würde er umkippen, hoffentlich nicht allein in seiner Wohnung, um darin zu vergammeln, sondern in der Sonne, auf einer der Bänke am Rande der *Plaça de la Virreina* sitzend, inmitten von Bekannten würde er umkippen und einfach liegen bleiben. Man würde ihn aufbahren, verbrennen und in einer Nische am Montjuïc platzieren. Gäbe es einen Vertrag für einen solchen Tod, er würde ihn jetzt unterschreiben. Bis zum Ende wollte er hierbleiben, wenn man ihn ließ. Er liebte diese Stadt, so viel stand fest, ihr Chaos, ihren Lärm und Gestank, ihr Licht, liebte die Menschen darin nicht immer, aber immer wieder, hatte Mireia geliebt und mit ihr Montse bekommen in dieser Stadt, liebte sie noch immer, auch Mireia, wenn er ehrlich war; so etwas verband.

Er lief die *Carrer de Milà i Fontanals* hinab, musterte durch die große Fensterfront die Gäste in einem hippen, neuen Restaurant, das erst vor wenigen Monaten aufgemacht hatte, aber jetzt bereits jeden Abend brechend voll war, lachende Menschen, junge vor allem, aber auch in seinem Alter, an kleinen Tischen mit Tapas und Wein, oder auf ein Bier an der langen Marmortheke. Die Männer in gebügelten Hemden oder T-Shirts mit farbigen Aufdrucken, die Frauen in weiten Röcken, darüber weite Blusen oder ärmellose Oberteile. Er sah sich in der Spiegelung der Scheibe, diesen sehr großen, irgendwie verwachsenen Kerl mit dem etwas vorgeschobenen Kopf, auf dem nur ein Kranz aus Haaren verblieben war, mit der aufgerissenen, ausgebleichten Jeans, dem langärmeligen Hemd, das er seit einem guten Jahrzehnt besaß, wie auch die Lederweste, die er darüber trug. Er fragte sich, ob er dazugehören würde, wenn er sich wie sie kleidete, wie lange es dauern würde, bis man ihn nicht mehr als Fremdkörper wahrnahm. Bei der Hochzeit, dachte er, hatte es nicht funktioniert, zumindest nicht in seinen Augen. All die Komplimente für seinen schicken Anzug hatten für ihn nach Spott geklungen, den freundliche Worte so schlecht maskierten wie ihn sein feiner Zwirn. Er setzte seinen Weg fort, bog in seine Gasse ein, erreichte kurz darauf sein Zuhause. Vor einigen Jahren hatte ihn Eli angesprochen, Eli aus der Gruppe, die auch in den harten Zeiten zu ihm gehalten hatte, als die Gruppe schon längst zerbrochen war. Eli, die ihn gemeinsam mit Mireia aufgefangen hatte, und auch später, als Mireia ihn verlassen hatte, für ihn da gewesen war, die ihm auch die Momente der Nähe, die verwirrten Nächte verziehen hatte, die bei vielen anderen Menschen ein Ende der Freundschaft bedeutet hätten. Eli, die spät geheiratet und sogar noch Zwillinge bekommen hatte und seit Anfang der Neunziger auf einer Kooperative in der Nähe von Saragossa lebte, die ihn seit ebendieser Zeit mit Wein belieferte. Sie hatte ihm von dieser alten Wohnung ihrer Eltern in Gràcia erzählt, an der Grenze zu *Eixample,* einem kleinen Appartement mit Dachterrasse, das zu verkaufen sie sich nicht traute, obwohl ihre Eltern seit Jahren tot waren. Sie war darin groß geworden, hatte ihre Kindertage auf der Terrasse verbracht, mit Blick über die Dächer der Stadt. Sie konnte nicht loslassen. Aber der Mieter war verschwunden, einfach so, von einem Tag auf den anderen.

»Schau sie dir an!«, hatte Eli gesagt. »Du wirst renovieren müssen. Ich gebe dir freie Hand. Und einen Mietvertrag auf Lebenszeit.«

Er hatte damals wieder in der Nähe der Wohnung aus seiner Zeit in der Gruppe gelebt, in einem schmucklosen Hochhaus unweit des *Parc* und des *Mercado del Clot*, im brummenden, niemals ruhenden Zusammenspiel der *Meridiana* und der *Gran Via*, der beiden Ausfallstraßen nach Osten und Nordosten. Als er die Wohnung das erste Mal betreten und kurz darauf auf der Terrasse gestanden hatte, hatte die Stadt geschwiegen, war die Stille nur vom Kreischen einiger Möwen durchbrochen worden. Er hatte die Luft eingesogen, das ferne Meer gerochen, zwischen den gegenüberliegenden Gebäuden hindurch sogar einen schmalen Streifen Blau ausgemacht. Er hatte Eli sofort angerufen und ihr gesagt, dass sie ihren neuen Mieter gefunden habe. Später hatte er begriffen, dass auch hier der Lärm der Stadt selten verstummte, dass sein kurzer Moment auf der Terrasse nur ein Atemholen gewesen war, eine der wenigen Pausen, frei vom Jaulen der Ambulanzen, Knattern der Motorroller, von der Musik irgendeiner Party. Und er hatte geflucht und sich einen Dummkopf genannt, als er begann, die alten Möbel zu untersuchen, das Bad und die kleine Kammer am Rand der Terrasse, in der die Waschmaschine untergebracht war; als er den Zustand der Leitungen entdeckte, der Fenster. Aber trotzdem hatte er, wenn er ehrlich war, in all den Jahren nie wirklich bereut, dass er Eli damals im ersten Überschwang zugesagt hatte. Er nahm sich eine kalte Flasche Weißwein aus dem Kühlschrank, setzte sich hinaus in seinen Liegestuhl, goss sich ein

Glas ein und schaute in den schwarzblauen Himmel, in dem trotz des Leuchtens der Stadt einige Sterne auszumachen waren. Vielleicht, dachte er, würde Eli ihm die Wohnung verkaufen, wenn er sie jetzt fragte. Er war sich nicht sicher, wann sie ihn zuletzt besucht hatte, ob sie schon die neuesten Renovierungen kannte, das Badezimmer mit der begehbaren Dusche. So oder so hatte die Wohnung, die um ihn herum gewachsen war, außer dem Grundriss nichts mehr mit dem Appartement gemein, in dem seine alte Kameradin damals aufgewachsen war. Das Glas war leer, er schenkte nach. Die Tatsache, dass er ernsthaft darüber nachdachte, eine Wohnung zu kaufen, war ein Beweis dafür, wie wenig sein Selbstbild des gescheiterten, ewig abgebrannten Toni noch mit der Realität zu tun hatte. Er schaute auf seine Zehen, die aus den ledernen Sandalen ragten. Warum kaufst du dir nicht einfach vernünftige Schuhe, Toni? Warum kein neues Hemd und endlich eine andere Jacke? Wie krank musste man sein, dachte er, um mit Erfolg schwerer klarzukommen als mit Misserfolg? Irgendetwas war da ganz eindeutig schlecht verdrahtet in seinem Innern.

Montse schickte eine Nachricht:

»besuch von der tochter? morgen abend?«

»immer«, schrieb er zurück, »restaurant oder bei mir?«

»bei dir«, antwortete sie und schickte einen dieser hässlichen Kuss-Smileys. Trotzdem freute er sich. Seit der Hochzeit hatte er nichts mehr von ihr gehört. In ein paar Tagen würden sie in die Flitterwochen aufbrechen, Peru und Chile, vier Wochen. Er beneidete sie, vor allem um Chile. Was hatten Diego und er geschimpft auf Allende, damals im Dorf, als die Pläne, nach Barcelona zu gehen, schon Gestalt angenommen hatten, was hatten sie gelästert und gespottet über den Salonkommunisten und wie fassungslos und schockiert waren sie gewesen, als das chilenische Experiment einige Wochen darauf unter den Stiefeln der Faschisten und den Ketten ihrer Panzer zerquetscht worden war. Er trank sein zweites Glas Wein aus, schaute über die Dächer, zählte die katalanischen *Esteladas* und die spanischen *Rojigualdas* an den Balkonen der Nachbarn. Ein Krieg der Fahnen, ausgefochten auf den Balkonen der Stadt. Am liebsten, dachte er, würde er schlafen, bis diese ganze Posse vorbei war. Was Diego wohl zu alledem gesagt hätte, dachte er, Diego, der ihn zurückgelassen hatte, der auf einem Berg in einem Kloster hockte und meditierte, wenn er denn noch am Leben war. Marcos wiederum, der sich einfach verpisst hatte irgendwann, spurlos, Marcos hätte das Chaos gefallen, es hätte ihn hoffen lassen auf eine Zeit, in der ihnen der komplette Kapitalismus endlich um die Ohren flog. Aber was dann, dachte Toni. Es war nicht so, dass es in den Dreißigern gut ausgegangen war.

Das Telefon klingelte. Auf dem Display: Germain. Antonio stand auf, war einen Moment unentschlossen, trat dann in die Wohnung, setzte sich an den Schreibtisch, schaltete das Licht an und nahm sich Block und Stift.

»Ja?«

»Ich bin's.«

»Ich weiß, ich hab deinen Namen gesehen.«

[SAN ANDRÉS, BARCELONA, SPANIEN, NOVEMBER 1974]

»Die direkte Aktion«, sagte der Deutsche, »ist am Ende die einzige Möglichkeit, das Systems ins Wanken zu bringen, es in seinen Grundfesten zu erschüttern. Die Passivität der großen Masse wird am Ende nur durch Aktionen aufgerüttelt, die die Aufmerksamkeit aller erregen.«

Seine Stimme war angenehm weich, ein wenig zu hell vielleicht, dachte Antonio, er konnte sich den Mann auf einer Bühne vor Publikum vorstellen, die Stimme jedoch nicht.

»Banküberfälle mögen spannend sein«, fuhr der Deutsche fort, »und effektiv, was die Beschaffung von Geld angeht, das weiß ich selber nur zu gut, aber am Ende«, er schaute Antonio direkt in die Augen, »am Ende wird man dafür nur als gemeiner Räuber wahrgenommen.«

»Aber das Geld«, sagte Germain, und das Erklingen seiner dunklen, kratzigen Stimme überraschte Antonio, »ist am Ende wichtig, weil damit Streiks finanziert werden können, gewerkschaftliche Organisation im Untergrund, ohne die eine Selbstverwaltung der Arbeiter am Ende nicht machbar ist.«

Germain saß immer noch in seinem Bastsessel, immer noch sah es so aus, als könne dieser jeden Augenblick unter ihm zusammenbrechen, aber sein Oberkörper war jetzt aufrecht, er schaute Marcos an und auch Antonio, der verwundert den sich entwickelnden Streit zwischen dem Deutschen und dem Franzosen beobachtete, einen Streit der Neuen über ihre Methoden. Marcos folgte dem Austausch mit ernstem Gesichtsausdruck und konzentriertem Nicken.

»Dass Gewerkschaften am Ende immer Erstarrung bedeuten«, sagte der Deutsche, »das hat Malatesta schon 1907 kapiert. Wirkliche Freiheit muss ohne Gewerkschaften auskommen. Sonst können wir gleich zu den Kommunisten rennen.«

»Willst du mich einen Kommunisten nennen?«

Germain knurrte den Satz, er wirkte auf Antonio wie ein müder, aber bissiger Hund, der aus einem zweiwöchigen Schlaf erwacht war.

»Wir haben«, sagte Marcos in die Richtung des Deutschen, »vielleicht ein paar andere Erfahrungen mit Gewerkschaften gemacht als ihr da oben in Deutschland. Ohne die CNT wäre Aragón 36 vermutlich direkt von den Faschisten überrannt worden.«

»Und ohne die Organisation der anarchistischen Intellektuellen der FAI wäre die CNT dazu nie in der Lage gewesen«, entgegnete der Deutsche gelassen. »Und überhaupt: Wo ist denn die CNT heute?«, schob er hinterher.

»Die CNT«, sagte Marcos, »ist heute überall und nirgends. Sie ist im Untergrund. Und sie ist vorsichtig.«

Antonio räusperte sich.

»Was ich mich frage«, sagte er ein wenig zu leise, aber trotzdem so laut, dass sich alle Köpfe in seine Richtung drehten, »was ich mich frage, ist, was das bringen soll, wenn wir die alten Frontlinien wieder ausgraben.« Er schaute den Deutschen sehr direkt an. »Du magst es wie Stirner halten, an das allmächtige Individuum glauben.« Er spürte, wie er zu schwitzen begann. Trotzdem zwang er sich, dem Blick des Deutschen standzuhalten. »Aber ohne die Freiheit aller ist die Freiheit des Einzelnen nichts wert. Dann sind wir die schwarz-roten Bombenwerfer, auf die uns unsere Gegner gerne reduzieren. Ohne den Zusammenschluss selbstbestimmter Arbeiter wird sich nichts ändern lassen. Und dazu brauchen wir Gewerkschaften, weil wir nichts Besseres haben.«

Der Deutsche wollte etwas entgegnen; Toni hob die Hand, der Deutsche schwieg, er wartete, Tonis Gedanken flirrten in seinem Kopf.

»Was viel wichtiger ist«, fuhr er nach kurzer Pause fort, »ist die Tatsache, dass sich die direkte Aktion und das Überfallen von Banken, die Unterstützung von Streiks keineswegs ausschließen müssen. Auch Bakunin war überzeugt, dass die spontane und direkte Aktion notwendig ist. Aber eben auch die Assoziation, die Kooperation. Weil wir nur dann libertäre

Kommunisten sind und keine Staatsfanatiker«, fügte er hinzu. Marcos lächelte Toni an.

»Und der«, sagte er lachend, »hatte bis vor Kurzem noch keine Seite Bakunin gelesen.« Er deutete auf *Jorge* und Germain. »Wir wachsen doch als Gruppe. Vielleicht brauchen wir uns nicht auf einen Aspekt zu fokussieren. So vergrößern wir unseren Radius.«

Und am Ende, dachte Antonio, nachdem ihn der Rausch seiner Rede verlassen hatte und er zurücksank in das Sofa, vergrößern wir auch die Aufmerksamkeit. Niemand wollte enden wie Puig Antich, dachte er. Aber er schwieg. Marcos entschied, dass er selbst und Germain sich um die Organisation der Überfälle kümmern würden, Antonio hingegen würde den Deutschen in die Verhältnisse vor Ort einführen und mit ihm so schnell wie möglich mit der Planung von Aktionen beginnen. Sie standen auf, gaben sich die Hände. Der Deutsche stand vor ihm, lächelte zu Antonio herauf.

»Nicht schlecht für einen Bakunisten.« Er zog ihn an sich, umarmte ihn, seine Wange sehr nah an Antonios.

»Ich freue mich auf Barcelona mit dir!«, sagte er.

Später lag Antonio neben Mireia auf dem Bett, strich mit der Spitze seines Zeigefingers über ihren Bauch. Er erzählte ihr von dem Treffen, diesem sonderbaren Fremden, der sich dazu entschieden hatte, ihren Kampf zu seinem zu machen; davon, dass der Deutsche sie bald besuchen kommen, dass sie gemeinsam die Stadt erkunden würden. Ob sie mitkommen wolle, fragte er, schließlich kenne sie die Stadt besser als er, sei immerhin hier aufgewachsen.

»Soll ich ihm Sarrià zeigen?«, fragte sie lachend, drehte sich auf die Seite und schaute ihn an.

»Du hast gesagt, dass du in die Gruppe willst«, sagte er ernst. »Dann ist das jetzt die beste Chance.«

Sie setzte sich auf.

»In Ordnung«, sagte sie. »Ich mach mir Gedanken.«

Zehn Tage später schon waren sie seine Fremdenführer, sehr exklusiv, zwei Führer für einen Fremden, mit Zielen, die man in keinem Buch über die Sehenswürdigkeiten der Stadt fände. Aber trotzdem: Fremdenführer. Sie hatten oben an der *Diagonal* begonnen, waren den *Paseo de Gracia* hinabgelaufen und waren immer wieder an Eingängen von Banken stehengeblieben, ganz so, als würde ihr deutscher Gast darüber nachdenken, wo er seine Scheine in spanische Peseten tauschen wollte. Der *Alemán* hatte sich schick gemacht, er trug eine schwarze Leinenhose, Mokassins und ein weißes Hemd, darüber ein cremefarbenes Sakko und einen langen Seidenschal, zudem einen Strohhut mit schmaler Krempe. Er sah aus wie ein nordischer Dandy, wie der Sohn einer reichen Familie. Woher er in so kurzer Zeit diese Klamotten besorgt hatte, blieb Antonio ein Rätsel. Der Deutsche fiel auf zwischen all den Männern in schwarzen und grauen Anzügen, die, mit Aktentaschen in der Hand, die Blicke gesenkt, zu Terminen oder Mittagessen eilten. Und gerade dieses Auffallende, dieses Fremde war es, was ihn schützte. Wie konnte so jemand ein Anarchist sein? Wie konnte so jemand sich die Auslagen der Geschäfte nur anschauen, um zu entscheiden, welcher Laden es wert wäre, im nächsten Jahr in Flammen aufzugehen? Antonio sah, wie sich Frauen nach dem Deutschen umdrehten, wie sie ihn anlächelten und er zurücklächelte. Ältere Damen in eleganten Kostümen, junge Frauen, deren bunte Kleider oder Röcke wie Farbtupfer aus einem Gemälde in Schwarzgrau herausstachen, das Barcelona trotz allem immer noch war. Die Haare, die Gesichter, alles war offener geworden in den letzten Jahren, nur noch selten kam es vor, dass man beschimpft wurde, wenn die Kleidung etwas ausgefallener war, etwas farbiger. Es war, als ob einzelne Blumen aus dem grauen Kohlestaub hervorragten, vorsichtige Boten dessen, was kommen könnte, wenn der alte Diktator endlich starb. Mireia, die noch bis kurz vor ihrem Treffen Witze über den Kartoffelanarchisten gemacht hatte, lachte und warf den Kopf zurück, sie fasste *Jorge* am Arm, zeigte die *Rambla* hinab und sagte, er solle abwarten, bis sie zu den Ständen mit den Tieren kämen, das sei wirkliche Exotik. Sie hatten den Paseo und die umliegenden Straßen hinter sich gelassen, auf der *Plaza de Cataluña* haltgemacht und dem Flug der Tauben zugeschaut, die in einem Pulk aus Federn und Schnäbeln von einer Seite des Platzes hinüber zu einer alten Dame flogen, die eine Tüte mit Brotkrumen ausgeschüttet hatte. Im Hintergrund das Plätschern der Fontänen, das Geschrei von Kindern. *Jorge* hatte ein kleines ledernes Notizbüchlein aus der Hosentasche gezogen, einige Sätze hineingekritzelt. Antonio hatte ihm über die Schulter geschaut und einen grob skizzierten Plan entdeckt, der offenbar den *Paseo de Gracia* zeigte, die Querstraßen in Kurzform als *Arag.* oder *Valen.* markiert. Der Deutsche hatte Kreuze an bestimmten Punkten gesetzt, dahinter Buchstabenkombinationen, die für Antonio keinen Sinn ergaben. Alles andere als ein gewöhnlicher Tourist, hatte er gedacht, den Blick gehoben und auf den grauen Klotz des *Corte Inglés* gestarrt, die massive Betonfront mit dem grünen Schriftzug direkt vor ihm, links die abgerundete Ecke, in der sich der Haupteingang befand, rechts der ältere Teil des Gebäudes, der in den Sechzigern noch zwischen zwei altehrwürdigen Hotels emporgeschossen war, sich Anfang der Siebziger das Hotel *Victoria* einverleibt und die alte Fassade durch diese Bunkerfront ersetzt hatte. Dort ein paar Molotows, hatte er gedacht, eine Bombe vielleicht, nachts, wenn es möglich war, vorher alle Nachtwächter und Putzkolonnen zu warnen. Das Bröckeln dieser Fassade hatte er sich vorgestellt,

Flammen, die aus dem Inneren schlugen, sogar das Zusammenbrechen des gesamten Gebäudes. Ob sie weiterkönnten, hatte der Deutsche gefragt, das Notizbuch schon wieder in seiner Hosentasche verstaut, und so waren sie aufgestanden und quer über den Platz in Richtung *Rambla* geschlendert, hatten die Tauben und Antonios Träume von Bomben und Feuer zurückgelassen.

Und jetzt, nachdem sie die Allee einige Hundert Meter hinabspaziert waren, sah er, wie Mireia sich beim Deutschen einhakte, wie sie ihm die Käfige der Händler zeigte, in denen Singvögel, Hühner, selbst Hunde auszumachen waren. Frauen wählten Gänse für den Sonntagsbraten aus, während daneben zwei Kinder mit ihrem Vater vor den Käfigen eines Kaninchenhändlers standen, um ein neues Haustier zu kaufen, der Vater steif und gerade, mit Pomadenfrisur und schmalem Schnurrbärtchen, die Kinder in bunten Kleidern, lachend, glücklich. Der Händler am Nachbarstand ließ ein Huhn aus einem Käfig, drehte ihm den Hals um, packte es in Zeitungspapier und reichte es einer alten Dame, die es sich unter den Arm klemmte und die Straße hinabspazierte. Als Antonio den Kopf hob, hatte er Mireia und den *Alemán* aus den Augen verloren, er eilte schnellen Schrittes die *Rambla* hinab und entdeckte die beiden vor einem der Blumenstände der *Rambla de las Flores*, wo Mireia gerade über einen Eimer voller Rosen gebeugt war. Ihr dunkelblaues, knielanges Kleid, das von einem gelben Gürtel eng an der Taille gehalten wurde, rutschte ein wenig nach oben, darunter ihre langen Beine in dicken schwarzen Strumpfhosen, die Füße in schwarzen Stiefeln. Ihre Haare schienen in die Blumen zu fallen, als sie daran roch, und als sie sich wieder aufrichtete, sah er ihr leicht gebräuntes, rundes Gesicht mit dem spitzen Kinn, ihr Lächeln, das sie auf den Händler und den Deutschen richtete. Und der *Alemán* in seinem feinen Zwirn, mit seinem albernen Hut, entblödete sich nicht, ihr einen Strauß zu kaufen. Als Antonio näher kam, machte der Händler gerade einen Spruch über die Schönheit der Blumen, die vor der Schönheit der jungen Dame verblasste. Mireia nahm die Rosen in Empfang, drehte sich um und bemerkte Antonios Blick, sie lachte laut auf, hielt sich die freie Hand vor den Mund. Sie kam auf ihn zu, drückte sich an ihn und gab ihm einen Kuss, einen langen, innigen Kuss. Als sie ihn losließ, sah er die Überraschung des Händlers darüber, dass dieses junge Fräulein offenbar zum Quijote im alten Seemannspullover und in abgerissener Schlaghose gehörte und nicht zum nordischen Don Juan. Er sah auch die Blicke der Passanten, die Empörung über den öffentlichen Kuss in den Augen einiger Damen, weil sich Spanien bei allen Kaufhäusern und allem Kommerz, bei allen Miniröcken, neuen Filmen und neuer Popmusik immer noch nicht geändert hatte, weil es ein vermufftes, piefiges Faschistenland blieb, in dem man sich auf der Straße bekreuzigte, wenn sich ein junges Pärchen küsste. Er griff Mireia an der Hand, zog sie noch einmal an sich. Diesmal küsste sie ihn nur kurz, hielt ein wenig Abstand, hielt seinen Blick, bevor sie sich auf die Zehenspitzen stellte, seinen Kopf ein wenig zu sich herabzog und ihren Mund an sein Ohr legte.

»Dein Blick, Toni, was für ein Blick!«

Er spürte, wie sie ihm seitlich in die Rippen kniff.

»Bist du etwa der Einzige, der sich in deinen Deutschen verlieben darf? Ein echter Anarchist sollte seine Besitztümer teilen, auch seine nordischen Schätze.«

Mit diesen Worten ließ sie ihn los, hielt dem Deutschen den Strauß entgegen und machte einen Knicks, wie ihn nur die Tochter einer Bürgerfamilie aus *Sarrià* vollführen konnte, bevor sie die Straße hinab in Richtung der Gaukler auf der *Rambla de Santa Mónica* lief, die roten Blumen in der Hand.

Der Deutsche schaute ihn an, grinste schief, und als Antonio die Hilflosigkeit sah, die in diesem Grinsen lag, diesen völlig neuen Ausdruck im Gesicht des sonst so kontrollierten, dominanten *Jorge*, da flutete eine Welle der Wärme in seinen Bauch. Man konnte der abgebrühteste Anarchist nördlich der Pyrenäen sein, dachte er, Mireia warf einen trotzdem aus der Bahn. Er trat zum Deutschen, legte ihm den Arm um die Schultern, schob ihn neben sich her die Straße hinab.

»Wir sollten uns beeilen«, sagte Antonio, »sonst lässt sie uns einfach zurück.«

»Und?«, fragte er, nachdem sie eine Weile die *Rambla* hinabgelaufen waren, »schon Favoriten für unsere Cocktail-Party?«

»Mehr als genug«, sagte der Deutsche. »Im neuen Jahr können wir uns entscheiden. Vielleicht noch ein paar Überfälle, etwas mehr Zeit für Material, einen passenden Ort. Und dann wird's eine super Party.«

KOPFGEBURT (III)

[FRANKFURT, DEUTSCHLAND, MAI 2017]

Dieser Anblick: die Brust des Vaters, die sich gleichmäßig hebt und senkt, im weiten Ausschnitt des halb aufgeknöpften Hemdes beinahe haarlos; helle, fast weiße Haut; das Gesicht: friedlich, würde er sagen, friedlich nannte man das wohl. Jonas stand vor ihm, noch in Boxershorts nach einer kurzen Nacht, die Augen trüb, im Mund ein abgestandener Geschmack nach Wein und Magensäure. Im Fenster hinter dem Sofa die Morgenröte über den Türmen der Stadt, darüber noch vereinzelte Sterne. Die Wolldecke war Jürgen bis zum Bauch gerutscht, dem trotz seines Alters immer noch flachen Bauch. Warum bekam so jemand Herzprobleme? Immer fit, immer unterwegs. Gesunde Ernährung, soweit er das aus dem Inhalt des großen Kühlschranks ablesen konnte: Gemüse, Joghurt, Obst, Eier, kein Fleisch, dafür verschiedener Fisch im Tiefkühler. Die seltenen Zigarren als einziges Laster, das er nie ablegen konnte, dazu ab und an ein Glas Whisky. Allen Wahrscheinlichkeiten folgend, müsste sein Vater hundert Jahre alt werden. Vielleicht der Stress der Arbeit, vielleicht ein vererbtes Problem, vermutlich eine Mischung. Eine Studie zur Veränderung von Zellstrukturen durch Umwelteinflüsse lag auf seinem Schreibtisch im Labor des Uni-Klinikums, irgendwo in jenem Stapel, den er seit Wochen nicht angerührt hatte. Immerhin die Gutachten zu den eingereichten Papers hatte er geschafft, wobei ihm nur eine einzige Arbeit im Gedächtnis geblieben war:

Neurale Mechanismen frei gewählter Handlungen. Abgelehnt, mehr aus einer Laune heraus. Er dachte an den Satz von Harris, den er sich an das Brett hinter seinem Rechner gepinnt hatte: *You are not controlling the storm, you are not lost in it. You* are *the storm.* Er hob das Buch über den Anarchismus auf, das auf dem Boden vor dem Sofa lag. Individuelle Freiheit, verteidigt von alten Männern. Es fiel ihm schwer, sich seinen Vater als Anarchisten vorzustellen. Umso erstaunlicher, dass er jetzt wieder in diesem Buch las. Dass etwas mit ihm geschehen sei, hatte Charlotte am Vorabend immer wieder gesagt, am Küchentisch, tief über ihr Weinglas gebeugt. Er sei verändert, seit er in Spanien gewesen war, etwas sei anders. Angstgedanken seiner Mutter waren das, Alkoholgedanken. Und jetzt hielt er das Buch in den Händen, schaute seinen Vater an und konnte nicht anders, als Charlotte zuzustimmen. Etwas hatte sich verschoben. Aber vielleicht war das einfach Jürgens Schwäche, diese Hilfsbedürftigkeit, die nicht ins Bild passte, das Jürgen vor sich hertrug: der Macher, der Entscheider. Und es war erstaunlich, dachte er, wie ungefragt er dieses Bild als Jugendlicher übernommen, wie sehr er sich daran abgearbeitet hatte. Vielleicht hatte dieses Bild nie der Realität entsprochen oder vielleicht war sein Vater nur ein weiterer Beweis dafür, dass es so etwas wie die Realität nicht gab, sondern nur das: sich mal mehr, mal weniger überschneidende Realitäten. Und jetzt dieses Gesicht: gealtert und friedlich. Und seine Gefühle dazu: Zuneigung, Angst, Verwirrung. *You are the storm.* Er verließ das Wohnzimmer auf Zehenspitzen, lauschte den Flur hinab. Die Tür des Schlafzimmers angelehnt, so als hätte Charlotte darauf gewartet, dass ihr Mann sich irgendwann erheben und das Sofa verlassen würde. Sie schnarchte. Aus der Küche das leise Brummen des Kühlschranks. Er kehrte in sein Zimmer zurück. Nicht mehr dein

Zimmer. Hob seine Hose vom Rechner. Das grüne Auge war erloschen; was auch immer für ein Prozess in der letzten Nacht durchgelaufen war, er war beendet. Links das Bett und das Fenster zum Hof, rechts von ihm in der Regalwand die Ordner, die ihn aus kleinen, metallenen Augen anstarrten, Pappzyklopen mit Aufschriften wie *CD Jul-Dez '05*. Er zog einen aus dem Regal, öffnete ihn, blätterte; Zahlen und Daten, Korrespondenz mit Banken, Versicherungen und anderen Firmen. Sehr geehrter Herr Klingsporn, freuen wir uns, bedanken uns, Ihr Angebot, Ihre Konditionen. Ganz unten rechts entdeckte er einige Hefter mit unbeschriftetem Rücken, deren Farbe sich vom Rest unterschied. Jonas bückte sich. Im Innern: Klarsichtfolie, darin altes gelbliches Papier, Zeitungsartikel auf Spanisch. Ganz vorne die *ABC* mit einem schwarzen Titelbild, auf dem nur das helle Gesicht dieses Glatzkopfs mit spitzer Nase abgedruckt war: *Franco ha muerto*, auf einer weiteren Seite der Zeitung eine Aufnahme des *Caudillo* in seinem prunkvoll verzierten Sarg, in voller Montur. In einer anderen Hülle die *Arriba: Adiós a España*; dazu der winkende Diktator mit Sonnenbrille, so als sei er nur kurz in den Urlaub gefahren, selbst die *Marca* widmete ihm ihre Titelseite, der verstorbene Führer auf einem Pferd, darunter die Unterschrift des Artikels, in dem Franco als *beispielhafter Sportler* gewürdigt wurde. Spanische Verbindung, Vater und Sohn, ohne dass Jonas je etwas davon erfahren hatte. Er setzte sich im Schneidersitz auf den Boden vor das Regal, blätterte durch sonderbar zufällig wirkende Schlagzeilen, der einzige Zusammenhang schien Spanien und das Ende der Diktatur zu sein. Aufnahmen aus dem Jahr 1978 in Barcelona, bei einer großen politischen Versammlung, in deren Zentrum eine kleine, weißhaarige Frau im Mantel mit Pelzkragen vor einem übergroß wirkenden Mikrofon stand, dahinter eine gigantische Menschenmasse. Der Untertitel:

La Pasionaria ha vuelto. Noch mehr Artikel in einem zweiten Ordner, er überprüfte die Daten, um sich zu vergewissern, dass sie noch aus den Jahren der Diktatur stammten. Ein großes Titelbild von *El Caso*, deren Aufmachung ihn an die deutsche *Bild* denken ließ, darunter nur die Namen zweier Männer, Salvador Puig Antich und Hein Chez, und in gigantischen Lettern: *Ejecutados* – Hingerichtet. Weitere Titelseiten zeigten Bilder von Demonstrationen, vom Zorn verzerrte Gesichter junger Männer. Warnungen vor den Gefahren des *comunismo y anarcosindicalismo.*

In einem dritten Ordner fand er Fotos, die in Klarsichthüllen gesteckt waren. *Barcelona '74* stand auf mehreren Rückseiten, aber eine weitere Beschreibung fehlte. Aufnahmen aus dem spanischen Alltag, Männer in hellen und dunklen Anzügen im Vordergrund, teils verschwommen in der Bewegung, vereinzelte Händler mit Ziehwagen, die Sonnenblumenkerne oder Maronen verkaufen, Straßenszenen, dahinter prunkvolle, modernistische Fassaden, geschwärzt vom Kohlestaub aus Jahrzehnten, Schaufenster mit goldener Umrahmung, helle Schnörkel an den Balkonen darüber. Aufnahmen eines Architekturstudenten, dachte Jonas, nicht die eines Rebellen. Ein Bild zeigte seinen Vater, in knapper Badehose, das helle Haar glatt und feucht an seinem Kopf, die breite Brust vorgeschoben, den Arm um eine schlanke, kleine Frau in langem Sommerkleid gelegt, deren krause Locken wild von ihrem Kopf abstanden. Im Hintergrund bunte Sonnenschirme, die Umrisse einiger Badender im Meer, das sich hinter Jürgen und der Frau bis an den oberen Rand des Fotos erstreckt. *Mire en Sitges* stand auf der Rückseite, mehr nicht. Jonas betrachtete das Foto erneut, hatte den Eindruck, dass die Frau neben seinem Vater tatsächlich ihn anschaute, Jonas, den Betrachter des Bildes. Ihr Blick war sehr direkt, ihr offenes Lachen zeigte ihre Zähne, die Bräunung ihrer Haut ließ seinen Vater aussehen wie den weißesten Mann in ganz Spanien. Eine weitere Aufnahme zeigte einen jungen, hageren Mann, der auf den Stufen vor einem großen Gebäude sitzt, vielleicht einer Kirche oder Bibliothek, und in ein Buch vertieft ist. Das Gesicht des Mannes ist sehr schmal, die etwas vorstehenden Augen ganz auf die Buchstaben gerichtet, er scheint den Fotografen nicht zu bemerken, obwohl der ihn aus der Nähe und direkt von vorne aufgenommen hatte. Eine große Ernsthaftigkeit in diesen Zügen. *Toni y su Lorca* auf der Rückseite. In einer anderen Hülle: Aufnahmen, die offenbar auf Demonstrationen entstanden waren. Junge Menschen, Plakate – *Libertat para los dirigentes CCOO* – *¡Comisiones Libres ya!* – und immer wieder im Hintergrund: Gruppen von Polizisten mit runden Helmen und Schlagstöcken. Dann eine Aufnahme, an der Jonas hängen blieb: der junge Jürgen, die Frau vom Strand und Toni, alle drei auf dem Rand eines alten, dunklen Brunnens sitzend, der sein Wasser aus dem Mund eines Fauns in das Becken hinter den Sitzenden spuckt. Sie in der Mitte, ihre Arme auf den Schultern der Männer. Alle drei lachen, sein Vater mit einem Bier in der Hand. Auf der Rückseite: *mosqueteros en el Raval.* Andere Gesichter auf Konzerten und Feiern, aber immer wieder diese drei: Mire, Toni und Jürgen, die *mosqueteros.* Ein Leben fern von Deutschland, ganz ohne Charlotte und ihn, eine Fröhlichkeit, die er nicht an seinem Vater kannte, eine Lockerheit und Lebendigkeit in all diesen Aufnahmen, die irgendwo auf dem Weg in sein Leben in Deutschland verloren gegangen waren. Oder aber erst später, dachte er, nach seiner Geburt, in seinem Versuch, das zu sein, was man einen guten Vater nannte. Geräusche drangen aus der Küche. Er erkannte sie sofort wieder. Seine Mutter mahlte Bohnen für den Kaffee. Er klappte die Ordner zu, schob sie zurück ins Regal, nur das Foto der drei Musketiere vor dem Brunnen im *Raval* behielt er, diesen kleinen Glücksmoment seines Vaters steckte er sich in sein Portemonnaie.

Es hatte diesen Moment auf dem Hof ihrer Eltern gegeben, am Mittsommerfeuer, als der Tag für wenige Minuten in die Nacht gekippt war, ohne jemals ganz sein Leuchten aufzugeben, diesen Nachhall an Licht. Die Flammen waren hochgeschlagen, Livs Bruder hatte Äste nachgeworfen, es hatte geknistert und geknackt, gelbe Späne hatten vor dem Wald getanzt. Da war dieser Moment gewesen, in dem er das Gefühl hatte, ganz da zu sein, die Hitze des Feuers im Gesicht, Livs Kopf auf seiner Schulter, ihre Finger hatten sein Kinn berührt, ihn gekitzelt. Sie hatte ihn auf die Wange geküsst. Der leichte Rausch war verschwunden, eine Klarheit aufgestiegen, er war ganz da an diesem Feuer, neben sich seine *Kæreste*; sie waren verbunden gewesen, eine Einheit, und doch war er ganz er selbst gewesen, mehr er selbst, als er es ohne sie je hätte sein können. Und der Moment hatte sich gedehnt, Endorphine, dachte er, während er die Ordner zurück ins Regal räumte, eine ganze Flut Endorphine hatte ihn damals ergriffen, ein dicker, fetter Glücksrausch, einfach nur, weil er an einem Ort gewesen war, an dem er hatte sein wollen, einfach, weil alles für einen Augenblick zusammengepasst hatte. Jemand hatte gesungen, ein Onkel von Liv, ein dicker, glücklicher und schwer betrunkener Däne, aus vollem Hals, tieftönend und gerade nur so falsch, dass man es noch hatte genießen können. Später, unter der großen Daunendecke, als sich der Geruch nach frischer Wäsche mit jenem ihrer verschwitzten Körper mischte, war das Glück schon wieder nur ein Nachklang gewesen. Aber selbst dieser Nachklang hatte ihn getragen und beruhigt. Nach Wochen, in denen die eigene Arbeit ihn abgestoßen hatte, dieses Gefühl, dass nichts blieb, wenn er und seine Kollegen am Ende alles durchleuchteten, in denen alles Menschliche zu Monitorbildern und Hormonspiegeln geworden war, zu Neuronenaktivitäten und Hirnregionen, in denen alles erstickte, nach all diesen Wochen war da in jener Nacht der beruhigende Gedanke aufgetaucht: All das hier blieb davon unberührt, so echt, wie es nur sein konnte. Die Deckenbalken des alten Bauernhauses hatten geknarrt. Fensterläden geklappert. Liv hatte sanft und regelmäßig geatmet. Und er war wach gewesen, als müsse er nie mehr schlafen. Er wünschte sich Fotos dieser Momente, zumindest des Lagerfeuers, eine Abbildung des Glücks, das er aufbewahren konnte in einem Ordner.

In den folgenden Tagen machten sie Spaziergänge, bei denen Jürgen zunächst kaum sprach, nachdenklich vor sich hinstarrte, vorsichtige Schritte im Günthersburgpark zunächst, später fuhren sie mit der Tram in die Stadt, liefen den Main entlang, auch wenn Charlotte protestierte. Jonas hatte Jürgen untergehakt, sie gingen sehr langsam, beinahe tastend, und Jonas fragte sich, was diese Person an seiner Seite noch mit seinem Vater gemein hatte. Er spürte Jürgens Anwesenheit, war ihm vielleicht körperlich seit Kleinkindertagen nicht mehr so nahe gewesen. Und es veränderte etwas. Er fühlte sich hilflos. Diesen einen Satz hatte Jürgen gesagt, als sie an der neuen Promenade des Osthafens angelangt waren, vor ihnen die zwei gigantischen Türme der Europäischen Zentralbank, diesen einen Satz, der Jonas danach nicht mehr aus dem Kopf wollte:

»Dass vielleicht nichts bleibt«, sagte Jürgen, steckte die Hände in die Taschen seines Sakkos, starrte auf die Türme. »Dass vielleicht nichts bleibt von dir, außer einem Häufchen Asche und ein paar Geschichten für einige Jährchen. Das ist schon ein sonderbarer Gedanke.«

Jonas schaute auf den Fluss, dann zu seinem Vater, aus

dessen Gesicht seine eigenen Augen zurückschauten. Der Tod war zu viel, dachte Jonas, er war immer schon viel zu viel gewesen, diese große Frechheit, diese Zumutung, nicht nur für ihn, sondern für alle, immerzu. Aber er ganz persönlich, Jonas Klingsporn, konnte dieses Zuviel des Todes nicht mehr ertragen.

»Ich weiß nicht, wie du das aushältst«, sagte Jürgen. Jonas spürte den Druck seiner Hand auf seinem Arm. »Ich vermute, die meisten anderen an deiner Stelle wären daran zerbrochen. Sofort, auf der Stelle.«

Jonas wünschte, sein Vater hätte seine Zigarren dabeigehabt, Zigaretten, irgendetwas, an dem er sich festhalten konnte.

»Ich glaube«, sagte er, »ich *bin* daran zerbrochen. Oder nein, ich glaube nicht. Ich bin. In tausend Teile. Aber nicht auseinandergefallen, das ist das Sonderbare. Zerbrochen, aber trotzdem noch zusammen. Denn wenn ich ganz ehrlich bin, wünschte ich mir, es gäbe mich nicht mehr. Aber ich bin trotzdem noch da. Mein Bewusstsein weigert sich, den Schaden zu akzeptieren.«

Jürgen schwieg.

»Aber lass dir das gesagt sein: Du bist auch noch da, du bist am Leben. Das ist am Ende, was zählt. Mehr gibt es nicht. Nur das. Und es wäre nett, wenn das noch eine Weile so bleibt.«

»Das wäre also nett«, sagte Jürgen.

Der Wind hatte seine Haare in Unordnung gebracht. Die elegante Leinenhose, das helle Sakko, die Schuhe aus braunem Leder, in diesem Moment sah er darin verkleidet aus, ganz so wie jemand, der das Leben in dieser Verkleidung über Jahre perfektioniert hatte, aber eben doch verkleidet blieb. Er lächelte. Sie kehrten zur Straße zurück, winkten ein Taxi heran.

»Es hat Charlotte sehr geholfen, dass du gekommen bist«,

sagte Jürgen, als sie im Fond des Wagens saßen. »Und es war wichtig für sie zu sehen, dass du okay bist.«

»Dann verschweigst du ihr besser, dass ich nur schauspielere.«

»Das wissen wir beide, Jonas. Aber du machst weiter, du bist noch da.«

»Bis mir die Rolle auf den Leib wächst.«

»Manchmal tut sie das«, sagte Jürgen, »manchmal nicht.«

Das Telefon des Fahrers klingelte und er begann laut mit seiner Zentrale zu schimpfen. Aus dem Radio plärrte Elektropop. Jürgen und Jonas tauschten Blicke, lächelten.

Wer waren Toni und Mire, wollte Jonas fragen, aber er unterließ es. Morgen würde er fliegen, in den nächsten Wochen und Monaten würden sie seinen Vater durchleuchten und feststellen, dass alles in Ordnung war. Und dann würde Zeit bleiben für alles Weitere.

An ihrem letzten Abend hatten sie sich gestritten, in der Küche über das Abendessen gebeugt. Es war um seine Arbeit gegangen. Wie so oft. Obwohl eigentlich alles in Ordnung war. Seine Postdoc-Stelle war verlängert worden, das Projekt lief gut, das Wort Habilitation war gefallen, nicht nur einmal. Lars hatte ihn und eine Kollegin eingeladen, ihre Forschungsergebnisse auf einer Konferenz in Boston vorzustellen; in MIT-Boston, Harvard-Boston. Das hatte er Liv eigentlich erzählen wollen. Aber stattdessen hatte er dieses populärwissenschaftliche Buch erwähnt, das die These des Gehirns als Computer diskutierte. Bewusstsein als Betriebssystem, als virtuelle Maschine. Das war nicht neu, zumindest nicht für ihn, aber wie sehr diese These es jetzt in den Mainstream geschafft hatte, darüber hatte er sich gefreut.

Im Hof schepperte es, jemand war an den Mülltonnen zugange, riss Liv und ihn für einen Moment aus der Anspannung. Dunkelheit vor dem Fenster zum Innenhof, auf der gegenüberliegenden Seite die Lichter der Nachbarwohnungen. Liv nahm einen Schluck Wein. Ihre Lippen waren dunkelrot verfärbt, ihre Wangen gerötet, alles ein aufgeblendeter Kontrast zu ihren weißblonden Brauen und Haaren.

»Bin ich für dich also auch nur ein Automat?«

»Wenn wir alle Automaten sind, was ist daran dann so schlimm? Und außerdem habe ich nicht Automaten gesagt; Informationsverarbeiter.«

»Das klingt natürlich viel besser, Jonas.«

Er verzweifelte daran, dass sie sich über so etwas Harmloses aufregen konnte. Immer wieder, immerzu. Er verstand nicht genau, was für sie das eigentliche Ärgernis war. Sie war nicht wissenschaftskritisch. Glaubte nicht an irgendwelchen esoterischen Unfug. War es die Sache mit der Freiheit? Willensfreiheit, die schöne Illusion. Manchmal glaubte er, dass es nicht die Tatsache war, dass er es sagte, sondern wie er es sagte. Aber was genau sie störte, begriff er nicht. Er hatte gehofft, dass sie sich mit der Zeit daran gewöhnen würde. Aber ganz offensichtlich hatte auch sie gehofft, dass er sich ändern würde.

Sie war aufgestanden, stellte ihren Teller in die Spüle, lehnte sich gegen den Fensterrahmen. Er versuchte sie zu beruhigen, sagte ihr, dass er nicht hatte streiten wollen. Er würde sie nicht wieder damit nerven.

»Verrat mir doch mal«, sagte sie, jetzt etwas leiser, gegen das Fenster gerichtet, »was für einen Sinn es macht, evolutionär, ein Bewusstsein zu haben, wenn es sowieso nichts anderes ist als ein Film in einer Maschine. Das ist doch nicht logisch.«

»Niemand hat gesagt, dass die Evolution logisch ist«, sagte er. »Es gibt Dinge, die sich entwickeln. Und wenn sie für ein paar Jahrtausende nützlich sind, dann überleben ihre Träger.

Und dann zeigt sich, dass die frühere Anpassung zu einem späteren Zeitpunkt kontraproduktiv ist, weil sich die Umwelt verändert hat.«

Sie schaute ihn an, über die Schulter.

»Aber ist es nicht sinnvoll und funktional? Das Bewusstmachen von Prozessen, das Prüfen, Abgleichen, damit beim nächsten Mal eben ein besserer Prozess abgerufen wird? Sprache. Oder lernen. Wie wirkt das zurück auf die Automatisierung unserer Abläufe?«

Mit diesen Worten ließ sie ihn sitzen, verschwand im Badezimmer und kurz darauf im Bett. Er hörte sie die Bettdecke aufschlagen, das Licht ausknipsen. Und er saß immer noch am Küchentisch, stocherte in seinen kalten Nudeln. Er wollte von ihr herausgefordert werden, dachte er, er liebte ihre Fragen. Und gleichzeitig störten sie ihn. Wie sollte man arbeiten, forschen, wenn man immer alles grundsätzlich infrage stellte. Er konnte das nicht. Es hatte ihn lange genug fertiggemacht. Er schaltete das Licht aus, schlich durch den Flur. Als er zu Liv ins Bett stieg, hatte sie ihm den Rücken zugedreht, aber als er seine Hand auf ihre Hüfte legte, griff sie danach, verschränkte ihre Finger mit seinen und zog sie vor ihre Brust.

»Dummkopf«, murmelte sie, oder etwas anderes, er war sich nicht sicher, schloss einfach die Augen. Es war nicht von Bedeutung.

Am nächsten Morgen hatten sie gemeinsam gefrühstückt, wie immer. Später stand sie in ihren rot-weiß gestreiften Gummistiefeln im Flur und lächelte. Sie trug die dicke gelbe Regenjacke, in der sie aussah, als wollte sie zum Fischfang aufbrechen.

»Nimmst du den Bus?«

Sie schüttelte den Kopf.

»Mit dem Rad bin ich schneller an der *Musikskole*. Und danach kann ich direkt einkaufen fahren. Ich hab heute weniger Schüler, die Frühlingsgrippe geht um.«

Sie legte ihre Hand auf den Türgriff, überlegte es sich aber anders, drehte sich um und machte einige schnelle Schritte auf ihn zu. Sie zog ihn an sich und küsste ihn auf den Mund.

»Bis später«, sagte sie.

»Bis später«, antwortete er.

[FRANKFURT AIRPORT, DEUTSCHLAND, MAI 2017]

Mutterlächeln, ein wenig unsicher, ein wenig gezwungen. Sie hatte darauf bestanden, ihn zu fahren, ihn nicht an der Abflughalle rausgeworfen, sondern den Wagen im Parkhaus abgestellt. Vielleicht einfach nur eine Flucht aus dieser Wohnung, von diesem Mann, der las und schwieg, der immerzu grübelte. Dieser Andersjürgen war eine Kuriosität, und Jonas sah, dass er nicht nur ihn nervös machte, wenn Jürgens Veränderung in ihm selbst auch eine andere Wirkung hatte als bei seiner Mutter. Und es war denkbar, dass Charlotte einfach voller Angst war vor den kommenden Wochen, dass sie jede sich bietende Ablenkung wahrnahm.

»Schade, dass du schon wieder fliegen musst«, sagte sie.

»Ich weiß«, sagte er, »aber ein Urlaub ist gerade einfach nicht drin.«

Vor dem Security-Check, ihre Umarmung; er drückte sie sehr fest, hoffte, dass es helfen würde, zumindest ihr.

»Wir haben gar nicht über dich gesprochen«, sagte sie. Sie sah hilflos aus, hielt seine Hand. »Du weißt, dass wir …«

»Beim nächsten Mal«, sagte Jonas. »Beim nächsten Mal ganz in Ruhe. Und mach dir keine Sorgen um mich.«

»Vielleicht können wir dich bald mal besuchen kommen, wenn es Jürgen besser geht. Und wenn du umziehen möchtest und Hilfe brauchst. Vielleicht solltest du raus aus der Wohnung.«

»Klar«, sagte er, schon über die Schulter hinweg, legte seine Bordkarte auf und passierte die Schranke. »Ich werde mich umschauen.« Er versuchte ein Lächeln. Eine Hologrammfrau, die auf einen weißen Plastikständer projiziert wurde, erinnerte ihn an die Sicherheitsbestimmungen. Er lief weiter. Schaute noch einmal zurück. Charlotte winkte. Er winkte zurück. Sie sah klein aus. Ein letzter Blickkontakt, dann erreichte er den Security-Check. Er trat durch den Scanner, es piepte nicht, der Sicherheitsbeamte winkte ihn durch.

CEUX QUI RÊVENT LES YEUX OUVERTS (III)

[DÉPARTEMENT DU TARN, FRANKREICH, OKTOBER 1974]

Sie stand auf dem steinernen Geländer der Brücke, schaute hinab, unter ihr der Spiegel des Viaur, in dem sie nur als kleine, verzerrte Form zu erkennen war. In einiger Entfernung, am Nordufer, eine Gruppe Kinder, knietief im dunklen Fluss, die ihr Ballspiel unterbrochen hatten und zu ihr hinaufschauten, dieser verrückten Frau, die mitten im Herbst in Unterwäsche auf der Brücke stand. Auf der anderen Seite, unweit der Trauerweide, die schlanke Gestalt von Loïc, die Arme vor der Brust verschränkt, den Blick ebenfalls auf sie gerichtet.

»Niemals«, hatte er gesagt, am Ufer auf der Decke neben ihr liegend, ein Glas Wein in der Hand, sein Oberkörper leicht erhoben, auf den freien Ellenbogen gestützt. Dass sie als Kinder im Sommer immer gesprungen seien, hatte Catherine entgegnet, dass nichts dabei sei, man müsse nur wissen, wo der Fluss tief genug war. Er hatte in Richtung der vier hellgrauen, massiven Steinpfeiler gedeutet, die die alte Verbindungsstraße zwischen den Départements Tarn und Aveyron über den Fluss trugen.

»Du springst doch jetzt nicht von diesem alten Klotz. Das traust du dich im Leben nicht!«

»Warte und staune!«, hatte sie gesagt und ihr Weinglas neben sich auf die Wiese gestellt. Dann war sie aufgestanden und die kleine Gasse hinauf zur Brücke gelaufen. Sie hatte ihr Kleid abgestreift, ihre Unterwäsche kurz zurechtgerückt, war ohne zu zögern auf das Geländer gestiegen. Und hatte hinabgestarrt.

Dass sie bis zur Brücke hätte schwimmen sollen, dachte sie, um sich zu versichern, wo genau die Stelle war, an der der Viaur tief genug war. Es war Jahre her, dass sie gesprungen war, auch damals, bei ihrem ersten Versuch, waren sie zuerst durch den Fluss geschwommen, auf den trüben Grund hinabgetaucht, hatten den Boden abgetastet. Erst dann sind sie hinauf auf die Brücke gestiegen. Damals war es ihr Bruder Jean gewesen, der ihren Mut in Zweifel gezogen hatte. Hand in Hand mit ihrer jüngeren Schwester Marie war sie gesprungen, kreischend, aber glücklich; sie erinnerte sich an diese Freude, sie hatte laut geschrien und gelacht, als sie wieder auftauchte; gemeinsam waren sie ans Ufer geschwommen, hatten sich umarmt, und Jean, der sich kurz nach ihnen in den Fluss stürzte, hatte ihnen auf die Schultern geklopft. Er hatte sich für sie gefreut, obwohl sie ihm den Status des einsamen Brückenspringers genommen hatten.

Die Kinder begannen zu klatschen, *allez, allez* hörte sie sie rufen, schaute nach rechts, wo eine ältere Dame mit Stock und Kopftuch die Brücke betreten hatte, jetzt stehen blieb, sie musterte, den Kopf schüttelte.

Sie schaute nach vorn. Grüne Baumwipfel, darüber der blaue, wolkenlose Himmel. Sie sprang.

Direkt nach dem Eintauchen ins Wasser, zog sie instinktiv die Beine an, ihr Körper erinnerte sich, Dunkelheit, ihre Füße kamen auf dem Boden auf, sie spürte Schlamm, einen leichten Schmerz, als ihre Fersen auf den harten Grund trafen, sie stieß sich ab, tauchte auf, ins grelle Sonnenlicht, ihr Herz schlug ihr bis zum Hals, sie kraulte ans Ufer; das Adrenalin hatte sie fest im Griff, ihre Hände zitterten, als sie an Loïc vorbei ans Ufer taumelte. Sie hörte die Schreie der Kinder im Rücken, sie lachte, konnte nicht damit aufhören, ließ sich auf den Rücken fallen, schloss die Augen. Ihre Arme und Beine brannten.

Später saßen sie gemeinsam auf der Terrasse, das dunkle, massive Familienhaus im Rücken, aus dem Salon drang das Knistern des Feuers im Kamin, vor ihnen das hohe Gras des Gartens, durch das langsam und gemächlich die vier schwarzen Schafe trotteten, die, so wollten es Catherines Eltern, die Wiese niedrig halten sollten, solange sie in Paris waren. Ab und an nahm Catherine den Zug von Toulouse nach Carmaux, dann den Bus bis in das Heimatdorf ihrer Eltern, nistete sich im Haus ein. Die Schafe vernachlässigten ihre Aufgabe, das Gras war hüfthoch, die Tiere lieber im Schatten der Gartenmauer, hinter der sich die grünen Hügel des Tarn erstreckten. Loïc reichte ihr den Wein, den sie aus dem Keller ihres Vaters geklaut hatte, sie trank aus der Flasche. Er drückte sich die in ein Küchenhandtuch eingeschlagenen Eisbrocken auf den rechten Knöchel, der ein wenig angeschwollen war. Er hatte es sich nicht nehmen lassen, ebenfalls zu springen, war an der richtigen Stelle eingetaucht, hatte sich aber nicht daran erinnert, die Beine einzuziehen. Auf einem Stein sei er aufgekommen, sagte er, nur mit dem rechten Fuß, immerhin, aber sie konnte durch seine Heldenpose hindurch sehen, dass er Schmerzen hatte.

»Ich kann dich zurückfahren«, sagte sie, »oder nach Albi, dort gibt es ein Krankenhaus.«

Er hielt ihr das Handtuch hin, das mit Eiswürfeln gefüllt war, deutete mit der anderen Hand auf den Wein.

»Mehr brauche ich nicht. Oder nicht viel mehr.«

Sie wusste, was jetzt kommen würde, noch bevor er sich vorbeugte, um sie zu küssen. Er war immer ein guter Küsser gewesen, und wenn sie ehrlich war, konnte sie einen guten Küsser gebrauchen, sie hatte die letzten Wochen Toulouse nach einem guten Küsser abgesucht, leider nur viele schlechte und ein paar akzeptable gefunden. Deshalb hatte sie Loïc gefragt, deshalb und weil sie rausmusste, weil der einsetzende Herbst in der Stadt sie deprimierte, die langweiligen Kurse an der Uni, die Einladungen zu den Treffen der anarchistischen Gruppe, die sie allesamt ausschlug. Sie wollte fern der Welt sein, sie wollte nichts wissen von all diesen Kämpfen. In Toulouse gab es Fernseher, Zeitungen, Radios, die aus Spanien berichteten. Sie wollte davon nichts lesen, sehen oder hören.

Loïc zog den Kopf zurück, nahm noch einen Schluck Wein, machte sich daran, einen Joint zu drehen. Catherine stand auf, öffnete die Terrassentür und betrat das Haus mit den dicken Wänden, den schweren Ölgemälden und den sonderbaren Kastenbetten, die sie liebend gerne ausgetauscht hätte. Loïc hatte sich lachend hineingelegt und die Beine anziehen müssen, und er war einen halben Kopf kleiner als Germain, Germain, dem sie dieses Haus noch nie gezeigt hatte, nie zeigen würde, der sich immer wieder zurück in ihre Gedanken schlich. Sie ging in die Küche, überprüfte den Eintopf, der seit mehreren Stunden bei kleiner Gasflamme köchelte. *Cassoulet toulousain*, Loïc hatte darauf bestanden, es für sie zu kochen. Er gab sich Mühe, dachte sie, viel zu viel Mühe. Er machte sich Hoffnung, auf irgendwas. Und das konnte sie gerade wirklich nicht gebrauchen.

[17. ARRONDISSEMENT, PARIS, FRANKREICH, MAI 2017]

Sie hörte ihn die Tür öffnen, kontrollierte die Uhr, Viertel vor neun, hörte seine schweren Schritte auf den Dielen im Flur, er trat ein, das Sakko noch angezogen, die altmodische, abgewetzte Ledertasche ließ er auf den Boden neben sich fallen und sich ihr gegenüber in den Sessel sinken. Das Leder seufzte, Germain selbst hielt die Augen geschlossen, seine Nasenflügel hoben und senkten sich.

»Was für ein Irrenhaus«, sagte er leise.

Catherine lachte.

»Was hast du erwartet?«

Er öffnete die Augen. Ein Schweißrand färbte den Kragen seines Hemdes.

»Keine Ahnung. Vieles. Das nicht.«

»Und zwar?«

»Chaos, Unordnung. Als ob jemand einen Stöpsel gezogen hätte und alles Wissen abgelaufen wäre. Dabei arbeiten die meisten Beamten seit Jahren dort. Was wahrscheinlich das Problem ist. Sozialisten oder, noch schlimmer, Leute, die *Sarko* dort schon platziert hat. Menschen, für die Kultur nur in großen Hallen mit Säulen stattfindet.«

»Sie stellen sich gezielt dumm?«

»Was weiß denn ich. Vier Tage erst, vier Tage Wahnsinn. Immerhin stehen die Termine für Éloise, immerhin hat sie eine Bärenruhe. Muss von der Arbeit mit Autoren kommen. Gute Ansprache vor versammelter Truppe am ersten Tag. Hab gesehen, wer dabei wann mit den Augen gerollt hat.«

»Auge gerollt, Kopf gerollt?«

Er lachte. Sie stand auf, ging zum Schrank, schenkte sich und ihm einen Calvados ein. Er nahm ihn entgegen, küsste ihre Hand.

»Du kannst Gedanken lesen. Wobei ich vermutlich *Schnaps* auf der Stirn stehen habe. Und was die anderen Köpfe angeht: Wir werden niemanden direkt auf die Guillotine schicken, Éloise und ich sind uns einig, dass das keinen guten Eindruck macht. Darauf wartet die Presse nur. Tabula rasa der Linken. Aber ich werde schauen, wer bereit ist sich anzupassen, und wer nicht. Wen man versetzen, für wen man einen toten Posten erfinden muss. Entlassen«, sagte er, nahm einen großen Schluck und legte den Kopf in den Nacken, »entlassen kann man von denen sowieso kaum jemanden.«

»Na wart mal ab. Vielleicht wagt sich dein liberaler Herr Präsident ja an die Beamtengesetze.«

»Wenn er lebensmüde ist, vielleicht«, sagte Germain. »Und mein Präsident ist er ganz sicher nicht.«

»Und Éloises?«

»Sie sagt, dass er sie beeindruckt hat. Sie hatte abgesagt, aber er hat sie persönlich besucht. Hat Voltaire zitiert, Rousseaus *Emile*. Hat nicht nachgelassen. Das hat sie beeindruckt.«

»Klingt so, als sei sie ein wenig verliebt.«

»Sind das nicht alle? Aber wenn er so schlau ist, wie alle sagen, verlässt er sich nicht darauf. Wir wissen alle, wie lange die Liebe in der Politik vorhält, wie schnell sie in Hass umschlägt.«

»Und deine Interviews?«

»Morgen. *Le Monde, Libération* und *Le Parisien*. Ich glaube nicht, dass die wirklich viel über mich wissen. Oder wissen wollen. Es wird mehr um Éloise gehen. Vielleicht wollen sie wissen, was ich von ihm halte, unserem neuen *Roi Soleil*.«

»Reiß dich bloß zusammen!«

Er stellte das Glas auf den Fußboden, stand auf, kam zu ihr herüber, ließ sich auf das Sofa neben sie fallen, nahm ihr ihr Glas ab und küsste sie.

»Ich reiße mich immer zusammen«, sagte er.

[TOULOUSE, FRANKREICH, JUNI 1975]

Die Klingel schrillte. Catherine schaute von ihrem Buch auf. Sie erwartete niemanden, wollte weiterlesen, aber ihr Besucher klingelte erneut. Sie stand auf, warf sich ein Laken über, trat über die Matratze hinweg ans Fenster und schaute hinab. Der Nachmittagsverkehr rollte von der *Pont-Neuf* hinab durch ihre Straße, Motorroller knatterten und hupten, der Laster einer Wäscherei blockierte den Verkehr, während der Fahrer in aller Ruhe die Ladung entlud. Es stank nach Abgasen und der tief stehenden Garonne. Der Schweißfilm ihre zweite Haut seit Tagen. Aber wenn man die Fenster verschloss, wurde es nur schlimmer.

»Hey, Cat, mach auf!«

Loïc unter ihrem Fenster, in Sandalen, Unterhemd und einer dieser kurzen Fußballshorts, die er seit Neuestem immer trug. Er winkte herauf, wirkte aufgeregt, nervös. Zum Teufel, dachte Catherine, und dass sie ihn nie in das Haus ihrer Eltern hätte mitnehmen dürfen, guter Küsser hin oder her, nicht das eine Mal und vor allem nicht die Male danach.

Er kam die Treppe heraufgesprungen, schob sich ohne eine Begrüßung an ihr vorbei in die Wohnung, setzte sich an den Küchentisch und klopfte auf die ihm gegenüberliegende Seite der Tischplatte.

»Setz dich!«

»Hast du sie noch alle?«

Er starrte den Rußfleck an, der über dem Kamin die Wand emporwuchs, fast bis zur Decke.

»War der schon immer da?«

»Bist du gekommen, um die Defekte meiner Bruchbude zu vermerken?«

Er lachte kurz, hustete.

»Ich bin kontaktiert worden, aus Spanien.«

Er ließ den Satz in der Luft hängen. Tippelte mit den Fingern auf der Tischplatte, genoss es offensichtlich zu sehen, wie diese Nachricht sie traf.

»Komm schon, *Loïc,* sei kein Arschloch!«

Er grinste.

»Sie wollen ihn rausbringen. Was heißt, dass wir ihn rausholen müssen. Er sitzt in den Bergen. Wartet. Pau hat mir gesagt, dass du die Hütte kennst. Er fragt, ob du mitkommen willst. Ich fahre ihn in einer Stunde.«

Er schwitzte. Sein kurzes, dunkles Haarfell auf dem Kopf schimmerte feucht. Die kleinen Augen in ständiger Bewegung. Seine Nervosität steckte sie an, machte sie zittrig, aber vielleicht war es auch einfach die Tatsache, dass er diese absurde Frage stellte, dass er anscheinend voraussetzte, dass seine wenigen Bröckchen als Informationen genügten.

»Warum rausholen?«

»Die Sache mit dem Kaufhaus«, sagte er. »Wir haben gehört, alles sei glattgegangen. Aber irgendwer muss irgendwie aufgeflogen sein. Mehr weiß ich auch nicht. Versuch mal was rauszubekommen aus Pau, viel Spaß dabei! Ich weiß nur, dass Germain es in die Berge geschafft hat, dass er in irgendeiner Hütte sitzt und darauf wartet, abgeholt zu werden. Wenn sie wirklich schon nach ihm suchen, wenn sie wissen, woher er kommt, dann dürfte das alles andere als leicht werden.«

Sie wollte fragen, alles Mögliche fragen. Aber er stand auf, klopfte mit der Faust auf den Tisch.

»Also, was ist?«

»Ich hol meine Stiefel«, sagte sie.

[17. ARRONDISSEMENT, PARIS, FRANKREICH, MAI 2017]

Er stöhnte, setzte sich auf, hielt sich den Rücken. Sie betrachtete seine leicht gewölbte Brust, den kleinen Kugelbauch darunter, über den hinab die dichten Haare bis zwischen die Beine wucherten. Die Waden und Oberschenkel waren immer noch kräftig, jeden Morgen schwang er sich auf sein Rennrad, strampelte durch die halbe Stadt. Den rasenden Direktor hatte ihn eine Journalistin in einem Artikel genannt.

»Was für eine Schnapsidee«, sagte er, streckte die Arme in Richtung Decke, drehte den Kopf, was seinen Nacken vernehmlich knirschen ließ. »Der Fußboden, so ein Blödsinn. Als ob wir zwanzig wären.«

Er stand auf. Setzte seine Dehnübungen fort. Sie hob den Oberkörper, tippte ihm mit dem Zeigefinger gegen den baumelnden Schwanz.

»Ihm hat es gefallen.«

»Ihm gefällt alles, was du machst. Aber er ist eigensinnig, kümmert sich nicht um den Rest des Körpers. Er würde auch mein Herz aussetzen lassen für deine Muschi.«

Sie streckte ihm die Zunge raus, legte sich zurück auf den Perserteppich, knautschte die Wolldecke zusammen, die mit ihnen zusammen vom Sofa gerutscht war, und schob sie sich in den Nacken.

»Übrigens«, sagte sie, »haben wir mit zwanzig nie auf dem Fußboden gevögelt.«

»Kann sein«, sagte er. »Was weiß denn ich noch, was mit zwanzig war.«

Germain ging ins Bad, kurz darauf hörte sie die Dusche. Direkt neben sich entdeckte Catherine einen dunklen Fleck, den sie auf dem braunen Sitzpolster der Ledercouch hinterlassen hatten. Sie strich mit der Hand darüber, lachte tonlos. Im Sakko, das auf dem gläsernen Wohnzimmertisch gelandet war, summte sein Telefon. Verstummte kurz, summte erneut. Während sie gähnte, sich ebenfalls streckte, die Risse neben der Stuckrosette an der Decke betrachtete, wiederholte sich der Vorgang einige Male. Am Ende das kurze Vibrieren einer SMS. Sie ließen ihn nicht in Ruhe, auch nicht abends.

Sie nahm das Gerät aus der Tasche, stand auf und ging ins

Bad, in dem Germain gerade die Tür der Duschkabine öffnete und ihr eine Woge aus Wasserdampf entgegenschlug.

»Da hatte jemand dringenden Redebedarf«, sagte sie, und hielt ihm das Telefon hin.

»Kannst du nachschauen?«, fragte er.

Sie tippte seinen Code ein, ihr Geburtsjahr, sah die vier verpassten Anrufe, die SMS, die auf eine Nachricht auf der Mailbox hinwies. Sie stöhnte.

»Presse oder Ministerium?«

»Schlimmer«, sagte sie, wählte die Nummer der Mailbox, schaltete den Lautsprecher ein. Ein Rauschen war zu hören, ein sehr lautes Räuspern.

»Also«, hörten sie Antonio sagen, seine knarzige Stimme durch die Verbindung noch zusätzlich verzerrt, »ich habe Termine verlegt, jemanden gefunden, der ein paar Tage auf den Laden aufpasst. Ich könnte am Wochenende in zwei Wochen vorbeikommen, wenn euch das passt. In drei Wochen ginge es auch.« Und nach einer Pause. »Oder früher, wenn ihr wollt. Ich melde mich morgen wieder. Oder ihr euch einfach bei mir. *À bientôt.*«

[PYRENÄEN, NAHE MERANGES, SPANIEN, JUNI 1975]

Ein Wolf und sein Schatten, dachte sie, ein grauer Wolf und ein Schatten, der kurz davor war, sich aufzulösen. Sie saßen am massiven Holztisch in der Mitte der Hütte, aber anders als beim letzten Mal, als Catherine und Pau die Tür geöffnet hatten, sprang niemand auf, waren weder Germain noch der *Lobo* dazu in der Lage. Ihre Köpfe wandten sich ihnen zu, ihre Augen dunkel, nicht einmal mehr Angst im Blick, nur Müdigkeit. Germains Haare wirkten strohig, er war dünn geworden, hatte sicher zehn Kilo verloren, wenn nicht noch mehr.

Der Wolf war muskulös wie eh und je, aber seine Gesichtshaut war glänzend, durchscheinend. Er nickte ihnen zu.

»Gut«, sagte er nur, »ich hatte Angst, dass er mir durchdreht.«

Catherine trat zu Germain, legte ihm die Hand auf den Scheitel. Er drückte seinen Kopf gegen ihren Bauch, als er Luft holte, spürte sie den Sog auf ihrer Haut, so als wollte er seinen Sauerstoff aus ihrem Körper aufnehmen. So standen sie eine Weile. Pau hielt Abstand. Der *Lobo* erhob sich, die beiden Männer steckten die Köpfe zusammen, redeten leise.

»Wir müssen los«, sagte ihr Führer.

»In der Nacht?«, fragte Catherine. »Es war schwierig genug, die Hütte in der Dämmerung zu finden bei dieser Bewölkung. Wir werden uns die Knochen brechen.«

»Vielleicht«, sagte Pau, »aber wir werden nicht zu sehen sein. Diego sagt, dass sie die Patrouillen verstärkt haben, dass der Kontakt, der die Pläne der Grenzer übermittelt hat, nach all dem Ärger in Barcelona verstummt ist. Wenn wir also blind gehen, ist es die Polizei zumindest auch. Und wenn sie Lampen benutzen, können wir ihnen ausweichen.«

»Was ist mit den anderen?«, fragte Catherine in Richtung des *Lobo*, der seine Antwort in Paus Ohr nuschelte.

»In ihren Verstecken«, sagte Pau, »in Sicherheit. Zumindest waren sie das, als die beiden los sind.«

»Und warum gehen sie nicht auch über die Grenze?«

Pau zuckte die Schultern.

»Weil sie nicht wollen. Weil sie Idioten sind.«

Der *Lobo* zischte etwas, einen Augenblick glaubte Catherine, er würde Pau anspringen, aber stattdessen kam er um den Tisch, klopfte Germain auf die Schulter, drückte Catherine die Hand. Er roch unglaublich intensiv, nach Schweiß und Leder, nach Tabak und noch etwas. Er roch nach Blut, dachte sie, nach rohem Fleisch, aber bevor sie weiter darüber nachdenken konnte, hatte sich der *Lobo* abgewandt, die Tür geöffnet und war ins Freie getreten. Das Letzte, was sie von ihm sah, war, wie er von der Schwelle der Holzhütte sprang und auf die Baumgrenze zurannte.

»Wir müssen los«, wiederholte Pau.

»Er braucht was zu essen«, sagte Catherine, löste sich aus Germains Umarmung, nahm ihren Rucksack ab und kramte ihre Wasserflasche und einen Apfel hervor.

»Es geht«, sagte Germain. »Es wird gehen.«

Seine Stimme war dunkel, rau, eine Stimme aus dem Keller seines eigenen Körpers. Er erhob sich. Seine Knie zitterten merklich, sein ganzer Körper wankte.

»Iss den Apfel, iss etwas Brot«, sagte Pau, und setzte seinerseits den Rucksack ab. »Hilft uns wenig, wenn du nach einer halben Stunde zusammenbrichst.«

Catherine nickte ihm zu. Und zum ersten Mal, seit sie ihn kannte, gelang Pau tatsächlich ein Lächeln. Es sah aus, als übe ihr Begleiter diese Mimik noch, aber in Catherine stieg, als sie sah, wie sich seine Lippen in die Breite zogen und er seine Zähne entblößte, der Wunsch auf, ihn in den Arm zu nehmen und ihm einen Kuss auf die Wange zu drücken. Niemand zwang ihn dazu, verrückte Franzosen aus seiner Heimat zu retten. Er war schlau genug gewesen zu gehen. Er hätte in Toulouse sein können, auf irgendeinem Konzert oder irgendeiner Feier. Eine Frau im Arm, einen Mann. Stattdessen war er hier und riskierte Kopf und Kragen für einen Dummkopf, der seine Mühen eigentlich nicht wert war.

Die Lichtkegel bewegten sich langsam, fast gleichmäßig. Solange sie sich noch im Schutz der Bäume befunden hatten, konnten sie sich einreden, sich das vereinzelte Aufblitzen der Lampen nur einzubilden. Aber seit ein paar Stunden, seitdem sie die Baumgrenze hinter sich gelassen hatten, war der stumme Tanz am Berghang unter ihnen ihr steter Begleiter. Über ihnen die tiefdunkle Wolkendecke, die das Licht der Morgendämmerung nur spärlich durchschimmern ließ und so nah war, dass Catherine glaubte, sie könne hineingreifen, wenn sie aufstünde und sich streckte. Stattdessen kauerte sie hinter einer Felsgruppe, machte sich klein und versuchte gleichzeitig den Kopf so weit wie möglich nach vorne zu recken, um dem Rhythmus der Taschenlampen unter ihnen zu verfolgen. Seit ihrer letzten Pause glaubte sie, waren sie wieder ein wenig näher gekommen Ihre Füße brannten, ihr Hemd und Pullover klebten ihr am Körper. Die Jacke darüber hielt die Kälte der Bergnacht kaum noch ab. Ihre Zähne klapperten. Germain an ihrer Seite, den Rücken gegen den Felsen gelehnt. Er zitterte, die dünne Jacke, die er aus Barcelona mitgebracht hatte, würde den Wind noch weniger bremsen als ihre. Sie sah, wie seine Brust sich hob und senkte, griff sein Handgelenk, spürte den hämmernden Puls.

»Wie weit sind sie zurück?«, flüsterte sie.

»Vielleicht eine Stunde«, antwortete Pau, »vielleicht weniger.«

»Folgen sie uns?«

»Ich glaube kaum. Wenn sie uns bemerkt hätten, wären sie längst nicht mehr allein. Sie folgen ihrer Route. Nur leider macht es den Eindruck, dass ihre Route auch die unsere ist.«

»Was sind unsere Optionen?«, fragte Germain. Er hielt die Augen geschlossen, bewegte kaum die bläulich verfärbten Lippen.

»Wir können versuchen, uns irgendwo zu verstecken, unter einem Vorsprung, in einer Höhle, wenn wir eine finden, zwischen einer Felsgruppe.«

»Und dann?«

»Hoffen, dass sie an uns vorbeigehen, dass sie nicht aufmerksamer und gründlicher sind als ihr Ruf, oder viel schlimmer: dass sie nicht genau denselben Ort auswählen, um sich auszuruhen.«

»Oder?«

»Nach oben. Immer weiter.«

Er deutete in Richtung der Wolken.

»Also weiter«, sagte Catherine. Sie drückte Germains Hand. Er lächelte, die Augen noch immer verschlossen, hob die linke Faust.

»*¡Hasta la victoria!*«, flüsterte er.

Die Wolken waren die Welt, die Wolken waren wie Eis in ihren Lungen, auf ihrer Haut. Die Wolken hatten schon vor Stunden die Lichtkegel der Grenzer verschluckt, die Bedrohung oder zumindest das Gefühl ihrer Nähe, sie schluckten alle Geräusche, alles außen. Alles war geschrumpft auf die wenigen Zentimeter ihres Sichtfelds. Pau an der Spitze, noch immer schwungvoll sein Gang, noch immer kraftvoll sein Griff; immer wieder wartete er, wandte sich um, reichte ihnen die Hand, trieb sie stumm dazu an weiterzugehen. Germain hinter ihm, sein Kopf zwischen die Schultern gesunken, die Schritte seiner Stiefel unsicher, unentschlossen, Catherine erwartete augenblicklich, dass er straucheln würde, stürzen. Aber er hielt den Kontakt zu Pau. Als Letztes sie selbst, längst über das Ende ihrer Kräfte hinaus, längst hatte sich ihr Körper von ihrem Geist getrennt, oder fast getrennt, denn immer noch reichte der dünne Faden, der beides verband, um diesen einen, einzigen Gedanken des *Weiter* in ihre Beine zu senden. Sie fragte sich, wie sie aussehen würden, wenn jetzt ein Grenzer zu ihnen aufschloss, was für einen erbärmlichen Anblick sie abgeben würden im Strahl seiner Taschenlampe.

»*Collons!*«

Paus Ausruf kam aus dem Nichts. Catherine hob den Kopf und sah nur noch, wie er mit zwei, drei Sprüngen davonhechtete, wie er im Grau verschwand. Er ließ nur die Steine zurück, die ihnen, von seinen Stiefeln in Bewegung gebracht, entgegenkollerten. Sie trat neben Germain, der in der Bewegung eingefroren war, ihre beiden Köpfe waren nach oben gerichtet, von wo aus eilige Schritte zu vernehmen waren. Er setzt sich ab, dachte Catherine, er setzt sich ab und uns bleibt nur zu warten, bis uns die Grenzer einfangen. Stille jetzt, nur das leise Rauschen des Windes, nur ihr Atem, nur der Herzschlag im Ohr.

»*Collons!*«

Der Ausruf hallte zu ihnen herab, von irgendwo über ihnen. Germain schaute sie an, völlig ratlos.

»*Vinga, vinga!* Kommt schon, kommt schon! Legt einen Zahn zu!«

Paus Stimme so laut, dass sie sie kaum wiedererkannte. Seine Schritte wieder zu vernehmen, Geröll hagelte ihnen entgegen, dann folgte der Katalane, der ihnen den Berg hinab entgegensprang. Er griff Germain an der Hand, zog daran, zog ihn den Berg empor, in seinem Gesicht eine Freude, die Catherine einen Augenblick lang glauben ließ, er habe den Verstand verloren. Sie folgte den Männern, so gut sie konnte, sie schnaufte, sie kämpfte.

Der Stein, den sie nach vielleicht hundert Metern erreichte, war so klein und unscheinbar wie beim ersten Mal. Er reichte ihr bis zum Knie. Pau hatte sein Bein gehoben und seinen Stiefel darauf abgestellt. *España* stand darunter. Und sie wusste, auf der anderen Seite stand *France*.

»Wir sind die glücklichsten Vollidioten der Welt«, sagte Pau. »Wir beide«, er deutete auf Catherine und sich selbst, »sind glückliche Vollidioten. Aber du«, er zeigte auf Germain, »du bist der König von allen.«

FRANCO HA MUERTO (IV)

[LA MODELO, BARCELONA, SPANIEN, OKTOBER 1977]

Sie begannen, die zusammengeknoteten und beschrifteten Bettlaken langsam vom Dach zu lassen, begleitet vom Jubel der Gefangenen im Hof. *»Llibertat Presos Sociales«* stand auf weißen Stofffetzen, die nun die Oberseite der Gebäudewand bedeckten. Die Männer auf dem Gefängnisdach reckten ihre Fäuste in die Höhe. Ihre freien Oberkörper glänzten vor Schweiß, einige von ihnen hielten Knüppel in den Händen. Das Klatschen im Hof wurde rhythmisch, die Rufe der Häftlinge lauter.

»¡Lli-ber-tat! ¡Lli-ber-tat!«

In der Luft lag der Geruch nach Verbranntem; aus dem Hof von Block 4 stieg eine schwarze Rauchwolke auf, die harten Jungs machten Feuer. Antonio hielt sich am Rand, nahe der Tür zum Zellblock, er klatschte ein wenig mit, mehr um nicht aufzufallen. Diese Taktik war in jede Faser seines Körpers übergegangen, eine Taktik, die sich in den letzten Jahren bis auf einige wenige Ausnahmen bewährt hatte.

Das Jaulen der Polizeisirenen und Ambulanzen war zu hören, Hupen und Geschrei von der anderen Seite der Mauer. Er vermutete, dass die Bullen sich bereits darum bemühten, die umliegenden Straßen abzusperren, was keine leichte Aufgabe sein dürfte an einem Werktagsmorgen mitten in der Stadt. Der absurdeste Anblick waren die Anwohner, die auf ihren Balkonen standen, Mütter mit Babys im Arm, Männer in Anzügen oder im Bademantel, zwei Frauen im Nachthemd, ein altes Pärchen Hand in Hand, ganze Familien, die die Balkontüren geöffnet hatten und sich die Unruhen anschauten, als wären sie eine riesige Theaterinszenierung. Die Aufständischen auf dem Dach waren auf Augenhöhe mit einigen der Bewohner, nur durch den Hof und die Straße von ihnen getrennt. Die Polizei, war sich Antonio sicher, würde auch hier eingreifen, die Leute in ihre Wohnungen zurückscheuchen und ihre Scharfschützen dort positionieren. Aber solange noch Chaos herrschte, solange noch niemand wusste, was eigentlich passiert war, solange blieb diese Aufführung für das Publikum offen.

Rumort hatte es bereits seit Wochen, seit im Sommer das Amnestiegesetz für politische Häftlinge erlassen worden war. Kleine Konflikte köchelten, seit erste Gefangene auch aus dem *Modelo* entlassen worden waren. Besonders wenn es Männer traf, die als Faschisten galten, war es auch zu vereinzelten Handgreiflichkeiten gekommen. Bald darauf hatten einzelne Häftlinge begonnen, sich aus Protest die Arme aufzuschneiden oder sich an anderen Stellen des Körpers selbst zu verstümmeln. Die Wärter hatten die blutenden Männer weggetragen, begleitet von den lauten Rufen der anderen Häftlinge. Immer lauter wurden die Forderungen nach Freiheit und Amnestie, nicht nur für politische, sondern auch für normale, »soziale« Häftlinge. Antonio hatte versucht sich rauszuhalten, so wie immer, aber sein Zellenmitbewohner brannte für die neue Sache.

»Warum lassen die Mörder raus, wenn es politische Morde waren, aber einen kleinen Taschendieb wie mich lassen sie in diesem verdammten Loch schmoren, ohne Prozess, ohne gar nichts? Und wenn mein Prozess endlich kommt und ich bekomme weniger Zeit, als ich eingesessen habe, was dann? Glaubst du, die Zeit gibt mir jemand zurück?«

Bald darauf hatte sich Luismi einem Hungerstreik angeschlossen, der immer weitere Kreise zog. Im Juli waren das erste Mal 39 Männer auf das Dach der Kuppel geklettert, von dort aber bald von der Polizei entfernt worden. Gerüchte über die gewaltsame Niederschlagung des Gefängnisaufstandes in *Carabanchel* verbreiteten sich, dazu war die Rede von Massenentlassungen franquistischer Mörder. Seit über einer Woche hatte das Wort von einem Aufstand die Runde gemacht, mit dem endlich alle Häftlinge ein Zeichen setzen würden.

»Nach dem Film am Samstag wird es krachen«, hatte Luismi geflüstert, als sie beide abends im Bett lagen. Und dann hatte es gekracht, ganz so, wie sein Bettnachbar versprochen hatte. Toni war der Filmvorführung ferngeblieben, aber kurz nachdem die Männer am frühen Abend aus dem Kinosaal zurückgekehrt waren, war es plötzlich laut geworden. Schreie überall, Rennen, das Bersten von Glas, der Geruch nach Verbranntem und der schwarze Rauch, der über das *Modelo* gezogen war. Toni war an seine Zellentür getreten und hatte noch gesehen, wie die Wärter das Gefängnis im Eiltempo verlassen hatten. Die Häftlinge waren von draußen in die Blocks geströmt, sie hatten gegen die Zellentüren gehämmert, wie damals zu Tonis Begrüßung. Der Ruf nach Freiheit, der bald darauf aus dem Hof erklungen war, hatte dieses Hämmern kaum zu übertönen vermocht. Am Ende war Toni doch nach draußen gegangen, weil er es hatte sehen wollen, die Männer auf dem Dach, das Lärmen, den Aufstand.

Er drückte sich an die Wand, beobachtete die Freude, die das Chaos bei den meisten Mithäftlingen auslöste. Luismi jagte an ihm vorbei, seine Augen glänzten, Toni erwartete, dass sein Freund zu den anderen aufs Dach steigen würde, aber er lief nur von einer Ecke des Hofes zur anderen, drückte Arme, lachte, reckte die Faust in die Luft. Das Jaulen der

Polizeisirenen, das in den letzten Minuten immer lauter geworden war, schien er ebenso wenig zu hören wie der Rest der Häftlinge. Toni kehrte zurück in den Block, der sich mittlerweile fast vollständig geleert hatte. Der Rauch aus dem Nachbarblock zog in feinen Schwaden umher wie Nebel, es stank nach verbrannten Matratzen und Stoff. Toni stieg hoch zu seiner Zelle. Er würde nicht unten warten, bis die Polizei das *Modelo* stürmte. Er würde in seiner Zelle sein. Vielleicht würde es ihm helfen.

[LA MODELO, BARCELONA, SPANIEN, NOVEMBER 1975]

Wenn ihr Gesicht im Gewühl der Menschen auftauchte, beruhigte sich etwas in ihm, rückte etwas an seinen Platz, das vorher verschoben gewesen war. Er war sich bewusst, wie sehr er ihre Besuche brauchte, um dieses langsame, stetige Verrücken in sich selbst zu unterbinden. Sie lächelte, und er sah, wie viel Anstrengung es sie kostete. Sie betrat den Raum, sprach mit einem Wärter, deutete auf Antonio, der sich seinerseits an einigen Mithäftlingen vorbeischob, immer bedacht, niemanden anzufassen, bei dem er es sich nicht erlauben konnte. Jemand stieß ihm in die Seite.

»Ist deine Süße wieder da?«

Bobo, der Schrank in Menschenform, packte ihn an der Schulter, grinste ihn an.

»Kommt sie immer so regelmäßig?«, fragte er und stieß ein wieherndes Lachen aus. Das Gold in seinem Mundraum musste mehr wert sein als alles andere, was Bobo jemals besessen hatte.

»Immer, Bobo«, versuchte es Antonio, »schon immer.«

Die Pranke des Riesen löste sich von seiner Schulter.

»Na, dann ab mit dir!«

Er bekam einen Klaps auf den Hinterkopf, stolperte auf Mireia zu, in deren Augen Überraschung und Erschrecken zu sehen war. Er schloss die Tür hinter sich, berührte ihre Finger durch die Gitterstäbe hindurch.

»Wer war das denn?«, fragte sie.

»Bernardo oder Bobo, genannt *el Armario*. Hat einem Polizisten hier in der Stadt nach einem Fußballspiel eins auf die Fresse gehauen. Und als sie ihn festnahmen, hatte er zwei Portemonnaies bei sich, die nicht ihm gehörten.«

Es war sonderbar, wie schnell er sich an die Einordnung seiner Leidensgenossen nach ihren Verbrechen gewöhnt hatte. Für die anderen war er Antonio, der Bankräuber, für Luismi vermutlich Antonio, der verrückte Anarchist.

»Und ihr seid Freunde?«

»Was heißt das schon, hier drinnen. Aber es ist gut, ihn zu kennen, bei seiner Statur. Mein Vater würde sich freuen, dass mir die *Magnificos* von 66 noch einmal derart geholfen haben.«

»Die was?«

»Fußball«, sagte er und grinste, »Real Zaragoza. Die Pokalsiegermannschaft. *Los Magnificos.* Stunden saß ich mit meinem Vater am Wochenende vor dem Radio, wenn die Arbeit in der Werkstatt getan war. Wir sind damals, zur Feier des Titels, mit dem Bus in die Stadt gefahren. Als ich Bobo erzählt habe, dass ich Marcelino die Hand geschüttelt habe, hätte er fast geweint.«

Was er nicht erwähnte, war, wie sehr ihn selbst die Erinnerung erschüttert hatte, wie sie ihn nicht losgelassen hatte in den Tagen danach. Vom Dorf aus waren sie mit dem Bus nach Huesca gefahren, umgestiegen, und je näher sie der Provinzhauptstadt kamen, desto mehr füllten sich bei jedem Halt die Sitzreihen mit Menschen, die blaue Hosen und weiße Hemden trugen, auf manche war sogar das Wappen des Vereins aufgenäht, Fahnen überall, Mützen in ihren Farben. Gesungen wurde, *Ra ra ra, Zaragoza chutará! Ra ra ra Zaragoza vencerá!*, Weinflaschen kreisten und sein Vater, den er sonst nur auf den Dorffesten einmal ein Glas hatte trinken sehen, nahm eine der Flaschen entgegen, nahm mehrere große Schlucke daraus, und als er den Blick seines Sohnes bemerkte, reichte er ihm tatsächlich den Wein. Und der elfjährige Antonio trank und verzog sofort das Gesicht, was seinen Vater und die umsitzenden Männer auflachen ließ. Man klopfte ihm auf die Schulter, man feierte ihn, jemand band ihm eine Fahne um. Gemeinsam zogen sie durch die Stadt. Bis auf die riesige, lang gestreckte *Plaza del Pilar* waren sie geströmt, hatten in der Masse der Menschen vor dem Rathaus gestanden und gesungen, links von ihnen reckte die gigantische *Basílica del Pilar* ihre vielen Turmspitzen in den Himmel, rechts von ihnen, am Ende des Platzes, erhob sich die Kathedrale, die höchste Kirche, die er jemals gesehen hatte. Die Mannschaft war mit einem Linienbus durch die Stadt gefahren worden, ein kleiner Teil des Teams auf dem Dach des Wagens sitzend, den Pokal vor sich, der Bus flankiert von zwei Gardereitern mit buschigen, glänzenden Helmen. Als sie die *Plaza* erreicht hatten, waren sie zunächst unter dem Jubel der Menge in die Kirche geströmt, um den Pokal der *Virgen* zu weihen, und auf dem Weg zurück zum *Ayuntamiento*, von dessen Balkon aus der Pokal den Fans dargeboten werden sollte, im Schieben und Schreien der Menschen von allen Seiten, stand plötzlich Marcelino vor ihm. Er tätschelte ihm den Kopf, zwinkerte ihm zu und schüttelte ihm und seinem Vater die Hand. Und dieser Vater, der für gewöhnlich morgens in seiner Werkstatt verschwand, um die Traktoren, Mopeds oder sonstigen Geräte des Dorfes zu reparieren, dieser arbeitswütige, ernste, wortkarge Mann, dessen Hand noch beim kleinsten Widerwort seines Sohnes ausrutschte, dieser Mann hatte Tränen in den Augen vor Glück.

Die Nacht endete am Ufer des niedrig stehenden Ebro, Vater und Sohn am Fluss, über den die leiser werdenden Gesänge aus der Stadt herüberwehten, während die Sterne verblassten und das Schwarz des Himmels ins Blau verfloss. Die Sonne ließ lange auf sich warten, sprang dann hastig empor und brachte die sommerliche Hitze mit. Antonio hatte seinen Vater stützen müssen auf dem Weg zum Busbahnhof, und der Vater hatte ihm über den Kopf gestreichelt, ihn einen guten Jungen genannt. Eine verkehrte Welt, die sie im Bus nach Huesca hinter sich ließen. Der Vater schlief und schnarchte laut, und als er beim Halten des Busses erwachte, war sein Gesicht bereits wieder das alte, feste, fremde.

»Ich habe Nachricht bekommen«, sagte Mireia.

»Wieso bekommst du Nachrichten?«, fragte er. »Halt dich da raus!«

»Über Diego«, sagte sie, »Diego ist der Einzige, mit dem ich darüber rede.«

»Vom Deutschen?«, fragte Antonio.

Sie schüttelte den Kopf.

»Aus Frankreich. Einer der Grenzgänger hat eine Nachricht in den Bergen zurückgelassen.«

Er schaute sich um. Aber niemand beachtete sie.

»Und?«

»Germain ist wieder an der Uni, er studiert. Es ist so, als sei er nie weg gewesen. Niemand interessiert sich für ihn. Er ist also in Sicherheit.«

»Und der Deutsche?«

»Kein Wort.«

»Hat Diego nicht gefragt?«

»Ich glaube schon«, sagte sie, »aber der Franzose hat ihn nicht erwähnt.«

»Hast du Diego wirklich gefragt?«

»Ja doch, Toni, *joder*! Zweimal. Und er hat den Kopf geschüttelt. Nichts. Von niemandem. Wie ein Gespenst. Wahrscheinlich«, sagte sie, beugte sich vor und drückte seine Hand noch fester, »sitzt er längst wieder in Deutschland und plant dort den Umsturz.«

Ihr Lächeln war angestrengt, so als merke sie selbst, wie wenig überzeugend sie auf ihn wirken musste. Der Deutsche war, neben Luismi, sein zweiter Zellennachbar geworden. Wenn die Lichter ausgingen, wenn das Schreien und Lachen der Häftlinge langsam verstummten, wenn das Schnarchen einsetzte, kam er zu ihm, setzte sich auf die Kante des Bettes und nie wusste Antonio, ob der *Alemán* ihn verspotten würde oder verfluchen. Es gab Nächte, in denen *Jorge* ihm vorwarf, dass er ihn zurückgelassen hatte, dass er von den Mördern des *Caudillo* erschlagen worden war, weil er ihn nicht verraten wollte, und dann wieder solche, in denen er ihm ins Gesicht lachte und sagte, es sei ihm eine Freude gewesen, sie alle ans Messer zu liefern. Diese Gedanken kannte Mireia, er musste ihr sie nicht wiederholen, er hatte sie ihr zugeflüstert, bei ihren ersten Besuchen, war so nah gekommen, dass die Wächter sie trennten. Was er ihr nicht verraten hatte, war, dass eine neue, dritte Variante des Deutschen hinzugekommen war. *Jorge*, in der Uniform eines *Guardia Civil*, der ihn offen und direkt auslachte, der ihm sagte, er könne immer noch nicht glauben, wie dumm sie alle gewesen waren, wie leichtfertig sie ihn aufgenommen, wie gutwillig sie all seine Geschichten geglaubt hatten, wie er sie alle hatte anleiten, umleiten, und am Ende, auch wenn ihm die anderen entkommen waren, immerhin Toni direkt ins Gefängnis bringen können. Schwachsinn, sagte er sich am nächsten Morgen, wenn das Gefängnis erwachte und er bereits seit Stunden mit offenen Augen im Bett lag, nichts als Schwachsinn, nichts als dein Geist, der dem ganzen Chaos einen Sinn geben will. Aber kaum wurde es dunkel, war die Frage nicht, ob *Jorge* erscheinen würde, die Frage war nur, welcher *Jorge* es sein würde.

»Etwas anderes«, sagte sie.

Was los sei, fragte er.

»Deine Eltern.«

»Was ist mit denen?«

»Ich möchte ihnen schreiben.«

»Bist du verrückt?«

Er sah, wie ein Wärter den Kopf reckte, wie er sich aufmachte in ihre Richtung. Gleich würde er, wusste Antonio, ihr Gespräch beenden. Er griff Mireias Hand.

»Meine Eltern sind die Letzten, die hiervon erfahren müssen, verstehst du? Ich will, dass du mir versprichst, ihnen nicht zu schreiben!«

Er sah die Enttäuschung in ihrem Gesicht, aber sie nickte, versprach ihm, sie nicht zu kontaktieren.

»Du bist die Einzige, die ich hier sehen möchte. Diego, wenn er könnte, wenn das Risiko nicht zu groß wäre.«

»Lass ein paar Monate ins Land gehen«, sagte sie, »dann wird er vorbeischauen.«

Der Wärter kam, tippte ihm auf die Schulter. Sie seien zu laut und zu nah. Und überhaupt sei die Zeit überschritten, er müsse zurück in den Block. Er stand auf, hielt ihren Blick, sie werde im verdammten Sarrià auf ihn warten, sagte sie, und warf ihm eine Kusshand zu, irgendjemand johlte darüber, und er drehte sich um und ging, hielt den Kopf gesenkt, marschierte zurück in den Block, wo der Hof wartete, das Abendessen, Luismi und der Deutsche.

[LA MODELO, BARCELONA, SPANIEN, OKTOBER 1977]

Als die Polizei nach Einbruch der Dunkelheit das Gefängnis stürmte, lag Antonio auf dem Bett, starrte auf das Gitter und die Matratze über ihm. Luismi hatte, nachdem er durch das Gefängnis geirrt oder getanzt war, am Ende des Tages entschieden, dass seine Zelle doch der sicherste Ort war. Im Dämmerlicht war er eingetreten, sehr fahl, sehr zittrig, die feuchten grauen Haare über den Kopf nach hinten gekämmt, er hatte ihm zugenickt und war auf das Bett gestiegen. Lange hatte Antonio ihn atmen hören, erst schnell und unregelmäßig, bald immer langsamer, bis er schließlich zu schnarchen begonnen hatte. Dieser Impuls, aufzustehen und den Schrank zu durchwühlen, die Sohlen aus seinen Schuhen zu nehmen, all jene Orte zu überprüfen, die auch die Wärter durchsuchen würden, wenn das *Modelo* wieder unter Kontrolle war, ließ seine Finger kribbeln. Er wusste, dass Luismi seit den Hungerstreiks angefangen hatte, irgendein Zeug zu rauchen, das ihn dann für Minuten ausschaltete, nicht breit machte wie die *Chocolate,* sondern völlig umwarf, ihn dämlich stieren und sabbern ließ, so als sei er wieder ein Baby.

Als Toni das laute Knallen der Schüsse, die Explosionen der Blend- und Rauchgranaten hörte und sich ein neuer, scharfer chemischer Geruch über das *Modelo* legte, verkrampften sich seine Muskeln. Schreie waren kurz darauf zu hören, auch das Hämmern von Metall auf Metall. Über Megafone wurden sie dazu aufgefordert, sich nicht zu widersetzen, sich ruhig zu verhalten. Über ihnen das Gebrüll der Männer, die noch auf dem Dach ausharrten, ihre Zelle in absoluter Dunkelheit, durch die der Lärm wie eine Welle schwappte.

Je näher die Schreie kamen, desto mehr verkrampften sich Antonios Gliedmaßen. Sein Bewusstsein dagegen und seine

Wahrnehmung waren ganz nach außen gerichtet, flüssig, gleichzeitig sprunghaft, nahmen Fühlung auf mit den Wänden, den Böden, den Gittern des *Modelo*. Schwerer Donner war zu hören, ein metallisches Dröhnen, das ihn an eine gigantische Kirchenglocke denken ließ. Man versuchte Durchgänge aufzubrechen, man stieß auf Widerstand.

»Sie kommen näher«, hörte er Luismi über sich.

»Eine halbe Stunde höchstens noch«, sagte Antonio, »vielleicht nur ein paar Minuten.«

»Die werden uns ficken, die ficken uns alle so richtig.«

Luismi klang wie ein geschlagener Köter. Obwohl er Worte formte, klang es so, als jaulte und winselte er. Antonio konnte hören, wie Luismi sich auf die Seite drehte, vermutlich zum Fenster.

»Warum gibt's denn kein Licht mehr«, sagte sein Zellengenosse, »die Dunkelheit macht mich noch völlig fertig!«

»Hast du noch was von deinem Zeug, Luismi?«

Der andere schwieg.

»Sie werden alles filzen. Die werden keinen Zentimeter unberührt lassen. Die werden dir in den Arsch gucken, wenn sie den Eindruck haben, dass du darin was versteckt haben könntest.«

»Ich hab nichts.«

»Wenn doch, werden sie es finden. Und dann *werden* sie dich wirklich ficken. Und wenn sie mit dir durch sind, dann mach ich dich gleich noch mal fertig.«

Er hatte keine Ahnung, woher er die Autorität in seiner Stimme nahm, woher diese Kälte, wenn nicht aus der Überzeugung, dass er diesem gräulichen, zittrigen Männchen wirklich etwas antun würde, wenn er seinetwegen eine zusätzliche Anklage aufgebrummt bekäme.

»*¡Atrás! ¡Atrás! ¡Atrás!*«

Er war nicht sicher, ob die Rufe von Polizisten stammten,

oder ob es die Kommandos von Häftlingen waren, die ihre Kameraden zum Rückzug aufforderten. Sehr nah in ihrem Zellblock plötzlich ein dumpfer Knall und ein grelles Leuchten, das die Zelle kurz wie der Blitz eines Fotoapparats erhellte. Schreie erklangen, Schreie anderer Häftlinge, war sich Antonio jetzt sicher. Er hörte, wie sich die Matratze über ihm erneut bewegte, er hörte das Quietschen des Metalls, kurz bevor Luismi vom Bett sprang und in Richtung Toilette tappte.

»Das Fenster!«, rief Antonio. Luismi erstarrte.

»Das Wasser ist abgestellt, wirf es aus dem Fenster!«

Der andere machte schweigend kehrt, trat auf das Fenster zu, hob den Arm, warf. Antonio hörte, wie etwas gegen die Gitterstäbe prallte und zurück in ihre Zelle fiel. Er hörte Luismi fluchen.

»¡*Cojones*, Luismi!«

Er sprang auf, stieß seinen Zellennachbarn beiseite, tastete mit den Fingern über den Boden, fand eine kleine Papiertüte und hob sie vom Boden. Er trat ans Fenster, streckte den Arm, stellte sich vor, wie genau jetzt das Licht angehen und er das Ziel für einen Scharfschützen auf einem der Balkone abgeben würde, er schob die Hand mit der Tüte durch die Gitterstäbe, spürte den kalten Luftzug des Abendwindes für einen Augenblick auf der Haut. Er öffnete die Finger, zog den Arm danach sofort wieder zurück, sank zu Boden. Neben sich spürte er Luismi, hörte seinen Atem, der so schnell ging, als habe er einen Dauerlauf hinter sich.

»Noch mal gut gegangen«, flüsterte er.

Sie legten sich auf ihre Betten, bewegten sich nicht mehr, blieben regungslos, auch als der Lärm näher kam, auch als die Polizisten ihren Block erreichten, ihre Galerie, hoben nur die Arme vors Gesicht, als eine Gruppe Männer in ihre Zelle stürmte und die Schlagstöcke auf sie niedergingen, zweimal, dreimal, ein paar kurze Schläge nur, um die Nachricht zu übermitteln, dass niemand sich ihnen widersetzen konnte. Am Leben, dachte Antonio, sie sind fertig mit dir und du bist am Leben, das war am Ende, was zählte. Die ganze Nacht lang waren noch Schreie zu hören, vom anderen Ende des Gefängnisses, Block 4, dachte Antonio, die harten Jungs, leisteten noch Widerstand oder hörten einfach nicht auf zu schreien. Er hatte Glück, dachte er, weil er das untere Bett hatte, weil das Gestell so den Winkel begrenzt hatte, aus dem sie zuschlagen konnten. Da war ein Stechen in seiner Seite, wenn er Luft holte. Aber trotzdem füllte er langsam seine Lungen, er atmete ein und aus, hörte sich selbst dabei zu. Über ihm wimmerte Luismi, stöhnte und stöhnte, bis Antonio es nicht mehr aushielt, bis er aufstand und seinen Freund an der Schulter berührte.

»Warum hast du es weggeworfen?«, jammerte er. »Warum zum Teufel hast du es weggeworfen?«

Am Morgen, als die Schreie verstummt waren, der Geruch nach Feuer und Tränengas nur noch ein schwaches Kribbeln in der Nase, wurde ihre Zelle erneut geöffnet. Wärter jetzt, bekannte Gesichter, seit Jahren vertraut, die ihnen durch die Ereignisse der letzten Stunden entfremdet waren. Kein Augenkontakt, keine Ansprache mit Namen.

Während die Wärter ihre Zelle durchsuchten, traten sie hinaus auf die Galerie. Durch das Rosettenfenster an deren Ende fielen helle Sonnenstrahlen, beleuchteten die Verwüstung unter ihnen. Tische und Bettgestelle waren aus den Zellen gezerrt worden, vielleicht im Versuch, eine Barrikade zu errichten. Überall Stofffetzen, Laken, die von der Galerie herabhingen wie Fahnen, beinahe bis zum Boden, dessen Fliesen im Sonnenschein glänzten; Wasser, begriff Antonio, mehrere Finger hoch, so als hätten Häftlinge im letzten Moment Rohre zerschlagen oder Polizisten versucht, das Gebäude zu fluten.

Die Durchsuchungen, die nun folgten, waren lange und gründlich, zur Hälfte von den Wärtern selbst, zur Hälfte von Polizisten durchgeführt. Auf der anderen Seite sah Antonio, wie Männer zurück in ihre Zellen geführt wurden und wie die Wärter, nachdem sie die Tür geschlossen hatten, mit Kreide ein X darauf hinterließen. Auf eine andere hingegen malten sie ein O. Irgendwann waren er und Luismi an der Reihe. Und drinnen, nur einen Schritt von der Tür entfernt, hörte er das Kratzen der Kreide, unfähig zu sagen, ob der Wärter ein X schrieb oder ein O.

[LA MODELO, BARCELONA, SPANIEN, NOVEMBER 1975]

Es war ein kalter, feuchter Herbstmorgen. Der Wind brachte Wolken und Regen vom Meer. Antonio war vor dem Morgengrauen erwacht, schweißgebadet, aus Träumen gerissen, in denen er, von einem unsichtbaren Feind verfolgt, durch die Berge rannte, immer hinauf, immer weiter hinauf, ohne jemals sein Ziel zu erreichen, die Bergrücken streckten sich, wuchsen in die Höhe, immer dann, wenn er glaubte, einen Gipfel erreicht zu haben. Er war aufgestanden, hatte gepinkelt, und als er zurückkam, saß Luismi schon auf seinem Bett, die dünnen Beine baumelnd in der Luft, sein schmaler Oberkörper ein Schattenriss vor der Wand.

»*¿Chinchón?*«, hatte er gefragt. Die Karten, die er wie einen Schatz in seinem Kopfkissenbezug versteckte, schon in der Hand.

»Warum nicht«, hatte Antonio geantwortet.

Auch als Ausgang war, kehrten Luismi und er zurück, um

ihr Spiel fortzusetzen. Antonio gewann ein ums andere Mal, Luismi sagte, er sei froh, dass sie nicht um Geld spielten, er hätte längst Haus und Hof verloren.

»Du hast Haus und Hof?«, fragte Antonio.

Luismi lachte.

»Meine Eltern, wenn sie noch leben, unten in Andalusien, in der Nähe von Málaga. Arriate, unterhalb von Ronda. Bist du mal dort gewesen?«

Antonio schüttelte den Kopf. Er hatte es von Aragón nur bis nach Katalonien geschafft. Was seines Wissens immerhin mehr war, als seine Eltern jemals vollbracht hatten.

»Eine Reise wert«, sagte Luismi, »also nicht unbedingt Arriate, aber Ronda auf jeden Fall. Oben auf dem Felsen dieses uralte Dorf mit Stierkampfarena, Hotels und Palästen, und dann diese Schlucht, die den Ort in der Mitte teilt, als hätte Gott einen Keil in den Felsen gerammt.«

Dass sie vielleicht doch um Geld spielen sollten, sagte Antonio, wenn er ihm sein Erbe so schmackhaft machte. Luismi grinste.

»Wir können gerne drum spielen«, sagte er, »aber ich bin Nummer fünf aus dem Sack meines Alten«, er hob die Hand und zählte, beginnend am kleinen Finger, die Namen seiner Geschwister ab, »María Pilar, Josefina, Eduardo, Ernesto und«, er machte eine Kunstpause, »zuletzt Luis Miguel.«

Er wackelte mit dem Daumen.

»Verdorbene Frucht seiner Lenden, weswegen ich vermutlich längst aus der Familie verstoßen bin, ein Lump und Tagelöhner, der in den Norden ging, um Arbeit zu finden, am Ende ein Einbrecher wurde, ein guter zwar, dank seiner kleinen Statur und seiner Kletterkünste«, er spannte die Muskeln seiner dünnen Arme, »der aber zu gierig und von den eigenen Kumpanen verpfiffen wurde, ein Bauernopfer, im besten Sinne des Wortes, das jetzt seine Tage im Knast vergammelt, um auf seinen Prozess zu warten und nichts Besseres zu tun hat, als *Chinchón* gegen seinen Zellengenossen zu verlieren. Ich kann dir also einen Schuldschein ausstellen, aber ich garantiere nicht, dass man dir dafür auch das Haus meiner Alten überreicht.«

Er nahm seine Karten wieder auf, betrachtete sein Blatt, seine großen, vorstehenden Augen bewegten sich langsam, konzentriert, hoben sich plötzlich und starrten Antonio an, den Mund zu einem breiten Grinsen verzogen.

»*El Rey de la Mentira*«, sagte Antonio, der Lügenkönig.

»*El Rey de la Mentira*«, wiederholte Luismi, kratzte sich das Brusthaar, das aus dem Kragen seines Unterhemdes ragte, bevor er eine Karte verdeckt auf den Stapel legte und danach alle sieben Karten in Reihe abwarf, beginnend bei der Sieben und aufsteigend bis zum König, »der König gewinnt diese Partie.«

Von draußen, aus dem Zellblock, war ein lautes Johlen zu hören, ein Streit zwischen Mithäftlingen, vielleicht ein Boxkampf, glaubte Antonio. Er stand auf, öffnete die Tür. Unter ihnen eine Zusammenrottung, Männer, die laut lachten, sich auf die Schultern klopften, im Zentrum einer der Häftlinge, der in der Küche bei der Ausgabe des Essens half: ein dicker, älterer Kerl, der die weiße Kochmütze schwenkte, dabei einen sonderbaren Tanz aufführte, mit einem Bein auf das andere springend, sodass es den Eindruck machte, als verbrenne der Boden ihm seine Füße; neue Gefangene kamen hinzu, man tauschte sich aus, ein Trupp, allesamt Kommunisten, setzte sich ab und trat vor einige geschlossene Zelltüren. Antonio sah, wie sie auf ein Kopfnicken hin begannen, gegen die Türen zu trommeln, ein langsam einsetzender, sich stetig beschleunigender Rhythmus. Schon kamen Wächter angerannt, auch andere Gefangene, Männer, die vom Hof zurückkehrten.

»Was ist denn da los?«

Luismi war neben ihn getreten, lehnte sich auf die Balustrade. Das Trommeln verstummte, und jetzt hob der Mann aus der Küche seine Mütze vor den Bauch und brüllte die Nachricht des Tages laut durch den Block:

»¡Ha muerto! ¡El hijoputa ha muerto!«

Und sie traten aus der Zelle, wie alle anderen auch, von draußen strömte es herein, die Wärter hielten Abstand, Antonio sah, wie einer von ihnen davonlief. Verstärkung holen, dachte er. Und in der Mitte der wogenden Gefangenen der alte Küchenhelfer, der sich nicht mehr einkriegte, der tanzte und immer wieder diese zwei Worte schrie: *»¡Ha muerto! ¡Ha muerto! ¡Ha muerto!«*

»Franco ha muerto«, geflüstert und gebrüllt, *»Franco ha muerto«*, wie ein neuer, bebender Herzschlag. Antonio schwerelos, der Körper kaum spürbar, die Gedanken abgetrennt, diese Leichtigkeit und gleichzeitig der Gedanke: Was hilft es uns, die wir hier sind, was ändert es für uns, die wir hier sitzen, hinter Gittern, was hilft es mir, der ich gekämpft habe gegen diesen Mistkerl, dass er jetzt, endlich, endlich sein Leben ausgehaucht hat. Ein halbes Jahr zu spät, dachte er, kehrte in seine Zelle zurück, starrte aus dem Fenster, beobachtete die stumm daliegenden Häuser auf der anderen Seite der *Calle de Provenza*. Und alles, was er denken konnte, war, dass das Arschloch gerade so lange durchgehalten hatte, damit er, der dämliche Toni, in den Knast konnte. Franco mochte tot sein, aber ihn selbst, Antonio, den dämlichen, kleinen Anarchisten, ihn hatte er geschlagen.

Er ging hinaus auf den Hof, der jetzt verwaist war, trat zu einer der Palmen, schaute hinauf. Die Blätter, hoch über ihm, bewegten sich im Wind, darüber das Grau der Wolken. Die Stadt kam ihm leiser vor, gedämpft. Alles schien sich zu verlangsamen, schien stiller zu werden. Während die Gefangenen im *Modelo* voller Freude über den Tod des *Caudillo* waren, wartete draußen Barcelona, so kam es ihm vor, darauf, wie es weitergehen würde. Die Stadt hatte Angst. Sie flüsterte. Sie hielt den Atem an.

[LA MODELO, BARCELONA, SPANIEN, SEPTEMBER 1978]

Als er gefunden wurde, an einem Abend in der Dusche, war er vermutlich schon seit Stunden tot. Einem Wärter war aufgefallen, dass die Tür zu einem der Waschräume nicht abgeschlossen war, wie es zu dieser Zeit, in den Stunden nach dem Abendessen, eigentlich der Fall hätte sein müssen. Wenige Augenblicke danach kam der Mann zurückgerannt, sprach hastig in sein Funkgerät, baute sich vor der Tür auf und wartete auf seine Kollegen. Antonio, der neben Bobo auf der Galerie stand und rauchte, schaute hinab, sah den Gesichtern der Häftlinge, die freie Sicht auf den Duschraum hatten, an, dass es jemanden erwischt hatte. *La Heroina* war die neue Geliebte der Häftlinge. Für Jahre und Monate hatte sie keinen Namen gehabt, war nur ein Flüstern gewesen in den Zellen des *Modelo*. Aber seit einigen Monaten wusste jeder, wie sie hieß, und seitdem tanzte sie Tag für Tag durch die Blöcke, tippte die Männer mit ihrer warmen, leuchtenden Hand an, ließ sie schweben und träumen, nur um nach wenigen Wochen ihr Herz mit ihrer anderen, der dünnen und eisigen Hand zu umfassen. Im Block der Schwerverbrecher, hieß es, hatte es bereits mehrere Todesfälle gegeben. Er sah, wie der Blick eines Mannes im Erdgeschoss sich hob, wie er die Galerie im ersten Stock absuchte, wie er die Gesichter der Männer dort abtastete, um dann, als er Antonio entdeckt hatte, kurz die Augen zu schließen. Da wusste er, wen sie gefunden hatten.

Er legte Bobo die Hand auf den Arm, unterbrach dessen Monolog über die Verlogenheit der *Transición*, das alte Spanien in neuem Gewand, er drehte sich um und stieg die Treppe hinab. Nicht schnell, nicht hastig, darauf kam es nicht mehr an. Der Mann, der ihn auf der Galerie erspäht hatte, trat am Fuße der Treppe auf ihn zu.

»Lo siento«, sagte er, es tut mir leid.

Ein Halbkreis aus Häftlingen hatte sich vor der Tür gebildet, hinter der die Wärter mittlerweile damit beschäftigt waren, sich um die Leiche zu kümmern. Man ließ Antonio nach vorne treten, man klopfte ihm auf die Schultern, *pésames* wurden geflüstert, so als sei ein Verwandter gestorben. Der Block war still; kein Streit, keine Beschimpfungen, kein Geschrei, auch kein Gesang. Als sie ihn wenige Minuten später auf einer Bahre und mit einem hellen Tuch bedeckt raustrugen, erkannte er Luismi an den Schuhen, den weißen Leinenschuhen mit den Holzsohlen, die er seit Antonios Ankunft getragen und die er irgendwie immer sauber gehalten hatte, auch wenn der Rest seines Körpers und seiner Kleidung zunehmend verfiel. Er starrte ihm nach, diesem winzigen, geschrumpften Körper, es sah aus, als läge ein Kind unter dem Tuch. Er wusste, dass er Trauer hätte fühlen sollen, irgendetwas, aber er drückte nur einige Hände, sagte Sätze, die er Sekunden später wieder vergessen hatte. Er kehrte zurück auf die Galerie. Bobo stand dort, wartete auf ihn, zwei Meter weicher Mensch, auch er drückte seine Hand.

»Una puta mierda«, sagte er nur. Und Antonio nickte. Dass es keine Überraschung sei, sagte er leise, wenn er ehrlich war, keine wirkliche Überraschung. Nach dem Aufruhr und den anschließenden Durchsuchungen war es einige Tage kaum auszuhalten gewesen mit diesem zitternden, schwitzenden, weinenden Menschenhaufen über sich im Bett, er hatte ihn festhalten müssen des Nachts, hatte ihm Backpfeifen gege-

ben, seinen Kopf irgendwann in die Kloschüssel gesteckt und gespült, weil ihm nichts anderes mehr eingefallen war, um Luismi aus diesem Terror zu reißen, der seinen ganzen Körper erfasst hatte. Und der andere hatte danach weinend vor dem Klo gesessen, die Haare und der Kopf nass, schluchzend nach Atem ringend. Und dann: Wochen der Ruhe, Wochen, in denen er seinen alten Bettnachbarn zurückhatte. Sie spielten Karten, Luismi erzählte von seiner Kindheit in Andalusien, vom Krieg, an dem er als Sechzehnjähriger teilgenommen hatte, als Freiwilliger erst in anarchistischen Kolonnen, später als Teil eines regulären, von den Kommunisten dominierten Regiments.

Und gegen Ende des Jahres, als es wieder kalt wurde draußen, als die Sonne sich versteckte und das Mittelmeer Regen schickte, der in kurzen, heftigen Schauern gegen ihr Zellenfenster prasselte, waren da wieder diese Nachmittage gewesen, an denen Luismi sich absetzte, an denen er zurückkam mit glasigen Augen, lallend und brabbelnd, an denen er einschlief im Sitzen, ihm der Kopf einfach wegkippte. Antonio hatte die Einstiche in seinen Fußsohlen gesehen, die vielen roten Punkte, so als sei er über Nadeln gelaufen.

Und jetzt, ein paar Monate später, war es vorbei. Vielleicht, dachte er, während er in seine Zelle trat, auf das sauber bezogene, glatt gestrichene obere Bett starrte, vielleicht war es besser so. Ein schnelles Ende statt weitere Monate der Qual, an deren Ende dasselbe Resultat gestanden hätte. Er trat an Luismis Kopfkissen, griff in den Bezug, suchte und fand das Kartenspiel. Eigentlich sonderbar, dachte er, dass er seine Karten bis zum Ende nicht versetzt hatte. Aber wie viel Stoff, dachte er, konnte einem ein altes Kartenspiel auch bringen? Kurz dachte er darüber nach, auch die Fächer mit seiner Kleidung zu durchsuchen, aber stattdessen steckte er die Karten in den Bezug seines eigenen Kopfkissens. Er legte den Kopf darauf ab, schloss die Augen und fragte sich, ob Luismi sich zum Deutschen gesellen würde in seinen Träumen.

[LA MODELO, BARCELONA, SPANIEN, OKTOBER 1978]

»Sie prüfen«, sagte sie.

Er konnte sehen, dass sie seine Hand greifen wollte, aber zurückzuckte, aus Angst, ein Wärter könne sie sehen und ihren Besuch beenden.

»Sie prüfen, hörst du?«, wiederholte sie, starrte ihn an.

»Ja«, sagte er, »ich verstehe.«

»Toni, verdammt, wenn sie deinen Fall tatsächlich als politisch einstufen, dann kann es eine Begnadigung geben, kapierst du das? Und du sitzt hier wie ein Sack Mehl? Das ist es, was der Anwalt erreichen wollte, das ist es, was wir uns gewünscht haben!«

Er lächelte. Er liebte es, wenn sie wütend war. Er liebte die Energie, die dann durch ihren Körper flutete, bis in die Spitzen ihrer Haare hinein. Selbst wenn diese Wut sich gegen ihn richtete, gab es immer einen Teil von ihm, der sich darüber freute, der glaubte, sie würde Funken schlagen, wenn er sie in diesen Momenten berührte. Und er wünschte, er hätte seinerseits mehr Kraft aufbringen können, mehr Enthusiasmus. Er wusste, dass sie das verdiente, dass er ihr das schuldig war. Vor einem Jahr schon hatte sie diesen Kerl mitgebracht, jung, sauber rasiert, rotwangig, im dunklen Anzug; die Haare kurz geschnitten und sauber gescheitelt. Goldene, glänzende Manschettenknöpfe. Die anderen Anwälte, die sich in den Besucherraum des *Modelo* verirrten, sahen meist aus, als stünden sie selbst kurz vor der Verhaftung. Schmierige Kerle mit Ölfrisuren und billigen Anzügen, die große Reden schwangen, aber am Ende fast nie etwas erreichten. Als Lluís hatte sie ihm den Mann vorgestellt, der vermutlich ein paar Jahre älter sein musste als er selbst, der aber aussah, als bereite er sich gerade auf die Kommunion vor. Seine kräftige, sonore Stimme schien sich in seinen Körper verirrt zu haben, wirkte befremdlich, sie verwirrte Antonio. Der Mann schüttelte kurz seine Hand und teilte ihm mit, dass die Señorita Mireia ihn gebeten habe, sich seines Falles anzunehmen. Ihre Eltern, hatte er gedacht, aber den Gedanken nicht ausgesprochen, ihre Eltern und deren Seilschaften. Der Kerl sah so sehr nach *Sarrià* aus, dass Antonio ihn am liebsten weggeschickt hätte. Aber Mireia zuliebe hatte er geschwiegen, hatte der Rede des Mannes zugehört, seiner Ankündigung, dass sich die Dinge jetzt ändern würden, dass man die neuen Freiheiten nutzen würde, die die Regierung gewährte. Das Amnestiegesetz von 1977 werde in anderen Fällen längst großzügig angewendet, erklärte Lluís, im Sinne eines friedlichen Übergangs. Amnestien also für jene, die das Rückgrat der alten Regierung gewesen waren, der verfickten Diktatur, hatte Antonio gesagt, und sein Anwalt hatte gequält gelächelt.

»*¡Cállate!*«, hatte Mireia gezischt.

Und er hatte geschwiegen und sich erklären lassen, dass diese neuen Amnestien sehr flexibel angewendet wurden.

»Mehrere politische Gefangene, die Sozialisten sind oder Kommunisten«, hatte Lluís gesagt und gelächelt, »sind bereits begnadigt worden.«

Am liebsten hätte er gelacht, gelacht und viel Erfolg gewünscht, bei dem Versuch, einen einsamen Anarchisten freizuboxen, aber er hatte das Leuchten in Mireias Augen gesehen, dieses Leuchten, das er auch jetzt wieder sah, und so hatte er seinem Anwalt gesagt, seinem neuen, jungen Anwalt, er solle tun, was er könne, er solle alles probieren, was die neuen Gesetze erlaubten. Und jetzt also das: eine Prüfung.

Einordnung als politischer Gefangener und Beschleunigung seines Prozesses. Freilassung. Was für ein sonderbares Wort. Er suchte nach einem Widerhall in sich, aber er fand ihn nicht.

»Warten wir ab!«, sagte er. Und nach einer Pause. »Dass sie einen wie mich rauslassen, glaube ich erst, wenn ich tatsächlich auf der Straße stehe.«

Mireia rollte die Augen.

»Tu doch nicht so, als seist du der Kopf des bewaffneten Widerstands gewesen. Du bist ein kleiner Fisch, Toni, und wenn du bisher nicht rausgelassen wurdest, dann vielleicht einfach, weil du noch niemandem aufgefallen bist.«

[LA MODELO, BARCELONA, SPANIEN, JANUAR 1979]

Die Kette rasselte, als der Wärter sich mit seinem Schlüssel daran zu schaffen machte. Das Gittertor stöhnte, als es aufgezogen wurde. Die Gesichter der Männer vor ihm waren ausdruckslos, man beachtete ihn kaum. Der Hof war immer noch so traurig wie am Tag seiner Ankunft, gesprungene Lacksplitter pellten sich von den dünnen Säulen des Gangs, darunter rostiges Metall; die Risse im Beton des Bodens waren weiter gewachsen, es machte den Eindruck, er könne jeden Moment brechen, sich ein Abgrund auftun. Man führte ihn in einen Raum, ließ ihn für einige Minuten allein. Er setzte sich auf eine Holzbank, betrachtete die Plakate, die die Bürger dazu aufforderten, auf kriminelle Aktivitäten hinzuweisen. *Nuestro país, nuestra responsabilidad.* Daneben ein Poster mit den Köpfen der ETA. Die Tür ging auf, einer der Wärter brachte ihm ein Bündel Stoff, legte es neben ihm auf die Bank, dazu eine Plastiktüte. Von seiner hellen Jeansjacke waren alle Aufnäher und Badges entfernt worden, der Stoff dort noch dunkler, ansonsten war sie unversehrt. Die Jacke spannte an den Schultern, die täglichen Liegestütze und anderen Übungen hatten sein Kreuz breiter werden lassen. Auf den ersten Blick immer noch ein Hungerhaken, dachte er, aber einer, der zuschlagen konnte, wenn es nötig war. In der Plastiktüte sein alter Geldbeutel, mit dem aufgenähten Emblem von Real Zaragoza, der gelbe Löwe ein wenig ausgeblichen, aber noch an seinem Platz. Die CNT hatte von der Jacke verschwinden müssen, aber der Fußball hatte bleiben können. Er nahm ein paar Münzen aus dem Beutel, auch seinen alten, ausgeblichenen Ausweis, von dem aus ihn ein Gesicht anstarrte, das ihn vage an seine eigenen Züge erinnerte.

»Venga, venga!«

Man schob ihn vorwärts, durch den Hof und bis in den breiten Korridor, durch den vor etwas mehr als vier Jahren der Laster gefahren war und ihn ausgeladen hatte. Er hatte gehofft, direkt nach dem Urteil freigelassen zu werden, aber man hatte ihn noch einmal zurückgeschickt in dieses Zuhause aus Metall und Beton, um seine Habseligkeiten zu holen. Vor dem dunkelroten Holztor stand ein weiterer Wärter. Der Mann grinste, tippte sich an seine Mütze, wünschte ihm viel Glück da draußen. Er zog den schweren Metallriegel aus seiner Halterung, öffnete eine kleine Tür inmitten des Tors, sagte, er hoffe, Antonio nicht wiederzusehen, und deutete nach draußen.

Er trat hinaus. Die Tür schloss sich hinter ihm. Der Lärm der Stadt schlug ihm entgegen, der Geruch nach Benzin und Diesel; Motorroller knatterten an ihm vorbei, eine ältere Frau, mit einer Tüte in der Hand, stieß ihn an und maulte, ob er nicht aufpassen könne. Ein leichter Wind ging, ein Meereswind. Er roch das Salz und die Feuchtigkeit. Er würde einen Fisch essen, dachte er, einen Fisch in Badalona.

Sie stand auf der anderen Straßenseite, den Rücken gegen

die Wand einer Autogarage gelehnt, ein Bein angewinkelt, die Augen auf ein Buch gerichtet. Er rührte sich nicht, während um ihn herum die Stadt strömte, als sei nie etwas geschehen. Er fühlte sich schwerelos, über ihm ein strahlend blauer Januarhimmel, überall Menschen, die aufgeregt umherrannten, um Geschenke für den Dreikönigstag zu besorgen. Das alles, dachte er, hatte nichts mit ihm zu tun. Nur diese Frau dort, diese lesende Frau mit dem Lockenkopf, diese junge Frau mit den langen Beinen in den weiten Schlaghosen, diese junge Frau hatte mit ihm zu tun, sie war das Einzige, was hier draußen etwas bedeutete. Er wartete, bis sie den Kopf hob, wartete, bis sie ihn erkannte, bis sich ein Lächeln über ihrem gesamten Gesicht ausbreitete. Sie hob die Hand, winkte, stieß sich von der Wand ab. Und Antonio holte tief Luft, gab sich einen Ruck und überquerte die Straße.

KOPFGEBURT (IV)

[VESTERBRO, KOPENHAGEN, DÄNEMARK MAI 2017]

Jonas versuchte, dem Licht zu entkommen. Er fuhr mit dem Rad hinaus aus der Stadt, fuhr fort vom grellen Schein der Straßenlaternen, die in sein Wohnzimmer leuchteten, in seinen Kopf. Er jagte am Zoo vorbei, den Kopf gesenkt, die Beine im pausenlosen Auf und Ab, folgte der Ausfallstraße, immer geradeaus, bis die Stadt sich zurückzog, bis die Autobahn hinter ihm lag. Er bog ab, fuhr wahllos durch kleine, gewundene Vorortstraßen, bis die Abstände zwischen den Lichtkegeln wuchsen wie die Länge der Vorgärten. Aber der nahende *Midsommar* zeigte keine Gnade; selbst über den Baumwipfeln und Feldern saß dieses nimmermüde Schimmern. In den Wald, dachte er, aber er hasste den Wald, hasste Wildwuchs und Insekten, den Matsch, den Dreck. Stadtkind war er, durch und durch, Kopfkind, aber das Licht, das verfluchte Licht. Er hielt es nicht mehr aus, es brannte hinter seiner Stirn, strahlte von dort in die Knochen der Beine und Arme.

Heute Nachmittag hatte es angefangen, im Labor, vor dem Rechner. Sie hatten gerade eine neue Testreihe zur Erforschung von neuronalen Auswirkungen von Psychopharmaka begonnen. Der Bildschirm hatte zu flackern angefangen, er hatte mit der Hand dagegen geklopft, ein technisches Problem vermutet, bis er begriffen hatte: Das Flimmern lag in seinem Blick, in seiner Wahrnehmung. Er hatte eine Kopfschmerztablette genommen, gewartet, die Augen geschlossen, auf den Ohren die Kopfhörer mit klassischer Musik. Nach einer Weile war es besser geworden, zumindest im Zentrum seines Blickfeldes. Am Rand aber war ein schwaches Zittern geblieben, und seither lebte er in der Angst, dass es sich wieder ausdehnen, seine ganze Wahrnehmung einnehmen könnte.

Der alte Mann war ein freundlicher, übergewichtiger Kerl mit grauem Bart gewesen, in dem noch der Nachklang seiner einstmals roten Haare zu erkennen war, ein Wikinger, mit unendlich traurigem Bernhardinerblick, der Jonas getroffen und alles in ihm aufgelöst hatte.

Kurz nachdem der Scan gestartet worden war, hatte das Gehirn des Mannes immer greller zu leuchten begonnen, alle Areale hatten gestrahlt, sie hatten überdreht. Ein Seitenblick auf seine Kollegin hatte ihm verraten, dass nur er das Leuchten gesehen, dass nur er bemerkt hatte, wie im Kopf dieses Mannes alles glühte. Er hatte sich entschuldigt, war ins Bad geflohen und hatte kaltes Wasser über die Handgelenke laufen lassen. Er hatte es noch einmal probiert, aber kaum hatte er das Labor wieder betreten, war das Strahlen zurückgekehrt, war es gewandert, gewuchert, vom Hirn auf dem Bildschirm auf die Schreibtischlampe daneben, war kurz darauf auf die Neonröhren im Flur gesprungen. Es war, als habe jemand die Zufuhr an Energie hochgeregelt, so als teste jemand, zu welcher Leuchtkraft die Welt imstande war. Er hatte sich entschuldigt, die Kopfschmerzen seien nicht mehr auszuhalten, hatte versucht, die mitleidigen Blicke so gut es ging zu ignorieren, hatte sich verabschiedet, war gefahren, hatte so lange versucht, dem Licht zu entkommen, bis die Lungen brannten und er stoppen musste, bis er in irgendeinem Dorf stand, hinter sich Einfamilienhäuser mit gehissten Dänemarkflaggen im Vorgarten, und auf den Nachbau eines Wikingerlanghauses starrte, ein Gebäude aus dunklem Holz, mit roten

Stützbalken und goldenen Schnitzereien. Darüber im Himmel der Glutkranz der Sonne, die sich, so machte es den Eindruck, nur knapp hinter dem Horizont duckte, ungeduldig auf ihre baldige Rückkehr wartend. Er wollte nicht zurück, wollte nie mehr zurück. Kopenhagen war vorbei, dachte er, verstand nicht mehr, wie er jemals so lange dort hatte bleiben können, allein, ohne Liv. Er hatte versucht durchzuhalten. Er war gescheitert. Er musste endlich fort, wusste er, vom Licht, vom Strahlen, von der Erinnerung. Aber es fehlte ein Ort, an den er sonst hätte gehen können. Da war nur Frankfurt, sein Vater, und eine weitere Angst.

[VESTERBRO, KOPENHAGEN, DÄNEMARK MÄRZ 2016]

Dieser eine Anruf beendete alles. Eine unbekannte Nummer. Die Frauenstimme am anderen Ende: *Rigshospitalet*. Arbeit, dachte er zunächst, auch wenn der Name des Krankenhauses nicht stimmte. Notaufnahme, sagte sie, Klingsporn, fragte die Stimme, beide Silben sonderbar betonend, ja, sagte er, Jonas, fragte sie, ja, sagte er. *Kontakt i nødstilfælde*, dazu ihr Name, ihrer beider Namen. Und als er nicht reagierte: *Emergency contact. You are put here as her emergency contact.* Er verstand, aber der Prozessor war augenblicklich überlastet, alle Systeme waren sofort auf Hochtouren, Panik, er hatte keine Ahnung mehr, was noch wichtig war und was nicht. Er wurde gebeten, sich ein Taxi zu nehmen. Nicht selbst zu fahren. Er solle sofort kommen, es sei dringend.

»*What has happened?*«, fragte er.

»*We can't tell you on the phone*«, war die Antwort der Stimme.

Im Rauschen der Stadt, im Abendverkehr, blendeten die Frontstrahler und Bremslichter. Der Regen fiel in Strömen, die Scheibenwischer zuckten hektisch hin und her, das Leuchten, das Wasser, alles mischte sich. Im Radio jaulte *Gulddreg* davon, dass er nicht genug trank, der Taxifahrer trommelte dazu auf dem Lenkrad. Stau, Stop-and-go. Ausschalten, wollte Jonas sagen, aber ihm fehlte die Kraft dazu, er schloss die Augen, den Kopf gegen die Fensterscheibe gedrückt. In seinem Kopf drehten sich Bilder, Gesichter, Möglichkeiten, Unmöglichkeiten. Und er wusste, dass er ihre Eltern anrufen musste. Aber er war unfähig, es zu tun. Taumelte ins Freie, ohne Jacke, einfach in den Regen hinein, vor ihm die beiden grauen Waschbetonklötze des Krankenhauses, rechts über ihm die Blinklichter der Hubschrauberlandeplattform. Der vertraute Ort, den er schon mehrmals für Vorträge oder Treffen mit anderen Wissenschaftlern betreten hatte, war völlig aufgelöst, jeglicher Ordnung enthoben, er hätte am Ende der Welt liegen können. Der Pförtner am Empfang lächelte ihn an, erkannte ihn vielleicht, Jonas wusste es nicht. Notaufnahme, sagte er. Und nannte auf Nachfrage seinen Namen. Er solle warten. Er schüttelte den Kopf. Wo es langginge. Man bedeutete ihm den Weg, sagte ihm erneut, man würde ihn abholen, aber er lief einfach los, er rannte.

Ärztegesichter flogen an ihm vorbei, Flure mit weißen Wänden, Krankenschwestern und Pfleger. Sohlen quietschten auf Linoleum, quietschten immerzu, waren Hauptinstrument in einem kakophonen Konzert. Es war die Art, mit der die Frau hinter dem Empfangsschalter hervortrat, die Art, wie sie ihn am Arm fasste, wie sie ihm sagte, er solle sich setzen, er solle warten, die ihm alles verriet. Die Zeit setzte aus. Und doch flogen mehr Bahren, mehr Pfleger, mehrere hastende Menschen in Rot und Weiß an ihm vorbei.

Eine Ärztin kam, folgen Sie mir, er trat in ein Büro, dessen dünne Wände die Geräusche der Notaufnahme nur spärlich dämpften. Er saß auf einem federnden Stuhl, lehnte das Wasser ab, das sie ihm anbot. Und danach kam das: Die Auflösung jeglicher Ordnung, Worte, die zusammenhingen und doch keinen Sinn ergaben, die er einzeln drehen konnte, beschauen, die er aber nicht zusammensetzen konnte.

Lastwagen. War nichts als ein Wort. Fahrrad. Nichts als ein Wort. Tot. Nichts als ein Wort. Hirntot. Was? Er hob den Kopf. Was sagen Sie?

»Wir haben alles versucht. Aber die Schädigungen durch den Schädelbruch waren zu gravierend. Sie hat noch einen Herzschlag. Aber ihre Hirnfunktion ist eingestellt.«

Ein Körper. Was ist ein Körper ohne ein Hirn? Ein Körper ist helle Haut, ist Arme, Beine, in einem weißen Krankenhausnachthemd unter einer Decke, ist ein Kopf, schwer zu erkennen, ein verformter Kopf unter einem weißen Turban, ein Körper ist weißblonde Haare auf den Schultern. Hände; Hände mit langen, dünnen Fingern, die einen noch am Morgen berührt haben. Dunkelroter Nagellack, am Zeigefinger immer schon ein wenig abgesplittert, weil sie gerne daran pulte. Ein Körper ohne Hirn ist ein Nichts, ein Ding ohne Leuchten. Die Augen: geschlossen. Lebenserhaltende Maßnahmen. Er schüttelte den Kopf. Das würde sie nicht wollen. Schalten Sie aus. Sie schüttelten die Köpfe. Ihre Eltern. Er streichelte ihr über die Hand. Schalten Sie ab. Und sie schüttelten weiter die Köpfe. Ihre Eltern, sagten sie, ihre Eltern. Er beugte sich vor und roch: nichts. Oder roch doch: alles, was er verloren hatte.

Eine Pille hatte er bekommen. Einen Saft. Seine Gedanken schwammen in seinem Kopf umher, es gab kein Oben mehr, kein Unten. Wollen Sie selber ihre Eltern? Er schaffte es noch, den Kopf zu schütteln. Nein, sagte er, ich kann nicht, ich kann nicht. Und die Ärztin nickte, telefonierte mit dunkler, gedämpfter Stimme. Sie trat in den Flur. Und er nahm sein

Telefon und wählte. Charlotte, sagte er, Liv, sagte er. Was?, fragte sie. Ein Lastwagen, sagte er, ein Lastwagen. Er hörte ihre Stimme, er sagte Wörter, die er sofort wieder vergaß. Er legte auf. Er saß. Weinte er? Vielleicht weinte er. Er saß. Er war noch da.

Ihre Eltern kamen, und alles in ihm wurde grau, alle Gedanken, alle Gefühle. Neben ihm standen diese alten, freundlichen Dänen, die er so mochte, die er so weinen sah. Ihre Mutter brach zusammen, ihre Beine verweigerten einfach den Dienst. Pfleger kamen. Die Hände ihres Vaters zitterten, er starrte auf diese großen, schweren Hände, die nicht aufhörten zu zittern. Abschalten, sagte er, irgendwann, als sie alle wieder saßen. Ja, sagten sie, abschalten. Man bot ihnen Bedenkzeit, aber sie schüttelten die Köpfe. Abschalten. Und sie schalteten ab, und er verschwand. Er tauchte. Er tauchte für die nächsten Stunden, Tage, Wochen. Er wusste nicht, wohin. Nur diese Wolken waren da, allesumfassende Wolken in einem grauen Himmel, Wolken, die immer dann, wenn die Medikation nachließ, sofort begannen, Gesichter zu formen. Seine Eltern an seinem Bett, ihre Berührungen unerträglich. Sofort schluckte er Pillen und blieb irgendwo, fern von allem.

[VESTERBRO, KOPENHAGEN, DÄNEMARK MAI 2017]

Er bog in die Oehlenschlægersgade ein, aber die Straße war ihm fremd geworden, die Läden, auch die Fenster seiner Wohnung. Die Dinge sahen aus wie immer, aber ihre Bedeutung hatte sich verändert. Er war lange fort gewesen und nie zurückgekehrt. Er hatte sich eingeredet, sich an den Äußerlichkeiten festhalten zu können, an den vertrauten Formen, aber je länger er sich darin eingerichtet hatte, desto weiter war der Spalt zwischen dem Inneren und dem Äußeren auseinandergeklafft. Ein weißer Kühlschrank, ein graues Sofa, auf dem er zu schlafen versuchte, eine Dusche mit rotem Duschvorhang, unter der ihm das Wasser auf den Kopf prasselte. Und ein Schlafzimmer, ein Arbeits- und Musikzimmer, bedeckt von einer dünnen Staubschicht, die täglich anwuchs. Er war Bewohner seines eigenen Museums gewesen. Er stieg vom Fahrrad. Alles schmerzte. Er hatte es mit Weitermachen probiert, mit Voranschreiten, Arbeiten. Ein Jahr in einer Parallelwelt. Ein Jahr, in dem er vollgestopft gewesen war mit Tabletten und beinahe erstickt war an der Verzweiflung von Livs Eltern und den Sorgen seiner eigenen. Jetzt war er aufgewacht.

Anita stand auf der Straße, rauchte. Die Lichter des Puffs bereits erloschen.

»Nachtfahrt?«

Er stieg ab, deutete in den Himmel.

»Gibt keine Nacht mehr in dieser Stadt.«

»Bei dir ist doch immerzu Nacht«, sagte sie.

Er starrte sie an, fassungslos. Sie nestelte eine Zigarettenschachtel aus ihrer Bauchtasche und reichte ihm eine Kippe. Vielleicht hatte sie gar nichts gesagt, vielleicht war sie in diesem kurzen Moment nur die Folie für seinen Wahn geworden. Er rauchte, stand neben ihr, starrte auf das dunkle Schulgebäude. Er hatte geschwitzt, begann jetzt zu frieren.

»Ich muss hier weg«, sagte er nach einer Weile.

»Wir auch«, sagte sie. »Selbst, wenn die anderen Eigentümer uns nicht rausschmeißen, du siehst ja, wie sich das Viertel verändert. Die Kunden kommen nicht mehr. Zu viele Menschen auf der Straße, keine Anonymität. Wir werden an den Stadtrand müssen, wenn wir uns das denn noch antun. Vielleicht bleib ich zu Hause, mach nur noch Shows vor der Webcam. Da ist viel mehr Geld zu machen. Mal ehrlich, wer geht denn heute noch ficken? Nur die Alten, die Sonderlinge. Das muss ich eigentlich gar nicht mehr haben.«

Er schaute sie an. Sie lächelte schief. Schnippte ihre Kippe auf die Straße, klopfte ihm auf den Oberarm, drehte sich um und verschwand im Bordell. Er stieg hinauf in die Wohnung, ging in die Küche, stand dort unentschlossen. Die Lampe flackerte, ihr Licht stach hinter seiner Stirn. Er ging ins Wohnzimmer, riss die Fenster auf, kehrte zurück in die Küche, öffnete auch hier das Fenster, ging, ohne zu zögern, ins Schlafzimmer, öffnete das Fenster, ins Arbeitszimmer, öffnete es auch hier. Die kühle Nachtluft zog durch die Wohnung. Und er stand im Wohnzimmer und atmete.

Er setzte sich auf das Sofa, starrte auf seine Hände, auf seine Füße, auf den Fußboden, die Wände der Wohnung. Hier zu sein schmerzte ihn. Er musste weg. Es war absurd, dass er erst gehen und zurückkommen musste, um das zu begreifen. Er würde kündigen, die Wohnung verkaufen. Von dem Geld eine Weile leben. Er würde einen Rucksack packen und den Schmerz mitnehmen. Er würde ihn aushalten. Und wenn nicht, würde er eher von einem Dach springen, als noch einmal ein Jahr zu erleben wie das letzte.

CEUX QUI RÊVENT LES YEUX OUVERTS (IV)

[13. ARRONDISMENT, PARIS, FRANKREICH, MAI 2017]

Von ihrem Büro aus schaute sie auf die roten Rechtecke einiger Tennisplätze und Basketball-Courts. Miniaturmenschen bewegten sich darauf, schlugen Bälle hin und her oder versuchten, sie durch Körbe zu werfen. Weiter hinten grüne Flecken, Bäume, die scheinbar nahtlos in den Parc de Choisy übergingen, an dessen Ende sich der Backsteinklotz der Zahnklinik befand, in dem Germain sich letztes Jahr das Gebiss hatte machen lassen. Die beiden Gründerzeitgebäude daneben sahen aus, als habe man sie bei einer Abrisswelle vergessen. Rundherum Neubauten, weiter links die hässlichen Betontürme, in denen sich eine Journalistenuni und, wie passend, das *Centre des Finances publiques*, Zentrum der öffentlichen Finanzen, befanden. Sie mochte die Umgebung ihrer Uni, die Türme aus den Siebzigern, den Beton, die gläsernen Neubauten, denen der rechte Glanz fehlte, ein Arbeitsviertel, fernab der Touristenströme, nicht einmal an der Seine, die man in etwa zwanzig Minuten zu Fuß erreichte, war es hier schön. Sie trommelte auf dem Schreibtisch, starrte auf den Rechner, ließ den Blick verschwimmen. Rechts und links an den dünnen Wänden Bücherregale, alles schnörkellos, funktional, der dunkle Teppichboden, der überall ausgelegt war, dämpfte die Schritte, die Stimmen dagegen drangen durch die Pappmascheewände, als wären sie nicht vorhanden, immer so nah, als sei man Teil eines jeden Gesprächs. Während Germain an seinem Imperatorenschreibtisch in einem Altbau unweit des Louvre saß, der kokonartig vom filigranen Metallgitter eines Künstlers umwoben war, durch weite, hohe Flure schritt, auf alte Bilder und Möbel schaute, alles mit einer feinen Patina überzogen, hockte sie in diesem braunen, hässlichen Glaskubus und dokumentierte, wie das Land auseinanderbrach. Studien zur Bevölkerungs- und Mentalitätsstruktur des ländlichen Frankreichs. Sie nannte das: hässliche Gedanken vor schöner Landschaft. Das Orakel von Catherine, hatte Germain sie genannt, oder *Cat-Sandra*, wenn sie nach ihren Reisen, nach der Auswertung ihres Materials, ihre Studien schrieb, wenn sie davor warnte, dass ganze Landstriche sich verabschiedeten von Europa, von der Republik, am Ende von der Demokratie selbst. Und die Großkotzigkeit dieser weltfremden Élysée-Arschgeigen ging einfach darüber hinweg, seit den Achtzigern wies sie auf Anzeichen hin, seit den Neunzigern warnte sie, seit der Jahrtausendwende wollte sie Bücher schreiben, die ihre ganze Verzweiflung herausbrüllten. Aber fast niemand las sie, niemand hörte ihr zu. Ein paar Radiointerviews, einmal das Gesicht in die Kamera halten bei einer Politsendung zu nächtlicher Stunde. Ansonsten: Köpfe, die sich abwendeten, Stille. Eribon hatten sie zugehört, zumindest für eine Weile. Sie hatte ihn beneidet, das musste sie zugeben. Aber getan hatten sie trotzdem nichts. Und das hatten sie jetzt davon. Feierten die Präsidentschaft Petits wie einen Triumph der Demokratie und der Einheit, derweilen hatte er am Ende seinen Sieg ja nur der Tatsache zu verdanken, dass er die letzte Alternative zu dieser schlecht toupierten Nazibraut gewesen war. Aber die Nachrücker warteten schon, smarte Schleimer und hübsche Frauchen, die ihren Hass auf alles Fremde noch besser verbargen als die jetzige Chefin, die selbst schon ein Update von ihrem verabscheuungswürdigen Antisemitenvater war. So rückten sie heran, an die Mitte der Gesellschaft, so wurden sie mehrheitsfähig, getragen von dem Hass auf die Kaste in Paris, der alle Schichten und Lager durchzog. Irgendwann, dachte sie, würde die Waage kippen. Dann würden alle die Hände über dem Kopf zusammenschlagen und sich fragen, wie das passieren konnte. In den USA war es bereits passiert, südlich der Alpen probten die Österreicher den vorauseilenden Anschluss, woran auch immer, und Italien war sowieso nur noch ein Grund zum Heulen. Sie scrollte durch das Archiv, klickte auf das kleine Foto einer freundlich dreinblickenden Dame. Madame Brigitte C., Moissac, interviewt am 15. Juni 2016, Alter: 76 Jahre. Klickte auf Fortsetzen.

»… natürlich nicht. Aber, verstehen Sie, man muss sich ja schützen. Es ist ja nur noch eine Frage der Zeit, bis die hier alle das Sagen haben. Wie bei diesem Schriftsteller, diesem Perversen. Der hat das doch alles schon aufgeschrieben, sagen die Leute. Und wenn die Politik uns nicht helfen will, ich meine, schauen Sie doch mal, wer da heutzutage alles rumläuft bei der Polizei. Da ist doch klar, wen die am Ende beschützen. Da wird ja in den Polizeischulen schon nach Mekka gebetet, hat mir mein Sohn erzählt. Der hat das im Internet gesehen. Wenn da nicht bald jemand aufräumt, dann ist es vorbei mit Frankreich, aus und vorbei.«

Sie drückte die Stopptaste. Der übliche Müll. Jahrelang hatte sie das ertragen, hatte sie es, bei aller Ernsthaftigkeit ihrer Studien und Warnungen, auch belächeln können. Nicht, weil es nicht schlimm war, nicht, weil es nicht gefährlich war, sondern weil sie sich sicher war, dass sich so ein Unsinn am Ende nicht durchsetzen würde. Und hier saß sie nun also, vor Terrabytes an Gesprächen mit Menschen aus dem Südwesten, abseits der großen Städte, aus den Dörfern unweit des alten Hauses ihrer Familie, Menschen, die, vom Korsett des Fragenkatalogs nur mühsam im Zaum gehalten, ihre

Weltsicht in ihr Büro kotzten. Und sie wünschte, sie könnte zurückkotzen. Sie hatte die Gesichter der Doktoranden gesehen, die die Gespräche aufgezeichnet hatten, tagelang dort unten in der Sonne unterwegs gewesen waren, in den grünen Hügeln, Wäldern, an den Flüssen, in einem der schönsten Landstriche der Welt. Müde hatten sie gewirkt, ausgezehrt.

»Die hat mir das Leben gerettet«, hatte Marcel gesagt, einer ihrer Lieblingsdoktoranden, ein blonder, hochgewachsener Kerl, sie hatte wohl einen Typus, musste sie sich eingestehen, lange Beine, nicht zu breite Schultern, ein Läufertyp, nur nicht ganz so mager.

Er hatte sich neben sie gestellt, hinter ihren Schreibtisch, ganz selbstverständlich, hatte die externe Festplatte durchsucht und dieses Video angeschmissen, auf dem eine uralte Frau auf ihrem Sofa zu sehen war, mehr Falten als Gesicht, eingeschrumpelt, jeder Satzbeginn von einem Schmatzen begleitet, um ihren Hals ein rotes Tuch, was Catherine zuerst für einen Zufall gehalten hatte. Rosalie D., 95, Montricoux.

Dass man den jungen Leuten erklären müsse, erzählte Rosalie, dass es eine Alternative gebe, dass man nicht glauben solle, dass mit der Zeitenwende Anfang der Neunziger alles geklärt sei.

»Es gibt noch Bewegungen«, schmatzte sie, »in Lateinamerika, die das begriffen haben. Schaut euch doch nur an, was hier jetzt wieder los ist. *Flet victus, victor interiit.* Nicht mal dreißig Jahre her, seit die Kapitalisten glaubten, sie hätten gewonnen. Und jetzt stehen die Faschisten schon wieder vor den Toren. Ich sage Ihnen, wenn wir nicht begreifen, dass sich etwas grundsätzlich ändern muss, dann geht hier alles zugrunde.«

Sie hatte gelacht, hatte sich ein wenig verliebt in diese alte Dame, vermutlich eine unbelehrbare Kommunistin, Germain hätte sie gehasst; aber auch Rosalie, dachte Catherine, trug in sich diesen Untergangsglauben, den auch die andere Seite immer wieder von sich gab.

Marcel hatte kurz ihre Schulter berührt, gesagt, dass er die Dame am liebsten mitgenommen hätte, auf den Platz der Republik gesetzt und mit einem Mikro versehen. Catherine lächelte, warf ihm einen *Nicht-hier*-Blick zu, den er zum Glück verstand. In den Tagen, nachdem sie das Interview beendet hatte, als sie ihre Doktoranden für ein Wochenende in das alte Haus der Familie eingeladen hatte, als sie am Fluss gewesen waren, abends in der alten Küche gekocht, Wein und Schnaps getrunken und zu den Schnulzen irgendeines Lokalsenders gesungen und getanzt hatten, jeder irgendwann mit irgendwem verknotet, da war das etwas anderes gewesen, da hatte, musste sie sich eingestehen, auch dieses Triumphgefühl in ihr alles überdeckt, dass er sie mit sich gezogen hatte, hinauf, in eines der Schlafzimmer. Der Sex war dann hektisch gewesen, holperig, bei aller Bewunderung für seinen austrainierten Körper, hatte sie danach im Bad auf dem Klo gesessen, das Kondom verknotet und in den Mülleimer geworfen, hatte dort gesessen, gepinkelt und gedacht, dass es ihr mit Germain immer noch am meisten Spaß machte. Sie hatte lachen müssen, kurz und trocken. So war es eben. Keine Zeit mehr, um noch einmal jemanden anzuleiten. Immerhin, dachte sie, schloss die Dateien mit den Videos, stand auf und trat ans Fenster, immerhin war er schlau genug gewesen zu kapieren, dass sie es bei der Sache im Haus belassen würden. Er hatte es probiert, dezent und fernab der Öffentlichkeit, und sie hatte nicht einmal ein Gespräch führen müssen, alles war klar gewesen mit einer Geste und einem Blick. Nicht schlecht, dachte sie, für jemanden, der kaum älter war als ihre Tochter. Aber vielleicht war genau das der Grund, vielleicht gab es da wirklich Männer, die Anlass zur Hoffnung gaben.

Sie nahm ihr Telefon vom Schreibtisch, wählte Maxines Nummer, landete auf der Mailbox. Unerreichbar, seit Tagen. Ein paar Nachrichten hatten sie sich geschrieben, mehr nicht. Maxine hatte Germain angerufen, natürlich, hatte ihm gratuliert zum neuen Posten, hatte ihm versprochen, dass sie brav sein würde, was Catherine bezweifelte, dass keine Gazette von den Drogeneskapaden der Tochter des Ministerialdirektors berichten könnte. Immerhin das glaubte sie ihr, Maxine hatte immer einen klaren Kopf gehabt, manchmal zu klar.

»bist du noch in shanghai?«, schrieb sie ihr.

Ein Häkchen. Dann zwei. Keine Färbung, die das Lesen des Textes bestätigte. Weil sie die Funktion in ihrem Messenger ausgeschaltet hatte, wusste Catherine. Die spionierende Mutter auf Abstand halten. Sie öffnete die Tür, ging in die Küche, machte sich einen Kaffee. Menschen kamen und grüßten sie, wechselten ein paar Sätze über Wetter und Wochenendpläne. Seit Germain seinen Posten hatte, glaubte sie, geschah ihr das öfter. Aber das mochte ihre Paranoia sein. Sie fragte sich, was er gerade tat. Ertappte sich dabei zu denken, dass ihr der alte Germain, der sich immer von Job zu Job gehangelt hatte, hier mal Lehrer für ein halbes Jahr gewesen war, dort einen Kurs an der Uni gegeben hatte, der sogar den Erfolg mit seinen Krimis gehabt, das Bücherschreiben dann aber schnell wieder aufgegeben hatte, dass ihr dieser alte Germain besser gefallen hatte. Weil er erreichbar war. Jederzeit greifbar. Zurück im Büro, ihr transparentes Spiegelbild im Fenster, dahinter die Stadt. Die gräulichen Haare zum kurzen Zopf gebunden, die eckige Brille im Haar, große, runde Augen, die sie immer am meisten an sich gemocht hatte. Sie trat zurück. Ihre Silhouette hatte sich nicht verändert, immerhin das. In der Ferne der Eiffelturm ein Drahtstocher im Himmel.

Sie schrieb Germain:

»ein tag noch. du solltest ihn anrufen und ausladen.«

Zwei Haken, sofortige Färbung.

»lass gut sein. wenn du es nicht aushältst, fahr von mir aus zu freunden. oder ins haus am tarn.«

»und lass mir die freakshow entgehen? das hättest du wohl gerne!«

Zu bösartig, dachte sie. Überlegte, ob sie ihn anrufen sollte, sich entschuldigen, entschied sich am Ende dagegen. Sie kannten sich lange genug. Er wusste, wie sie das meinte.

[TOULOUSE, FRANKREICH, JULI 1975]

Sie saßen am Fluss, die Rücken an der von der Sonne aufgewärmten Flutmauer gelehnt, vor ihnen ältere Pärchen beim Spaziergang, ab und an Frauen mit Kinderwagen, meist zu zweit oder dritt, in einer Hand der Bügel, an der anderen der ältere Nachwuchs, maulend oder hektisch irgendeine konfuse Geschichte erzählend. Man lief zum Parkplatz auf der *Place de la Daurade*, um nach dem Einkaufen oder dem Treffen mit einer Freundin im Zentrum wieder hinauszufahren an den Stadtrand oder in die umliegenden Dörfer. Gegenüber von ihnen das rote Backsteingebäude des alten Krankenhauses *Hôtel-Dieu Saint-Jacques*, eingerahmt von den schmutzigen Granitbögen der *Pont-Neuf* zur Linken und zur Rechten vom weißgefärbten Metall und den schweren Stahlseilen der *Pont Saint-Pierre*, die im Licht der untergehenden Sonne zu brennen schien. Sie schob die Sonnenbrille zurecht, blinzelte. Ein langes, flaches Transportschiff zog an ihnen vorbei, aus den offenen Ladeluken ragten die Spitzen der Kohleberge heraus, die vermutlich irgendwo weiter oben am Fluss entladen und deren Überreste bald darauf als feiner Dunst über die Stadt verteilt werden würden.

Germain atmete tief ein, sie sah, wie er die Schultern nach

oben zog und wieder senkte, die Augen gegen die tief stehende Sonne geschlossen. Ein heller Bart wuchs an seinem Kinn und an den schmal gewordenen Wangen; überhaupt war alles schmal geworden an ihm, der Mund, die Arme: Der Platz, den er einnahm, wenn er einen Raum betrat, alles war geschrumpft. Loïc hatte ihn überzeugen wollen, vor der Gruppe zu sprechen, er müsse von seinen Heldentaten erzählen, das sei wichtig, hatte er gesagt, als sie alle zusammengekommen waren im niedrigen Schankraum der *Estanquet*, die üblichen Herren und vereinzelten Damen im Zigarettenqualm an ihrem Stammtisch, Catherine noch im Hintergrund, auf Abstand, an der Wand, an der die alten Poster aus den Dreißigern und Vierzigern hingen. Auf einem war ein orangefarbener Mann vor grünem Hintergrund zu sehen, das Gewehr emporgehoben, darüber die drei Buchstaben CNT, auf dem Poster daneben eine Frau mit blauer Latzhose und Werkzeuggürtel, die weißen Hemdsärmel aufgerollt, ein altmodisches Gewehr in der gen Himmel gestreckten Hand, dahinter Demonstranten mit schwarz-roten Fahnen; und über ihr der katalanische Schlachtruf *Les milices us necessiten!*, die Milizen brauchen euch!, direkt an den Leser gerichtet, auf den sie mit dem Finger zeigte. Germain, den Loïc gerne zur Figur aus einem dieser Poster gemacht hätte, hatte nur leicht die Hand gehoben und abgewunken, sein Glas ausgetrunken und sein Gegenüber gemustert. Catherine glaubte, er würde ihm irgendeine Beleidigung an den Kopf werfen, aber Germain sagte nur leise, dass es keine Heldentaten gab, von denen er berichten könnte. Dass Loïc sich das abschminken solle.

»Kannst du ihn nicht bitten, dass er das macht?«, hatte Loïc sie gefragt, später vor der Tür, als sie aufbrechen wollte. Das sei wichtig für die Gruppe.

»Ich scheiß auf die Gruppe«, hatte Catherine gesagt. Hatte

es nicht so gemeint; vielleicht doch. »Ohne deine Veranstaltungen an der Mirail wäre dieser Trottel doch gar nicht auf die Idee gekommen, nach Barcelona zu gehen. Denkst du wirklich, ich helfe dir, noch mehr Trottel zu finden?«

»Was du Trottel nennst, sind Kämpfer für unsere Freiheit.«

»Dann geh doch selber hin«, hatte sie gesagt, beinahe geschrien, »wenn es dir so verdammt wichtig ist, warum zum Teufel gehst du dann nicht selber?«

Und bevor er eine Antwort hatte geben können, war sie davongegangen, schwankend vom Alkohol, aber glücklich über den Ausbruch ihres Zorns, sie war den *Quai de la Daurade* an der Kunsthochschule vorbei in Richtung *Pont-Neuf* gelaufen. Germain hatte am Anfang der Brücke auf dem steinernen Geländer gesessen, das Grinsen ein wenig schief, die Augen dunkel.

»Was willst du?«, hatte sie gefragt.

»Ich komme mit«, hatte er geantwortet.

»Ach ja?«

»Ja. Ich schlafe auf dem Sofa.«

»Dann komm!«, hatte sie gesagt, seine Hand genommen und ihn hinter sich hergezogen, »ich hab keine Zeit für Gespräche. Ich bin müde. Und du kannst von mir aus auch im Bett schlafen, aber auf der anderen Seite.«

Und er hatte sich daran gehalten, war wie ein Stein auf die Matratze gefallen und hatte geschnarcht, während sie neben ihm lag und den Bewegungen der Autoscheinwerfer an der Decke zuschaute. Irgendwann war sie eingeschlafen. Hatte wirre Träume gehabt, Geräusche gehört, Lichter gesehen, dann Wasser, das Meer oder einen See. Sie tauchte ein, versank. Er hatte sie frühmorgens geweckt, hatte ihr über die Stirn gestrichen.

»Danke«, hatte er nur gesagt und dann noch gefragt, ob sie sich abends treffen wollten, am Parkplatz auf der *Daurade*.

Als sie abends die Rampe zur *Place de la Daurade* hinabgelaufen war, den Blick über den rechteckigen Platz unterhalb der Flussmauer hatte schweifen lassen, der ein verwunschener Ort hätte sein können, wäre er nicht übervoll mit Autos gewesen, da hatte er auf der Motorhaube eines BMW gesessen, in löchrigem T-Shirt und engen Jeans, die Haare sonderbar zerzaust und aufgerichtet; es war, als ob sie die Kraft, die sie in Spanien verloren hatten, langsam zurückgewannen.

»Lass uns an die Mauer, in die Sonne«, hatte er gesagt, und sie war ihm gefolgt.

Und seitdem schwieg er. Hielt die Augen geschlossen und schwieg. Und einerseits genoss sie es, einfach neben ihm zu sitzen, genoss es viel mehr, als ihr eigentlich lieb war, aber andererseits wollte sie genau deshalb seine Stimme hören, wollte sicher sein, dass er wirklich da war, ihn anfassen, beißen; prüfen, dass er sich nicht aufgelöst hatte. Sie mochte diese Gedanken nicht, war sich gleichzeitig aber sehr bewusst, dass es wenig nützen würde, sich dagegen zu wehren.

»Ich vermisse Spanien«, sagte er, als die Sonne sich schon auf die *Pont Saint-Pierre* setzte, ihre Strahlen von unten gegen einige dicke Wolken schickte und in der Reflexion alles durchtränkte mit einem goldenen, apokalyptischen Glanz. »Nach allem, was passiert ist, sollte ich froh sein, dass ich wieder hier bin. Aber in Frankreich ist alles unecht, diese Ruhe, diese Gelassenheit. Wir haben hier keine Probleme, wenn man mal drüber nachdenkt, wir haben eine Ölkrise, Inflation, wir haben Arbeitslosigkeit, einen Präsidenten, der ein verschissener Liberaler ist, aber niemand von uns muss in den Knast, nur weil er seine Meinung sagt, wir können Seminare und Vorlesungen zum Anarchismus abhalten, unsere Gruppe kann Kämpfer aus Spanien dort sprechen lassen. Da drüben«, sagte er, öffnete die Augen und schaute sie an, »gibt es wirkliche Probleme, da ist der Alltag ein Kampf, ist immerzu eine Spannung unter der Oberfläche, die Allmacht der Polizei, auch der *Grises*, die dich jederzeit überall schnappen können, da sind die verbotenen Demos für Gewerkschaftsrechte, in denen sich plötzlich alles entlädt, Steine fliegen, Knüppel, Tränengas und Wasserwerfer. Dann rennst du davon, verschwitzt und voller Adrenalin, bist mit dem Zug oder dem Motorrad eine Stunde später am Meer, hast die Füße im Sand, oder schmeißt dich in die Wellen. Du kehrst zurück, läufst durch die stinkenden Straßen, starrst auf die schwarzen, ascheüberzogenen Gebäude; alles ist aufgeladen vor Hitze, alles flimmert und strahlt. Und was das Sonderbarste ist: Wenn ich mich dort abends ins Bett gelegt habe, in der Bruchbude, in der sie mich anfangs einquartiert hatten, später bei Toni und Mireia, immer habe ich geschlafen wie ein Stein, immer war da eine unendliche Ruhe nach diesen Tagen der Aufregung.«

»Und jetzt?«

»Jetzt kommen mir die Tage gedämpft vor, die Menschen wie betäubt. Das Blabla der Professoren, denen meine Abwesenheit nicht einmal aufgefallen ist. Das Blabla der Kommilitonen. Das Blabla in der Gruppe. Nachts liege ich wach und schwitze, nachts wartet im Halbschlaf die Angst, die Aufregung, die Panik. Etwas ist anders, ich bin anders. Die Welt und ich passen nicht mehr zusammen.«

»Gib dir Zeit zum Ankommen.«

Er griff ihre Hand, drückte sie, nicht zärtlich, eher entschieden, eine Spur zu kräftig.

»Ich weiß nicht, ob ich ankommen will. Das ist das Problem.«

»Warte ab. Noch etwas mehr als ein Monat, dann ist Weihnachten. Fahr zu deiner Familie nach Paris, gewinn etwas Abstand.«

»Paris ist die letzte Stadt, die ich jetzt brauche. Und meine Familie das Allerletzte.«

Er schüttelte den Kopf, streckte die Beine.

»Lass uns ein Bier trinken gehen«, sagte er.

Er wollte seine Hand aus ihrer Hand lösen, aber sie hielt ihn fest, schob mit dem freien Zeigefinger ihre Sonnenbrille auf die Stirn. Er schaute sie an, offenbar verwirrt, war schon halb im Aufstehen begriffen gewesen, sank wieder zurück. Er lächelte sie an mit diesen leuchtenden Augen, deren Glanz freudig sein mochte oder fiebrig. Scheiß drauf, dachte sie. Sagte:

»Das alte Haus meiner Familie hier im Tarn steht den ganzen Winter leer, meine Eltern fliegen nach Afrika, meine Schwestern bleiben mit ihren Schreihälsen lieber im Norden. Wenn du willst, bist du eingeladen.«

Er musterte sie. Sie konnte sehen, wie es hinter seiner Stirn arbeitete.

»*D'accord*«, sagte er am Ende.

»*D'accord*«, sagte sie und ließ seine Hand los.

[RUE BRIDAINE, 17. ARRONDISSEMENT, PARIS, FRANKREICH, MAI 2017]

Er tigerte seit Stunden durch die Wohnung, unterbrochen von kurzen Pausen, in denen er versuchte, sich auf etwas zu konzentrieren, erst eine Sendung im Fernsehen, die er nach fünf Minuten abschaltete, dann den Vorabdruck des Romans eines jungen französischen Autors, der in Barcelona lebte, den ihm die Frau Ministerin in die Hand gedrückt hatte, etwas mit Internet und Unsterblichkeit, hatte er gesagt, als Catherine ihn danach gefragt hatte. Kurz darauf sprang er bereits wieder auf, lief ins Arbeitszimmer, warf den Rechner an. Seit sie von der Arbeit nach Hause gekommen war, ging das so, seit fast zwei Stunden, und sie war sich sicher, dass er im Ministerium ähnlich fahrig gewesen war.

Sie lehnte sich an den Türrahmen seines Arbeitszimmers, seiner kleinen, länglichen Kammer mit deckenhohen Regalen links und rechts, aus denen die Bücherrücken quollen, so als wüchsen weitere Exemplare aus den Wänden nach und als müssten sie die reifen Titel bald abernten. Zettel, Zeitungen und Fotokopien, dazwischen und darüber gequetscht wie Blattwerk zu seiner Bücherplantage, am Ende, vor dem schmalen Fenster, sein Schreibtisch, sein Rücken rund über den Laptop gebeugt, das hektische Klackern der Tastatur.

»Wie läuft es mit Frankfurt?«

»Hm?« Er hob den Kopf, drehte sich mitsamt seinem Bürostuhl.

»Die Messe. Der Auftritt als Gastland.«

»Jaja«, sagte er, schwieg, überlegte, schaute ins Leere. »Ganz gut, glaube ich, das Design des Pavillons ist sonderbar, all diese dünnen Holzstreben, sehr luftig sehen die Testbauten aus, aber auch, als seien sie nicht fertig geworden.«

Er zeigte auf den Bildschirm.

»Oder wie aus einem schwedischen Möbelhaus«, sagte sie.

Er lachte, sprang auf. Er wolle sich einen Kaffee machen, sagte er, sie solle ihn begleiten. In der Küche warf er die Maschine an, lehnte sich an die Mittelkonsole, kritzelte etwas auf seinen Notizblock, legte ihn hinter sich ab.

»Der Präsident wird sprechen, natürlich, das lässt er sich nicht nehmen. Und alle Leute flippen aus, so als steige Zeus persönlich zu uns herab.«

»Seine Reden sind nicht die schlimmsten«, sagte sie, »immerhin weiß er bei Büchern, wovon er spricht.«

»Und immerhin sind die Deutschen verrückt nach französischen Büchern«, sagte er, »und nach dem *Monsieur Le Pré-*

sident. Das macht es einfacher.« Und die meisten Dinge, fügte er hinzu, seien schon längst vor seinem Amtsantritt geklärt gewesen, die Autoren schon eingeladen, er hätte da eigentlich gerne ein paar andere gehabt. Die Kaffeemaschine in der Küche piepte. Er sprang auf, rannte beinahe, um sich seinen Espresso zu holen.

Anfang der Achtziger hatte Toni sie das erste Mal besucht, kurz bevor Germain und sie nach Paris gezogen waren, noch in der gemeinsamen Wohnung in Saint-Cyprien, nur drei Straßenecken von ihrer alten Studentenbude entfernt. Ein erster Brief war bereits Anfang 1980 gekommen. Germain hatte nicht gewusst, dass Antonio schon aus dem Gefängnis entlassen worden war. Wie ein Kind hatte sich Germain damals über die Nachricht gefreut, er hatte den Umschlag nicht zu öffnen gewagt, ihn ihr immer wieder gezeigt, immer wieder »er ist draußen« gesagt, »er ist schon draußen, sie haben ihn begnadigt!«

Toni war mit seiner Freundin gekommen. Catherine versuchte sich an ihren Namen zu erinnern, Marta, glaubte sie, sie hatten vor ihrer Tür gestanden, und sie erinnerte sich daran, wie sehr sie sich gefreut hatte, diesen großen, schlaksigen Kerl, dem sie das letzte und einzige Mal bei jenem Treffen in den Bergen begegnet war, wiederzusehen. Sie umarmte ihn und er drückte sie fest an sich, musste sich weit hinunterbeugen, sie spürte seine Rippen unter ihren Händen. Mireia, das war der Name, Mireia hatte sie geküsst, nicht auf die Wangen, sondern mitten auf den Mund, hatte laut gelacht danach über ihren Gesichtsausdruck. Dass sie breit sei, hatte Antonio sich entschuldigt, zu viel Gras geraucht habe vor Aufregung über ihre erste Reise nach Frankreich. Und Catherine hatte gelacht und Mireia noch einmal geküsst. Kein Problem, kein Problem. Die Tage waren freudig gewesen, gelöst, voller Gelächter, Musik, Alkohol und Drogen. Dass sie Mireia wirklich gemocht hatte, dachte sie, ihren Humor, ihre Wildheit. Im Haus im Tarn hatten sie beide nackt nebeneinander auf den aufgeheizten Platten der Terrasse gelegen, während Toni und Germain am Fluss waren und angelten, sie hatte lachen müssen beim Gedanken an ihre Eltern, daran, wie sie reagiert hätten, wenn sie sie hätten sehen können, gemeinsam mit einer spanischen Anarchistin nackt auf der Terrasse des großväterlichen Hauses. Sonderbar, dachte Catherine, wirklich sonderbar war Antonio erst geworden, nachdem sich Mireia von ihm getrennt hatte. Der Ton der Briefe, die er sich mit Germain geschrieben hatte, wurde ein anderer, die Verschwörungsgedanken, die Fokussierung auf den Deutschen als Schuldigen für all seine Probleme, all das hatte erst begonnen, nachdem er alleine gewesen war, nachdem die Frau weg war, die sein brüchiges Ich zusammengehalten hatte.

Es klingelte. Sie drückten den Summer. Warteten.

Er war alt geworden, dachte sie, der Oberkopf kahl, nur noch ein raspelkurzer Kranz grauer Haare über den Ohren und am Hinterkopf, sein Gesicht gebräunt, ein wenig faltig, er hatte sich einen gestutzten grauen Vollbart stehen lassen. Er lächelte, fuhr sich mit der Handinnenfläche über den Bart, stand verloren im Hausflur vor ihnen.

»Der ist neu«, sagte er, »was denkt ihr?«

Als wäre er nur eine Woche lang weg gewesen. Seine Augen hatten sich nicht verändert, ihr Ausdruck war kräftig, aber immer noch traurig. Auch der Körper, dachte sie, war der alte, zumindest auf den ersten Blick, die langen, sehnigen Gliedmaßen, nur der Nacken vielleicht ein wenig weiter gekrümmt, ein wenig weiter zwischen die Schultern gesunken.

Sie baten ihn herein. Er trug nur ein rot-schwarzes Karohemd, hatte einen Wanderrucksack geschultert, seine haarigen Beine, die aus etwas zu kurzen Shorts ragten, endeten in dicken Stiefeln. Als wolle er wieder mit ihnen in die Berge, dachte Catherine. Er stellte den Rucksack ab, schaute sich um, musterte die kleinen Deckenstrahler im Flur, betrachtete, während sie in Richtung Wohnzimmer liefen, die schwarz gerahmten Fotos, die Germain und Catherine auf ihren Reisen zeigten, chronologisch geordnet, je ein Foto von jeder Reise, Portugal, Ägypten, USA, eine Zeitreise durch ihre Beziehung, junge Menschen zu Beginn, Eltern dann, Maxine mit Schmollmund an ihrer Seite, später wieder allein, die Haare ergraut und die Gesichter gezeichnet von Alterslinien. Im Wohnzimmer angekommen, blieb er auf der steinernen Schwelle zur Küche stehen, drehte sich einmal im Kreis, pfiff durch die Zähne.

»Pas mal«, sagte er, und wieder ins Spanische wechselnd, dass er selber viel renoviert habe die letzten Jahre, seine Wohnung auf Vordermann gebracht, aber das, er breitete die Arme aus, das übertreffe alles, was er zustande gebracht habe. Er fuhr mit der flachen Hand über den Marmor der Arbeitsplatte in der Küche.

»Immerhin habe ich eine Terrasse«, sagte er, so als müsse er sich rechtfertigen, und dann, nach einer kurzen Pause, in der er die Bücherregale an der Rückwand des Wohnzimmers und die Kunstdrucke an den Wänden betrachtet hatte: »Ihr müsst zusammen nach Barcelona kommen, ganz bald. Meine Tochter kennenlernen, Montse. Und Mireia würde sich bestimmt freuen.«

»Ihr habt noch Kontakt?«, sagte Catherine und ärgerte sich sofort darüber. Er sah sie erstaunt an, lächelte.

»Natürlich. Ganz ohne einander halten wir es nicht aus. Miteinander auch nicht«, nervöses Lachen, »aber eben auch nicht ohne. Und außerdem haben wir Montse, das verbindet, ob wir wollen oder nicht. Wie bei der Hochzeit …«

Er brach ab, überlegte kurz, trat an die hohen Wohnzimmerfenster, die allesamt auf die Straße gingen, schaute hinab. Germain warf Catherine einen Seitenblick zu, sie zuckte mit den Schultern. Da stand er, Toni der Anarchist, lang und krumm, wie er immer dagestanden hatte, ganz verloren in sich und seinen Beobachtungen.

»Wir sollten anstoßen«, sagte Germain, der, da war sich Catherine sicher, die Stille nicht aushielt, die sonderbare Stimmung, die der alte Kamerad mit sich gebracht hatte und die sich allmählich im ganzen Raum verbreitete. Toni drehte sich um.

»Wie?«

»Anstoßen, raus, auf die Straße. Wir zeigen dir unser Viertel, gehen essen.«

»In Ordnung«, sagte Toni.

Eine Zeit lang war es viel besser gelaufen, als Catherine befürchtet hatte. Sie waren zu einem kleinen Italiener in der Rue Legendre gegangen, der sowohl Feinkostgeschäft als auch Restaurant war, hatten dem Wirt ihren Gast aus Spanien vorgestellt, und der hatte von Barcelona geschwärmt, von den spanischen Frauen. Sie hatten Pasta gegessen und viel zu viel Rotwein getrunken, anschließend Schnäpse, waren danach durch das Viertel spaziert, hatten über ihre erste Begegnung in den Bergen gelacht, über ihre Zeit mit Mireia im alten Haus am Tarn, Antonio hatte erzählt, dass seine Tochter PR mache, für eine deutsche Firma, dort ihren Mann kennengelernt habe, dass er nicht begreife, was genau sie tue, dass er nur das Gefühl habe, sie lebe in einer anderen Welt, in einer anderen Sprache. Und Catherine hatte ihm zugestimmt, ihr Telefon aus der Handtasche geholt und ihm eine Webseite gezeigt, PLAY Club Honkong, darauf ein Flyer für irgendeine Summer Party, in der Liste der DJs an dritter

Stelle: Djane Maxxine Maxx, sie tippte darauf, sagte, dass ihre Tochter, wenn es um fremde Welten gehe, vermutlich noch nicht einmal im selben Sonnensystem zu Hause sei. Alle vier oder fünf Tage ein anderer Ort, ein anderer Club. Und die Musik, sagte sie, von der Musik fange sie gar nicht erst an. Sie verstehe nicht, sagte Catherine, was das für ein Leben sei.

Leben sei sowieso überschätzt, hatte Antonio gesagt, und gefragt, ob nicht Montmartre in der Nähe sei, der Friedhof, er wolle den Friedhof sehen. Und obwohl es viel zu spät war und der Friedhof längt geschlossen hatte, waren sie zur *Place Clichy* spaziert, um zumindest von der Brücke der *Rue Coulaincourt* aus auf den Friedhof hinabzuschauen. Oben das dunkelgrüne Metall des Brückengeländers, die Tags und Bilder der Sprayer, beleuchtet von den alten Straßenlaternen, die vorbeifahrenden Autos im Rücken und unter ihnen die Stille des Friedhofs, die kleinen Türen und Dächer der Familiengrüfte, die Blumenbeete, verlassenen Wege. Sie mussten Antonio davon abbringen, sich über das Geländer zu schwingen und zum Friedhof hinabzulassen, er lachte, saß auf der Brüstung und lachte laut, seine Albernheit war Catherine mit einem Mal überzogen vorgekommen, geschauspielert. Germain hatte sich neben ihn gesetzt, die Beine der beiden Männer baumelten in der Luft, er hatte den Arm um Tonis Schulter gelegt und gesagt, es sei schön, dass er endlich einmal wieder vorbeigekommen sei. Sie beobachtete die beiden, spürte, wie ihr Ärger verflog, spürte Wärme in sich aufsteigen und war zu ihnen geklettert. So hatten sie zu dritt auf der Brücke gesessen, über den Friedhof geschaut und in den schimmernden Nachthimmel über der Stadt.

Vom Deutschen fingen sie erst in der Wohnung an, ganz unerwartet, als sie bereits auf das Sofa im Wohnzimmer gesunken waren und Germain eine Platte von Conte aufgelegt hatte. Catherine hatte gesagt, dass das jetzt die Zeit sei, zu der ihre Tochter zu arbeiten beginne und Toni, nachdem er einen Schluck Brandy genommen hatte, lachte und sagte, immerhin sei ihre Tochter frei, habe sich nicht an irgendeinen Deutschen gebunden.

»Lass sie doch einen Deutschen heiraten«, sagte Germain, »du musst sie doch nicht alle hassen, nur weil du einen hasst.«

Halt die Klappe, wollte Catherine sagen, aber sie wusste, dass es zu spät war, dass ausgerechnet ihr betrunkener Mann das Thema zur Sprache gebracht hatte und dass es jetzt kein Zurück mehr gab.

»Gerne einen Deutschen«, sagte Antonio, »nur nicht so einen Langweiler, so einen Zahlenschubser.«

Und nach einer Pause, in der Catherine gehofft hatte, sie könnten das Thema vermeiden:

»Und was den Hass angeht: Ich hasse niemanden. Vor allem nicht jemanden, von dem ich nicht weiß, was er getan hat. Wenn ich es wüsste, könnte ich mir überlegen, ob ich doch anfangen möchte mit dem Hassen, auf meine alten Tage.«

»Aber du wirst es nie wissen«, sagte Germain. »Es wird immer eine Version in deinem Kopf bleiben, eine Frage, die nicht zu beantworten ist.«

»*Jorge* kann sie beantworten«, sagte Antonio.

»Das ist doch Schwachsinn«, sagte Germain, »allein dieser Zufall, das glaubst du doch selber nicht. *El Alemán* auf der Hochzeit deiner Tochter.« Er tippte sich gegen die Stirn. »Du hattest zu viel getrunken, Toni! Lass es gut sein!«

»Jürgen Klingsporn«, sagte Toni.

»Was?«

»Jürgen Klingsporn, Gründer und Vorsitzender von CD-Protect, einer Softwarefirma in Frankfurt. Die machen die IT-Sicherheit von Montses Firma. Der Chef ihres Mannes hat darauf bestanden, dass sie ihn einladen. In solchen Kreisen bewegt sie sich jetzt.«

Er tippte auf seinem Handy herum, reichte es Germain. Antonios Windmühlen, dachte sie, und ihr Mann der Auserwählte, um den Sancho zu geben. Sie sah, wie er das Bild auf dem Telefon betrachtete, sie sah, wie es in ihm arbeitete. Er erkennt ihn, dachte sie, zum Teufel, er erkennt ihn. Aber dann geschah etwas, womit sie nicht gerechnet hatte. Germain ließ den Bildschirm des Telefons schwarz werden, schüttelte den Kopf, hob den Blick, schaute Antonio an, so fest und entschieden, wie es sein Zustand erlaubte.

»Du irrst dich, Toni«, sagte er, »das ist er nicht!«

Und Catherine dachte, während sie sah, wie ihrem Gast das Gesicht entgleiste, wie er Germain das Telefon abnahm und das Foto erneut öffnete, wie er es anstarrte und dann ihrem Mann, der den Kopf schüttelte und immer nur »du irrst dich, Toni« wiederholte, wie ein Mantra, in die Augen blickte, dass er ihr leidtat, dass sie ihm wünschte, er könne es hinter sich lassen, die Wochen von damals, auch die Jahre im Gefängnis danach. Sie und Germain hatten keine Ahnung, was das bedeutete, ein Gefangener zu sein, weggesperrt zu werden für die eigene Überzeugung, die Frau zu verlieren, den Boden unter den Füßen. Es war der Wein, der sie das denken ließ, sicher war es der Wein; er war es auch, der dafür sorgte, dass sie aufstand, dass sie sich vor ihm auf den Teppich kniete, ihm ihre Hände auf die Oberschenkel legte. Er schaute zu ihr herunter, das Telefon in den zitternden Händen, Tränen in den Augen, tatsächlich Tränen.

»Ich war mir sicher«, sagte er. »Ich war mir sicher.«

»Das kann passieren«, sagte sie, »nach so vielen Jahren. Wir irren uns ständig, verwechseln die Leute. Du hast gehofft, dass du ihn finden würdest, natürlich hast du das gehofft.«

Er ließ den Kopf sinken, sein ganzer Körper faltete sich auf dem Sofa zusammen, sie schaute auf, schaute Germain ins Gesicht, in die völlige Leere darin, machte eine Handbewegung, damit er aufstand und verschwand.

»Du solltest schlafen«, sagte sie leise, legte ihre Hand auf Tonis Hinterkopf, spürte seine stoppeligen, feuchten Haare. »Und morgen, wenn wir alle wieder klar im Kopf sind, schaut Germain noch mal, dann gehen wir sicher.«

Er fiel einfach zur Seite, streckte die Beine aus, legte den Kopf auf die Lehne.

»Ich war mir so sicher«, flüsterte er, als Catherine ihm die Decke aus dem Gästezimmer brachte und ihn zudeckte, »ich war mir so sicher.«

Sie strich ihm über den Kopf, drückte kurz seine Hand. Wie früher, wenn sie Maxine ins Bett gebracht hatte, dachte sie, stand auf, trat in den Flur, in dem Germain im Halbdunkel auf sie wartete.

»Er schläft«, sagte sie.

»Gut«, sagte er, folgte ihr ins Schlafzimmer, setzte sich dort auf die Bettkante, starrte auf seine Füße. »Ich hätte ihn nicht anlügen dürfen«, sagte er.

»Doch«, sagte sie, »genau das. Es muss ein Ende haben, für uns, für dich, besonders für ihn.«

Er ließ sich nach hinten fallen, schob die Schuhe von seinen Füßen. »Ich wünschte«, sagte er, »dass es damit wirklich ein Ende hat. Aber ehrlich gesagt«, lachte er und schaute an die Decke, »hab ich da so meine Zweifel.«

DOS DÍAS DEL VERANO

[BARCELONA, SPANIEN – 21. JUNI 1975]

Die Hitze geht nie ganz, ist immer da, sie wartet im Asphalt oder in den Fugen der Kopfsteinpflaster; wenn der Wind in der Nacht vom Meer herauf und vom Tibidabo herab durch die Gassen streicht, und eine Idee von Abkühlung bringt, dann lauert sie, geduldig, wach, und kaum springt die Sonne zurück über die Dächer, kehrt sie mit aller Macht zurück. Sie macht träge, verlangsamt alles, nur gegen den Zorn kommt sie nicht an. Schreie an den Kreuzungen, Beleidigungen, Gesten fliegen umher, auch Worte, *Hijodeputa, me cago en tu madre.*

Unter Germain erwacht die Stadt, über ihm die Kirche, Tibidabo, der Teufel und dieses Angebot an Jesus, ihm die Welt zu schenken. *Haec omnia tibi dabo.* Und Germain denkt, wenn jetzt ein Teufel käme, ihm das Angebot machte, er würde es annehmen, nicht die Welt, nur diese Stadt, vom Berghang unter ihm bis zum Meer, er würde sie nehmen, sie entlassen aus allen Besitzansprüchen, egal von wem, eine freie Stadt, in der jeder für sich leben kann, aber alle zusammen, wenn es darauf ankommt. Dafür, denkt er, wäre er bereit seine Seele zu geben, wenn er denn an eine Seele glauben würde. Das wäre es wert. Die Sonne steht tief vor ihm, blendet ihn und lässt die ihr zugewandten Wände der Gebäude leuchten, eine ganze Seite der Stadt im Schimmer, kräftig und warm schon nach wenigen Minuten. Es ist Zeit. Er beginnt den Abstieg, die Serpentinen des Berghanges entlang, einige Autos kommen ihm entgegen, Familien auf dem Weg zu einem Frühstück am Berg, heruntergelassene Fenster, lachende Kinder, die ihre Köpfe herausstrecken. Er erreicht eine Bushaltestelle, wartet, neben ihm eine Nonne, weiße Haube und dunkles Gewand, sie lächelt ihm zu, er lächelt zurück. Ein Bus kommt den Berg herab, ein klobiger türkisgrüner *Abuelo*. Er steigt ein, wirft dem Fahrer einige Münzen hin, geht nach hinten durch, sitzt am Fenster, schaut hinaus, auf die Stadt. Heute, denkt er, wird alles anders.

* * *

Antonio dreht sich auf die Seite, spürt Mireias Körper neben sich, spürt ihre Wärme, hört ihren leisen, regelmäßigen Atem. Er steht vorsichtig auf, zieht sich Shorts über, betritt das Wohnzimmer, in dem der Franzose bereits auf dem Sofa sitzt und einen Kaffee trinkt. Sie nicken sich zu. Er tritt ans Fenster, schiebt das Tuch zur Seite, unten verkeiltes Blech, Menschen gestikulieren wild, eine Polizeistreife bremst, Beamte steigen aus.

Wer schlau ist, flüchtet aus der Stadt, wer das Geld hat, ist in seinem Sommerhaus, im Garten über dem Meer, schlürft gekühlte Getränke und erfrischt sich im Pool. Oder man liegt im Schatten von Pinien und schläft in Zelten, wenn das Geld knapp ist, aber die Zeit es erlaubt. Der Rest, brütend im kohlegeschwärzten Stein der Stadt, versucht durchzuhalten, versucht, seine Bewegungen zu minimieren. Antonio steht unter der Dusche, genießt das kalte Wasser, dreht den Hahn ab, ist getrocknet und beginnt erneut zu schwitzen, kaum dass er seine Hose wieder angezogen hat. Im Wohnzimmer Mireia, kurzes rotes Sommerkleid, ein glänzender Film auf den Armen, daneben Germain, in Unterhemd und Sporthose.

»Wann gibt er uns Bescheid?«

Antonio zuckt mit den Schultern.

»Nachmittags, hat er gesagt, wenn alles erledigt ist.«

»Wann geht der Protest los?«, fragt Mireia.

»Um zwölf«, sagt Germain, der mit einem Joint auf dem Sofa liegt, lächelt.

Die Vertreter der *Comisiones Obreras* in einer Fabrik in Sants sind verhaftet worden, der Einspruch abgelehnt, Kommunisten heißt es, und sie wissen, dass die PSUC, vielleicht sogar andere linke Parteien der *Assemblea de Catalunya,* zu einem Protest aufgerufen haben, einem Zeichen der Stärke und der Solidarität, trotz des absoluten Versammlungsverbots. Die CNT hat nichts verlauten lassen, wegen der Kommunisten vermutlich, aber sie selbst, ihre kleine Gruppe, sie werden den Auflauf der *Guardia Urbana* und *Guardia Civil* bei den Protesten im Südwesten nutzen, um an anderer Stelle ihr ganz eigenes Statement zu setzen. Marcos ist seit Tagen verschwunden, steht an den Pressen befreundeter Drucker: ihr Manifest, das erste offizielle Schriftstück der *Grupo Anarquista de Liberación Ibérica,* der GALI. Sie haben sich vorab auf die Punkte geeinigt, Befreiung aller politischen Gefangenen, Rücktritt aller franquistischen Minister, freie Wahlen, freie Presse; Mireia wünscht, sie hätte auch die gedruckte Version noch einmal zu Gesicht bekommen, aber so ist die Abmachung; der eine Teil führt die Aktion durch, der andere wirft die Flugblätter von den Dächern benachbarter Gebäude ab, deren Fluchtwege sie vorher erkundet haben. Ein perfekter Plan, auf dem Papier, ein perfekter Plan, der trotzdem das Zittern nicht mindert.

***

Die Jungs sind fahrig, haben Angst; sie kann es lesen, in jeder Geste, jedem Blick, hinter den Sprüchen, der gespielten Lässigkeit, den Witzen über den faulenden Franco und Carrero Blancos Reise zum Mond. Über Wochen und Monate hinweg diese Ungeduld, als gäbe es nichts Besseres, Wichtigeres als die verdammte Aktion, immer diese Fragen: wann endlich, wo denn, wir haben doch den Ort, was denn? Ihr Schimpfen über Marcos, darüber, dass er die Pläne immer wieder verschoben hatte, lieber noch ein paar Überfälle durchführte. Selbst Germain, der eigentlich gegen die Aktion gewesen war, hat sich anstecken lassen, hat am Ende neben Toni und dem Deutschen auf der Couch gelegen und darüber philosophiert, was sich alles ändern würde, nach der *Acción*. Und jetzt: Das laute Klirren der Kaffeetasse, als er sie zurück auf die Untertasse setzt, die schnellen Bewegungen seiner Augen. Seit zwei Monaten lebt er bei ihnen, ist nach einer durchzechten Nacht auf dem Sofa eingeschlafen und geblieben, es war keine Frage, mehr der natürliche Wechsel eines Zustands. Ihre Wohnung zunehmend eine Höhle, besonders in jenen Nächten, in denen auch der Deutsche bei ihnen blieb, in denen sie sich wie die einzige Wölfin in einem Rudel fühlte, inmitten der Kerle und ihres Gestanks, sie mag es nicht, wenn Eli und Isabela dazukommen, hat nichts gegen sie, glaubt sie, die dürre, knochige Eli, die manchmal ein wenig zu lange über Antonios Witze lacht, die runde, stille Isabela, an der niemand etwas aussetzen kann, weil sie niemand wirklich kennt, sie ist nicht begeistert von ihnen, aber es geht vor allem darum, dass sie ihr Rudel für sich haben will, dass sie es genießt, die Leitwölfin zu sein. Wenn der Deutsche da ist, ist es schwieriger, er ist ein Alphatier. Manchmal prallen sie aufeinander, zum Beispiel, als er als Ort für die Aktion ein Modegeschäft in der *Calle de Mallorca* auswählen wollte und sie ihm gesagt hat, dass das Unfug sei, der Laden zu klein, der Besitzer jemand, der von ganz unten aufgestiegen sei, jemand, von dem sie persönlich wusste, dass er seinen Arbeitern gute Löhne bezahlt. Und da hat sie im Raum gestanden, ihre Herkunft dick und fett und unangenehm auf ihre Stirn geschrieben, Mireia, das Kapitalistenkind. Sie haben sich angeschrien, sie und der Deutsche, ahnungslose, arrogante Kartoffel, hat sie gebrüllt, verzogene Möchtegernrevoluzzerin er. Wären, denkt sie, Antonio und Germain nicht im Raum gewesen, um sie zu trennen, sie hätten sich vermutlich noch minutenlang beleidigt. Um anschließend, auch da ist sie realistisch genug, zornig miteinander zu vögeln. Sie steht eigentlich nicht auf solche Kerle; blond und breit und selbstsicher, aber dieser spezielle *Alemán* hat etwas, das ihr unter die Haut geht. Es ist gut, dass es diesen Abend in der Wohnung gegeben hat, an dem sie Pilze genommen und zu viel geraucht haben, anfangs haben sie nur rumgelegen und ihre Trips beschrieben, bis dann irgendwann alle übereinander rollten, Germain auf Eli, Isabela auf sie, sie auf Toni, dann nicht mehr auf Toni, es war nicht mehr klar, wo der eine Mensch anfing und der andere aufhörte, aber die bleiche, strahlend weiße Haut des Deutschen, die hat sie finden können. Und nicht nur sie, denkt sie, lächelt, nicht nur sie. Es ist gut, denkt sie, so haben sie es alle einmal rauslassen können, diese Anspannung, die sich in den letzten Wochen zwischen ihnen aufgebaut hat. Es klopft an der Tür. Der verabredete Rhythmus, Marcos, oder ein Junge, den er geschickt hat. Der Deutsche ist so weit.

***

Frankreich ist fern, ist eine andere Welt. In der U-Bahn: dichtes Gedränge, als sie sich dem Zentrum nähern, Familien vom Stadtrand, die Männer in Hemden aus grobem Stoff und einfachen Hosen, die Schuhe staubig und löchrig, die Frauen in einfachen Kleidern, an den Seiten Kinder, die in der Hitze leiden. Ausflug in die Stadt, denkt er, vielleicht ein Essen irgendwo, oder einfach umherlaufen, schauen, wenn das Geld dafür nicht reicht.

»Ein Landsmann von dir«, sagt Toni, und zeigt auf einen Mann in Sandalen, in denen helle Füße stecken, darüber eine etwas zu kurze Hose, weiße, haarige Beine. Germain schüttelt den Kopf. Ein Tourist, an der dicken Kamera zu erkennen, die an seiner Seite baumelt, ein sonderbarer Anblick, wie verloren sieht er aus, so als sei er einsam und alleine aus einem der Busse geworfen worden, die zu den Hotelneubauten im Norden oder weiter im Süden fahren.

»Amerikaner«, sagt Germain, zeigt auf das bunte Etwas, das der Mann trägt, »Hawaiihemd heißt eindeutig Amerikaner.«

»Du hast recht«, lacht der andere.

Sie sehen aus, als seien sie auf einem Ausflug. Als seien sie auf dem Weg aus der Stadt oder zu den Bädern in der Barceloneta. Aber sie steigen bereits *Liceo* aus, durchqueren das *Barrio Chino*, vorbei an den Prostituierten, an den Dealern und den Taschendieben, die keine Augen für sie haben, die ihnen ansehen, dass hier nichts zu holen ist.

* * *

»*Barra libre!*«, sagt er, breitet die Arme aus. Er grinst, mustert sie alle, er ist erkennbar stolz, das durchgeschwitzte weiße Hemd klebt ihm am Körper. Das Licht in der Werkstatt schummrig, einige Sonnenstrahlen, in denen der Staub tanzt, fallen durch ein kleines, rechteckiges Fenster in seinem Rücken, erleuchten sein weißblondes Haar und einen Teil der Werkbank, auf der er die dunklen Glasflaschen aufgereiht hat. Aus den Hälsen ragen die weißen Stofffetzen heraus wie kleine Friedensfahnen. Nur für alles andere als eine Kapitulation gedacht. Antonio nimmt eine der Flaschen in die Hand, er wiegt sie, nicht zu schwer, genau das richtige Gewicht.

»Fünf Sekunden hast du«, sagt *Jorge*, nimmt ihm die Flasche aus der Hand, macht mit den Fingern Bewegungen auf einem unsichtbaren Feuerzeug, »anzünden, sichergehen, dass die Lunte brennt, ausholen, werfen. Fünf Sekunden, nicht viel, aber ausreichend.«

Mireia nimmt Wasser von Diego entgegen, der als Einziger halbwegs ruhig wirkt. Nach und nach nimmt jeder eine der Flaschen, sogar Mireia, Antonio lächelt sie an, geht zu ihr, legt ihr die Hand auf die Schulter.

»Bist du dir sicher?«, fragt er.

Sie lacht.

»Sei nicht albern! Endlich passiert mal was, und ich soll mich fernhalten? Vergiss es!«

Er schaut sie an, seufzt, schaut auch Eli an, die eine braune Flasche in ihren langen Fingern hält, ihn anlächelt, ein wenig schief.

»Wo ist Isabel?«, fragt Antonio.

Eli schüttelt den Kopf.

»Es ist zu viel für sie. Sie wird mit Marcos und den anderen Flugblätter werfen.«

Kurzfristige Änderungen, denkt Antonio, sind nie ein gutes Zeichen. Aber er schweigt, greift sich seine Flasche, steckt sie zwischen Handtuch und eingerollte Kleidungsstücke in seinen Rucksack. Ein Ausflug zum Meer mit Umweg, mehr nicht.

Es riecht nach Benzin, ein schwerer, süßlicher Geruch. Antonio spürt ein Schwindelgefühl aufsteigen. Wem die Werkstatt gehöre, will er wissen, aber der Deutsche zuckt nur die Schultern. Je weniger sie wissen, desto besser. Es ist gefährlich genug, dass sie den Ort kennen, aber es sind zu viele Flaschen, ein frühzeitiger Transport zu riskant, immerhin, sagt er, müssten die Straßen frei sein, weil die Bullen bei den Protesten sind. Er gibt jedem einen Zettel mit seiner Route, jeder geht einzeln, jeder einen anderen Weg, jeder nur eine Flasche. Wenn jemand geschnappt wird, haben die anderen genug Feuer bei sich, um die Aktion trotzdem durchzuführen. Antonio tritt nach draußen in die dunkle Gasse, hohe Wände, über ihm verschlossene Fensterläden, einige schmale Balkone, an denen die Wäsche hängt; Musik ist von irgendwo zu hören, schwach nur, vom Wind verweht, ein arabischer Klang, eine wehmütige Männerstimme, unterbrochen vom Geschrei einer Frau, dem Knattern eines vorbeijagenden Motorrollers. An der gegenüberliegenden Wand ein Berg Müllsäcke, aufgeplatzt, Gestank nach verfaultem Gemüse, eine Katze frisst davon, hebt nur kurz den Kopf, das Kopfsteinpflaster glänzend, tiefstes *Barrio Chino*, die Tür hinter ihm fällt ins Schloss. Er senkt den Kopf, läuft los.

***

Sie passiert die Uni, sieht die Studenten in kleinen Grüppchen davorstehen, lachend, gestikulierend. Junge Männer, die ihre Kreise um junge Frauen drehen, sie sieht die langen, lockigen Haare, die Bärte der Männer, die knielangen Röcke der Frauen, ihre Strümpfe, einige mit leichten Sommerkleidern oder gar Hosen, sie werfen den Kommilitonen Schulterblicke zu, sie ignorieren sie gerade so schlecht, dass das Spiel nicht abbricht. Vielleicht gehen sie bald zu einer Versammlung, der *Assemblea de Catalunya* womöglich, diskutieren stundenlang über irgendwelche Resolutionen, gehen nach Hause in die großen Wohnungen ihrer Eltern und fühlen sich so, als hätten sie wirklich etwas bewegt. Ahnungslos, denkt sie, kraftlos. Sie hat die Sonne in ihrem Rücken, biegt in eine Seitenstraße, lässt den stinkenden Feierabendverkehr auf der

Avenida de José Antonio hinter sich, taucht in den Schatten der dunklen, alten Gebäude, Esquerra de l'Eixample, die achteckigen Plätze nach jedem Block, Cafés, vor denen die Menschen an kleinen Tischen sitzen und sich unterhalten, Männer in Anzügen, Frauen in sauberen Kostümen oder Kleidern. Das Geld wird gezeigt, eine Ahnung der neuen Liberalität durch den weiteren Ausschnitt einer Dame, die etwas längeren Haare bei einem der Herren. Sie eilt hoch bis zur *Mallorca*, biegt nach rechts, folgt der Straße, überquert den verkehrsreichen *Paseo de Gracia*, vorbei an den großen Bürogebäuden, auf deren Haut der Kohlestaub wie Sommerbräune liegt.

Das Gebäude ist alt, hat große Fensterfronten mit Goldrahmung, hinter einer Scheibe Schaufensterpuppen in cremefarbenen Kleidern, daneben dunkle Pelze, glitzernde Colliers an den dunklen Hälsen der kopflosen Mannequins, weiter rechts Smokings für die Herren. *Hermanos Sánchez y Sánchez* in großen, geschwungenen Lettern, darunter *estd. 1940 – Almacén de Alta Calidad.* Sie sieht die feinen Damen und Herren durch die Drehtür treten, dahinter hohe weiße Decken, von denen große Leuchter hängen, ein Glanz, der die Kunden noch bis auf die Straße zu begleiten scheint, die großen Papiertüten mit dem *SyS*-Logo, Symbol des Reichtums und der Zufriedenheit der Kunden. Einen Augenblick bleibt sie stehen, nicht zu lange, nickt zufrieden. Immerhin, so viel hat sie erreicht. Es trifft zwei alte Faschisten mit Verbindungen direkt nach oben, das Schlimmste vom Schlimmen, wie selbst ihr Vater oft über die Brüder geschimpft hatte. Ein gutes Ziel. Da waren sich alle einig gewesen. Sie geht ein wenig weiter, zieht vorsichtig ihre Strumpfmaske aus der Hosentasche, bleibt an der Straßenecke stehen, wartet.

* * *

Er ist nah, sieht das große, prunkvolle Gebäude schon an der Straßenecke, er nähert sich von Norden her, die anderen müssten bereits auf ihren Posten sein. Die Scheinwerfer der Autos blenden ihn, seine Sinne sind überreizt, selbst ein halbes Dutzend Joints über den Tag hinweg haben die Nerven nicht beruhigt, er schaut über die Schulter: keine Polizei, nur Passanten, Paare, die auf dem Weg zu einer Verabredung sind, zu einem Essen. Langsam kommt er näher, sieht das Strahlen der Schaufenster, wäre jetzt nah genug, um zu werfen, zumindest auf die Fassade, aber er muss warten, drückt sich an die Hauswand, er muss warten, bis *Jorge* kommt.

* * *

Er erkennt den Wagen, den der Deutsche geklaut hat, sobald er in die Straße einbiegt, sehr langsam, den Seitenblinker gesetzt, ein Citroën-Transporter, ein etwas neueres Modell als die Karre von Diego, als er das Kaufhaus passiert, lässt er zweimal das Fernlicht aufblinken, fährt weiter. Antonio kann sehen, wie der Wagen bis zum nächsten Platz weiterrollt, eine Kurve fährt, langsam wendet, wieder in seine Richtung fährt und dabei immer stärker beschleunigt. Er hört das Dröhnen des Motors, das laute Hupen der anderen Autos, als der Wagen plötzlich zurückkehrt, gegen den Verkehrsfluss der Straße, er erkennt die Gestalt mit der Mütze über dem Gesicht hinter dem Lenkrad, er hört die Menschen schreien, sieht, wie die Fahrertür aufschwingt, hat den Rucksack zu seinen Füßen, er zieht seine Mütze herunter, er greift die Flasche und das Sturmfeuerzeug; der Fahrer hechtet aus dem Transporter, kurz bevor dieser gegen die Fassade des Kaufhauses prallt, ein lauter Knall, dumpf, ein Knirschen, Risse im schweren Glas des Schaufensters, eine tiefe Delle, dennoch hält es. Für einen Moment, einen unendlich langen

Moment im Geschrei der Menschen und dem Hupen des zum Stehen gekommenen Verkehrs, scheint es, als würde das Schaufenster standhalten, aber dann fällt es mitsamt der kompletten Rahmung langsam dem Transporter entgegen, legt sich darüber wie eine Decke. Er sieht den Fahrer torkelnd auf die Beine kommen, vorwärts stolpern bis er nach Sekunden endlich sein Gleichgewicht gefunden hat und rennt. Das Zeichen. Antonio selbst stürmt vorwärts, über die Straße hinweg und hinein in das Chaos, hinein in das Schreien, den Qualm des brennenden Transporters, in das Dröhnen, das Schrillen der Alarmanlage, auf den Bürgersteig direkt vor dem Loch, das noch vor Kurzem ein Schaufenster war; er sieht, wie die anderen sich nähern, er ist der Erste, er holt aus, er wirft, sieht seine Flasche bis weit in den Verkaufsraum hineinfliegen, wartet nicht auf den Aufprall. Er dreht sich um und flieht.

* * *

Die hagere Gestalt, die Antonio sein muss, wirft ihre Flasche und spurtet davon. Augenblicke später sieht sie den Feuerschein, sie rutscht, der Boden unter ihren Füßen wie Eis; Öl vielleicht, sie geht kurz in die Knie, eine weitere vermummte Gestalt, eine weitere Flasche fliegt, sie hört die Sirenen in der Ferne, sie rappelt sich auf, schleudert die Flasche, die in der Auslage landet, platzt, ein See aus Feuer breitet sich aus, die Flammen umhüllen die Schaufensterpuppen und ihre teuren Kleider, sie wendet sich ab, rennt, vor ihren Augen ein Flimmern, Stimmen, sie wünscht sich Flugblätter, die vom Himmel regnen, aber sie hält den Blick auf der Straße, hetzt zwischen den Menschen hindurch, einen Augenblick packt sie eine Hand, sie schüttelt sie ab, reißt sich los, ihre Jacke halb von der Schulter, sie spurtet die *Calle Bailén* hinauf, das Herz ein den Brustkorb ausfüllendes Hämmern, umhüllt vom Brennen der Lungen. Als sie niemanden vor sich sieht, niemanden hinter sich spürt, geht sie für einen Augenblick zwischen zwei geparkten Autos in die Hocke, zieht sich die Mütze vom Kopf, steckt sie in ihre Tasche. Sie steht auf, zwingt sich zur Ruhe, hört die Sirenen im Hintergrund, erreicht die *Diagonal*, zu ihrer Linken das blaue Flirren der heranjagenden Polizeiwagen, die grellen Scheinwerfer, sie wendet sich ab, läuft die Straße entlang, bemüht sich langsam zu gehen, sie hört, wie die Wagen hinter ihr in die *Bailén* einbiegen, sie erreicht den *Paseo de San Juan*, folgt ihm, bis sich vor ihr der steinerne Mund der Station *General Mola* öffnet, sie hinabstolpert, sich verschlucken lässt.

* * *

Das Brennen lässt erst nach, als Germain auf einem der breiten weißen Steine am Rand des *Rompeolas* sitzt, des großen Wellenbrechers südlich der Barceloneta, vor sich die schmalen weißen Holzstege, die sich auf kleine Betonpfeiler gestützt bis über die rollende Brandung vorstrecken und auf denen tagsüber die Angler der *Asociación de Pescadores* sitzen; in seinem Rücken die leisen Stimmen der wenigen noch verbliebenen Familien, die sich am Samstagabend zu einem Spaziergang mit Blick auf den Hafen und das Meer entschieden haben, vielleicht vom Abendessen aus dem *Restaurante Porta Coeli* kommen. Er wendet den Kopf, sieht die Dächer der Barceloneta, die langen Holzverschläge der öffentlichen Bäder am Strand, die Schutzwände, die zum Meer hinablaufen und die einzelnen Bereiche des Strands abtrennen. Auf der Straße vor der Barceloneta in Richtung *Rompeolas* hat er die Männer auf dem Weg zu den Barracken überholt, unter deren hölzernen Dächern sich die kleinen Becken der Bäder verbergen, weil niemand in der Stadt auf die Idee käme, sich ins Meer zu werfen. Die Männer, die abends die Bäder besuchen, kommen meist paarweise, halten aber doch so weit Abstand, dass sie einem Polizisten gegenüber behaupten könnten, sie seien allein unterwegs, sie kennten den anderen nicht. Er schließt die Augen, versucht sich auf das Rauschen der Wellen zu konzentrieren. Er riecht alten Fisch, Fett, Diesel und Kohle. Im Hintergrund hört er das Wummern der im Hafenbecken liegenden Schiffe. Ein Wagen rauscht vorbei und verschwindet in Richtung Stadt. Als er kurz darauf Schritte hinter sich hört, erwartet er für einen Moment, dass es die Polizei ist. Er öffnet die Augen. Antonio und Diego, der Lange und der Wolf, noch ein wenig entfernt, beide mit einer Zigarette im Mund, hinter ihnen die Silhouette der Stadt. Sie setzen sich neben ihn, schweigen. Nach einer Weile steht Diego auf, schlendert zum Restaurant. Als er zurückkehrt, öffnet er seinen Rucksack, zieht einige eiskalte Bierflaschen hervor. Irgendwann taucht Mireia auf, Toni springt auf, rennt ihr entgegen, umarmt sie. Sie setzen sich zu den anderen, trinken Bier. Niemand hat das Verlangen zu sprechen.

* * *

Als die letzten Spaziergänger und Autos verschwunden sind, selbst die Lichter im *Porta Coeli* erloschen, leuchten nur noch die Kräne und Schiffe im Hafen für sie, nur noch das Maschinenwummern und Möwenkreischen durchbricht die Nacht. Sie sind beinahe vollzählig, Marcos, Mario, Isabela, die Gruppe für die Flugblätter ist spät gekommen, verschwitzt, aber mit leuchtenden Augen. Ein Erfolg, sagen sie, ein voller Erfolg, überall habe man die Blätter gelesen, überall haben sie gelegen. Die Frauen und Männer der Aktion sind noch immer schweigsam, Eli ist auf eine der Anglerplanken unter ihnen geklettert, lässt die Füße über dem Meer baumeln, raucht stumm, Diego hat die Beine auf dem Asphalt ausgestreckt und die Augen geschlossen, vielleicht schläft er, Antonio und Germain schauen hinaus aufs Meer. Der Leuchtturm wischt mit den Ausläufern seines Lichts über sie hinweg, draußen, auf dem Meer, vereinzeltes Signalleuchten von Booten.

»Er kommt nicht«, sagt Marcos irgendwann.

»Wie kann das sein?«, sagt Toni.

Niemand spricht die Antwort aus. Mireia klettert zu Eli, bittet sie um eine Kippe.

»Wir sollten verschwinden«, sagt Marcos. »Wenn sie ihn geschnappt haben und er die Treffpunkte verrät, werden sie kommen.«

»Dann wären sie längst hier«, sagt Germain.

»Er wird nichts verraten«, sagt Toni. »Selbst wenn sie ihn geschnappt haben, wird er nichts sagen.«

»Das haben schon ganz andere«, sagt Marcos.

Sie stehen auf, unschlüssig.

»Ich prüfe die Werkstatt«, sagt Diego. »Wir sehen uns später in der Wohnung«, und an Marcos gerichtet: »Und morgen bei dir.«

Er wartet nicht, geht sofort los, eine dunkle, gebeugte Gestalt, ein Wolf, dessen schwarzer Umriss noch lange vor der Stadt zu sehen ist, bis ihn die Biegung der Straße aus ihrem Sichtfeld entlässt.

»Lass uns gehen«, sagt Mireia, »Germain, du kommst mit uns.«

Der Franzose lächelt sie an, nickt. Sie verabschieden sich von den anderen, die sie kurz darauf auf ihren Mopeds überholen, spazieren den *Paseo Nacionál* hinauf, vorbei an den blinkenden Lichtern der Bars, zu ihrer Linken die leuchtenden Kräne und die gigantischen weißen Rümpfe der Schiffe.

Die Stadt sinkt langsam in den Schlaf, aber der Hafen erwacht bereits wieder.

* * *

Er liegt im Bett, starrt an die Decke. Mireias Atem neben sich. Wie kannst du schlafen, denkt er, wie kannst du schlafen. Die Wände zittern. Ein Lastwagen auf der *Avenida*. Er wird kommen, denkt er, morgen wird er kommen.

[BARCELONA, SPANIEN – 22. JUNI 1975]

Die Tür wird aufgerissen und sofort danach knallend ins Schloss geworfen. Er schreckt hoch, schaut Richtung Flur, aus dem Diego ihm entgegenspringt.

»Steh auf«, sagt er, »mach dich fertig!«

Und als Germain auf die Beine kommt, schlaftrunken, die Glieder müde und hart, stößt er ihn an.

»Hast du Papiere?«

»Was?«

»Papiere, hast du welche? Und wo sind sie?«

»Bei Marcos in der Wohnung. Wir sollten sie nicht bei uns haben. Falls wir geschnappt werden.«

Diego stöhnt, greift sich an den Kopf.

»Warte hier auf mich«, sagt er, läuft in Richtung Flur zu den Zimmern, wendet den Kopf. »Zieh dich an, iss was. Wir haben nicht viel Zeit.«

* * *

Er klopft nicht, stößt die Tür auf, Antonio erwartet ihn stehend, nur in Unterhose, er will etwas rufen, was zum Teufel,

Lobo, aber sein Freund, sein uralter Kindheitsfreund, ist ein anderer, sein Blick, die Angst in diesem Blick ist neu, sie erschreckt ihn. Mireia sitzt neben ihm und starrt diesen fremden, aufgeregten Diego an.

»Sie haben die Bude von Marcos gestürmt«, sagt er.

Mireia springt auf.

»Und die anderen?«

»Ausgeflogen, zum Glück. Ich wollte heute Morgen da hin, nachdem ich in der Werkstatt nichts gefunden habe. Wär fast den Bullen von der Politischen in die Arme gelaufen, die harmlos in Anzügen neben dem Hauseingang standen, hab im letzten Moment die Knarre von einem gesehen, bin rum, über den Hof rein, hoch, soweit es ging. Oben hab ich sie gehört; wie sie gesucht haben, wie sie geredet haben; später kamen Streifenwagen in die Straße. Da haben sie ganz offiziell angefangen, alles rauszuräumen.«

»Aber wie …?«, beginnt Antonio, aber Diego unterbricht ihn.

»Die werden die Papiere vom Franzosen finden, der Idiot hat sie dagelassen. Vielleicht hat Marcos sie in Sicherheit gebracht. Aber was weiß ich denn. Wir müssen weg!«

»Wer muss wohin?« Mireia jetzt in einem Kleid, die Arme vor der Brust verschränkt.

»Der Franzose muss raus«, sagt Diego, »muss in die Berge.«

»Wir kommen mit«, sagt Antonio, aber sein Freund schüttelt den Kopf.

»Zu gefährlich. Ihr macht uns langsam. Ich bringe ihn allein. Ihr müsst Frankreich Bescheid geben, dass sie ihn holen. Ein paar Tage können wir durchhalten in der Hütte. Aber dann muss er raus.«

Sie laufen ins Wohnzimmer, in dem Germain steht, verloren und verwirrt. Dass es ihm leidtue, stammelt er, das mit den Papieren.

»Ist egal«, sagt Diego, »das ist Marcos' Schuld, er und seine Scheißpläne. Wir müssen los. Pack deinen Rucksack!« Und in Richtung Antonio: »Ihr solltet auch von hier verschwinden. Wenn sie die eine Wohnung kennen, kommen sie bald in die andere.«

Antonio schüttelt den Kopf.

»Unmöglich. Bei Marcos gibt es nichts, was auf diese Wohnung hinweist. Wenn sie sie beide kennen würden, wären sie schon hier.«

»Was ist das für eine bescheuerte Logik?«, zischt Diego, schreit den Franzosen an, er solle sich gefälligst beeilen. Wenige Augenblicke später, Germain schon im Hausflur, dreht er sich noch einmal zu ihnen um.

»Gebt Frankreich Bescheid, das ist jetzt am wichtigsten. Und dann seht zu, dass ihr abhaut.«

Er verschwindet im Schatten des Flurs, wirft die Tür ins Schloss.

»Und jetzt?« Mireia zittert. Er tritt auf sie zu, nimmt sie in den Arm.

* * *

Sie rennen den breiten Bürgersteig auf der *Avenida* hinab, biegen in die *Calle de la Montaña*, erreichen kurz darauf Diegos Transporter. Er schließt die Tür zur Ladefläche auf. Germain schaut ihn an.

»Ernsthaft?«

»Denkst du, ich will einen Flüchtigen neben mir als Beifahrer haben?«

Im Innern allerlei Gerümpel, lose Bretter, einige Dosen und Kanister. Im Schatten einer Ecke ist, glaubt er, ein Gewehr mit Draht an der Wand befestigt. Diego hebt eine Decke an, deren Gestank nach Tier Germain überwältigt.

»Selbst wenn uns jemand kontrolliert, ist das die letzte Barriere. Wer da runterschaut, der meint es ernst.«

Germain taucht ein in den Gestank, rollt sich zusammen, er muss würgen, schluckt, um sich nicht zu erbrechen, er zwingt sich zu atmen, er glaubt, Diego lachen zu hören, bevor die Tür zuschlägt, sich der Lichtkranz am Rand der Decke verdunkelt. Kurz darauf das Knattern des Motors, ein Ruck, als der Wagen zurücksetzt. Der Geruch nach Tieren ist um ihn, er atmet ihn ein, wird ein Teil dieser Tiere, wird ein Teil des Gestanks, sein Magen beruhigt sich langsam, er presst die Nase auf den metallenen Boden, darunter die Straße, nicht zu riechen, nicht zu sehen, aber dennoch spürbar, die *Avenida Meridiana* jetzt, er hört den dröhnenden Verkehr, es geht hinaus aus der Stadt, denkt er, wohin auch immer.

Als der Wagen kurz darauf zum Stehen kommt und nicht wieder anfährt, als er Stimmen aus der Fahrerkabine hört, da ist dieser Gedanke, alles erfüllend, dass es vorbei ist, alles vorbei. Dass er die nächsten Jahre in einem Knast in Spanien verbringen wird, denkt er. Er sieht Catherine vor sich, ihren Blick in der Hütte in den Bergen, Catherine, die ihr Leben ohne ihn leben wird. Die Sekunden verrinnen, das Gewirr der Stimmen nichts als ein dumpfes Auf und Ab, Gelächter, wirklich Gelächter jetzt, jemand klopft seitlich gegen den Transporter, er hört, wie Diego den Gang einlegt, wie er beschleunigt. Germain stößt die Luft aus, lässt den Gestank der Tiere danach tief in seine Lungen strömen. In der dunklen Hitze döst er, gleitet zwischen Wachen und Schlafen, driftet irgendwann ab, in Träume voller Tiere, die rennen, immerzu rennen, die Berge hinauf.

Plötzlich bremst der Wagen, Germain schlägt mit dem Kopf gegen etwas Hartes, stöhnt. Als er hört, wie die Tür zur Ladeklappe geöffnet wird, wagt er es nicht, sich zu bewegen.

»Hey«, hört er die Stimme des *Lobo*, »wach auf!«

Die Decke wird fortgezogen, Diegos grinsendes Gesicht vor ihm, dahinter Dämmerung, Bäume, der Geruch nach Wald, nach Feuchtigkeit.

»Wir sind da«, sagt der *Lobo.*

* * *

Sie muss sich eingestehen, dass sie ihn verloren hat. Als er aus dem Haus kam, auffällig lässig, auffällig schlendernd, da hätte sie, aus ihrem Versteck in einem Hauseingang ein wenig die *Avenida* herab, am liebsten laut gerufen, dass er genauso lief wie jemand, der etwas zu verbergen hat, genauso wie jemand, den die Polizei anhalten und kontrollieren würde. Sie hatte gehofft, dass der Briefkasten der Gruppe, für den er sich entschieden hat, irgendwo in Richtung San Andrés liegt und er sich deshalb nur wenige Gebäude weiter in Richtung der *Plaza de la Glórias* bewegt. Aber als er auf die Straße trat und einen Moment lang zögerte, befürchtete sie, sie habe sich geirrt und er würde in ihre Richtung kommen und sie entdecken. Dann aber überquerte er, wie sie gehofft hatte, die *Meridiana* und lief die *Calle de Valencia* hinauf. Anfangs war es einfach. Sie folgte ihm, hielt Abstand, sie musste nicht nahe heran. Die Straßen waren gerade und breit. Sie wollte ihn so lange beschatten, bis er den Brief eingeworfen hatte, und ihm dann in sein nächtliches Versteck folgen, wenn er denn eines fand, um ihn dort zur Rede zu stellen, ihn zu zwingen, sie mitzunehmen, wohin auch immer. Aber kurz darauf erhöhte er das Tempo, wechselte die Straßenseite, bog plötzlich ab; sie beeilte sich, aber als sie um die Ecke bog, war er verschwunden. Sie ging zurück, schaute die Straße hinab, aber er war nicht mehr auffindbar.

Sie steht an der Straßenecke, schräg gegenüber sitzt ein alter Schuster auf einem Hocker vor der offenen Tür seines

Geschäfts, er lächelt sie an und sie hat das Gefühl, dass die Stadt sich im Kreis dreht. Sie läuft die *Calle del Clot* hinauf, in der blinden Hoffnung, ihn wiederzufinden, ihm zur Not in die Arme zu laufen, immer geradeaus, sie dreht den Kopf, der Blick verschleiert, Tränen, denkt sie, warum denn Tränen, warum denn ausgerechnet jetzt, so kann man niemanden finden. Jemand spricht sie an, eine ältere Dame, ob alles in Ordnung sei, sie winkt ab, die Stadt hinter einem Schleier, er ist weg, sie hat ihn verloren. Irgendwann, sie weiß nicht, wie lange sie gelaufen ist, steht sie auf der *Rambla de Santa Eulalia* in San Andrés, schaut den Autos zu, den Fußgängern, den Menschen, die an den Tischen der Restaurants sitzen, ihren Kaffee trinken. Sie weiß weder vor noch zurück, sie setzt sich einfach auf den Bürgersteig, starrt auf die Steine zu ihren Füßen, verharrt so, bis sie in der Entfernung einen Polizisten sieht, der sich ihr nähert. Sie erhebt sich, läuft davon. Dann eben Sarrià, denkt sie, während der Schweiß ihr die Stirn und den Rücken herabrinnt, dann eben die verfluchte Wohnung ihrer Eltern, dann eben stundenlange Vorwürfe und Vorträge. Sie wird es aushalten. Sie wird warten, bis der Straßenverkäufer klingelt.

* * *

Alles scheint ruhig. Er steht am Straßenrand auf der anderen Seite, schaut zu den hohen grauen Betonblöcken hinüber. Keine Streifenwagen, nichts. Dichter, gleichmäßiger Nachmittagsverkehr, ab und an ein Hupen, ab und an schimpft einer. An der hölzernen Kioskbude vor dem Nachbargebäude kauft eine Frau eine Zeitung und Lose. Kurz darauf öffnet sich die Tür ihres Gebäudes, er glaubt, einen Nachbarn zu erkennen, der ins Freie tritt, einen dunklen Hut auf dem Kopf, einen Gehstock in der Hand.

Den Brief hat er im Briefkasten eingeworfen, dem Briefkasten einer verlassenen Schreinerei in San Andrés, deren ehemalige Besitzer Marcos kannte. Alles könnte gut sein, er könnte verschwinden; aber direkt danach ist dieser eine Gedanke in ihm aufgestiegen: das Geld. Das Geld, postsäckeweise unter seinem Bett, Geld, von der Gruppe geraubt, das jetzt der Polizei in die Hände zu fallen droht. Geld, das sie gut gebrauchen können, was auch immer jetzt kommen mag.

Er hat versucht, es sich aus dem Kopf zu schlagen, ist in einer Bar mittagessen gegangen, hat Bier getrunken. Aber immerzu dieser Gedanke: das Geld. Du musst das Geld holen, zumindest einen Teil davon. Und deshalb steht und schlendert er jetzt also, seit über einer Stunde schon, beobachtet den Hauseingang, sieht Nachbarn ein und aus gehen. Alles wie immer.

Als er sieht, wie der Alte mit dem Gehstock zum Kiosk trippelt, wie er Lose kauft und wieder zurückkehrt, gibt er sich einen Ruck. Du musst es riskieren, denkt er, das ist es wert. Wenn nicht für die Gruppe, dann zumindest für dich, für Diego, für Mireia. Der Fuchs auf dem Dachboden fällt ihm ein, als er die Straße überquert, den Rücken des Nachbarn im Dunkel des Hausflurs verschwinden sieht, der Fuchs und dann Diego, nur mit der Schürze bekleidet, Mireia, die ahnungslos im Bett lag; und dann *Jorge*. Er nestelt seinen Schlüssel aus der Hosentasche und schließt auf, er denkt an Küsse von Mireia am Strand und ihren salzigen Geschmack, glaubt, diesen Geschmack auf der Zunge zu spüren, als er den 4. Stock erreicht, er denkt, dass er sie doch nicht zu ihren Eltern hätte schicken sollen, während er den Lichtschalter drückt; kein Flackern, nichts. Er denkt, dass er sie bald sehen wird, dass er warten wird, bis ihre Eltern aus dem Haus sind, dass sie vögeln werden in den teuren Laken des Bürgerhauses. Als er die Tür ihrer Wohnung erreicht, weiß er genau, wie sie aussehen wird, ihr Lächeln im weiß bezogenen Bett, ihre Haare, er weiß, wie sie riechen wird. Durch das geöffnete Fenster werden die Glocken der Iglésia San Vicente dringen, im Haus nur ihr Lachen und Stöhnen zu hören sein. Er hat die Bilder im Kopf und erkennt zu spät, dass die Wohnungstür geöffnet ist, das Schloss aufgebrochen. Er hat die Bilder im Kopf, als er sich umdreht, als ihn der erste Schlag trifft, sofort danach der zweite. Er hat die Bilder im Kopf, als er auf die Knie sinkt, die Stiefel der Polizisten vor sich; die Stiefel sieht er und doch nur Mireia, Mireia im Haus ihrer Eltern. Der dritte Schlag trifft ihn, er sinkt zu Boden, stöhnt, ein zweites Paar Stiefel, auf der anderen Seite, er stützt sich noch einmal empor. Sofort trifft ihn der vierte Schlag. Und alles wird schwarz.

TRANSICIONES (I)

[EL BORNE, BARCELONA, SPANIEN, OKTOBER 2017]

Sie saß im Arztzentrum der alten Damen: weiße Löckchenfrisuren allenthalben, faltige Gesichter, helle Haut, ernste Mienen. Die Kostüme und Schuhe verrieten das Geld aus Eixample oder dem Zentrum. An ihren Seiten die jungen Frauen mit den schwarzen glatten Haaren und den warmen, irdenen Hauttönen. Lächeln, beruhigende Worte, Hände, die gestreichelt werden. Alle Großmütter Spaniens, so kam es Mireia vor, abgegeben an freundliche Frauen aus Lateinamerika. Die Folgen der Kolonialisierung: Hunderttausende Liter von Blut, Jahrhunderte der Unterdrückung und am Ende sitzen die Urenkelinnen der Conquistadoren im Wartezimmer und die einzigen Menschen, die ihnen Mut zusprechen und sie beruhigen, sind die Ururenkelinnen jener mächtigen Gottkönige, die von Seuchen und Musketen dahingerafft wurden. Sie wusste nicht, ob das ein Bild der Versöhnung war oder eines des bleibenden Unrechts. Vielleicht beides, wenn das denkbar war. Und du selbst, Mireia? Bist du selbst schon eine dieser alten Damen? Sie fuhr sich durch die Haare, die sie vor wenigen Tagen neu gefärbt hatte. Ihre Hand zitterte. Sie legte sie in den Schoß.

Schwächeanfälle. So fing es an. Einige Standarduntersuchungen. Dann dieser Tag, an dem die freundliche Krankenschwester sie zur Besprechung der Ergebnisse bei der Frau Doktor bat. Und Frau Doktor: eine Frau, vielleicht so alt wie ihre Tochter, wenn überhaupt. Groß, schlank, Korkenzieherlocken. Ein warmer Händedruck. »Ihre Blutwerte bereiten mir Sorgen«, sagte sie. Was folgte, waren weitere Einstiche, weitere Proben. Was denn los sei, was sie denn konkret zu befürchten habe, fragte Mireia. »Wir wollen die schlimmstmöglichen Szenarien ausschließen.« Und das Schlimmstmögliche, so stellt sich auf erneutes Nachfragen heraus, ist der große Nivellierer, in ihrem Fall in Form von Blutkrebs. Blutarmut, Entzündungswerte, all das könne darauf hindeuten, hieß es. Und in ihrem Kopf formten sich zwei Worte: So nicht. Du hast noch zu viel vor, zu viele Pläne, Gedanken, Wünsche, hast nie gedacht, dass es für dich früher vorbei sein könnte als für die Großmütter des *Passeig de San Joan*. Die alten Damen sind deine Begleiterinnen geworden in diesen Tagen, unbekannte Vertraute. Bist selber noch keine Großmutter. Ganz ausgeschlossen also, völlig undenkbar. Die Erschöpfung in den letzten Wochen, der Schwindel bei der Arbeit am Schreibtisch, auch dieser Ohnmachtsanfall zu Hause, als sie plötzlich auf dem Fußboden neben dem Sofa zu sich kam, all das bekam einen Grund, einen Auslöser. Der Tod nimmt keine Rücksicht auf deine Pläne. Er passiert einfach. Und da war sie also, die Todesangst, hatte sich in die Knochen geschlichen, in ihr gesamtes Skelett. Von dort strahlte sie aus in alle Muskeln, in alle Gefäße. Eine Angst, die kalt war und sie trotzdem schwitzen ließ.

Sie dachte an Montse, die seit einer Woche aus den Flitterwochen zurück war und sie noch nicht besucht hatte, fragte sich, ob ihre Tochter sie wohl pflegen würde, wenn es so weit war. Vielleicht. Vielleicht nicht. Rosa könnte für sie da sein, in einer anderen Version der Realität, in der die alte Freundin nicht die Bürgermeisterin war und Mireia nicht ihre Pressesprecherin. Sie ging die Namen einiger anderer Freundinnen durch. Eine Liste aus Menschen, von denen die Hälfte wahrscheinlich nicht einmal zu Besuch kommen würde. Um sich das Elend zu ersparen. Vom Pflegen ganz zu schweigen. Sie dachte an Toni. Lächelte. Toni würde sie besuchen kommen, er würde nicht zurückschrecken vor dem Leiden, vor der Aussicht auf ihren Tod. Er würde da sein. Er wäre derjenige, der sie auch gepflegt hätte, wäre sie bei ihm geblieben. Aber der Toni, den sie damals verlassen hatte, war nicht der Toni von heute. Der heutige Toni war einer, der pflegen konnte, vermutete sie. Der alte Toni bedurfte selbst der Pflege.

»Frau Bellpuig?«

Die junge Doktorin, eine Hand auf dem Türrahmen, ihr Oberkörper leicht in den Warteraum gelehnt, ihre Füße auf der Schwelle ihres Sprechzimmers, das Lächeln freundlich wie immer, aber nicht zu lesen.

»Ich bin jetzt bereit für Sie.«

[SANTS, BARCELONA, SPANIEN, JANUAR 1979]

Als sie den Kopf hob, stand er auf der anderen Seite der Straße, so als hätte ihn das große, dunkle Gebäude in seinem Rücken einfach ausgespuckt. Das Tor hinter ihm war geschlossen. Sie hatte keine Ahnung, wie lange er dort schon gestanden und sie beobachtet hatte. Sie steckte ihr Buch weg, winkte ihm. Er setzte sich in Bewegung, schob sich durch den stockenden Verkehr, so als schlängele er sich durch eine Herde Kühe. Sein Blick, so schien es, blieb dabei ohne Unterlass auf sie geheftet. Er berührte die Kühlerhauben oder die Dächer von Autos, er winkte ab, als man ihn anhupte. Aber seine Augen strahlten sie an, sein ganzes Gesicht strahlte. Jetzt, in seiner alten Jeansjacke aus der Zeit vor der Verhaftung, fiel ihr noch viel stärker auf, wie dünn er geworden war und wie breit andererseits seine Schultern. Die großen, feingliedrigen Hände ragten aus den Ärmeln der alten Jeansjacke hervor, streckten sich ihr entgegen, sobald er den Bordstein erreicht hatte. Und sie fürchtete sich. Sie spürte diesen Schrecken im Körper, einen Impuls, zurückzuzucken und sich in Sicherheit zu bringen vor dieser Vogelscheuche mit den kurz geschnittenen Haaren und dem glatt rasierten Gesicht, dem Gesicht eines Fremden.

»Toni«, sagte sie. Drückte sich an ihn. Spürte das Heben und Senken seines Brustkorbs gegen ihren Körper. Sein Kopf auf ihren Haaren, er küsste ihre Stirn, legte seine Arme um sie. Sie legte ihre Hände auf seine Taille. Kein Gramm Fett an seinem Körper. In ihrer Nase Seifengeruch, hinter dem ein herber, vertrauter Geruch nach Toni langsam an die Oberfläche drang. Der Schrecken verschwand. Sie lockerte ihren Griff, lehnte den Oberkörper ein wenig zurück, lächelte ihn an.

»Hier bin ich«, sagte er.

Sie küsste ihn. Legte ihre Hände auf seine Wangen, zog ihn zu sich herab und küsste ihn erneut. Und er küsste zurück, ein wenig zu vorsichtig, ein wenig zu tastend. In diesem Moment machte es Sinn. Alles machte Sinn. Die Jahre bei ihren Eltern, das Zu-Kreuze-Kriechen, die Rolle der reuigen Sünderin, das angefangene Studium, die Besuche im Gefängnis, das Bemühen um Lluís als Anwalt, das Abwehren seiner Annäherungsversuche, die Überzeugungsarbeit bei Toni selbst, der sich jeglicher Hilfe hatte verweigern wollen, die andauernde Angst um ihn, die viel zu oft umgeschlagen war in Panik. Als sie von den Aufständen hörte, von den Drogen, von der Gewalt zwischen den Häftlingen, immer dann, wenn sie vor ihm gesessen hatte in dieser kleinen Glaszelle des Besuchersaals, inmitten der Schreie, des Gelächters, des Weinens, des Gestanks, und ihr gegenüber dieser Mann, der eine Traurigkeit ausstrahlte, die beinahe unerträglich war. Und jetzt war er hier, jetzt küsste sie ihn.

»Lass uns nach Hause gehen«, sagte sie, drehte sich um und zog ihn hinter sich her.

Zu Hause, das war tatsächlich ein Haus, wenn auch ein äußerst kleines am Rand der Stadt. Fünf Jahre hatte sie bei ihren Eltern gelebt, fünf Jahre den Kommandoton ihrer Mutter und den stillen Zorn ihres Vaters ertragen, sie hatte studiert, Jura zuerst, mit geringem Interesse und seltener Anwesenheit, dann, nach dem Ende der Diktatur und wochenlanger Streitigkeiten und Diskussionen mit ihren Eltern, Kommunikationswissenschaften, um Journalistin zu werden. Niemand müsse das studieren, hatte ihr Vater gesagt, aber dann hatte sie in ihrer Mutter eine überraschende Verbündete gefunden. Wenn du endlich anfängst dich anzustrengen, wenn du endlich etwas zu Ende bringst, dann von mir aus, hatte sie gesagt. Von diesem Moment an war es nur noch eine Frage der Zeit, bis der Widerstand ihres Vaters brechen würde. Ihr Vater war derjenige gewesen, der in den Jahren des Franquismus mit den Freunden in Uniform am Wochenende auf die Jagd gefahren war, und ihre Mutter hatte es abgenickt, hatte bei den Empfängen der Würdenträger die Haare hochtoupiert, ihre Perlenkette umgehängt und am Ende des Abends stolz erzählt, sie habe dem *Caudillo* die Hand geschüttelt. Jetzt war sie es, die die staatliche *Transición* als Erste in den Familienkreis überführte. Ihr Vater folgte ihr, wenn auch zögerlich. Ihre Mutter hatte stets schneller begriffen, woher der Wind wehte. Mireias Ausbruch aus den eigenen vier Wänden, ihr Anschluss an die Gruppe um Marcos und Toni war ein lauter Schrei gegen ihren Vater gewesen, den Paktierer, den Unternehmer, aber vor allem eine hasserfüllte Nachricht an ihre Mutter. Ihre Unterstützung in der Studienfrage war eine Überraschung gewesen, die Mireias Zorn nicht hatte verschwinden, aber zumindest abkühlen lassen. Sie akzeptierte die Hilfe, blieb ansonsten auf Distanz, obwohl sie sah, wie ihre Mutter sich bemühte. Wie sie Mireia zu gemeinsamen Besuchen ins Museum einlud, zu Ausstellungen oder ins Konzert. Wie sie plötzlich begann, sie nach ihrer Meinung zu fragen oder nach Freunden. Zu spät. So einfach war das. Aber trotzdem war sie mitgegangen zu den Ausstellungen oder in die Konzerte, trotzdem hatte sie geantwortet und gelächelt. Und nachdem sich *Señor* Bellpuig einmal mit dem Willen der Tochter abgefunden hatte, hatte er seine Beziehungen spielen lassen und ihr eine Aushilfsstelle bei der neuen *Vanguardia* besorgt. Redaktionsassistentin nannte sie sich jetzt. Am Ende war sie eine umgetaufte Sekretärin, die die Blicke und Sprüche der Redakteure über sich ergehen ließ. Ihre Gedanken waren auf das Geld gerichtet, das sie am Ende jedes Monats von der Bank abhob. Zumindest am Anfang. Je länger sie arbeitete, desto mehr verschob sich ihr Fokus, interessierte sie sich für die Vorgänge in der Redaktion, für die Machtverschiebungen, Transformationen. Junge Redakteure, die nachrückten, die anders über Politik sprachen, immer mehr Frauen, die angestellt wurden, als Assistentinnen, aber bald vereinzelte Redakteursaufgaben übernahmen, immerhin. Ein aufmerksamer Blick und große Geduld. Meine Zeit, dachte sie, manchmal auch: *unsere Zeit* wird kommen.

Die Freunde aus der Gruppe, zu denen sie noch Kontakt hatte, also vor allem Diego und Eli, reagierten verwundert auf ihre neue Arbeit, fragten, was sie sich davon verspräche. Nichts, sagte sie. Informationen fügte sie hinzu. Geld, dachte sie, eine Möglichkeit, eine Tür, vielleicht sogar eine Leiter, ein Weg, auf dem sich vielleicht etwas verändern ließ. Dieser Wunsch nach Veränderung, praktischer, ganz konkreter Veränderung, abseits von Theorien oder großen Umsturzfantasien, war etwas, das sie täglich umtrieb.

Es war der *Lobo*, der sie mit einem Mitglied der *Asociación de*

Vecinos de Horta zusammenbrachte, der Nachbarschaftsassoziation der sogenannten *Casas Baratas*, der »billigen Häuser«; Straßenzüge voller kleiner, einstöckiger Gebäude, die man im Zuge der Weltausstellung 1929 errichtet hatte und die ihren Ruf als Zentrum der Anarchisten auch in der Zeit des Franquismus nie ganz losgeworden waren. Als sie gemeinsam mit Diego den Bus an der *Plaza Llucmayor* in Nou Barris verließ, den Blick auf die frisch erbauten hohen roten Backsteinblöcke gerichtet, als sie vor den Läden und Verkaufsständen stand, mitten im Lärmen von Autos und Menschen, im Staub und Schmutz dieses neuen, chaotischen Viertels, da wollte die Bürgertochter in ihr fliehen, auf die andere Straßenseite rennen und in den Bus zurück ins Zentrum springen. Aber sie spürte die Hand des *Lobo* auf ihrem Rücken, sie wandte den Kopf und sah sein Lächeln, das Leuchten seiner Zähne in seinem dunklen Fellgesicht. Er hatte sie beruhigt; immer schon. Sie hatte nie ganz verstanden, woran es lag. Diese Sicherheit, Zuversicht. Alles konnte geschehen: Freunde verhaftet werden, ihre Gruppe implodieren, Diktatoren sterben, Demokratien beginnen; der *Lobo* fand einen Weg, er zuckte die Schultern und machte weiter. Er arbeitete am Hafen, half beim Entladen und Beladen von Schiffen, er war in der CNT aktiv, soweit sie das sagen konnte, und er war einem Wanderverein beigetreten, verbrachte seine Wochenenden in den Ausläufern der Pyrenäen oder direkt auf ihren schneebedeckten Gipfeln. Wenn er von den Hütten seiner neuen Wanderfreunde erzählte, auf die man ihn eingeladen hatte, dann fragte sie sich, was dieser gebräunte Wolfsmensch und Hafenarbeiter in den Familien-Chalets reicher Bürger verloren hatte. Und wie sich das mit seiner Zugehörigkeit zur CNT vereinbaren ließ. Aber offenbar, dachte sie, war die Verbindung derartiger Widersprüche etwas, um das sich Diego nie viele Gedanken machte. Jetzt führte er sie zwischen den

Hochhäusern hindurch, auf deren kleinen Balkonen die Wäsche wie eine Vielzahl bunter Fahnen wehte, auf den sandigen Plätzen zwischen den Gebäuden kreischende Kinder und Mütter mit einfachen Kittelschürzen, die in der Januarsonne auf Bänken saßen und sich unterhielten. Der Fluchtimpuls in Mireia verebbte, sie spazierte neben Diego mit offenen Augen durch dieses Viertel, dessen Name allein ihren Eltern schon ein Schaudern über den Rücken hätte laufen lassen. Sie lauschte auf die Vermischung lauter Klänge aus zahlreichen Radios, roch den Duft von Bratfett und Fisch. Im Hintergrund graue Hochhaustürme mit sonderbaren Spitzdächern vor den bewaldeten Hügeln, die von hier aus nur einen Steinwurf entfernt schienen und das Ende der Stadt markierten. Als sie um eine Straßenecke bogen und die *Casas Baratas* erreichten, hatte sie den Eindruck, in ein Dorf gestolpert zu sein. Ein Geflecht aus kleinen, weiß getünchten Häusern erstreckte sich vor ihr, die meisten mit niedrigen Metallzäunen um die winzigen Rasenflächen, die den Garten bildeten, ab und an Wäscheleinen darin oder kleine Feuerstellen. Die Straßen waren schmal, auf einem Platz stand eine Ansammlung von Nachbarn, die sich unterhielten. Sie blieb stehen, schüttelte den Kopf, in der Nase der Geruch nach frischer Wäsche, vor ihren Augen die schwarz-rot bemalte Wand eines Gemeindezentrums, und spätestens ab diesem Moment hatte sie inständig gehofft, dass der *Lobo* ihr nicht zu viel versprochen hatte.

Drei Wochen später genoss sie Antonios Überraschung, seine großen Augen, als er begriff, wohin seine Freundin ihn führte. Dass er sich nie hatte vorstellen können, dachte sie, dass sie ein Viertel wie dieses für sich und ihn ausgewählt hätte, ein Viertel, geografisch und sozial so fern von ihrer alten Heimat, wie es in dieser Stadt nur eben möglich war.

Er selbst hatte in der Nähe gewohnt, wusste sie, nach seiner Ankunft in der Stadt, wenn auch in einer Bruchbude an den Hügeln, aus der er nach wenigen Wochen in die Wohnung in El Clot geflohen war, jene Bankräuberhöhle, in der die Luft voller Grasduft und Plänen gewesen war; eine Wohnung aus einer anderen Zeit.

»Bitte eintreten!«, sagte sie und zog die kleine Metallpforte auf, hinter der drei Steinplatten auf festgetretenem Erdreich den Weg zu einer schmalen, rot lackierten Tür wiesen. Vor den Fenstern zur Straße Gitterstäbe gegen die Einbrecher. Er ging vor, legte die Hand auf den Türgriff, drehte sich zu ihr um. Sie stand an der Pforte und lächelte. Wie ein Kind sah er aus, das am Morgen des 6. Januar zu den Geschenken der *Reyes* geführt wurde. Er öffnete, trat ein. Sie folgte ihm.

Im Innern ein schmaler Flur, rechts davon abgehend das Wohnzimmer, in dem ein altes Sofa und ein Sessel standen, die sie einer Nachbarin abgekauft hatte. Die Bodenkacheln in hellem Grau, in der Mitte des Raumes ein bunter Teppich. Toni stand im Halbschatten des Raumes, die Arme auf den Hüften, vor ihm die Bücherstapel an der weiß gekalkten Wand, ein paar Bände aus ihrem Jugendzimmer und zahlreiche neue Titel, die sie auf Flohmärkten im Viertel oder Antiquariaten im Zentrum gekauft hatte, darüber ein Poster der Rolling Stones. Sie hatte eine Fahne der CNT aufhängen wollen, sich aber nach langem Überlegen dagegen entschieden. Sie wusste nicht mehr, was er über all diese Dinge dachte; die Gewerkschaft, den Anarchismus, die *Transición*, die Demokratie. Die wenigen Sätze, die sie darüber bei ihren Besuchen ausgetauscht hatten, waren wenig mehr als Gemeinplätze gewesen. Die Freude nach Francos Tod hatten sie teilen können, auch darüber, dass niemand aus dem Militär versucht hatte, die Macht unmittelbar danach an sich zu reißen. Ansonsten hatte es wichtigere Themen gegeben.

Den Versuch, ihn zu befreien, das Gnadengesuch, Papiere, Formulare, immerzu. Und dazwischen Momente, in denen sie sich gegenübergesessen hatten, schweigend, die Hände ineinandergelegt. Momente der Ruhe inmitten eines kakofonen Chors aus Häftlingen und Besuchern.

Auch jetzt redete er nicht. Aber er lächelte. Lief an ihr vorbei, auf die andere Seite des Flurs und in die Küche, er drehte den Gasherd auf und wieder ab, schaute kurz aus dem Fenster, lief danach ins Badezimmer, lachte über die dunkelbraunen, hässlichen Kacheln.

»Da kann man ja auch gleich auf den Boden scheißen«, sagte er, schüttelte den Kopf und war bereits am Ende des Flurs angekommen, wo sich rechts ein weiterer Raum befand, der noch völlig leer stand, und links das Schlafzimmer, in das sie gemeinsam mit Diego eine Matratze und Decken geschleift hatte, dazu einen alten Schrank, den der *Lobo* mit seinem Transporter gebracht hatte und der so aussah, als hätte Diego ihn von der Müllkippe geklaut. Neben dem Bett stand eine einfache, mobile Gasheizung, ihre einzige. Sie würden sie von Raum zu Raum schieben müssen, wenn sie in diesen Januartagen nicht in Wolldecken in ihrem neuen Zuhause sitzen wollten. Aber auch dazu sagte er nichts. Er kniete sich vor die Heizung, warf sie an. Stand wieder auf und lächelte. Vielleicht weinte er auch. Es war nicht wichtig. Sie zog sich das Kleid über den Kopf und trat auf ihn zu.

Im Bett war er ein anderer Toni. Ausgehungert, gierig sogar. In seinem Blick lag eine Intensität, die ihr bis ins Mark ging. Er war über ihr und schwitzte, sie war sicher, dass er in wenigen Minuten kommen würde, aber dann war er nicht mehr in ihr, dann war sein Mund zwischen ihren Beinen, dann leckte seine Zunge ihre Kniekehlen, er biss ihr in die Oberschenkel, dann drückte er seinen Mund auf ihre Muschi und machte es ihr mit ernster Entschlossenheit, bis sie am ganzen Körper zitterte. In seinem Gesicht ein zufriedenes, fast bösartiges Grinsen. Er kehrte zurück in sie und kam nach wenigen Augenblicken, lag danach neben ihr, den Kopf in ihrer Armbeuge. Sie spürte seinen Atem auf ihrer Brust, seine Hand auf ihrem Bauch.

Sie war glücklich. Oder sollte es sein. Nein, entschied sie, sie war glücklich. Aber zugleich war da ein Eindruck der Fremdheit, nicht ihm gegenüber, sondern dieser neuen Welt, diesem Haus gegenüber, das jetzt ihr Haus war, zumindest auf absehbare Zeit, ein Leben, das ihres war, neu, anders, in das sie gerade zurückgekehrt oder neu eingetaucht waren aus dem Gefängnis, er aus dem *Modelo* und sie aus ihrer Familie.

[EL BORNE, BARCELONA, SPANIEN, OKTOBER 2017]

Nach den ersten Sätzen der Ärztin brachte ein schmerzhaftes, langsames Rucken Mireia in ihren eigenen Körper zurück. Die junge Frau sprach weiter, Mireia konnte sehen, wie sich ihr Mund bewegte. Sie hörte die Klänge, aber ihre Bedeutung erreichte sie nicht. Die Ärztin brach ab, neigte den Kopf.

»Frau Bellpuig, verstehen Sie? Das sind wirklich gute Neuigkeiten.«

Ihre Hand griff Mireias Arm, drückte ihn.

»Ein B12-Mangel lässt sich, auch wenn wir die Ursachen nicht beheben können, heutzutage problemlos behandeln. So sollten auch die Symptome bald nachlassen. Wir hatten wirklich Sorge, dass es sich um eine ernsthaftere Erkrankung handeln könnte.«

Mireia nickte. Sie probierte ein Lächeln.

»Ja, das ist … ich freue mich. Ich hatte ebenfalls …«

Die Ärztin legte ihre Hand zurück auf die Plastikunterlage ihres Schreibtischs.

»Sie haben einen Überlebensschock, scheint mir.«

Mireia lachte. Sie lachte so laut, dass der Ärztin ein kurzer Schreckenslaut entfuhr; und dieses Geräusch aus dem hübschen Gesicht mit den weit aufgerissenen Augen sorgte dafür, dass das Lachen nur noch lauter und heftiger aus ihr hervorbrach.

Die Stadt war unverändert. Sie war lärmend und warm, sie war hektisch. Protestschilder allenthalben. Menschen, die ihre Köpfe zusammensteckten, die gestikulierten und schimpften. *Rajoy Feixista*; ein großes Banner von Balkon zu Balkon gespannt vor einem prunkvollen *Modernisme*-Gebäude. Sie hatte die letzten Wochen unter Wasser verbracht und tauchte jetzt das erste Mal auf. Die Stadt, die sie vor sich sah, befand sich weiterhin im Schockzustand. Sie hatte gerade erst begonnen, die Ereignisse von jenem 1. Oktober zu begreifen und zu diskutieren, jenem Tag, an dem die Regierung in Madrid Polizisten geschickt hatte, um auf friedliche Bürger einzuprügeln. Sie zückte ihr Handy.

»keine stellenausschreibung nötig. bleibe dir erhalten.
petons. Mire«

Augenblicke später klingelte es. Sie nahm ab.

»Deinen Humor möchte ich haben.«

»Möchtest du nicht, glaub mir.«

»Was hat sie gesagt?«

»Dass mein Körper kein Vitamin B12 umwandelt. Daran ist man früher verreckt. Heute gibt es einmal im Monat eine Spritze und gut.«

Einen kurzen Moment lang schwieg Rosa. Im Hintergrund waren aufgeregte Stimmen zu hören.

»Wo steht dir das Wasser?«, fragte Mireia. »Halsgegend?«

Rosa lachte knapp, sagte etwas zu jemandem im Hintergrund.

»Eher Kante der Oberlippe. Atme noch durch die Nase.« Und nach einer Pause. »Sie wollen die Republik ausrufen.«

»Sie wollen was? Wer?«

»Kannst dir ja denken, wer. Steht so im Referendumsgesetz, sagen sie. Dass nicht mal die Hälfte der Wahlberechtigten teilgenommen hat, ist ihnen egal.«

»Und international? Irgendwelche Bewegungen?«

»Die Schotten unterstützen es, zumindest so halb. Und die Südtiroler Freiheit.«

»Wer?«

Rosa seufzte.

»Vergiss es, sind nicht wichtig. De facto stehen wir allein.«

»Ich komme rein«, sagte Mireia, hatte bereits den Weg in Richtung Zentrum eingeschlagen.

»Du bist krank«, hörte sie Rosa sagen, aber dem Satz fehlte jegliche Kraft.

»In zwanzig Minuten bin ich da«, sagte Mireia und legte auf. Sofort darauf vibrierte ihr Handy: ein großes rotes Herz. Mireia steckte das Telefon in ihre Manteltasche. Vor dem Triumphbogen standen die Touristen und fotografierten sich, ein bärtiger Kerl in kurzen Hosen machte gigantische Seifenblasen mit einem Lasso, dahinter erstreckte sich die breite Allee hinab zum *Parc de la Ciutadella,* in dessen Herzen das Parlament und der Zoo lagen, eine Kombination, die sich ihr nie erschlossen hatte. Vermutlich saßen dort gerade die Abgeordneten in parteiinternen Gremien zusammen, streng separiert wie Tiere unterschiedlicher Spezies in getrennten Gehegen, die von Gitterzaun zu Gitterzaun brüllten oder blökten, ohne einander zu verstehen. Die Unabhängigkeit erklären, dachte sie, was für ein Wahnsinn. Vor allem: was für ein sicherer Weg in den Misserfolg. Eine Unabhängigkeit ohne internationale Unterstützung: völlig undenkbar. Wenn nicht zumindest ein Teil der europäischen Staaten auf ihrer Seite war, die USA, irgendjemand mit Gewicht, konnten sie es vergessen. Und momentan wollte kein Staat einen Präzedenzfall für die eigene Zukunft schaffen.

Sie bog nach rechts in die *Carrer del Comerç*, folgte ihr in Richtung Zentrum. Reste von Sommerhitze standen noch in den engen Straßen, die Touristen trugen T-Shirts und kurze Hosen, Sonnenbrillen in den Haaren, die Rucksäcke locker über die Schulter gehängt, eine Einladung für junge Kerle mit flinken Händen und noch flinkeren Füßen.

Gewalt. Das war, was blieb. Gewalt war das Einzige, was die Unabhängigkeit möglich machen würde. Sie blieb kurz stehen, schaute sich um, so als könne jemand ihre Gedanken gelesen und sich darüber erschrocken haben. Vor ihr, auf der Stufe vor einem Tabakladen, stand ein älterer Herr mit kahlem Kopf und weißem Rauschebart, der eine Pfeife rauchte, jetzt den Kopf drehte, sie anlächelte. Sie senkte den Blick, lehnte sich für einen Moment an die Wand des nächsten Gebäudes. Eine Schwindelattacke. Daran hatte sie sich gewöhnt. Vielleicht würden sie bald der Vergangenheit angehören.

»Alles gut?«, fragte der Alte mit der Pfeife.

»Alles gut«, sagte Mireia und lächelte zurück.

Gewalt hatte Rajoy angewandt, die knüppelnden Polizisten zu den Abstimmungslokalen geschickt und den Befürwortern der Unabhängigkeit damit die perfekten Bilder geliefert. Sie hatte an ihrem Schreibtisch gesessen, die Angst vor der vermeintlich tödlichen Erkrankung im Nacken, Berge von Papier vor sich, als Rosa sie in ihr Büro gerufen hatte.

»Er hat sie von der Kette gelassen«, hatte sie gesagt.

Im Fernsehen hatte sie Männer in schwarzen Uniformen gesehen, die Gesichter hinter den Visieren ihrer Helme verborgen, die mitten in ihrer Heimatstadt auf wehrlose Menschen einprügelten. Dunkle Gestalten, die an durchsichtigen Kisten zogen, als seien darin geheime Schätze verborgen und nicht Wahlzettel. Die Stimmen der Reporter waren erklungen, aufgeregte, laute Stimmen. Aber da war ihr Sichtfeld bereits verschwommen, die Tränen waren geflossen wie seit Jahren nicht mehr, ein Gefühl der absoluten Verzweiflung im Körper, der gemeinsam mit den Vorstellungen von ihrer Heimatstadt zu zerfallen schien. Wer vorher nur behaupten konnte, die Regierung in Madrid sei ein Haufen von Alt-Franquisten, hatte jetzt die Bilder dazu. Bilder, die sich über ältere Bilder legten, die über noch älteren Bildern ruhten. Der Bürgerkrieg war lange her, nur wenige, die ihn erlebt hatten, die Alten, waren noch am Leben, aber er steckte in den Knochen der Stadt, im kulturellen Gedächtnis ihrer Einwohner wie eine kaum verheilte Wunde, die jetzt wieder aufgeplatzt war. Und dennoch, so bitter es war: Madrid hatte die Gesetze auf seiner Seite. Und da keine internationale Hilfe kommen würde, heute nicht und auch nicht in den nächsten Jahren, wäre Gewalt gegen die Gewalt die einzige Lösung. Sie lehnte an der Wand, versuchte sich Straßenkämpfe vorzustellen, eine brennende, qualmende Stadt. Vielleicht nicht, dachte sie. Vielleicht gab es doch Alternativen. Überzeugungsarbeit, lange, harte Überzeugungsarbeit über Jahre und Jahre, um zumindest innerhalb von Katalonien eine klarere Mehrheit für die Abspaltung zu schaffen. Das wäre vielleicht eine sinnvolle Idee. Aber das sagte niemand. Wenn die politischen Führer der Unabhängigkeit ehrlich wären, wenn sie die Dinge zu Ende dächten, dann müssten sie zu demselben Ergebnis kommen wie Mireia. Oder aber, man musste die Sache aufgeben. Sagen, dass es nicht machbar war. Vielleicht wäre es das Beste, sich wieder um echte, alltägliche politische Belange zu kümmern. Aber auch das sagte niemand. Nicht einmal Rosa sagte das, zumindest nicht direkt. Und es war sonderbar, wie sehr ihre alte Freundin in Kämpfe verwickelt wurde, die sie nie interessiert hatten, obwohl sie den Unabhängigkeitsbestrebungen sicher nicht ablehnend gegenüberstand. Mireia erinnerte sich an die junge Aktivistin, die sie im Studium kennengelernt hatte. Eine Frau, die nach einigen Gläsern Wein oder einigen Joints in vertrauter Runde leuchtende Augen bekam, wenn sie von der Republik sprach, einer Republik, die katalanisch war, freiheitlich, offen. Weil es, so nuschelte sie damals in Mireias Richtung, warmer Atem auf ihrer Wange, den Arm um ihre Schulter gelegt, weil es so eine Republik in Spanien niemals geben könnte. Denn Spanien habe seine überzeugten Linken massakriert oder ins Exil getrieben. Zurückgeblieben seien nur ein paar alte Männer oder weiche Sozialdemokraten.

»Niemand ist mehr bereit zu kämpfen in Spanien, zu bluten.«

Und am liebsten hätte Mireia damals schon gesagt, dass Rosa sich irre, dass sie sogar jemanden kenne, der für seine Ideen von Freiheit in den Knast gegangen sei. Ihrer anarchistischen Gruppe, dachte sie, während sie sich durch die Menschenmassen an der *Via Laietana* schob, konnte man vieles vorwerfen, aber darum, ob jemand Katalane war, Aragonese oder Andalusier, hatten sie sich nie gekümmert. Mireia kümmerte es bis heute nicht. Auch Rosa hatte letztlich ihre Bestimmung in der Politik dort gefunden, wo es um die konkrete Veränderung und Verbesserung der Lebensumstände der Bürger ging. Nach dem Studium hatte sie begonnen, sich für die sozial Schwachen der Stadt zu engagieren, für diejenigen, die ihre Wohnungen verloren. Sie hatte einen Verein mitgegründet, hatte dort am Ende eines langen Arbeitstages als freie Reporterin noch Texte geschrieben und Demos organisiert. Sie hatte ihrer Freundin davon erzählt, und Mireia war, nachdem Toni aus ihrem Leben verschwunden war, voller Energie und Lust in diese neue Welt eingetaucht. Es war eine kleine Welt gewesen, oft kräftezehrend, bestimmt von einem frustrierenden Kampf mit Behörden, Banken und Immobilienbesitzern, die arme Familien vor die Tür setzten, oft nur mit wenigen Wochen Warnfrist, weil sie ihre Mieten oder Hypotheken nicht zahlen konnten. Und als 2008 die Krise kam, als die Immobilienblasen in ganz Spanien nacheinander zerplatzten, da wurde ihre kleine Welt plötzlich eine große, da erzeugte die Flut an Menschen, die plötzlich auf der Straße standen, eine Massenbewegung, die Rosa in den Fokus der Öffentlichkeit spülte und am Ende bis ins Rathaus. Und Mireia hatte geholfen, eine politische Zielrichtung in die Reden ihrer Freundin zu bringen, sie hatte versucht, all die Termine zu organisieren, all die Anfragen, später die Wahlkampagne. Manchmal fühlte es sich an, als steuere sie ein großes Schiff, manchmal so, als werde sie von einer Welle mitgerissen.

Mireia dachte, dass ihre gemeinsame Politik eigentlich eine anarchistische Position gewesen war: aus dem Kleinen heraus, von unten nach oben den Wandel schaffen. Von den Wohnungen und Häusern der Menschen aus Politik machen, eine Verbesserung und gleichzeitig ein Bewusstsein erzeugen, das seine Sprengkraft auch auf andere Felder übertragen konnte. Und vielleicht hätte das sogar eine Idee sein können, die über die Grenzen der Stadt, über die Grenzen Kataloniens hinaus hätte wirken können. Aber dann waren sie mitten hineingeraten in dieses Kräftemessen zwischen der Regionalregierung und Madrid, das ihr vor allem wie ein Kampf der Männer erschienen war.

Sie hatte die *Plaça de Sant Jaume* erreicht, links das *Ajuntament*, in dem Rosa auf sie wartete, gegenüber der Palast der *Generalidad*, in dem die Regionalregierung saß und ihre Träume von Freiheit und Glorie träumte. Und sie wusste nicht mehr, wann sie das letzte Mal in der Assoziation der Nachbarschaften gewesen war, etwas getan hatte, einen Anruf getätigt, ein Schriftstück aufgesetzt, das einer der zahlreichen Familien, die immer noch auf der Straße lebten, ganz konkret geholfen hätte. Sie trat in den Schatten des Rathauses, grüßte den Pförtner. Chaos bewältigen, den eigenen Kopf über Wasser halten. Darum ging es in diesen Tagen.

CHEZ CES GENS-LÀ (I)

[FRANKFURT, DEUTSCHLAND, OKTOBER 2017]

Germain trat ins Freie, lief die breiten Stufen vor dem Eingangsgebäude hinab, machte einige Schritte auf die Straße zu, nestelte sich eine der von einem Security-Mitarbeiter geschnorrten Zigaretten aus der Innentasche seines Jacketts und stellte fest, dass er kein Feuer dabeihatte. Er hielt inne. Eine türkisfarbene, leere Tram fuhr vorbei, hielt an der nahe gelegenen Haltestelle. Vereinzelte Nachzügler der Messe schoben sich hinein, Besucher mit Jutetaschen über den Schultern, dazu gehetzt wirkende Frauen und Männer in Anzügen, die ihre Rollkoffer hinter sich herzogen und vermutlich auf dem Weg zum Hauptbahnhof waren, um einen Zug in Richtung Flughafen zu erwischen. Obwohl ein leichter Wind ging, war es nicht sonderlich kühl, er knöpfte das Jackett auf, drehte sich um und schaute zum Messeturm hinauf, über dem die in drei Ebenen unterteile Pyramide thronte, deren Ränder weiß in den Nachthimmel strahlten, ganz oben, an der Spitze, ein rotes Leuchtfeuer als Warnung für Flugzeuge.

Eine große, schlanke Frau trat auf den Vorplatz, vielleicht Ende dreißig, vielleicht auch älter. Sie zog ein Paket Tabak aus der Innentasche ihres Mantels und machte sich daran, eine Kippe zu drehen. Er trat auf sie zu, hielt ihr eine seiner Zigaretten hin, lächelte, versuchte freundlich zu wirken, harmlos, nicht so, als wolle er sie anmachen.

»Tauschen wir, Feuer gegen Zigarette?«, fragte er auf Englisch.

»Ich drehe lieber«, antwortete sie, reichte ihm aber trotzdem das Feuerzeug. Er musterte sie eine Weile, wie sie den Blick konzentriert auf ihre Finger gerichtet hielt, den Filter zwischen die schmalen Lippen gepresst, die Augenbrauen über der Nase eng zusammengezogen, so als zweifle sie selbst an ihren Fähigkeiten, diese Zigarette zu drehen. Ihre Finger hingegen wussten genau, was sie taten, hatten ihre Arbeit nach wenigen Sekunden erledigt.

»Ist noch was?«, fragte sie, hielt ihm die Hand hin.

Er fühlte sich ertappt, reichte ihr das Feuerzeug, und als er die Straße in Richtung Stadtzentrum überquerte, glaubte er ihren Blick im Nacken zu spüren, oder nein, weiter oben, auf der kahlen Stelle seines Hinterkopfes. Er eilte weiter, warf die Zigarette zu Boden, die bereits fast vollständig heruntergebrannt war. ›Flucht vor einer jungen Dame‹. Eine schöne Überschrift, dachte er, für eine weitere Episode aus der Reihe seiner merkwürdigen, ängstlichen Begegnungen. Wenn er in offizieller Funktion auf der Messe gewesen war, hatte es funktioniert mit der Autorität, mehr oder weniger. Sobald er das Messegelände verließ, war diese Selbstverständlichkeit aber abgefallen und die alte Unsicherheit seiner Jugend war zurück.

Er würde drauflosspazieren, entschied er, sich die Aufregung der Messe und die Peinlichkeit der Begegnung aus den Knochen laufen. Er würde sich an den Türmen orientieren, so das Zentrum erreichen.

Ein kleiner Platz öffnete sich vor ihm, um den ein Kreisverkehr führte. Keine Autos unterwegs, nur verlassene Bürogebäude und erleuchtete Wohnungen, in denen sich Menschen an Tischen gegenübersaßen oder als Schattenrisse durch die ihm unbekannten Zimmer liefen. Er hatte das immer gemocht: draußen sein, hineinschauen, Abstand halten. Gerade nach diesen letzten Wochen des andauernden Mittendrin hatte das Gefühl, ein Außenstehender, ein Beobachter zu sein, eine enorm beruhigende Wirkung auf ihn. Mittendrin war er gewesen in diesem Tumult, den die Vorbereitungen auf die Buchmesse für alle im Ministerium bedeutet hatten. Dazu ein bibliophiler Präsident, der es sich selbstverständlich nicht nehmen ließ, persönlich aufzutauchen und eine lange, mit Querverweisen und Zitaten gespickte Rede zu halten. Was natürlich die Sicherheitsvorkehrungen verzehnfacht hatte, dazu die Anzahl an Speichelleckern, die den neuen starken Mann treffen wollten. Es war, wenn Germain ehrlich war, eine gute Rede gewesen, eine sehr gute sogar. Er konnte ihn vielleicht nicht politisch, aber immerhin intellektuell respektieren. Wobei diese eine immer wieder auftauchende Frage damit längst nicht geklärt war, die Gretchenfrage, wie die Deutschen sagen würden: Warum er für diesen Mann arbeitete. Er redete sich damit heraus, dass er nicht direkt für Petit tätig war, sondern für seine alte Freundin. Dass er versuchte, die Kultur zu bewahren, sie vor den Zugriffen der Privatisierer, der Neoliberalen zu schützen. Dass es vor allem darum ging, endlich mehr Kultur zu fördern, die sich abseits der großen Theater und glänzenden Paläste entwickelte. Gegenkultur, Alternativkultur. Kultur in der Provinz. Und sofort war da die andere Stimme in seinem Kopf, die sagte: Jeder redet es sich auf seine Art und Weise schön, ab einem gewissen Alter ist das eben so. Selbstbetrug oder Selbstaufopferung, das sind die beiden großen Alternativen. Und Letztere brachte nur das: Varianten der Armut, des Außenseitertums.

Er hielt inne. Spürte einen leichten Wind im Gesicht, die Beine schwer nach Tagen des pausenlosen Stehens und Laufens. Er würde doch vorbeigehen, entschied er, einfach so, aus Neugierde.

Er holte sein Telefon hervor, öffnete den Browser, suchte

und fand die Firma, tippte auf die Kontaktseite, von der aus er direkt auf die Stadtkarte sprang. 300 Meter, las er. Die Aufregung packte ihn. Die Messe, der Präsident, das Hotel, die Aussicht auf Wein an der Bar oder vielleicht sogar einen Ausflug auf eine der zahlreichen Partys rückten in den Hintergrund.

Er prüfte: zwei Straßenecken. Zwei Straßenecken bis zu »CD- Protect«, Inhaber Jürgen Klingsporn. Das Foto auf der Webseite zeigte, auch auf dem Bildschirm seines Smartphones, unverkennbar einen gealterten *Alemán*, einige Falten um die Augen, dieser sonderbare Schnurrbart unter der geraden, feinen Nase, der bei einem Mann mit Rollkragenpullover wie ein Modestatement ausgesehen hätte, in Kombination mit dem weißen Hemd und dunkelblauen Sakkokragen aber albern altmodisch wirkte. Er hatte die Webseite in den Wochen vor seiner Abreise immer wieder besucht, die Aufgabenfelder gelesen, Datensicherung, Systemschutz, Virenschutz, auch Serverbetreuung, VPN-Clients. Die Kundenliste war beeindruckend. So machte man das also mit dem Selbstbetrug in Deutschland. Aber vielleicht, dachte er, während er sich langsam in Bewegung setzte, das Telefon mit dem Stadtplan in der rechten Hand, würde Jürgen sich dagegen verwehren. Oder nein. Sicher würde er das. Der *Alemán*, den er damals kennengelernt hatte, war von einer Selbstsicherheit erfüllt, die unerschütterlich wirkte, anstrengend manchmal, auch arrogant, aber trotz allem, dachte Germain, trotz allem hatte er immer auf die Kraft seiner Worte gesetzt, hatte diskutiert und diskutiert, hatte versucht zu überzeugen, nein, hatte überzeugt. Und sicher hatte er sich auch selbst überzeugen können, dass der Weg vom Anarchisten zum Schützer des Kapitals nur ein folgerichtiger, vor allem aber ein richtiger war.

Wenn er zurückdachte, sah er Toni an *Jorges* Seite, die

beiden ein Gespann, um das sich nach wenigen Wochen die Aktivitäten der Gruppe gedreht hatten. Toni mochte das im Nachhinein heruntergespielt haben; Marcos sei schließlich der Anführer der Gruppe gewesen, Marcos habe die Entscheidungen getroffen. Aber ohne Antonios Intelligenz, ohne seine Fähigkeit, die Sätze, die er sich in endlosen Stunden über seinen zerfledderten Texten von Malatesta, Bakunin oder Guérin angelesen hatte, immer wieder auf ihren Alltag zu beziehen, auf die Unterdrückung und Überwachung durch die Faschisten, auf ihre Versuche, durch die Überfälle ihren Teil zur Finanzierung der illegalen Demos und Versammlungen beizutragen, auf die Notwendigkeit der Unterstützung der Gewerkschaften, und ohne Jürgens Energie und Überzeugung, die sie zur Tat trieben, zur direkten Aktion, ohne diese Kombination der Kräfte, dachte Germain, wäre für die Gruppe vermutlich nach ein paar Banküberfällen Schluss gewesen. *Vielleicht wäre das für alle,* begann der sich aufdrängende Folgegedanke, ein Gedanke, den er nicht zu Ende formulieren wollte.

Das Gebäude war ein kleiner, dreistöckiger Bürobau. Schwarzer Stahl umrandete große Fensterfronten, davor schmale Balkone mit Gitterböden, die vielleicht auch nur Fluchtwege waren für den Fall eines Feuers. Schwere, in Metallschienen herabgefahrene Jalousien verdeckten im Erdgeschoss den Blick ins Innere, aber zwischen den Spalten des Metalls drang Licht hervor, ein Glimmen nur, das dem Gebäude den Eindruck verlieh, es sei nur in einen leichten Schlaf gefallen und bereit, jederzeit wieder zu erwachen. Er musterte das breite Schild, das am Bürgersteig vor dem schmalen Fußweg zum Eingang aufgestellt worden war.

CD-Protect – We make your world a safer place

Fragte sich nur, wessen Welt. Er machte ein Foto, auch eine Aufnahme des Gebäudes, ging auf die gegenüberliegende Straßenseite, fotografierte über die geparkten Autos hinweg.

»das hauptquartier des anarchismus in frankfurt, der örtlichkeit angepasst«, schrieb er an Catherine und schickte ihr die Bilder, auch wenn das Gebäude in der Dunkelheit nicht vernünftig zu erkennen war. Vielleicht würde er morgen noch einmal zurückkommen. Vermutlich nicht. Mit einem Rattern setzten sich die Jalousien in den oberen Stockwerken in Bewegung, fuhren herab, auch die Lamellen im Erdgeschoss klappten jetzt vollständig zu, machten aus dem glimmenden Gebäude einen schwarzen, abweisenden Block.

Als sich kurz darauf die Eingangstür zum Gebäude öffnete, zweifelte Germain keinen Augenblick. Er sah kleiner aus, als er ihn in Erinnerung hatte. Er trat vor das Gebäude, drehte sich um. Dass er die Tür abschloss, vermutete Germain. Danach setzte er sich in Bewegung. Und es waren diese Schritte, die ihn doch für einen Moment zweifeln ließen, diese vorsichtigen, quälend langsamen Schritte, so als liefe die Gestalt auf der anderen Seite, diese Gestalt mit den hellen Haaren und dem markanten Schnurrbart, so als liefe diese Gestalt auf Eis.

Dass er Toni diesen Moment geraubt hatte, würde er später denken, dass es ein Betrug war, der doppelt schwer wog, weil er ihn also wirklich, tatsächlich gefunden hatte. Er, der ihn nie hatte finden wollen. Aber in diesem Moment, in dieser Nacht unter einer grauen Wolkendecke, von der die Lichter der Bankentürme reflektierten, war kein Platz für diese Gedanken. Da war nur Platz für einen konzentrierten Blick, für ein Lauschen nach innen, so als könnte ihn der eigene Atem verraten. Obwohl er versuchte langsam zu gehen, war er immer noch zu schnell für diesen schleichenden, gleitenden *Alemán*, immer wieder musste er stehen bleiben, um Abstand zu halten. Der Tanz zweier Männer, ein Tanz bis zur U-Bahnstation Westend, die Rolltreppe hinab, in einen halb leeren Zug hinein, Jürgen an einem, Germain am anderen Ende des Waggons, das Gesicht abgewandt, aber immer wieder drehte er sich um, schaute, versuchte den Kontakt zu halten.

Dass der Deutsche ihn nie hätte erkennen können, würde er später denken, nicht in dieser Stadt, in diesem Kontext, in dem er ihn nicht erwartete, nicht mit diesem gealterten Gesicht, mit diesem sauber gestutzten Bart und den kurzen grauen Haaren.

Aber an diesem Abend selbst war er Spannung, Herzrasen, Atemlosigkeit. Umsteigen an ihm unbekannten Stationen, Rolltreppen, hastige Schritte, als er den Deutschen kurz aus den Augen verlor, ein Sprung in eine andere Bahn, Aussteigen, Abstand halten. Er folgte *Jorge* in ein gutbürgerliches Viertel, in dem sich große SUVs und verbeulte Altwagen an die Ränder schmaler Straßen quetschten, in dem hochgewachsene, schlanke Frauen Windhunde oder Labradore zu späten Spaziergängen ausführten, aber auch einige Handwerker in blauen Arbeitshosen vor einem Kiosk standen und ihre Biere tranken. Und als Germain vorbeiging, den Kopf zwischen die Schultern gezogen, glaubte er, dass ihn die Männer noch bis zur nächsten Straßenecke beobachteten. Das Ende dieser Jagd der alten Männer kam überraschend und unspektakulär: ein Gebäude, alt, aber gut saniert, beigefarben, dessen unterster Fassadenteil aus schweren dunkelroten Steinen bestand. Hohe Fenster, kleine Balkone im zweiten und dritten Stock, vereinzelte Lichter. Im Vorgarten war eine Ansammlung von Fahrrädern angeschlossen. Der *Alemán* erreichte die Haustür, holte einen Schlüssel aus seiner Manteltasche hervor, kurz darauf trat er in das Licht des Hausflurs. Und auf der anderen Straßenseite stand Germain einige Augenblicke lang regungslos, war gefangen zwischen den Zeiten, halb im Hier, halb in der Vergangenheit. Es dauerte, bis er sich einen Ruck gab, über die Straße lief, die Klinke des kleinen Metalltors herunterdrückte, kurz darauf vor dem leuchtenden Plastikfeld mit den Namen stand, seinen Finger hob, einen dünnen, zitternden Finger, einen Finger, der sich auf das Plastik mit dem Namen *Klingsporn* legte und zudrückte, zweimal, sehr kurz, aber sehr bestimmt.

[RUE BRIDAINE, 17. ARRONDISSEMENT, PARIS, AUGUST 1985]

Er war mit der Hitze verheiratet. Er schlief neben der Hitze ein, wachte neben ihr auf. Wenn er, nur mit einer Unterhose bekleidet, aus dem Bad in die kleine Küche lief und sich an den Küchentisch setzte, saß ihm die Hitze schon gegenüber, legte sich ihm auf die Brust. Paris war ein Glutofen und er war in ihm gefangen, Paris war voller Gestank und Touristen, jeder Pariser, der bei Verstand war, hatte die Stadt längst verlassen, war an die Küste geflüchtet oder an Orte, die Abkühlung in Seen oder den Bergen erlaubten. Catherine und Maxine waren seit zwei Wochen im alten Haus im Tarn, gemeinsam mit Catherines Mutter. Er stellte sich seine Frau in einem Bikini auf einem Liegestuhl im Garten vor, ihre Tochter einige Meter abseits durch das hüfthohe Gras tobend, er hörte den Klang der Dorfkirche, die man vom Garten aus sehen konnte, der Friedhof nur durch eine schmale Gasse vom Grundstück der Familie Leclanche getrennt. Er dachte an Abende mit Catherine auf den schweren Sarkophagen, eine Flasche Wein und etwas Gras im Gepäck. Am brummenden Kühlschrank hing eine Postkarte aus Albi, die ihn vor drei Tagen erreicht hatte. Catherines feine Handschrift:

Wir vermissen Dich jeden Tag. Meine Eltern: vielleicht weniger. Max: schrecklich, wenn sie Zeit hat nachzudenken. Ich: immerzu, aber vor allem nachts. Erinnerst Du Dich an die alten Kastenbetten? Meinst Du, wir schaffen es noch, eines zu zerlegen?
Bis, Cat

Die Maserung des alten Holztischs war gebrochen von Wurmspuren, Fettflecken oder Weinflecken. Vor ihm eine große Tasse Kaffee. Jeder Schluck löste Hitzewallungen aus, aber den Tag ohne Kaffee zu beginnen, kam für Germain nicht infrage. Zudem zögerte das langsame Trinken den Moment hinaus, in dem es keinen Grund mehr gab, nicht wieder in sein Arbeitszimmer zu gehen, an den Schreibtisch, auf dem die Schreibmaschine wartete, der Grund, warum er nicht bei seiner Frau und seiner Tochter sein konnte, warum er mit dieser anderen, unnachgiebigen und gewalttätigen Ehefrau lebte, deren einziger Wunsch es war, ihn schwitzen zu sehen.

Die Hitze saß auch auf seinem Schoß, wenn er auf seine alte Olympia starrte, hinter sich die Bücherwand, so nah, dass er die Wärme der Seiten spürte, die Wärme von alten Lyrikbänden und Gesamtausgaben von Hugo und Proust, vor sich, auf Kopfhöhe an der Wand, ein großer Bogen Papier, auf dem er den Ablauf skizziert hatte, links und rechts Stapel von Notizen, Zeichnungen, Kritzeleien. Aber im Zentrum, vor sich, die Sätze auf dem Blatt in der Olympia, Sätze, die dort standen und zurückstarrten. Es kam ihm vor, als ob die Unsicherheit, die Zweifel die Anschläge schwach machten, durchscheinend fast. Den ersten Fall von Kommissar Malraux hatte er damals in zwei Wochen geschrieben, in einem Rausch, oft laut lachend über sein eigenes Personal, es war leicht gewesen, diese schräge Figur des alten, erfahrenen Haudegens zu entwerfen, eines Kotzbrockens, den echten Malraux im Hinterkopf, einen Abenteurer und Hallodri aus einer anderen Zeit, der 1924 Artefakte in Asien gestohlen hatte, später Stalinist geworden und 1936 in Spanien eine Fliegerstaffel auf republikanischer Seite geführt hatte, obwohl er weder Militär war noch ein Flugzeug fliegen konnte. Er hatte diese sonderbare Figur einen Fall im Paris Ende der Fünfziger aufklären lassen, in dem ein einflussreicher Politiker der kommunistischen Partei ermordet wurde. Germains Malraux stolpert daraufhin, immer auf das nächste Glas Absinth oder den nächsten Bordellbesuch schielend, durch die politischen Kreise von Paris, durch Hinterzimmer kommunistischer Versammlungen und Edelrestaurants mit Kristallkandelabern. Am Ende ist die Mörderin eine schöne Russin, die den französischen Kommunisten aus Rache ermordet hat, weil er ihre Familie in den Dreißigern in Moskau ans Messer geliefert hat, um seine eigene Haut vor den stalinistischen Hinrichtungen zu retten. Germain hatte eine diebische Freude daran gehabt, all diese Kommunisten vorzuführen, diese Staatsfetischisten, die nach dem Krieg schon das rote Frankreich vor sich sahen, nur um nach und nach an Macht und Einfluss zu verlieren. Etwas über sechzehn Prozent hatten sie bei den letzten Wahlen mit ihrem Kandidaten noch erreicht, und auch wenn es nicht die feine Art war, einem Stürzenden noch ein Bein zu stellen, hatte Germain es genossen, seine eigene, ganz persönliche Rache an den Kommunisten auszuleben. In seinem Roman waren sie dümmliche Idealisten oder verknöcherte Altstalinisten, die auch nach dem Tod ihres geliebten Führers nicht erkennen wollten, was für ein Monster sie jahrzehntelang angehimmelt hatten.

Womit Germain nicht gerechnet hatte, war der Erfolg. Er war im Nachhinein froh, dass er, einer Eingebung folgend, auf das Manuskript nicht Germain Lacroix, sondern einen

Nom De Plume gesetzt hatte. Und so war, nachdem er seiner Freundin Éloise bei einem Essen von dem Text erzählt und er ihn ihr auf ihre Nachfrage geschickt hatte, *Der Rote Herbst – Kommissar Malraux' erster Fall* vor drei Jahren in Éloises neuem Verlag unter dem Namen François Ascaso erschienen. Und während der echte Anarchist Ascaso im Spanischen Bürgerkrieg noch beim Sturm auf eine Kaserne gefallen war, hatte der falsche Ascaso die Buchläden in Frankreich gestürmt. Selbst die überregionale Presse hatte berichtet über diesen *bitterbösen Kriminalroman, in dem Ascaso späte Rache an den Kommunisten nimmt.* Das war *Le Monde.* Und selbst die *Libération* schrieb, dass man sich *diesem tiefschwarzen Krimi nicht entziehen kann. Er schluckt den Leser, schickt ihn auf eine Tour de Force und spuckt ihn am Ende aus in eine Welt, von der man hofft, dass sie nicht so dunkel ist wie jene des Kommissar Malraux.*

Als die ersten Rechte ins Ausland verkauft worden waren, dämmerte ihm, was geschah, und als die Option für die Filmrechte verkauft worden war, hatte er sich bereits mittags eine Flasche Champagner besorgt und Catherine abends in irgendein überteuertes Restaurant an der *Place des Vosges* ausgeführt. Am Ende des Jahres hatten sie ihm das Geld für die Verkäufe überwiesen. Und da sein Vorschuss nicht sonderlich hoch gewesen war, war es in großen Mengen in sein Leben geplatzt. Er stand auf, lief aus der Küche ins Wohnzimmer, in dem die dunkle Farbe der Bodendielen an mehreren Stellen absplitterte und ein großer Schimmelfleck oben links aus der Oberkante des Bücherregals herauszuwachsen schien. Immerhin war es sein Schimmel, dachte er, sein renovierungsbedürftiger Boden. Malraux hatte es möglich gemacht. Die Eltern eines Bekannten von Catherine waren verstorben, hatten dieses heruntergekommene, aber große Appartement im Siebzehnten hinterlassen. Und Kommissar Malraux hatte Germain säckeweise Geld zugesteckt, die Beute aus ihrem gemeinsamen Überfall auf die Kommunisten. Also hatte Germain gekauft.

»Jetzt bist du Kapitalist«, hatte Catherine gesagt und gelächelt, als sie den Vertrag unterzeichnet hatten und das erste Mal in ihre eigene Wohnung gefahren waren. Und er hatte gewusst, dass er sich diese Spuren des Neids und der Bösartigkeit in ihrer Stimme nicht einbildete. Darüber, dass er, der Privatsekretär, der Gelegenheitsforscher und Aushilfslehrer, die Wohnung gekauft hatte, nicht sie, die junge Professorin.

Und so saß er in seiner Unterhose vor der Schreibmaschine, vor dem großen Papierpanorama, das den Verlauf von *Blauer Frühling – Kommissar Malraux' dritter Fall* zusammenfassen sollte. Die Idee mit den Farben und den Jahreszeiten hatte Éloise gehabt. Und er hatte zugestimmt, warum nicht. Beim ersten Roman hatte er nicht mit dem Erfolg gerechnet. Beim zweiten nicht mit der Ablehnung. *Schwarzer Winter – Kommissar Malraux' zweiter Fall* hatte sich zunächst ordentlich verkauft, wenn auch nicht so gut wie der erste Roman, aber dann waren die Kritiken erschienen, die feststellten, *dass der erste Roman dieser Reihe wohl nur der Glückstreffer eines Anfängers gewesen ist.*

»Scheiß auf die Kritiker«, hatte Éloise ihm in einem Brief geschrieben, den sie einer Sammlung der Pressestimmen beigelegt hatte, »beim nächsten Mal lieben sie Dich wieder.«

Aber eben dieses nächste Mal war das Problem. Er lehnte sich zurück, starrte auf den großen Plan, auf dem Namen umkreist waren und lange Pfeile in alle möglichen Richtungen führten, so als handele es sich um einen Schlachtplan. Und sein Ehrgeiz. Sein plötzlich entfachter Ehrgeiz war das Problem. Der erste Roman war ein Rausch gewesen, eine Abrechnung. Der zweite ein Spiel. Aber jetzt wollte er es ihnen beweisen. Und hatte sich verrannt. Hatte einen Plot über einen ermordeten deutschen Diplomaten entworfen, der Malraux bis ins geteilte Berlin führen sollte, an der Seite eines deutschen Partnerermittlers. Zweimal hatte er den Abgabetermin schon verschoben, saß jetzt statt im Urlaub mit der Familie in der Hitze seines Arbeitszimmers und meinte, den Geist des echten Malraux in seinem Rücken lachen zu hören.

Im Flur klapperte es. Er fuhr hoch, riss den verschwommenen Blick von seinen Plänen. Fast erwartete er, Malraux zu sehen, aber es war nur die Einwurfklappe, durch die Briefe in den Flur geworfen wurden. Er lauschte den Schritten des Postboten im Treppenhaus nach, stand auf, schlenderte hinüber. Zwei Briefe von der Universität für Catherine, vermutlich Einladungen zu irgendwelchen Empfängen im Herbst, dazu eine Postkarte seiner Eltern aus dem Urlaub auf der Île de Ré. Der letzte Brief: dick, beinahe ein kleines Paket; ein halbes Dutzend spanischer Briefmarken in die Ecke geklebt, der junge König mit ernstem Gesicht, darunter seine Adresse und auf der Rückseite der Absender:

Antonio Calderón Tejero

Er öffnete den Umschlag, fand darin acht zusammengefaltete Seiten, paginiert und teilweise sogar datiert. Sie hatten sich ab und an geschrieben in den letzten Jahren, kurze Berichte über ihr Leben, Lektüreerlebnisse und Empfehlungen. Aber nie so ausufernd. Er begann zu lesen.

Lieber Germain,
sie ist gegangen. Hat gesagt, dass sie es nicht mehr mit mir aushält, hat die Kleine mitgenommen und ist verschwunden, zu ihren Eltern vermutlich, zurück in den Schoß der Familie, in den Schoß des Geldes. Meine Tochter dort, bei diesen Leuten, kannst Du Dir das vorstellen?

Germain seufzte, er lief ins Wohnzimmer, sank auf das alte Ledersofa, das dort einsam vor der Bücherwand platziert war.

Ich schaffe das nicht ohne sie, nicht ohne Mireia, nicht ohne Montse, aber welche Wahl habe ich, welche Optionen? Sie halte es nicht mehr aus, hat sie gesagt, und vielleicht sogar recht damit. Ich halte es ja selber nicht mehr aus mit mir, mit meinen Gedanken. Ich sollte verschwinden, nein, nicht so, keine Sorge, ich sollte verschwinden aus der Stadt, sollte mich davonmachen, ich sollte, weißt Du wohin ich sollte, nach Deutschland sollte ich, landauf, landab, ich sollte nach Deutschland und ihn finden, diesen verdammten Verräter. Er kommt mich besuchen, kommt angeschlichen und flüstert in meine Träume. Komm doch, flüstert er, finde mich doch, wenn Du kannst, hast Dich ja lange genug versteckt vor mir. Feigling, flüstert er, feiger Toni, der im Knast verfault ist, nicht körperlich, aber innerlich, feiger Toni, der besser das Heroin genommen hätte, um seine lächerliche, kleine Leidensgeschichte hier zu beenden. Wenn ich ihn finde, weißt Du, wenn ich ihn finde, dann wird es ein Ende haben, glaube ich, hoffe ich, bete ich, aber nein, keine Sorge, nicht zu der Leere über uns, zum Boden bete ich, zur Vergangenheit, zu García Oliver, zu Malatesta, zu Durruti.

Germain legte den Kopf in den Nacken, schaute an die Decke, auf das Muster des Schimmels. Kommissar Malraux, dachte er, würde warten müssen.

[NORDEND, FRANKFURT, DEUTSCHLAND, OKTOBER 2017]

Ein junger Mann stand im erleuchteten Rahmen der Tür, streckte den Kopf vor, schaute auf Germain herab, der den Aufstieg bis in den dritten Stock noch nicht ganz vollendet hatte.

»Ja, bitte?«

Sein Sohn, unverkennbar, auch wenn die Augen grün waren und seine Haare von einem dunkleren Blond. Die Nase, die Mundpartie. Wie ein weichgezeichneter *Alemán* aus den Siebzigern, einer, dem der Einfluss der Mutter etwas von der Härte des Vaters genommen hatte, aber auch von seiner Ausstrahlung. Eine Jeans, ein weiter Wollpullover und eine Traurigkeit im Blick, so offen, so groß, dass sie Germain einen Augenblick lang völlig bannte. *Sein trauriger Sohn*, dachte er, hatte keine Ahnung, woher ihn dieser Halbsatz anwehte.

»Sind Sie …?«, sagte der traurige Sohn, und danach etwas, das Germain nicht verstand. Sein Gesichtsausdruck wurde abweisend.

»I am sorry«, sagte Germain, *»to disturb you at this late hour. But I am an old friend of your father's, and I stumbled upon your address per accident.«*

Nicht sehr glaubwürdig, aber was sollte er sonst sagen.

»Und wie heißen Sie?«, fragte *Jorges* Sohn auf Französisch. Er hatte sein Interesse geweckt, das immerhin, er hatte ihm die Tür nicht direkt vor der Nase zugeschlagen.

»Germain Lacroix, ich bin wegen der Buchmesse in der Stadt. Ich würde gerne Ihren Vater sehen, wenn das möglich ist, so spontan.«

Der Sohn nickte, wartete, bis er die letzten Stufen erklommen hatte und vor ihm stand. Er war noch größer als der *Ale-*

mán, aber die Schultern waren schmaler, überhaupt wirkte er so, als durchzögen unsichtbare Risse seine gesamte Gestalt, entweder neu entstanden oder einstmals schlecht verheilt.

»Ich werde fragen, ob es ihm passt.«

Er lehnte die Tür an. Germain stand im Hausflur und wartete.

Die Tür öffnete sich wieder, einen Spalt nur, der Kopf des jungen Mannes erschien, in seinen Augen jetzt offene Überraschung.

»Kommen Sie«, sagte der Sohn, »er ist im Wohnzimmer.«

Germain trat in den Flur, in dem rechts eine Reihe von Schuhen sauber aufgereiht waren, darüber Jacken und Mäntel an einer einfachen Wandgarderobe. Vor einer Tür, die, so vermutete er, zum Wohnzimmer führte, stand, wie eine Wächterin, eine Frau in Germains Alter, nicht kleiner als er, die grauen Haare zu einem Pagenschnitt frisiert, und starrte ihn an. Und dieser Blick brannte, vor Aufregung, vor Neugier. Er hatte das Gefühl, diese Frau versuchte ihm bis auf die Knochen zu blicken, er fühlte sich nackt, ungeschützt. Erst als sie einen Schritt auf ihn zumachte, bemerkte er ihre Nervosität, ihre Unsicherheit. Sie hatte rote Flecken am Hals, ihre Stimmte zitterte, als sie ihn begrüßte, auch wenn sie dabei sehr um Lässigkeit bemüht war.

»Sie sind das also«, sagte sie. Sie gab ihm die Hand, die sehr klein und eiskalt zwischen seinen Fingern lag. Sie räusperte sich mehrmals. Er versuchte ein Lächeln. Aus der Nähe sah er, dass ihr rechtes Augenlid zuckte. Sie trat einen Schritt zurück. Sie wird dich rauswerfen, dachte Germain.

»Vielleicht tut es ihm gut, Sie zu sehen. Er hat sich sehr gefreut, scheint es.« Er sah, wie Mutter und Sohn einen Blick tauschten. Der Junge hat es ihm bereits erzählt, dachte Germain, der Deutsche weiß es schon. »Aber bitte«, sagte die Frau. Sie griff Germains Arm und zog ihn langsam in Richtung Tür, »bitte nicht zu viel Aufregung. Bitte schonen Sie ihn. Seine OP ist in einer Woche.«

Er saß auf dem Sofa, in einer Ecke unterhalb der hohen Fenster. Er hatte eine Decke über die Beine gebreitet, machte keine Anstalten, sich zu erheben, schaute nur, schaute Germain mit großen Augen und halb geöffnetem Mund an. Er schüttelte langsam den Kopf.

»Ich komme mir vor wie Tom Hulce als Amadeus, der den Geist seines Vaters sieht.« Er grinste. »Was dich zu Salieri macht. Ich hoffe, du hast bessere Absichten.«

Seine Stimme. Über vierzig Jahre vergraben und plötzlich wieder da, unverändert. Germain trat näher, vielleicht ebenso fassungslos wie sein Gegenüber. Er drückte seine Hand. Sein Geruch hatte sich verändert, er roch sauber, übertrieben frisch. Er trat wieder zurück, setzte sich ans Fußende des Sofas. Aus den Augenwinkeln nahm er *Jorges* Frau und seinen Sohn wahr, die dem Besucher gefolgt waren und jetzt ein wenig verloren im Raum standen. Der *Alemán* lächelte sie an.

»Was ist? Werden jetzt meine Gespräche überwacht?«

Er machte eine Bewegung mit der Hand.

»Nach vier Jahrzehnten werden wir ja wohl ein paar Sätze wechseln dürfen, oder nicht? Wenn es mir zu anstrengend wird, schmeiße ich ihn raus, ganz wie befohlen, und ihr könnt ihn von mir aus noch bei einem Glas Wein in der Küche ausfragen.«

Die Frau des Deutschen legte ihrem Sohn die Hand auf die Schulter und schob ihn aus dem Zimmer. Über die Schulter hinweg, fast schon im Flur, sagte sie etwas auf Deutsch, das Germain nicht verstand, aber er war sich sicher, dass sie von ihrem Mann forderte, bloß nicht zu viel Zeit und Kraft auf diesen sonderbaren Franzosen zu verschwenden.

Die Wohnzimmertür wurde von außen leise ins Schloss

gedrückt. Germain drehte den Kopf. Weiße Strähnen in den blonden Haaren sah er, auch in diesem Schnurrbart, der aus der Nähe betrachtet eine leichte Raucherfärbung hatte. Schwarze Ringe unter den Augen, eine große Müdigkeit, dachte Germain.

»So schlimm?«, fragte der Deutsche, als er den Blick seines Gegenübers bemerkte.

Germain zuckte mit den Schultern. Ich sollte Toni sein, dachte er, Toni sollte ihn sehen in diesem Zustand. Vielleicht würde das helfen. Der Deutsche lächelte.

»Das Herz, mein Lieber. Die Klappen, genauer gesagt. Endokarditis, verdammte Bazillen. Erst festgestellt, als der Schaden schon geschehen war. Ich wünschte, du wärst vor ein paar Monaten gekommen. Jetzt findest du mich im Wartestadium, bis sie mir den Brustkorb aufbrechen und am Herz herumschneiden.«

Toni, dachte Germain, immer wieder nur: verdammt, Toni.

IM HERZEN (I)

[BOCKENHEIM, FRANKFURT, DEUTSCHLAND, SEPTEMBER 1975]

Sie lachte. Nur ein kurzes Auflachen, das sie sofort unterdrückte, aber schon drehten sich mehrere Köpfe nach ihr um. Augenrollen, Stirnrunzeln. Die Herren waren nicht amüsiert. Das Problem war: Charlotte war amüsiert. Und sie verstand nicht, wie man das nicht komisch finden konnte: diesen Kerl.

Braun gebrannt war er, groß, breitschultrig, hatte kurze blonde Haare und trug ein weißes Hemd, das eindeutig einen Knopf zu weit aufgeknöpft war.

Alles, was ihm noch fehlte, waren Seidentuch und Sonnenbrille. Oder ein Anstecker mit einer Aufschrift, wahlweise: BWL-Abschluss 75, oder: Polizeischule Hessen. So oder so: Er war völlig fehl am Platz.

Aber hier stand er also im Türrahmen, hatte sich offenbar nicht verlaufen, sondern diesen niedrigen, verrauchten Seminarraum am Campus Bockenheim gesucht und gefunden; Deckenplatten aus Kunststoff und grelles Neonlicht, Wände, die vor Urzeiten einmal weiß gewesen sein mochten, Tische voller Schriftzüge, Zeichnungen und Kaugummiresten an ihren Unterseiten. Alle Stühle belegt, auch die Fensterbänke. Aber Charlotte erinnerte sich daran, wie die Hörsäle früher gefüllt waren, wie die Leute auf dem Boden gesessen und bis in die Gänge gestanden hatten. Sie waren geschrumpft. Und jetzt auch noch so ein gebräunter Schnösel. Der Neue nickte den drei Männern an der Kopfseite des Raumes kurz zu und machte sich auf den Weg nach vorne, stützte sich auf das kleine Stehpult, an dem Daniel, ein Freund von Charlotte aus den Politikwissenschaften, gerade einen neuen Gastredner angekündigt hatte.

»Das kann doch nicht …«, flüsterte Charlotte.

»Schhhhhhhh«, machte einer der Typen vor ihr.

Sie hätte ihm am liebsten mit der flachen Hand auf den Hinterkopf geschlagen, aber vermutlich hätte das zu einem größeren Handgemenge geführt. Dass sie eine Frau war: geschenkt. Die Stimmung war ausgesprochen schlecht. Katerstimmung, seit über einem Jahr. Die Räumungen an der Bockenheimer Ecke Schumannstraße im Februar hatten einen Stöpsel gezogen, durch den jegliche Energie, die in die Gruppe gebracht wurde, sofort wieder abfloss. Die Tage der Räumungen selbst, die Demos, Proteste, Straßenschlachten, waren Tage des Fiebers gewesen, Tage, in denen sie alle geglaubt hatten, sich im Zentrum der Welt zu befinden, im Zentrum der Gewalt, im Zentrum des Kampfes. *»Von hier aus in die Welt«* hatte auf einem Plakat an einem der alten Gebäude gestanden. Und das war ihrer aller Wunsch gewesen, ihre Hoffnung. Die Realität hatte so ausgesehen:

Mehrere Verhaftungen, zahlreiche Knochenbrüche, unzählige Prellungen und blaue Flecken. Charlottes linkes Auge war nach dem Hieb eines Polizeiknüppels für drei Tage komplett zugeschwollen gewesen. In der Presse im Nachgang natürlich nur der übliche Fokus auf die *gewaltbereite Linke.* Was aber vor allem geschmerzt hatte, war das große Schulterzucken vieler Studenten gewesen. Eine erste Empörungswelle, Solidaritätsbekundungen, aber das war alles. Sie hatten demonstriert, aber sie waren viel zu wenige gewesen. Hausbesetzer, das waren Menschen, die sich aus der Uni entfernt hatten, die in sonderbaren Kommunen lebten, zusammen mit italienischen und türkischen Gastarbeitern. Selbst wenn sie, so wie Charlotte und die meisten ihrer Mitstreiterinnen und Mitstreiter, weiterhin studierten, waren sie zu weit entfernt, wollten irgendeine Praxis umsetzen, die in den Augen vieler Kommilitonen nicht ausreichend theoretisch fundiert war. Aber Charlotte und ihre Freunde hatten nicht in die Villen ihrer Eltern zurückgekonnt, um ihre Wunden zu lecken. Sie hatten ein Dach über dem Kopf gebraucht und die Stadt war dabei gewesen, all diese leeren, wunderbaren Gebäude zu verscherbeln. Also hatten sie zugeschlagen, hatten politische Ideen in Wirklichkeit verwandelt. Bis die Polizei gekommen war. Und die Hilfe war ausgeblieben, nichts mit großer Solidarität. Die Luft war raus. Aus der Studentenbewegung schon lange, auch aus dem SDS, überhaupt, fand Charlotte. Die Köpfe der RAF saßen im Knast und wurden angeklagt und waren, bei aller Bewunderung für ihren Mut, für ihre Konsequenz, ein Haufen radikaler Spinner, die nicht einmal mehr wussten, wofür sie eigentlich kämpften, oder vielleicht doch, für irgendeinen kommunistisch eingefärbten Terror, der den Leuten von oben herab aufzwingen sollte, wie sie zu denken hatten. Und die eine Hälfte eiferte ihnen nach, drehte durch und hantierte mit Waffen, während die andere Hälfte stumm wurde, den Kopf in den Nacken zog und weiterstudierte, vielleicht ab und an noch ein wenig in einer Fabrik oder einem anderen Betrieb agitierte oder den Weg angetreten hatte zu dem, was sie den langen Marsch durch die Institutionen nannte. Charlotte hatte zwar in einer WG am Ostrand ein Dach über dem Kopf gefunden, aber sie wollte weitermachen. Die Stadt verteidigen. Freiräume finden und bewahren. Aber sie waren zu wenige. Sie waren beinahe geschlagen.

Und jetzt dieser Blondi. Erst eine Runde Golf, dann eine spontane Aktion. Wer hatte diesen Unsinn verzapft? Sie schaute zu Daniel, aber Daniel hatte nur Augen für den Blondi, große, glänzende Augen. Vielleicht hatte es damit zu tun. Daniel und seine Vorliebe für Sportlertypen.

»Genossinnen und Genossen«, hob er an. Er wirkte zu breit hinter dem Pult, wie ein Mensch in einer Puppenstube, bemerkte das Missverhältnis, trat zur Seite, lehnte nur mit dem Ellenbogen darauf, so als stünde er an einer Theke und bestellte ein Bier, die blanke Brust dem Publikum zugewandt.

»Genossinnen und Genossen«, wiederholte er, und die Gespräche verstummten langsam; er schaute in die Runde, ließ den Blick von Zuhörer zu Zuhörer gleiten. Er verfehlte seine Wirkung nicht, das musste man ihm lassen, nicht nur auf Daniel. »Wisst ihr, was ich heute in der *FR* gelesen habe?«

Ein Raunen lief durch den Raum.

»In der *FR* von heute stand«, fuhr er fort, ohne sich um die Unruhe zu kümmern, »dass sich jetzt *ein breites bürgerliches Bündnis für den Erhalt des Westends* gefunden hat. Dass sie in der CDU von Denkmalschutz und Erhalt von Kulturgütern reden, gegen ein *Verscherbeln unseres Frankfurter Lebensraums.* Unseres Lebensraums!«

Es gab einige Lacher. Immerhin, dachte Charlotte, war er informiert. Und hatte Humor.

»... dass selbst die Altnazis von der CDU nicht gegen libertäre Positionen immun sind«, fuhr er fort. Charlotte erwischte sich dabei, dass sie nickte. »Wir dürfen unsere Positionen nicht den Spießern von der AG-Westend überlassen, wir müssen weitermachen, jetzt erst recht!«

Mehr Lacher und Applaus. Daniel strahlte.

»Das heißt aber auch, dass es jetzt nachzuhaken gilt, dranzubleiben, den Kampf fortzuführen. Ich sehe uns zusammengepfercht in dieser Abstellkammer der Uni, abhängig von der Gnade eines Jungprofessors, der sein politisches Gewissen durch die Tolerierung dieser Versammlung beruhigt.«

Charlotte grinste.

»Wo ist das nächste Gebäude, wo ist die nächste Villa?«, fragte er jetzt, schaute dabei auffordernd in die Runde. Dieser Blick, dachte sie. »Wo ist der Leerstand, den wir mit unseren Idealen füllen können, mit unseren Körpern? Vielleicht nicht im Zentrum, wo jetzt die Bürgerlichen ihr Herz für die Stadt entdeckt haben. Aber an den Rändern, da sollten wir suchen. Von den Rändern her müssen wir uns unseren Platz erkämpfen, Haus für Haus, Gebäude für Gebäude. Und so eine Basis schaffen, von der aus unsere Ideen bis in das Herz der Stadt dringen können, in das Herz der Gesellschaft, um zu zeigen, dass der libertäre Weg, der Weg der Spontaneität und der Freiheit, der einzig wahre Weg ist.«

Füßetrampeln, Klatschen, Johlen, all das mischte sich, während der Blondi kurz in die Runde nickte, auch in Richtung Daniel, und in die Ecke des Raumes trat.

Na, schau mal einer an, dachte Charlotte und versuchte, den Neuen nicht aus den Augen zu verlieren.

[NORDEND, FRANKFURT, DEUTSCHLAND, NOVEMBER 1975]

»Spanien also.«

»Wie bitte?«

Er schrie gegen den Lärm an.

»Ich habe Daniel gefragt«, rief sie, »warum zum Teufel du rumläufst, wie du rumläufst. Und er hat gesagt, dass du in Spanien warst, über ein Jahr.«

»Wie laufe ich denn rum?«

»Wie ein lateinamerikanischer Albino-Revoluzzer.«

Er lachte, schüttelte den Kopf, schaute sie an, nicht mehr en passant, sondern sehr direkt. Und es hatte tatsächlich einen Effekt auf sie. Was sie im selben Moment störte. Der Lärmpegel in ihrer Lieblingskneipe war enorm, laute Gitarren, Gesang. Jemand trommelte sich die Seele aus dem Leib. Sie schwitzten, der Glanz stand ihnen auf Stirn und Wangen.

»Charlotte, oder?«

Er beugte sich vor, legte eine Hand an ihr Ohr, während er sprach. Sie nickte.

»Wir werden jetzt anstoßen, Charlotte.«

»Und worauf?«

»Auf Franco!«

»Hast du sie noch alle?«

Er schloss die Augen, legte den Kopf schief, ließ die Zunge links aus dem Mund hängen und fuhr sich, so als sei Charlotte schwer von Kapee, zu allem Überfluss auch noch mit dem Daumen über die Kehle.

»Wann denn das?«, fragte sie.

»Heute«, sagte er, öffnete die Augen wieder und strahlte. Sein Blick wurde für einen Moment etwas schwammig. Sie vermutete, dass er schon mit mehr als einer Dame auf den Tod des Diktators angestoßen hatte. »Im Radio kam es schon. Morgen wird es in den Zeitungen sein. Vor einem Monat hat er noch Widerstandskämpfer hinrichten lassen, aber jetzt ist endlich das Licht aus.«

»Im Bett?«

»Leider. Ich hoffe, dass er zumindest an seiner Kotze erstickt ist.«

»Wie schön für deine Kameraden.«

»Für wen?«

»Deine Freunde. In Spanien.«

In seinem Lächeln verrutschte ihm die Selbstsicherheit für einen Augenblick.

»Ja, natürlich.«

Er griff ihre Hand, zog sie hinter sich her an die Bar.

»Genug Gerede«, rief er, stand nah vor ihr, beugte sich weit über die Bar und brüllte dem Wirt seine Bestellung zu. Der Kragen seines Hemds klebte ihm am Hals, seine Haare waren dunkel verfärbt, als sie näher trat und ihn an der Hüfte berührte, spürte sie die Feuchtigkeit des Stoffs an seinem Körper. Er reichte ihr ein Wasserglas voller Sekt.

»Auf Franco«, sagte er.

»Auf Franco«, sagte sie und stieß mit ihm an.

[OSTEND, FRANKFURT, DEUTSCHLAND, MÄRZ 1976]

»Wie meinst du das?«

Er saß im Schneidersitz auf ihrem Bett, die Decke über den Beinen, und schaute zu ihr herauf. Sie hatte sich den Rock bereits übergezogen, suchte im Chaos auf dem Boden nach ihrem Oberteil, fand es, zog es über. Draußen war es bereits dunkel geworden, ein dunkler Spätwinternachmittag, Graupel, der gegen das Fenster des Zimmers geweht wurde. Sie würde wärmere Kleidung brauchen, trat an den Schrank, suchte darin eine Weile, zog schließlich einen bunten Norwegerpulli über. Jürgen saß regungslos, wartete auf eine Reaktion.

Es war immer noch sonderbar, ihn so zu sehen, so nackt in ihrem Bett, so selbstverständlich dort, als sei das alles andere als ungewöhnlich. Das erste Mal geschlafen hatte sie zwischen den Jahren mit ihm, einfach, um es auszuprobieren. Sie hatte ihn auf einer Party wiedergetroffen, ihn angesprochen, relativ schnell klargemacht, was sie mit ihm vorhatte. Sie hatte das nicht gekannt, so einen Körper, es hatte sie interessiert. Es war in Ordnung gewesen, nicht spektakulär, aber auch keine Katastrophe. Vielleicht hatte sie mehr erwartet. Irgendwann frühmorgens hatte er vorsichtig die Beine aus dem Bett gehoben, war aufgestanden, ans Fenster getreten, durch das sie jetzt die grauen Flachdächer der Nachbargebäude sehen konnte; Frankfurter Osten, nicht weit entfernt vom Bahnhof. Jetzt wird er gehen, hatte sie gedacht, als sie seine Silhouette dort stehen sah. Aber er war zurückgekehrt. Hatte sich wieder ins Bett gelegt und war später neben ihr aufgewacht. Sie hatten zusammen gefrühstückt. Es war angenehm gewesen, unaufgeregt. Sie hatten schweigend Radio gehört, einen Beitrag über den Prozess gegen die RAF-Führung. Zum Abschied hatten sie sich kurz umarmt.

Anfang des Jahres war es wieder passiert. Dieses Mal hatte er sie gesucht, nach einer Diskussionsveranstaltung über den Zustand Vietnams nach dem Abzug der Amerikaner. Eine Woche später übernachtete sie das erste Mal in seiner Wohngemeinschaft im Bahnhofsviertel. Erst hatten sie diesen wöchentlichen Rhythmus beibehalten. An einem Samstagmorgen im Februar hatte sie ihn gefragt, ob er nicht einfach das Wochenende bleiben wolle. Und das hatte er getan. Es hatte nicht viel zu klären gegeben, alles war natürlich geschehen, selbstverständlich.

Und jetzt hatte er doch diese Frage gestellt, als Charlotte und er nach dem Sex noch im Bett lagen und sich über ihre Pläne für den Abend unterhielten, diese Frage, was das denn bitte für ein Treffen sei, mit einem Journalisten von der *konkret*, warum sie so etwas abends mache, nicht tagsüber. Und sie war mit einem Mal hellwach gewesen, war aufgestanden, hatte sich vor ihm aufgebaut, splitterfasernackt.

»Damit wir das klarhaben, Jürgen! Ich habe nicht vor, mit ihm zu schlafen. Aber wenn ich es wollte, würde ich es tun. Das hier«, sie zeigte auf ihn und auf sich selbst, »das hier ist schön, wirklich. Lass uns das weitermachen, weiterprobieren. Aber doch bitte nicht in irgendwelchen alten Rahmen. Lass uns doch machen, wozu wir Lust haben.«

»Wie meinst du das?«, hatte er gefragt. Als sie vor ihm

stand, in Rock und Pullover, tat er ihr fast ein wenig leid. Sie hätte das anders machen sollen, dachte sie, ruhiger. Jetzt würde er ihr abspringen. Und wenn sie ehrlich war, wollte sie das nicht.

»Ich meine nur«, sagte sie, »dass ich nicht vorhabe, das Ehekonzept meiner Eltern zu wiederholen. Das hat denen nichts als Unglück gebracht. Unterdrückte Triebe und wachsende Frustration. Wenn wir also zusammen sind, dann nur unter der Voraussetzung, dass wir uns nicht einsperren. Dass wir das Körperliche nicht einsperren. Du nicht, aber ich auch nicht. Dass wir stattdessen versuchen, ehrlich zu sein. Mal ausprobieren, wie das geht.«

Sie verschränkte die Arme vor der Brust, wartete.

Er lehnte sich zurück in die Kissen an der Wand, musterte sie. Die Bettdecke war ein Stück verrutscht, sie konnte seine hellen Schamhaare sehen, den Ansatz seines Schwanzes.

»War das gerade der krudeste Heiratsantrag aller Zeiten?«, fragte er. Er grinste.

»Spinnst du?« Sie lachte. »Wie kommst du von freier Körperlichkeit zum Heiraten?«

»Du hast vom Ehekonzept deiner Eltern angefangen«, sagte er.

»Darum geht es nicht, Herrgott. Ist dir klar, was ich meine? Wegen uns?«

Er nickte.

»Wenn nicht mit dir«, sagte er, »mit wem sollte ich es sonst probieren?«

Sie ging aus der Wohnung, in die Uni, kam zurück, und er war noch da. Er lag im Bett und las. Sie zog den Rock, den Norwegerpullover und das Oberteil aus und legte sich zu ihm.

Es war eine Offenheit und ein Vertrauen da, das sie völlig überrumpelte. Nur Spanien, dachte sie, das verschloss er vor ihr. Nannte ein paar Namen, die ihr nichts sagten, zuckte mit den Schultern, wenn sie nach seinem Alltag dort fragte.

»Spanien«, sagte er, »liegt Jahrhunderte entfernt von hier.«

Er schaute zur Decke. Lachte leise in sich hinein. Als sie schon glaubte, er würde ihr nichts mehr sagen, da setzte er sich auf, wandte sich ihr zu.

»Spanien war ein Traum«, sagte er, »der mir am Ende um die Ohren geflogen ist.«

[RÖDELHEIM, FRANKFURT, DEUTSCHLAND, APRIL 1980]

Er stand in der Werkstatt und lötete Platinen, als hinge sein Leben davon ab. Die anderen begrüßten Charlotte per Handzeichen, nur Anne kam auf sie zu und umarmte sie. Sie zeigte Charlotte eine Skulptur aus Stahl, an der sie gerade arbeitete, ein sonderbares, beinahe deckenhohes Spinnenwesen mit langen metallenen Beinen, auf dessen Drahtgestellkörper, der etwa die Größe eines menschlichen Torsos hatte, sie Dutzende Puppenköpfe montiert hatte. Eine Albtraumfigur, murmelte Charlotte. Und Anne nickte, war begeistert. Ja genau, genau das sei es. Ihre Albtraumspinne. Sie lächelte.

»Wie lange arbeitet er schon?«, fragte Charlotte und deutete in Richtung Jürgen.

Anne zuckte mit den Schultern.

»Als ich morgens runterkam, war er schon hier. Warum kauft er sich nicht einen? Man kann sich diese Dinger doch mittlerweile kaufen, habe ich gelesen. Oder sind die zu teuer?«

»Er sagt, dass er seinen ersten Rechner selber bauen will.

Prinzipienfrage. Auch wenn sein Leben deshalb nur aus der Werkstatt besteht und diesem Buch.«

»Er hat davon erzählt. Funktioniert das wie eine Fremdsprache? Lernt er Vokabeln?«

Anne legte ihr Schweißgerät auf die Werkbank und nahm die Schutzmaske vom Kopf. Außer ihr und Jürgen arbeiteten noch vier weitere Frauen und Männer in der Werkstatt, die das Kollektiv im Erdgeschoss der alten Industriellenvilla eingerichtet hatte. Wenn Partys veranstaltet wurden, wurden die Kunstwerke, Motorräder und auch Jürgens Rechner in den großen Schuppen im Garten geräumt, so hatte es das Plenum der Kommune beschlossen, aber ansonsten gehörte beinahe das gesamte Untergeschoss den Bastlern und Künstlern. Man hatte Wände eingerissen, um große, lichtdurchflutete Räume zu schaffen. Anne war Teil der Gruppe gewesen, die vor einem knappen halben Jahr das leer stehende Haus am Rand von Rödelheim entdeckt, ausgekundschaftet und in Besitz genommen hatte. Genau, wie sie es immer besprochen hatten: ganz außen, jenseits des Fokus, zwischen unbebauten Grundstücken und schäbigen Gewerbehöfen, unweit der Autobahn, aber auch fußläufig zur Nidda und dem Wanderweg. Charlotte und Jürgen waren einige Tage später zur Gruppe gestoßen, fühlten sich wie Besetzer der ersten Stunde, aber trotzdem gab es eine Art innerer Hierarchie in der Gruppe, die Leute wie Anne zu Anführerinnen machte, weil sie früher eingezogen war. Es hätte schlimmer kommen können, dachte Charlotte. Sobald sie ihre Albträume in ihre Skulpturen verfrachtet hatte, war Anne eine fröhliche, manchmal sogar alberne Mitbewohnerin. Sie trug ein Nachthemd aus sehr dünnem weißem Stoff, unter dem sich ihre Brüste und ihre Schamhaare abzeichneten. Sie lief zu einem alten Kühlschrank hinter der Bar und holte zwei Flaschen. Jürgen, der ebenfalls nur mit einer kurzen Hose bekleidet war, der Oberkörper frei und glänzend vor Schweiß, war weiter in seine Arbeit vertieft.

»Hast du es gelesen?«, fragte Anne und reichte Charlotte ein Bier.

»Was?«

»Das Buch. Dieses Programmierzeugs.«

»The Programming Language C«, sagte Charlotte und schüttelte den Kopf. »Angefangen, ja. Aber was soll ich damit, wenn ich nicht vorhabe, eine dieser Maschinen zu nutzen. Zumindest so lange wie möglich. Jürgen sagt, dass denen die Zukunft gehört.«

»Er lötet also an der Zukunft der Menschheit«, sagte Anne und grinste. Charlotte war sich nicht sicher, ob diese Bemerkung bösartig gemeint war. Sie entschloss sich, den Kommentar zu ignorieren, sagte, dass sie ihn jetzt vielleicht doch unterbrechen werde. Das Ende der Berufsverbote, sagte sie, trete heute in Kraft. Keine Kontrollen mehr, oder nur noch in Ausnahmefällen. Anne küsste sie auf die Wange.

»Dann nichts wie an die Schule mit dir«, sagte sie. »Wird Zeit, dass du dich bewirbst um ein Referendariat, wird Zeit, dass die Kinder ein bisschen subversive Erziehung erhalten.«

»Und das von Schmidt«, sagte Charlotte, »nach all dem Scheiß mit der RAF in Stammheim. Dass ausgerechnet dieser Dreckskerl den Erlass aufhebt.«

»Auch unnütze Kerle treffen mal nützliche Entscheidungen«, sagte Anne, stürzte ihr Bier hinunter, fuhr sich mit der Hand durch die kurzen blonden Haare und griff nach ihrer Schweißermaske.

Charlotte bewegte sich langsam auf Jürgen zu, beobachtete, wie die Muskeln in seinem Nacken sich bewegten, die Beuger in seinem Rücken. Sie bekam Lust darauf, ihn anzufassen, überhaupt Lust auf ihn, aber sie wusste, dass er es hasste, bei der Arbeit an seinem geliebten Modell Nummer 1 überrascht zu werden. Also lief sie einen großen Bogen um ihn herum, bewegte sich aus der Mitte des Raumes vor seine Werkbank, sodass er sie sehen musste, wenn er das nächste Mal den Kopf hob. Und als er sie kurz darauf bemerkte, legte er den Lötkolben sofort auf seine Werkbank, nahm die Brille ab.

»Lotte, alles klar?«

Sie nickte.

»Ab heute kann ich es offiziell wieder wagen, mich als Lehrerin anstellen lassen zu wollen. Ich dachte, das könnten wir feiern.«

Er trat auf sie zu, umarmte sie, drückte ihr einen Kuss auf den Mund.

»Ich dusche, und dann radeln wir in die Stadt?«

»Du duschst, und ich dusche mit. Und danach schauen wir, ob die Stadt noch wartet.«

Behutsam hob er seinen Rechner in den Schrank neben der Werkbank, bevor sie nach oben gingen, in ihre Räume. Das Haus wandelte sich stetig, war im Vergleich zu ihrer Ankunft kaum noch wiederzuerkennen. Im Treppenhaus waren bereits alle Stufen ausgebessert, auch ein Geländer gebaut, dazu die Wände rot und schwarz gestrichen. Die Fenster in den Wohnbereichen waren ersetzt, wenn auch teilweise nur durch einfache, einwandige Scheiben. Im Winter würden dickere Fenster notwendig werden. Die Gemeinschaftsküchen im ersten und zweiten Stock hatten je zwei große Kühlschränke und je einen Gasherd bekommen, die über große Kartuschen betrieben wurden. Seitdem einige Neuankömmlinge die Sperrsicherungen des Stromkastens an der Straßenecke ausgebaut hatten, war ihr Haus sogar mit Strom versorgt. Sobald die Stadt davon Wind bekam, würden sie verhandeln müssen, aber früher oder später würde das sowieso der Fall sein. Charlottes und Jürgens Bereich bestand aus zwei Zimmern, eines mit Tür zur Küche und ein Anschlusszimmer mit Fenster zum Garten. Und Charlotte dachte, während Jürgen sie in dieses Zimmer zog, sie auf die Matratze drückte, sie küsste und ihr die Hose aufknöpfte, dass sie vorsichtig sein sollte heute, wenn sie sich nicht verrechnet hatte. Aber dann dachte sie, während sie ihm dabei zusah, wie er seine Hose aufknöpfte und hinabfallen ließ, dass es vielleicht auch einfach egal war. Was passierte, würde passieren.

[RÖDELHEIM, FRANKFURT, DEUTSCHLAND, OKTOBER 1982]

»Mit ›Ja‹ haben gestimmt: zweihundertundsechsundfünfzig Abgeordnete …« Sofort danach brandete Applaus auf, die Kamera zog auf, zeigte den großen Saal mit der weißen Rückwand, auf der überlebensgroß der graue Adler prangte.

Jürgen ließ sich in das Sofa zurückfallen, legte die Hände vor den Mund.

»Jetzt ist die Scheiße offiziell«, sagte er.

Jonas lachte, zeigte auf den Bildschirm, während die Liveübertragung auf den Mann mit grauen Haaren und dicker Brille schnitt, der den Blick gesenkt und die Hände vor dem Bauch gefaltet hielt, während um ihn herum die Männer enthusiastisch klatschten. Die Kamera zeigte jetzt die Reihen der SPD, das steinerne Gesicht von Schmidt.

Jürgen stand auf und schaltete den Fernseher aus. Annes Freund Norbert hob die Hände.

»Hey, ich will das sehen! Auf die gedemütigte Visage von Schmidt warte ich seit Wochen!«

Jonas greinte leise. Charlotte machte keine Anstalten, ihn zu beruhigen. Zu heulen, dachte sie, war jetzt die einzig vernünftige Sache.

»Du tickst doch nicht richtig«, sagte sie leise in Richtung Norbert. Anne, die neben ihr auf dem Sofa lag, griff ihre Hand, drückte sie.

Norbert stand ebenfalls auf, schaute auf die beiden Frauen hinab, schaute zu Jürgen.

»Wollt ihr wirklich um dieses Arschloch trauern?«, sagte er.

»Hey«, rief Anne und zeigte auf Jonas.

Norbert schüttelte den Kopf. Er strich sich die Haare aus der Stirn, hielt seine Mähne mit der rechten Hand nach hinten, zeigte mit der linken auf den schwarzen Fernseher.

»Der Kerl hat so viel Dreck am Stecken, da sollten wir froh sein, dass wir den los sind.«

»Wie kannst du dich ernsthaft freuen«, sagte Jürgen, »wenn die Alternative dieser erzkonservative Pfälzer ist. Alles, was du bisher zum Kotzen gefunden hast in diesem Land, wird dieser Kerl potenzieren. NATO, Überwachung, Aufrüstung; all das. Und die Annäherung an die DDR ist passé. Eingraben werden die sich. Und auf alles einschlagen, was links von ihnen ist.«

»Umso besser«, sagte Norbert. »Dann wird es einigen wenigstens wieder klar werden, wer der wirkliche Gegner ist. Und zwar der Staat. Der Staat, der Staat, der Staat. Ganz egal, welche Witzfigur oder welche Partei da gerade am Ruder ist. Wenn einige erst wieder eins auf den Schädel brauchen, um daran erinnert zu werden, von mir aus. Dann kommen wir hier vielleicht auch endlich davon ab, mit den Idioten von der Stadt verhandeln zu wollen. Aber vielleicht denkt ihr mal um, wenn die Regierung endlich wieder ganz klar zeigt, wer sie ist: der faschistische Erfüllungsgehilfe des Kapitals. Kommst du?«

Er hatte sich halb zum Gehen gewandt, dann zu Anne umgedreht. Sie schüttelte den Kopf.

»Nee, Bert, wirklich nicht. Feier deine Helmutfete mal allein.«

Er zögerte einen Moment, schaute sie an, schüttelte den Kopf.

»Ach, leckt mich doch«, sagte er und verließ den Raum.

Anne seufzte, legte den Kopf auf Charlottes Schulter und stupste Jonas mit dem Zeigefinger an.

»Wird Zeit, dass ich den abschieße. War ja ganz nett am Anfang. Aber so langsam fängt er an zu nerven.«

Jürgen ließ sich auf den Sessel neben ihnen fallen, schaute durch die offene Tür in den Küchenbereich, in dem einige Bewohner zusammensaßen und Essen vorbereiteten, obwohl Jürgen und Charlotte sie eingeladen hatten, mit ihnen die Übertragung der Diskussion und Abstimmung zu schauen. Charlotte drehte ebenfalls den Kopf, sie sah, wie Norbert kurz am Tisch stehen blieb, wie er einen Kommentar machte, den sie nicht verstand. Einige Mitbewohner schauten zu ihnen herüber, es wurde leise gesprochen. Jürgen stand auf, ging zur Tür, blockierte mit seinen breiten Schultern Charlottes Blick auf die anderen, verharrte dort kurz, schloss dann entschieden und kräftig die Tür. Danach blieb er einige Augenblicke reglos stehen. Er lauschte. Sie würden lästern, das war klar. Charlotte verstand nicht, warum er sich das antat.

»Lass gut sein!«, sagte sie, winkte ihm.

»Dieses Dagegen um jeden Preis«, sagte Jürgen, »ich hab darauf wirklich keinen Bock mehr.«

»Wem sagst du das«, sagte Anne. »Ihr habt es gut, ihr müsst mit dem Typen nicht das Bett teilen.«

Charlotte strich Jürgen, der sich zu ihnen auf die Couch gelegt hatte, mit den Fingern die Haare aus der Stirn. Er sah müde aus. Anne sah müde aus. Das Haus schaffte sie, raubte ihnen die Kraft. Grabenkämpfe, Streitigkeiten. Seitdem eine

Gruppe um Charlotte und Jürgen den Vorschlag gemacht hatte, man solle versuchen, mit der Stadt über eine Legalisierung ihrer Situation zu verhandeln, kam es zu offenen Feindseligkeiten.

»Dir ist mit dem Kind doch die revolutionäre Kraft aus der Möse gekrochen«, hatte Daniel ihr am Ende einer Nacht ins Gesicht geworfen, ausgerechnet jener Daniel, der damals Jürgen in die Gruppe geholt und der vor zwei Jahren nur auf ihre Fürsprache hin ins Haus gekommen war. Es hatte drei Freunde gebraucht, um Jürgen davon abzuhalten, Daniel an Ort und Stelle die Fresse zu polieren. Und sie hatte im Raum gesessen, angekotzt vom allgemeinen Mackergehabe, von diesen hirnlosen Alphamännchen, die versuchten, sich gegenseitig ans Bein zu pissen. Sie hatte das selbst erledigt, auf ihre Art. War zwei Tage später zu Daniel an den Frühstückstisch im zweiten Stock getreten, hatte sich einen Stuhl herangezogen und vor ihn gesetzt. Er hatte sie angeschaut, immerhin das.

»Nichts für ungut«, hatte er über sein Müsli gemurmelt.

Und Charlotte hatte laut gelacht.

»Natürlich«, hatte sie gesagt, ihm auf den Arm geklopft. »Nichts für ungut, natürlich. Aber weißt du was, Daniel? Wenn du noch einmal mein Kind beleidigst«, sie hatte eine Pause gemacht, »oder meine Möse, dann ersticke ich dich im Schlaf mit einem Kissen.«

Sie hatte nicht das Haus besetzt, um solche Gespräche zu führen, um interne Kämpfe auszutragen. Die Konflikte nach außen hatten ihr gereicht.

»Wir sollten abhauen«, sagte Anne. Sie legte sich zurück, schaute an die Decke. »Dann kann Norbert mein Bett haben, die ganze Scheißbande das Haus. Ich meine«, sie senkte den Kopf, schaute Charlotte an, »du verdienst doch ganz gut als Lehrerin und er«, sie stieß Jürgen mit der Hand vor den

Bauch, »mit seinen Reparaturen der Teufelsmaschinen. Da sollte doch ’ne Bude für uns drin sein.«

»Für uns?«, fragte Jürgen. Anne lachte.

»Denkt ihr, ich lasse euch ins Spießerglück abhauen? Mama, Papa, Kind und Jägerzaun? Ich bleibe bei euch, als subversives Element. Außerdem«, sagte sie und grinste breit, »habe ich ein Angebot bekommen, meine Sachen auszustellen, in einer Galerie in Berlin.«

Charlotte schob Jürgen von ihrem Schoß. Er ließ sich auf den Boden rollen, er lachte. Und sie zog Anne zu sich und gab ihr einen Kuss. Warum nicht, dachte sie, besser als hier ist es allemal.

[BOCKENHEIM, FRANKFURT, DEUTSCHLAND, AUGUST 1987]

Als sie in die Küche kam, saß er bereits am Tisch, eine Tasse Kaffee vor sich, Zettel und Briefe. Er sah ernst aus, lächelte aber, als er sie bemerkte. Sie nahm den Kaffeekocher vom Herd, schenkte sich ebenfalls eine Tasse ein, gab ihm einen Kuss und setzte sich ihm gegenüber.

»Und?«

Er hatte dieses Krisengesicht. Oder, nein, anders, etwas war anders in diesem Blick. Er schob ihr einen Brief herüber, auf dem Briefkopf ein Doppelwappen mit Bär und Löwe, darüber in geschwungenen Lettern: *Berenz & Aufbäumer, Privatbankiers seit 1798.*

Sie überflog ihn, blätterte um, kam zu den Zahlen, pfiff leise durch die Schneidezähne.

»Was hast du denen erzählt?«

»Dass ich eine Firma habe.«

»Und was machst du jetzt?«

»Eine Firma gründen.«

Sie schaute auf. Er sah dabei immer noch unverschämt gut aus, jugendlich geradezu, zumindest auf den ersten Blick. Andere mochten die grauen Haare zwischen all dem Blond übersehen, die Falten um seine Augen und den Mund nicht bemerken. Sie mochte gerade diese Stellen, an denen sie sein Alter sehen konnte. Sie griff seine Hand, die wartend auf dem Tisch gelegen hatte, drückte sie.

»Aber eine Bank? Wirklich?«

Sie hatten diese Diskussion bereits mehrmals geführt. Das erste Mal vor ein paar Jahren, als er begann, sich um die Computertechnik einiger Kleinbetriebe zu kümmern. Was darf man machen für die Industrie, für das Kapital. Er hatte tatsächlich einige Angebote abgelehnt, damals. Und sie hatte es gut gefunden. Eine Regionalzeitung, einige kleinere Geschäfte in der Stadt, das war vertretbar gewesen. Dieser Fall war etwas anderes. Er zuckte mit den Schultern.

»Wenn ich es nicht mache, macht es jemand anderes.«

»Das Argument war schon immer peinlich.«

Er seufzte.

»Die sind doch nicht das Problem, Lotte, diese kleinen Banken. Die vergeben Kredite an mittelständische Unternehmen, sogar an Privatpersonen. Die Großbanken, die Spekulanten, die Börse, da fängt die Mafia an, da sind die Säulen, die das ganze Scheißsystem stützen.«

Sie hätte sagen können, dass jede noch so kleine Bank ein Problem war, jeder noch so kleine Baustein des Kapitals dafür sorgte, dass das System stabil blieb. Aber sie schwieg. Sie hielt nur seine Hand und schaute ihn an. Die eigenen Lügen, Charlotte. Charlotte, die Beamtin. Beschäftigt vom Staat seit Jahren, von jenem Staat, den sie auflösen wollte. Oder hatte auflösen wollen. Sie hatte viel Stress, die Kinder kosteten sie viel Kraft. Aber sie verdiente gut, war privat versichert und hatte dreißig Tage Urlaub. Da konnte sie noch so oft sagen, sie unterhöhle das System, sie verändere die Jugend. Vielleicht tat sie das sogar, auf ihre ganz eigene Art und Weise. Ein mikroskopischer, stetiger Tropfen. Aber wer war sie, ihrem Partner diesen Auftrag auszureden? Einen Auftrag, der aus dem Ein-Mann-Unternehmen Jürgen Klingsporn eine Firma machen würde. Und zwar schnell. Ansonsten würden die neuen Auftraggeber ihn kreuzigen.

»In Ordnung«, sagte sie.

Er stand auf, kam um den Tisch, kniete sich vor ihr auf den Boden.

»Wir nehmen den Bankern das Geld ab«, sagte er, »und gaukeln ihnen dafür Systemsicherheit vor. Wenn das keine Unterwanderung ist, weiß ich auch nicht.«

Schritt für Schritt, dachte sie. Zugeständnis um Zugeständnis. Wahrscheinlich war das der Lauf der Dinge. Sie dachte an Anne, die seit Wochen nicht mehr zu Hause gewesen war. Auch das löste sich auf: die Wohngemeinschaft, das Ungewöhnliche. Sie waren jetzt Mutter, Vater und Kind. In einer Altbauwohnung mit Gästezimmer für die Künstlerfreundin, die längst ein Appartement in der Lower East Side besaß, sich die eigene Wohnung in Frankfurt nur versagte, um die Verbindung zu den alten Freunden zu halten. Die Einladung für die Eröffnung der Ausstellung in der Schirn hing an der Wand oberhalb des Küchentischs: »Anne Lohnberg – *Creatures of my Dreams*«. Anne erzählte längst nicht mehr, für welche Summen ihre Skulpturen verkauft wurden, die gemeinsame Freude über die ersten Angebote nach ihrer Ausstellung in Berlin war einem Schweigen gewichen, in dessen Stille sich die Nullen vervielfachten. Vor einer Woche war eine Postkarte aus Hongkong gekommen, abgeschickt vor mehr als einem Monat. Allgemeinplätze an die *lieben Freunde*, Charlotte hatte vergeblich auf irgendeinen Hinweis gehofft, irgendeine besondere Nachricht für sie. Zwei Wochen noch bis zur Ausstellung, vier Wochen noch, bis Jürgen mit der Arbeit für *Berenz & Aufbäumer* beginnen würde. Und für sie? Eine Woche bis zur nächsten Klassenarbeit, acht Wochen bis zu den Herbstferien. Auch eine Art, wie sich das Leben einteilen ließ.

»Also, ist das in Ordnung?«

»Hm?« Sie hob den Kopf.

»Wenn ich unterschreibe.« Er tippte auf den Brief.

»Du müsstest verrückt sein, nicht zu unterschreiben«, sagte sie.

[NORDEND, FRANKFURT, DEUTSCHLAND, NOVEMBER 1989]

Charlotte konnte sehen, wie die Kellner miteinander flüsterten, wie sie immer wieder in die Küche schauten, an der offenen Tür standen und auf das Radio lauschten. Das Stimmengewirr des *hr1* war bis in den dunklen Schankraum zu hören, Stimmfetzen, die selbst das Klappern der Töpfe und Pfannen übertönten. Auch andere Gäste unterbrachen ihre Gespräche, schüttelten die Köpfe. Jürgen fing ihren Blick auf, trank einen Schluck Apfelwein, drehte den Oberkörper ein wenig und schaute in Richtung Schwingtür, hinter der die Köche und Kellner eine Art Stopptanz aufführten.

Ein Leben in Absurdistan. Dinner mit dem Ehemann – seit einem Jahr waren sie nun offiziell auch verheiratet –, um sich über die jeweiligen Affären auszutauschen und so seine eigene Spießigkeit zu kaschieren. Aber allein, dass sie es so nannten: Affäre. Das Denken passte sich der Norm, den Gegebenheiten an. Bürgerlichkeit. Sie hatten Bekanntschaften.

Sie waren ganz offen, zumindest in der Theorie. Sie verzichteten darauf, sich Details mitzuteilen, aber sie hielten sich auf dem Laufenden. So war der Deal gewesen vor vielen Jahren, so war es geblieben. Es hatte etwas von Buchführung, mittlerweile. Neue Bekanntschaft? Nein, danke, Prost und guten Appetit. Ja? Geschlecht, Alter, wie oft gesehen. Sie hatten eine Regel, dass man niemanden mehr als drei Mal treffen sollte. Dazu: Keine gemeinsamen Freunde, keine Kolleginnen oder Kollegen, vor allem: keine Angestellten, diesen Zusatz hatte die neue Firma vor einigen Jahren nötig gemacht. Der Widerspruch zwischen Theorie und Praxis, dachte Charlotte, das war seit jeher das größte Problem aller Veränderungen gewesen.

»Und?«, hatte er gefragt.

Sie hatte den Kopf geschüttelt, einen Witz über die Wüste Gobi gemacht, und das Gefühl, er schaue sie viel zu lange und eindringlich an, an den Rand ihres Bewusstseins verbannt. Er hatte gelächelt. Tatsächlich gesagt, das werde sich schon ändern. Jeder habe mal schlechte Phasen. Dann waren die Salate gekommen.

»Entschuldigung!«

Der Kellner blieb stehen, schaute sie an, als wäre sie gerade aus dem Boden gewachsen.

»Was gibt es denn da so Spannendes in der Küche?«

Der Mann schaute in Richtung seiner Kollegen, räusperte sich, schaute wieder zu Charlotte.

»Also, entschuldigen Sie bitte, aber das ist wegen Berlin.«

»Wegen Berlin?«

»Ja, wegen der Mauer.«

»Was ist mit der Mauer?« Jürgen lehnte sich vor. Charlotte sah, wie ein Pärchen am Nachbartisch sich zu ihnen umdrehte.

»Also, es heißt, dass die DDR die Grenze geöffnet hat. Klar

ist das aber nicht. Einige sagen, man komme nur mit Visum raus, andere, das ginge auch mit Personalausweis.«

»Und jetzt?«

»Warten alle. Angeblich gibt es Menschenansammlungen an Grenzübergängen. Aber auch im Radio wissen sie noch nichts Genaueres.«

Jürgen schlug mit der flachen Hand auf den Tisch, er stand auf. Ein sonderbarer Gesichtsausdruck. Erschrecken, vielleicht auch Freude, vor allem aber: Fassungslosigkeit.

»Haben sie denn keinen Fernseher?«

»Was?« Der Kellner schaute zur Küche, hoffte offenkundig auf Unterstützung.

»Im Keller, oder bei einem Nachbarn, irgendjemand wird doch einen Fernseher haben.« Jetzt richtete er sich halb an den Schankraum. »Wenn die Mauer fällt, will ich das sehen, und zwar jetzt!«

Die Aufregung, das Zusammenrücken, zuerst das Lauschen auf die Radioübertragung, später, als ein Nachbar eine winzige Flimmerkiste zur Verfügung stellte, die sonore, beruhigende Stimme des »Tagesthemen«-Sprechers, der ankündigte, dass beim Umgang mit Superlativen Vorsicht geboten, an diesem Abend der Begriff *historisch* aber wohl angebracht sei. Das Brandenburger Tor habe als Symbol der Teilung Deutschlands ausgedient. Die Grenzen stünden weit offen. Die Bilder dagegen: nichtssagend. Ein einzelner, einsamer Reporter am Grenzübergang Invalidenstraße, kurz darauf dann, als die Übertragung erneut zu ihm schaltete, der Mann im Beisein einer Handvoll Berliner, älterer Herren in Sportjacken oder Trainingsanzügen, die von den wilden Szenen an der Bernauer Straße berichteten.

»Warum ist da dann keiner, verdammt noch mal? Warum stehen die da rum wie bestellt und nicht abgeholt«, brüllte ein älterer Mann, vor dem sich eine ganze Batterie leerer Schnapsgläser aufreihte. Allgemeines Gelächter. Die Kellner schenkten weiter Bier und Apfelwein aus, einige Anwesende hatten trotz allem Tränen der Rührung in den Augen. Charlotte hielt Jürgens Hand. In ihrem Bauch ein Kribbeln, aber gleichzeitig auch ein Gefühl der Schwere, so als habe sie kiloschwere Steine geschluckt.

»So ein Wahnsinn«, flüsterte sie.

Jürgen gab ihr einen Kuss auf den Hals, hob den Mund nah an ihr Ohr.

»Dass die Kommunisten vor die Hunde gehen, diese Freude macht mir keiner kaputt«, sagte er.

Charlotte zuckte mit den Schultern.

»Und dann? Großdeutschland? Da wird mir ganz übel, bei dem Gedanken.«

»Das wird die Europäische Gemeinschaft niemals zulassen. Die NATO auch nicht. Vielleicht sehen wir im Osten ja bald einen neuen Sozialismus, einen wirklich demokratischen.«

Charlotte lachte.

»Ich hätte nie gedacht, dass du von uns beiden der eigentliche Träumer bist.«

[SACHSENHAUSEN, FRANKFURT, DEUTSCHLAND, SEPTEMBER 1999]

Anne schaute auf ihre Füße, die in schmalen roten Ballerinas steckten. Sie drehte sie auf den Hacken nach außen und zurück nach innen, so als bereite sie sich auf einen Tanz vor. Ihre Haare waren zu einem kurzen Zopf nach hinten gebunden. Charlotte konnte, nah an der Kopfhaut, ihre eigentliche Haarfarbe erkennen, dieses helle Blond, das sie seit Jahren nicht mehr gesehen hatte, ein schmaler Streifen nur, der das grelle Grün der Färbung allmählich zurückdrängte.

»Scheiße«, sagte Anne.

Sie stand auf, lief im Atelier umher. Im Hintergrund, durch das große Fenster im ersten Stock, sah Charlotte in der Kleingartensiedlung des Lerchesbergs eine hessische Flagge wehen. Anne Lohnberg – *International Artist*. New York, Berlin, aber eigentlich: Sachsenhausen-Süd; Lerchesberg, um genauer zu sein. Zumindest im Frühling und Sommer. Charlotte musterte die kleinen Metallfiguren, die auf einer Werkbank hinter ihr lagen. Roboter mit Menschengesichtern und Tierextremitäten.

»Jonas hat die Briefe gefunden.«

Stille. Anne hatte von ihren Robotern aufgeschaut und denjenigen, den sie gerade in der Hand hielt, eine kleine Frauenfigur mit überlangen, tentakelhaften Armen, zurück auf die Holzoberfläche ihrer Werkbank gelegt.

»Das Kuvert mit all deinen Briefen, Anne.«

»Und jetzt?«, hatte Anne nur gesagt.

»Er hat sie mir hingelegt, mit einer Nachricht versehen, dass ich sie lesen soll.«

»Aber warum?«

»Er glaubt wohl, dass sie Jürgen gehören.«

»Wieso denn Jürgen?«

»Passt ins Feindbild, denke ich. Der rumvögelnde Vater. Und du schreibst offenbar so, dass man dich auch für einen Kerl halten könnte.«

»Wirklich?« Anne lachte. Charlotte verschränkte die Arme vor der Brust.

Anne kam auf sie zu, streckte die Hand nach Charlotte aus, versuchte sie an sich zu ziehen, aber Charlotte wehrte sie ab, wich ans Fenster zurück.

»Nein, jetzt wirklich nicht, Anne, wirklich nicht!«

»Ach, komm!« Anne blieb stehen. Ihre Wangen färbten sich rot. »Als ob deine Nachrichten besser wären!«

Charlotte lehnte den Hinterkopf ans Glas der Scheibe.

»Warum machen wir das?«

»Wirklich, Lotte? Jetzt? Nach all den Jahren? Ich dachte, wir hätten das Thema durch. Dein Sohnemann soll eine Familie haben, so eine richtige, echte, Mammapapakind, oder irre ich mich?«

»Warum haben wir nicht aufgehört?«

»Warum ich nicht aufgehört habe, weiß ich. Weil ich eine Idiotin bin, die sich gerne hinhalten lässt, auch über Jahre hinweg. Das ist ja wohl eindeutig. Was dich angeht«, sie lief in die Ecke des großen, weiß getünchten Raumes, öffnete den frei stehenden Kühlschrank und holte sich eine halb volle Flasche Weißwein hervor, »was dich angeht, bin ich mit meinem Latein langsam wirklich am Ende.«

Sie trat an die Werkbank, tippte mit dem Zeigefinger einen Roboter an, der daraufhin begann sich zu bewegen.

»Früher hätte ich gesagt, dass du mich auch willst, dass du auf Zeit spielst, auf den richtigen Moment wartest. Aber mittlerweile glaube ich, dass es dir ganz gut gefällt, so von zwei Seiten gewollt zu werden, von einem Kerl und von einer Frau. Charlotte und die Liebe von allen Seiten. Ist das eigentlich schön?«

Charlotte schüttelte den Kopf.

»Dafür habe ich jetzt wirklich keine Zeit, Anne. Ich dachte, wir könnten besprechen, was wir Jürgen sagen.«

»Sag ihm die Wahrheit. Du mit deinen offenen Beziehungskonzepten.«

»Keine Freunde«, sagte Charlotte, »du weißt das ganz genau. Keine gemeinsamen Freunde.«

»Das ist wirklich nicht mein Problem, dass du dich nicht an deine eigenen Konzepte halten kannst.«

Anne trank noch einen Schluck, lief zur Treppe, die aus der Mitte des Raums hinab ins Erdgeschoss führte. Sie lehnte sich auf das Metallgeländer, deutete hinab.

»Ich bin durch, Lotte. Ich bin müde. Erzähl es Jürgen, oder denk dir ein Märchen aus. Mir ist das wirklich egal. Morgen fliege ich nach New York, um meine nächste Ausstellung vorzubereiten. Und vielleicht werde ich dieses Mal einfach dortbleiben.«

Charlotte schaute sie an. Der schmale, kurze Strich ihres Mundes, das kleine, runde Gesicht mit den großen Augen. Sie wartete auf eine Reaktion, auf ein Lächeln. Aber Anne stand da wie eingefroren, nur ihre Lider flackerten und ihre Pupillen bewegten sich, folgten Charlottes Bewegung, als sie an der Werkbank vorbei und zur Treppe ging, hinabstieg, in der Nase für einen Augenblick der Geruch der Freundin, dann, sobald sie das Halbdunkel der Treppe und des Wohnzimmers erreicht hatte, der kräftige Geruch nach Holzkohle. Glutpunkte hinter der verrußten Scheibe des Kamins. Von oben, aus dem Atelier, kam keine Reaktion. Charlotte verließ das Haus, durchquerte den Vorgarten. Die Sonne stand tief, aber die Wärme des Tages atmete noch aus dem Rasen, aus dem Asphalt der Straße. Im Auto saß sie regungslos, starrte durch die Scheibe, wartete. Annes Haus lag still. Als die Sonne untergegangen war, ging im Erdgeschoss das Licht an. Mehr geschah nicht. Ein älterer Herr, der einen Windhund durch den Lerchesbergring spazieren führte, blieb in einigem Abstand stehen, musterte die Gestalt, die dort in der einsetzenden Dunkelheit regungslos in ihrem Wagen saß. Charlotte drehte die Schlüssel, blendete die Lichter auf, sogar die Fernlichter. Sie hörte den Hund bellen und den Besitzer fluchen. Sie lachte. Auf dem Beifahrersitz ihr Telefon mit der kurzen Nachricht von Jürgen: »Wir müssen reden.«

[NORDEND, FRANKFURT, DEUTSCHLAND, DEZEMBER 2007]

Sie wirkte freundlich, zurückhaltend. Sie schüttelte Charlottes Hand, der dabei auffiel, dass ihre Finger sehr kalt waren. Keine Umarmung, na gut, hatte Charlotte gedacht, willst dich ja nicht aufdrängen. Sofort stiegen Zweifel auf, wie kleine, mit Gas befüllte Luftballons. Aber dann sah sie ihren Blick.

Es war Livs Blick, der die Sache für sie änderte. Wie sie Charlottes Sohn ansah, wenn sie sich unbeobachtet glaubte.

Eine Wärme ging von diesen kristallblauen Augen aus, die auf Charlotte, einmal, dass sie ihrer gewahr geworden war, ebenfalls abstrahlte. Sie entspannte sich und bemerkte, wie auch Jonas lockerer wurde, wie er zu lachen begann beim Spazierengehen am Main und später, beim Abendessen. Ein Wirtshaus in Bornheim, grüne Soße, Eier, Handkäs mit Musik, das ganze Touristenprogramm, das Charlotte eigentlich nicht sonderlich behagte, das sie aber in diesem Fall mitmachte, das sie sogar irgendwann genoss, nach dem dritten oder vierten Gerippten mit Ebbelwoi. Jürgen verabschiedete sich frühzeitig, die Arbeit, immer die Arbeit. Aber sie blieben noch, sie lachten noch. Später, vor der Tür, im schneidig kalten Wind auf der Berger Straße, umarmte Charlotte sie doch, zog sie einfach an sich und umarmte sie; »*thank you*«, sagte sie und spürte, wie der lange, schmale Körper in ihren Armen weich wurde.

»*I'm so glad that you're here*«, sagte sie.

»*Mum, you're drunk*«, sagte Jonas.

»*We're all drunk*«, sagte Liv, »*as we should be.*«

Sie spazierten nach Hause, schwankten vielleicht, in dicken Mänteln gegen den Winter verpackt, nah beieinander, die beiden Verliebten hakten Charlotte unter, weil sie auf dem glatten Boden rutschte. Eine Tram rumpelte vorbei und sie sah sich in der Spiegelung der Scheibe, eine alternde Frau zwischen zwei jungen Menschen; eingehakt, aufgefangen.

Später, im Bett, drückte sie ihre eisigen Füße gegen Jürgens Waden. Er stöhnte.

»Bist du zufrieden?«, fragte er leise.

»Natürlich«, sagte sie. »Vielleicht sogar glücklich, aber das mag auch der Alkohol sein. Du hättest bleiben sollen.«

»Ich störe nur«, sagte er. »Wenn ich da bin, kriegt er den Krampf nicht aus dem Körper. Also helfe ich durch mein Fernbleiben.«

Sie legte ihre Arme um ihn, küsste ihn in den Nacken. Flüsterte: »Unsinn«, und wusste, dass er recht hatte.

[NORDEND, FRANKFURT, MÄRZ 2016]

Es gab keine Worte mehr. Nicht einmal Stille, nur Sprachlosigkeit. Er legte auf, und etwas implodierte in ihr, nein, dachte sie, falsch. Seine Welt war implodiert, von einem Moment auf den anderen. Und der Sog hatte jetzt auch sie erreicht. Sie saß in ihrer Wohnung und war nicht in der Lage, sich zu bewegen. Dass sie kommen würde, hatte sie gesagt, hatte seine Einwände abgewehrt, die er mit zittriger, heiserer Stimme vorgebracht hatte, dass das alles zu viel sei, dass er alles unter Kontrolle habe. Und jeder Satz, jedes Atemholen, jede Pause hatte ihr klargemacht, dass sie mit einer Maschine sprach, mit einem Automaten, der noch funktionierte, der gelernte Dinge abrief, der aber mit ihrem Sohn nichts mehr zu tun hatte.

Sie werde gleich nach einem Flug schauen, hatte sie gesagt, noch heute Abend sei sie bei ihm. Und saß auf dem Sofa. Saß dort, spürte das Zittern in ihrem Körper, spürte es, bevor es sichtbar wurde, zunächst in den Fingern der rechten Hand, die noch ihr Mobiltelefon hielt, dann im Arm, den Schultern, bis sie schließlich am ganzen Körper zitterte. Sie ließ das Telefon fallen. Ihr ganzes Bewusstsein in einem Tunnel, Ränder der Wahrnehmung, die immer enger wurden. Nur diese Panik, dieses Gefühl der Hilflosigkeit, das den Körper paralysierte, keine Luft mehr hineinließ. Sie hob das Telefon wieder auf. Versuchte eine Webseite zu öffnen; Fettschlieren ihrer schwitzigen Finger. Ein Geräusch wie ein Tier, ein tiefes, lautes Einatmen, das die Tränen löste. Nicht jetzt, nicht jetzt, dachte sie, nur nicht jetzt. Die Schnellwahl gelang ihr, sie presste das Gerät an ihr Ohr. Sie spürte, dass sie hyperventilierte, aber diese Wahrnehmung war weit von ihrem Körper entfernt, sie spürte sich noch, wie durch eine dicke Fellschicht hindurch, hatte aber keinen Einfluss mehr.

»Ja?«, sagte Jürgen.

Sie stammelte ihre beiden Namen, Jonas und Liv, dann nur noch ihren, immer und immer wieder. Die Liv, die Liv, die Liv ist. Weiter kam sie nicht.

Kurz darauf war er in der Wohnung. Oder vielleicht Stunden später, sie wusste es nicht. Er saß neben ihr, legte seine flache Hand auf ihre Brust und atmete mit ihr, bis es wieder von allein ging. Sie versuchte wiederzugeben, was Jonas ihr erzählt hatte; es war genug. Jürgen am Telefon, Jürgen wie ein Tiger im Käfig, auf und ab in der Wohnung. Er wartete, sprach auf die Mailbox, versuchte es wieder. Und wieder und wieder.

»Scheiß drauf!«, sagte er irgendwann. »Wir fliegen einfach!«

Sie hörte ihn im Arbeitszimmer, hörte ihn fluchen. Kurz darauf die Geräusche des Druckers. Er kam zurück, wedelte mit zwei Papieren. Die Tickets, sagte er ihr, sie müssten packen, sagte er ihr. Sie stand auf, folgte ihm durch den Flur ins Schlafzimmer, stopfte wahllos Kleidung in ihren kleinen Rollkoffer. Dann ein Taxi, kurz darauf der Flughafen. Schnitte, Sprünge, dazwischen: Jürgens Hand auf ihrem Rücken, das Gefühl, wie er sie langsam vorwärts schob.

Im Flieger, schon in der Luft über Deutschland, plötzlich dieser Moment des Durchatmens, als löse sich unter dem Druckausgleich der Maschine auch ihr Brustkorb aus einer Umklammerung. Sie schaute hinaus: blauer Himmel, eine gleißende Sonne im Westen, unter ihr eine weiße, geschlossene Wolkendecke, um sie herum Stimmengemurmel, das Rauschen der Klimaanlage, die verzerrt klingenden Ansagen von Kapitän und Kabinenbesatzung. Jürgen saß neben ihr, die Augen geschlossen, Kopfhörer im Ohr, vermutlich versunken in irgendein Hörspiel oder einen Podcast. Wie kannst du nur, wollte sie sagen. Und war gleichzeitig dankbar, dass seine Fähigkeit zu funktionieren im richtigen Moment einsetzte. Noch zwei Stunden, dann würde sie selbst wieder funktionieren müssen. Sie lehnte die Stirn gegen das Plastik oberhalb des Fensters. Die Welt in zehntausend Metern Entfernung, unter ihr und in ihrem Innern.

Jürgen bestand darauf, dass sie sich ein Hotel nahmen. Danach fuhren sie zu Jonas. Standen im Regen vor der Wohnung, klingelten und warteten. Irgendwann ein Anruf, Jonas' Name auf dem Display, ihre Fahrt ins Krankenhaus, Regen, Kopenhagen eine verzerrte Stadt aus Grau und sich brechenden Lichtern.

»*Psykologisk pleje*«, sagte die Schwester am Empfang, nachdem sie den Namen ihres Sohnes genannt und die Frau ihn im System gefunden hatte. Und Jürgen und Charlotte nickten. Sie verstanden. Sie ließen sich den Weg erklären.

Er lag im Bett, als sie eintraten. Seine Augen weiteten sich. Seine Augen waren rot, geplatzte Äderchen überall, auch die Haut drum herum, der Rest seines Gesichtes weiß, durchscheinend. Eine Kanüle in seinem Arm.

»Don't worry«, hatte die Ärztin gesagt, *»but we are trying to keep him quiet. Just for now.«*

Sie trat ans Bett, nahm seine Hand, hielt sie, hielt kurz darauf seinen Kopf, seinen gesamten Oberkörper. Und als sie den Blick hob, sah sie Jürgen, wie er am Fußende des Bettes stand und weinte.

[NORDEND, FRANKFURT, OKTOBER 2017]

Der Franzose gab Charlotte die Hand. Er sah anders aus, als sie ihn sich vorgestellt hatte. Natürlich war er älter, ein wenig fülliger als auf den Fotos, hatte nur noch sehr wenige Haare auf dem Kopf, aber er wirkte sehr präsent, füllte den Raum um sich, und das nicht einmal auf eine unangenehme Art. Jürgen hatte von einem Zauderer erzählt, von einem Theoretiker, der verzweifelt um Anschluss an die Welt kämpfte. Der Germain, der jetzt vor ihr stand, wirkte so, als habe er den Anschluss an die Welt schon vor vielen Jahren gefunden, als sei er, im Gegenteil, daran gewöhnt, dass die Welt sich um ihn drehte. Neben ihr Jonas, aufgeregt, fragende Blicke.

»Sie sind also seine Frau«, sagte Germain. »Ich freue mich wirklich sehr. Und Sie sind?«

»Jonas«, sagte Jonas, »freut mich.«

Sie schüttelten sich die Hände. Sonderbar, dachte Charlotte. Dieses plötzliche Auftauchen, dieser dreitagebärtige Kerl in Leinenhemd und altem Burberry-Sakko. Seit Monaten spukte die Vergangenheit durch Jürgens Kopf, seit der Hochzeit in Spanien. Und jetzt war es, als hätten seine Gedanken diese Gestalt geboren, sie in die Welt gebracht. Den unerwarteten Gast.

»Ich arbeite für das Kultusministerium«, sagte Germain,

»und bin wegen der Messe in der Stadt. Der Präsident und all das.«

Er machte eine undefinierbare Handbewegung.

»Ich habe die Rede gehört«, sagte Charlotte. »Wirklich beeindruckend. Solche Politiker haben wir hier nicht.«

»Reden kann er, das stimmt«, antwortete Germain. Seine Stirn glänzte ein wenig. Er war offenbar nervöser, als Charlotte zunächst wahrgenommen hatte. Sie wollte ihn fragen, woher er die Adresse, was überhaupt zum Teufel er hier verloren hatte, aber jetzt war es ohnehin zu spät.

Sie betrat das Wohnzimmer nach ihm und konnte sehen, wie Jürgens Augen sich weiteten. Er freute sich ganz offensichtlich. Aber da war auch noch etwas anderes: eine Nervosität in seinem Blick, eine Unruhe, die in diesem Moment das Allerletzte war, was er brauchte. Der Franzose trat zu Jürgen ans Sofa, drückte seine Hand, schüttelte den Kopf, schien ebenso fassungslos zu sein wie sein Gegenüber. Er setzte sich ans Fußende des Sofas, sah dort ein wenig verloren aus, der runde Bauch spannte das Sakko, das er noch immer nicht aufknöpfte. Jürgen bemerkte ihren Blick, schickte Jonas und sie aus dem Zimmer. Sie hätte den Besucher gerne aus der Wohnung geworfen, wusste aber, dass das unmöglich war.

In der Küche, am alten Holztisch, eine Tasse Tee vor sich und Jonas' Gesicht gegenüber, lauschte sie auf das dumpfe Gemurmel, das seinen Weg durch die Stille des Flurs bis zu ihr fand. Auch ihr Sohn schien eine Weile in den ruhigen Rhythmus dieses Gesprächs vertieft.

»Kennst du den eigentlich?«, fragte Jonas nach einer Weile. Charlotte schüttelte den Kopf.

»Die Geschichten, ja. Germain, der Franzose. Auch Fotos. Aber leibhaftig habe ich ihn noch nie gesehen. Diese Zelle in Spanien, das war vor meiner Zeit.«

»Zelle? Was für eine Zelle denn bitte?«

»Gruppe, Zelle, wie auch immer. So nannte sich das damals eben.«

»Und was haben die da gemacht? Demonstriert und gekifft?«

»Nicht ganz«, sagte Charlotte. Es lag ihr auf der Zunge zu sagen, dass die Jugend damals eben noch etwas radikaler war als heute. Stattdessen sagte sie:

»Demonstrationen, das schon. Was natürlich illegal war zu Francos Zeiten. Dazu ein paar Banken, am Ende einen Anschlag.«

»Bitte was?«

Sie genoss diese blanke, offene Überraschung im Gesicht ihres Sohnes. Er lachte nervös, drehte seine Teetasse zwischen den Händen.

»Ein paar Banken?«

»So hat man sich damals das Geld besorgt, um die Sache unterstützen zu können.«

»Was für eine Sache denn?«

»Den Umsturz. Den Anarchismus.«

»Den …«, er brach ab, senkte für einen Moment den Blick. »Fuck the system, oder was?«

»Für ein paar Idioten vielleicht. Aber hier in Deutschland«, sie trank einen Schluck, »hier in Deutschland hat man heute davon doch sowieso keine Ahnung mehr. In Spanien gibt es die anarchistische Gewerkschaft noch heute.«

»Und warum warst du nicht dort?«

»Dein Vater kam erst nach seiner Zeit in Barcelona nach Frankfurt. Vom Mittelmeer direkt an den Main. Zumindest hat er das immer behauptet.«

»Und was soll das nun wieder bedeuten?«

»Diesen Anschlag, nach dem bei denen alles vor die Hunde gegangen ist, den kann man suchen und finden. Sommer 75.

Im Herbst tauchte er hier auf. Keine Ahnung, wo er sich dazwischen rumgetrieben hat.«

Sie hatte ihn gefragt. Mehrmals hatte sie das, bis er irgendwann endlich mit der Geschichte über diesen Brandanschlag auf ein Kaufhaus herausgerückt war. Sie hatte danach gesucht und gefunden: Juni 75. Warum warst du erst im Herbst hier, hatte sie gefragt. Was weiß ich denn, hatte er geantwortet. In Frankreich am Strand vermutlich. Und sie hatte wieder gefragt. Und wieder. So lange, bis er wütend geworden war, sie angeschrien hatte, sie solle ihn verdammt noch mal in Ruhe lassen. Diese eine Sache, dachte sie, diese eine Sache würde er ihr nie erzählen.

»Und wieso seid ihr nie wieder runter?« Jonas lehnte sich in seinem Stuhl zurück, sodass sein Gesicht aus dem Lichtkegel der tief hängenden Deckenlampe verschwand. »Wenn das seine alten Freunde waren, meine ich. Warum seid ihr da nie wieder hin?«

Charlotte seufzte.

»Die Gruppe ist aufgeflogen damals. Die sind alle in den Knast, glaube ich.«

»Auch der Franzose?«

»Keine Ahnung. Jedenfalls hat Jürgen immer gesagt, dass niemand mehr dort ist, mit dem er noch reden könne.«

»Aber Franco ist doch kurz darauf gestorben. Sind die dann alle im Knast geblieben?«

»Ich weiß es nicht«, sagte Charlotte. »Dein Vater wollte jedenfalls nicht mehr hin. Zu lange her, zu viele alte Wunden. In Madrid waren wir, in Sevilla, auch San Sebastian. Aber nie Barcelona.«

»Und jetzt hocken sie im Wohnzimmer, spielen alte Freunde und malen sich die Vergangenheit rosarot?«

»Vermutlich eher rot-schwarz«, sagte Charlotte. Sie drehte das Handgelenk, schaute auf die Uhr.

»Das dauert alles viel zu lange«, sagte sie. Im Wohnzimmer war es still. »Ich habe ihm gesagt, dass er sich schonen soll.« Sie stand auf. Jonas griff ihre Hand.

»Ach komm, Charlotte!«

Sie fühlte sich, als verknote jemand ihr Inneres. Sie trat in den dunklen Flur, näherte sich dem Wohnzimmer, lauschte. Sie redeten leise. Jürgen lachte, glaubte sie. Sie überlegte kurz, ob sie klopfen sollte, aber dann drückte sie einfach die Klinke und trat ein.

EL OTRO LADO (II)

[NOU BARRIS, BARCELONA, SPANIEN, MAI 1980]

Sie hörte nicht auf. Sie hörte einfach nicht auf. Öffnete morgens die Augen und schrie, schloss sie kurz am Mittag, wenn es ein guter Tag war, riss sie spätestens eine halbe Stunde danach wieder auf, und sofort drangen diese Töne aus dem kleinen Körper, die sich direkt in Mireias Nervenbahnen fraßen, sie abtrugen, Schallwelle um Schallwelle. Die Nachbarn waren gekommen, zunächst mit freundlicher Sorge und guten Ratschlägen, die sich bald darauf in dringende, übergriffige Empfehlungen gewandelt hatten, schließlich, als auch das nichts half, in Beschwerden und am Ende in Schimpfworte.

Warum sie sich habe besteigen lassen, hatte sie ein Nachbar angebrüllt, wenn sie nicht in der Lage sei, sich um ein Kind zu kümmern. Und Mireia hatte geantwortet, er solle sich lieber um seine eigene, hässliche Brut kümmern und sich mal fragen, warum die Hälfte davon aussah wie der *Butanero*.

Wenn Toni aus der Fabrik nach Hause kam, forderte er ebenfalls Ruhe oder wollte, was noch schlimmer war, mit ihr über irgendwelche politischen Themen reden. Die CNT war aktiv in seinem Betrieb, er natürlich mit von der Partie. Die Organisation einer betrieblichen Übernahme durch einen Arbeiterrat wurde geplant.

»Glaubst du wirklich, dass mich das gerade interessiert?«, schrie sie ihn an. Überhaupt war Schreien zur einzigen Form ihrer Kommunikation geworden. Wenn es plötzlich still wurde, manchmal, in diesen kurzen Momenten am Nachmittag oder in der Nacht, glaubte Mireia, dass dieses Geräuschvakuum sie in ein Loch saugen, sie verschlingen würde. Und trotzdem. Und trotzdem Liebe, überquellend, haltlos. Dieses Geschöpf, dieses rotköpfige Monster, sie konnte nicht anders. Liebe und Wut und Resignation, ein dauerndes Wechselspiel, auch für Toni, wobei dort meistens die Abneigung überwog. Irgendwann war sie an einem Punkt angelangt, wo sie vor Erschöpfung mit dem schreienden Kind im Arm einschlief. Einmal weckte sie eine Nachbarin. Einmal war es Toni, der sie so vorfand. Wenn sie in den Spiegel schaute, war da dieses fremde Wesen, das zurückstarrte: fettige Haare, tiefe schwarze Augenringe, Risse in den Mundwinkeln. Und ihre Brüste, nein, Titten, prall und schmerzend, dazu wund an den Warzen, immer wieder blutend. Jedes Stillen wurde zu einer Tortur. Sie war ein anderer Mensch. Oder war vielleicht nicht einmal mehr ein Mensch. Ihr Bewusstsein schaltete sich aus, ganze Tage gingen ihr verloren oder schrumpften auf wenige Augenblicke zusammen.

Irgendwann tauchte Diego auf, an einem Morgen Ende des Monats, eine haarige, grinsende Erscheinung in Blaumann und ohne Hemd, die ihr das Baby einfach abnahm, sie zurückschob auf die Couch, als sie protestieren wollte.

»Hast du Flaschenmilch?«, fragte er.

»Im Schrank«, sagte sie. Mireia lag auf dem Sofa, schaute ihm durch die offene Küchentür dabei zu, wie er das Pulver langsam einrührte und dabei ihr Kind auf einem Arm balancierte. Sie hätte Angst haben sollen, aber Montse drückte ihren Kopf an die haarige Brust und machte sonderbare, gurrende Geräusche. Sie starrte ihn an, als er kurz darauf mit Flasche und Kind zu ihr zurückkehrte und Montse zu trinken gab, als habe er nie etwas anderes getan.

»Ältester Bruder, fünf Geschwister«, sagte er. Er gab ihr das Kind, das tatsächlich ruhig blieb, so als habe die Urkraft dieses Wolfsmenschen sie eingeschläfert. Oder eingeschüchtert. Mireia war es egal. Er füllte die Flasche erneut, kam zurück. Er nahm ihr das Kind ab. Sie war fassungslos.

»Ich gehe raus«, sagte er. »So kannst du schlafen.«

»Und meine Brüste?«

Sie deutete auf die enorme Wölbung ihres Oberteils.

»Willst du, dass ich platze?«

Er brummte in seinen Bart, Toni habe ihm gesagt, er solle seine Freundin retten. Und ihre Beziehung gleich mit. Aber mit ihren Brüsten, sagte er, müsse sie schon selbst klarkommen.

»Hast du von diesen Pumpen gehört? Die sehen etwas abenteuerlich aus, aber eine Freundin hat erzählt, dass man die Milch damit tatsächlich herausbekommt und für später abfüllen kann.«

Sie sank zurück auf die Couch, sie hörte, wie er ihr Haus verließ, sie wollte noch fragen, was für eine Freundin er hatte, die Milch abpumpte, wollte fragen, wohin er ging, wollte noch fragen, wer dieser *Lobo* war, der wie selbstverständlich von Milchpumpen sprach, der überhaupt viel mehr sprach, als sie es je erlebt hatte, sie wollte auch fragen, wie lange er fortblieb, aber dann: ein kurzes Augenflackern, Schwärze, absolute, traumlose Schwärze.

[NOU BARRIS, BARCELONA, SPANIEN, OKTOBER 1981]

Sie war außen vor, immerzu. Hatte den Eindruck, vom kleinen Vorgarten aus durch die Fenster ihres eigenen Hauses zu schauen und nur beobachten zu können, was darin vorging, vielleicht ab und an etwas hineinzurufen, aber nicht wirklich teilzunehmen. Und schuld daran war Toni. Toni, der eigentlich auch nicht mehr war als ein Kind, ein Teenager, ein maulender, bockiger Kerl, der ihr jetzt ihre Tochter gestohlen hatte. Zwei Kinder, die sich ihr entzogen hatten und sich selbst versorgten.

Sie hatte befürchtet, dass die Dinge nicht einfach sein würden mit Toni, dass er Zeit brauchen würde nach dem Gefängnis, um sich anzupassen an das Leben in Freiheit. Aber sie hatte sich geirrt. Toni hatte eine Arbeit gefunden, er war in die CNT eingetreten, die jetzt endlich legal war, er sprach von politischem Wandel, von aktiver Arbeit in seinem Betrieb und darüber hinaus. Das Problem dabei war natürlich, dass der Schwung, den Mireia in der Bewegung Ende der Siebziger noch erlebt hatte, längst verebbt war. Als Anfang 78 die Molotowcocktails nach einer Demo der CNT in den Tanzsaal *Scala* geflogen waren und darin vier Arbeiter verbrannt waren, zwei von ihnen selbst mit der CNT verbunden, war mit ihnen jegliche Hoffnung gestorben, dass sich die Bewegung über Barcelona hinaus zu einer Massenbewegung formieren konnte. Ein anarchistisches Kommando habe die Attacke durchgeführt, hieß es. Von Terror schrieb man. Und all die Menschen, die noch 1977 bei den libertären Tagen in Barcelona mit ihr gefeiert und diskutiert hatten, bekamen es plötzlich mit der Angst zu tun, wandten sich anderen Parteien zu. Toni war der *CNT Renovada* beigetreten, jenem Teil der anarchistischen Gewerkschaft, der sich dem neuen Staat nicht komplett verweigerte. Wer vor der Tür bleibe, hatte er gesagt, der könne nur von außen durch das Schlüsselloch schauen. Er hatte gehofft, Diego und andere alte Freunde in die Gewerkschaft zu holen, aber Eli lebte in einer Kommune auf dem Land, Marcos war verschwunden, angeblich nach Lateinamerika, und Diego hatte den Kopf geschüttelt, als Antonio ihn nach einem gemeinsamen Essen bei ihnen fragte.

»Ich will meine Ruhe, Toni. Ich will ein bisschen Geld verdienen, will in die Berge. Keine Politik mehr. Das ist vorbei. Ich will raus, ich will den offenen Himmel über mir haben, keine niedrigen Kneipendecken, unter denen stundenlang geraucht und diskutiert wird. Wenn ich kein Geld bräuchte, wäre ich nur noch in den Bergen, ganz ehrlich.«

Toni hatte gelacht, hatte gesagt, das sei schon in Ordnung und sie hatten getrunken und geraucht wie immer. Aber die Entfremdung von Diego, das langsame Auseinanderdriften, vor allem Diegos Entscheidung, sich rauszuziehen, trafen Toni mehr, als er es zugeben wollte. Er und Mireia gingen noch auf Demos, Mireia trat in die *CNT Renovada* ein, auch wenn sie schon nicht mehr wusste, warum. Einen kurzen Moment der Angst durchlebten sie, als Toni zur *Mili* eingezogen werden sollte, aber der Schrecken währte nur kurz, weil sie ihm Asthma diagnostizierten und ihn für untauglich erklärten. Da waren sie glücklich und feierten. Dann kam Montse. Und ihre Perspektiven änderten sich. Alles änderte sich. Nachdem die ersten drei Monate der Qualen und Schlaflosigkeit beinahe überstanden waren, hatte sich die Frage gestellt, wie sie ihre Arbeit bei der *Vanguardia* wieder antreten sollte, wenn da gleichzeitig ein Lebewesen war, das von ihr versorgt und betreut werden musste. Er könne seinen Job kündigen, hatte Toni gesagt, aber Mireia hatte abgelehnt. Und dann hatte sie diese Worte gesagt, einfach so:

»Wir könnten meine Eltern fragen.«

Toni hatte sie angeschaut, als habe sie vorgeschlagen, ihr Kind in eine Jesuitenschule zu geben. Ob sie den Verstand verloren habe, hatte er gesagt. Und sie hatte gefragt, ob er denn eine bessere Idee habe. Statt mit ihr zu reden, war er aufgestanden, hatte den Kopf geschüttelt, gesagt, sie sei irre, und war aus dem Haus gestürmt. Nachts hatte er sich erst spät zu ihr ins Bett geschlichen, nach Alkohol und Zigaretten stinkend. Am nächsten Morgen war er aufgestanden und schweigend zur Arbeit gegangen, als sei nichts geschehen. Und Mireia hatte im Bett gelegen, die Augen geschlossen, wütend und gleichzeitig dankbar, dass er verschwunden war, ohne die Kleine zu wecken. Drei Stunden später hatte er wieder vor der Tür gestanden.

»Ich habe gekündigt«, hatte er gesagt. »Du wirst bald sowieso mehr verdienen als ich, was macht meine Arbeit da für einen Sinn? Ich werde zu Hause bleiben.«

Während Toni mit Montse im Kinderwagen durch Nou Barris spazierte, sie fütterte und wusch, ging sie zur Arbeit und tippte Artikel von Redakteuren ab. Manchmal kam Toni mittags zu ihr, damit sie Montse zumindest kurz in den Arm nehmen konnte. Sie aßen gemeinsam in einem der Restaurants nahe der *Plaza de la Universidad*. Und obwohl sie niemandem davon erzählte, glaubte sie, dass jemand sie gesehen hatte, dass ihre Kollegen im Büro davon wussten, dass vor allem die Kolleginnen tuschelten. Gespräche wurden abgebrochen, sobald sie den Raum betrat. Und in ihrem Kopf führte sie sie fort, stellte für die anderen immer wieder die Frage, was denn nicht stimmte mit diesem Typen, der mit einem Kind vor dem Bauch herumlief, während seine Frau im Büro saß und arbeitete.

Das Erstaunlichste war, wie gut Toni diese Zeit überstand, oder nein, nicht, wie er sie überstand, wie er darin regelrecht aufging. Es war wunderbar mit anzusehen, wie sehr er und Montse zusammenwuchsen, aber es war auch, wenn sie ganz ehrlich war, unerträglich. Natürlich war das Eifersucht, dumme, kindische Eifersucht darauf, dass sie die ersten Schreimonate abbekommen hatte, und er jetzt die Früchte ihrer Arbeit einheimste, ihr von den täglichen Fortschritten ihrer Tochter erzählte, vom ersten Robben, Sitzen, während sie in einer verrauchten Redaktionsstube hockte und darauf wartete, dass man ihr endlich ihren ersten eigenen Artikel übertrug.

Als am 23. Februar Tejero in Madrid mit der Pistole ins Parlament stürmte und den Staatsstreich verkündete, als Sekunden später die Putschisten mit einer Maschinenpistole in die Luft feuerten und sich die Abgeordneten hinter ihre Bänke duckten, da war es Toni, der mit Montse zu Hause saß, während Mireia das Gefühl hatte, in der Nachrichtenredaktion im Auge des Sturms zu sein. Sie rannte hinaus in die Stadt, sie sprach mit Leuten auf den Straßen, hörte ihre Ängste, ihre Wut, fragte selbst immer wieder in der Redaktion nach, ob sich die Generäle der Region Barcelona dem Aufstand ebenfalls anschließen würden. Gerüchte aus Valencia, wo sich Milan de Bosch mit seinen Truppen erhoben hatte, machten die Runde. Keiner wusste Genaues. Mireias Anrufe nahm Toni in aller Ruhe entgegen, ihren Wunsch, er möge mit Montse die Stadt verlassen, wehrte er ab. Sie blieb in der Redaktion, arbeitete bis tief in die Nacht, jubelte gemeinsam mit den Kolleginnen und Kollegen, als der König um halb zwei den Putsch als illegitim bezeichnete, kehrte im Morgengrauen mit dem Gefühl nach Hause zurück, direkt an der Geschichte teilgenommen zu haben. Sie erzählte Toni davon, doch der sagte nur, dass es gut sei. Dass er nicht mehr zu wissen brauche. Der Putsch sei gescheitert, das sei alles, was zähle.

Als er ihr Wochen später erzählte, dass die CNT seinen alten Betrieb übernommen, ihn den Chefs für einen Spottpreis abgekauft hatte und jetzt durch einen Arbeiterausschuss führte, tat er es lachend, kopfschüttelnd, durchaus freudig, aber so, als erzähle er Geschichten aus einem fremden Land. Wenn sie am Wochenende oben in den Hügeln über der Stadt wanderten oder am Meer, in Sitges spazierten, versuchte sie stolz zu sein auf ihren Mann, der so liebevoll mit seiner Tochter umging, der für sie kochte, sie fütterte, sie wickelte. Dem all das wichtiger war als die Politik. Und manchmal gelang es ihr. Aber wenn sie ihrer Tochter Essen geben wollte und die Kleine kurz darauf zu brüllen begann, sich ihr verweigerte, von ihm die Nahrung aber klaglos nahm, dann war da dieser Zorn, ein heißer, schneidender Zorn auf einen Mann, der sich für nichts mehr zu interessieren schien, der ihr die Tochter gestohlen hatte und zu allem Überfluss nicht einmal einer Arbeit nachging.

[GRÀCIA, BARCELONA, SPANIEN, OKTOBER 1984]

Sie betrat den Laden. Es war dunkel, alle Regale und Weinfässer lagen im Halbschatten, das wenige Licht fiel durch die Türöffnung und die schmalen Lamellen vor dem Schaufenster. Wäre das Schild in der Tür nicht gewesen, auf dem in roten Lettern *Abierto* stand, Mireia hätte direkt wieder kehrtgemacht. Nur an dem Tresen, auf dem sich die Kasse befand, brannte eine kleine Lampe. Sie sah nur seinen Kopf, hell beschienen, sah den konzentrierten Blick nach unten, der vermutlich auf ein Buch gerichtet war. Sie näherte sich, die hölzernen Absätze ihrer Schuhe schlugen auf den groben Steinboden. Er reagierte erst, als sie schon ihre Hände mitsamt der Zeitung auf den Tresen legte, schaute aber nicht einmal auf, sagte nur:

»Ja?«

»Haben Sie auch *Cava*? Ich habe etwas zu feiern!«

Jetzt hob er den Blick, erkannte sie, zuckte zusammen und ließ sein Buch fallen.

»Mire, was zum Teufel …?«

Sie ließ die aufgeschlagene Zeitung auf dem Tresen liegen, tippte mit dem Zeigefinger auf den Kommentar über die offizielle Aussage des Präsidenten der *Generalidad*, Jordi Pujol, zur Untersuchung des Falls der *Banca Catalana*. *»Un ataque contra Catalunya«*, stand dort, *»un comentario de Mireia Bellpuig«*.

Toni stand auf, drehte die Zeitung zu sich, las, schüttelte den Kopf. »*Ein Angriff auf Katalonien*, wirklich, Mire? Hast du es dir jetzt zur Aufgabe gemacht, korrupte Konservative zu verteidigen?«

Sie entzog ihm die Zeitung, nahm sie vom Tresen, zerriss die Seite dabei beinahe.

»Hast du sie noch alle? Mein erster Kommentar, ganz offiziell, mit meinem eigenen Namen, und das ist alles, was dir einfällt?«

Er zuckte die Schultern.

»Soll ich dich anlügen? Toll, Mire, wirklich wundervoll, dass du diesen Nationalisten verteidigst! Da bin ich aber wirklich stolz auf dich!«

»Weißt du was, Toni? Du bist einfach ein Arschloch! Lass deine schlechte Laune doch an jemand anderem aus!«

Sie wandte sich um, verließ den Laden, schmiss die Tür mit einer solchen Wucht hinter sich ins Schloss, dass zwei Holzlamellen aus dem Rahmen brachen und zu Boden fielen. Eine Frau auf der Gasse vor ihr schaute zur Seite, bekreuzigte sich und beschleunigte ihre Schritte.

Mireia stand für einen Augenblick unschlüssig vor dem Laden, bevor sie sich auf den Weg in Richtung U-Bahn an der *Plaça Joanic* machte. Sie würde ihre Tochter aus der Schule holen und zu ihren Eltern bringen, so wie sie es in den letzten Monaten schon öfter gemacht hatte, auch wenn diese Entscheidung, die beiden Alten in Sarrià wieder in ihr Leben zu lassen, zu einem der erbittertsten Wortgefechte mit Toni geführt hatte, das sie je erlebt hatte. Er hatte sie angeschrien, mit rotem Kopf, die Augen geweitet, völlig außer sich, hatte im Zorn eine Vase samt Blumen gegen die Wand geworfen. Das Wasser war an die Wand gespritzt, die Scherben durch das gesamte Wohnzimmer geflogen.

Sie war ins Schlafzimmer gegangen, hatte eine Tasche gepackt, sich ihre Tochter gegriffen, die brüllend in ihrem Bett gelegen hatte, und als sie den Hausflur durchquert hatte, war er bereits in den Vorgarten getreten und hatte sie erwartet.

»Bitte sehr«, hatte er gesagt und mit dem Arm in Richtung Straße gedeutet. »Gute Reise in deinen Reichenstadtteil. Zu deinen Faschisteneltern. Dann könnt ihr die Kleine ja direkt in eine Ordensschule geben.«

Und sie hatte tausend Worte im Kopf gehabt, die sie ihm an den Kopf hatte schleudern wollen. Aber sie hatte einfach Montse an sich gedrückt und war gegangen. Vielleicht, dachte sie, während sie die Treppen zur U-Bahn hinabstieg, war dieser Streit schon das eigentliche Ende ihrer Beziehung gewesen, sie hatte nur bis jetzt gebraucht, um es zu merken.

[EIXAMPLE, BARCELONA, SPANIEN, AUGUST 1985]

»Das ist sie also?«, fragte er. Mireia nickte.

Er trat ein, lief durch den Flur, schaute links kurz ins Badezimmer, rechts in die Küche, er verweilte einen Augenblick, um die Fliesen unter sich zu betrachten, die in der Mitte jedes Raumes Blumenmuster zeigten, an den Rändern aber schwarze Rahmungen, so als liefe man nicht über einen Wohnungsboden, sondern über ein antikes Gemälde. Er schüttelte den Kopf, ohne sich zu ihr umzudrehen. Sie hielt Abstand hinter ihm, musterte seinen leicht gebeugten Rücken, den hervorstehenden Knochen des Nackens, sie sah die Haut seines Hinterkopfes durch die langsam dünner werdenden Locken schimmern.

Er erreichte das Wohn- und Esszimmer, blieb am großen Esstisch stehen und fuhr mit beiden Händen über das Holz, er betrachtete die großen, noch beinahe vollständig leeren Bücherregale, die die komplette rechte Wand von der Küche bis hin zur Terrasse entlang verliefen. Toni ignorierte das Schlafzimmer zu seiner Linken, öffnete stattdessen die Terrassentür, schaute hinaus, nickte anerkennend. Durch die Öffnung drangen die Geräusche der Stadt hinein, das kurze Jaulen einer Krankenwagensirene, das Knattern einiger Motorroller.

Sie trat zu ihm auf die Terrasse.

»Und?«

Er brummte etwas Unverständliches.

»Gefällt sie dir nicht?«

»Ob sie mir gefällt, ist ziemlich unerheblich, oder?«

Er lehnte sich über das Terrassengeländer, schaute vier Stockwerke hinunter auf den gigantischen, gefliesten Innenhof, der mehr ein Zusammenschluss zahlreicher Innenhöfe war, das gegenüberliegende Gebäude gute fünfzig Meter entfernt, die Rückseite eines dieser typischen, quadratischen Straßenblöcke in Eixemple, die sich wie symmetrische Inseln aneinanderreihten, nur durch schmale Straßen voneinander getrennt. Einige bunt gemusterte Schirme waren zu sehen, unter denen Nachbarn vermutlich zusammensaßen und einen Aperitif nahmen, weiter hinten einige Kinder, die trotz der brütenden Hitze einen Fußball über den Steinboden jagten.

»Natürlich will ich, dass sie dir gefällt«, sagte sie.

Er schreckte hoch, die Hände noch auf dem Geländer. Die Angst, er könnte springen, lief wie ein Schauer vom Rücken bis in ihren Nacken. Er drehte sich um, schaute sie an.

»Und wenn nicht? Verkaufen deine Eltern die Wohnung dann?«

»Natürlich nicht«, sagte sie. »Aber sie haben andere Wohnungen, in anderen Vierteln.«

Er zuckte mit den Schultern.

»Schon okay«, sagte er, »es könnte schlimmer sein. Von

Llucmajor aus komme ich schnell hierher, wenn ich die Kleine sehen will. Und immerhin«, er drehte sich um, schaute durch die Terrassenfenster ins Innere, »ist es kein Palast. Eine Bürgerwohnung, das schon, aber darunter machst du es ja anscheinend nicht mehr.«

Sie entschloss sich, die Gelegenheit zum Streit verstreichen zu lassen. Das hatten sie hinter sich. Hoffte sie zumindest.

»Wirst du im Haus bleiben?«, fragte sie stattdessen.

Er schaute immer noch in die Wohnung, auf den Esstisch, die leeren Regale. In ihrer Vorstellung sah sie ihn seine Bücher dort hineinstellen, sah ihn in der Küche kochen und hörte ihn dabei »*Mediterraneo*« von Serrat singen, sah ihn Montse ins Bett bringen in dem kleinen Zimmer am Anfang des Flurs, ihr eine Gutenachtgeschichte vorlesen, und als er sich umdrehte und sie mit seinen großen, traurigen Augen anblickte, war sie sich für einen Moment sicher, dass er die gleichen Bilder und Geräusche in seinem Kopf hatte.

»Es ist ein gutes Haus. Und günstig. Warum sollte ich ausziehen?«, sagte er.

Weil es klein ist und dunkel und beengt, dachte sie, weil die Räume voll sind mit unseren Schreien, mit unserem Scheitern. Mit dem Eingeständnis, dass es nicht möglich war, diese Kluft zu überbrücken, die zwischen ihnen entstanden war. Ihrer beider Herkunft, ihre Eltern, ihr Geld, seine Zeit im Gefängnis, seine Entfernung von der Welt und seine Wut auf die Welt, die nur in jenen Monaten überdeckt worden war, in denen er allein mit Montse im Haus saß oder durch die Stadt spazierte, nur er und seine Tochter. Aber sobald Montse zu alt war, ihn nicht mehr brauchte, sobald klar wurde, dass es keinen Anarchismus mehr gab, für den es zu kämpfen galt, nur einen dunklen Laden, in dem er die Produkte der alten Genossen verscherbelte, waren seine Unzufriedenheit und zugleich seine Verweigerung, etwas an seinem Zustand zu ändern, für Mireia unerträglich geworden. Sie wollte ausbrechen, ihn loswerden, diesen Ballast, diese Schwere, die an ihr zog. Sie hatte gewusst, dass ihre Eltern den Zustand einer unverheirateten Tochter mit Kind zwar hassen würden, er ihnen aber allemal lieber war als eine Tochter mit Kind und Toni. Und als sie irgendwann so weit war zu fragen, nach einem weiteren Streit mit Toni, nach einer schlaflosen Nacht in ihrem alten Kinderzimmer, als sie so weit war, nach einer Wohnung für sich und ihre Tochter zu fragen, da war ihr klar gewesen, dass die beiden Alten ihr diese Bitte nicht abschlagen konnten. Und jetzt würde Toni allein in diesem kleinen Haus sitzen bleiben, am Rand der Stadt. Es machte sie traurig, trotz allem.

»Ich habe einen Brief von Diego bekommen«, sagte er leise.

Mireia war dankbar für den Themenwechsel.

»Wo ist er jetzt?«, fragte sie.

»Jetzt ist sehr relativ«, sagte Toni. »Der Brief ist vor acht Wochen gestempelt worden. In Kathmandu. Er hat sich in Neu-Delhi einer Gruppe angeschlossen, die in den Himalaja zieht. Er hat geschrieben, dass sie den Aufstieg noch im Sommer versuchen wollen.«

»Vielleicht war er längst oben«, sagte Mireia.

»Vielleicht ist er oben geblieben«, sagte Toni.

»Hör auf, Toni, wirklich!«

»Das sind nicht die Pyrenäen, auch nicht die Alpen, Mire. So ein Schwachsinn. Die *Seven Summits* besteigen.«

Er trat in die Wohnung zurück.

»Also gut, alles schön. Hast meinen Segen«, sagte er und bekreuzigte sich. Sie zeigte ihm den Mittelfinger.

Bei der Verabschiedung entstand dieser kurze Moment des Zögerns, alte Konditionierungen, die erst abtrainiert werden mussten. Sie küsste ihn auf die Wange, was sich völlig absurd anfühlte. Sie brachte ihn zum Fahrstuhl, schloss das Metallgitter vor dem alten hölzernen Kasten. Hinter dem Glas der Kabine erschien sein Gesicht leicht verzogen.

»Holst du sie morgen ab?«, fragte sie, und er nickte stumm.

Am Ende, dachte sie, nachdem sie die Tür geschlossen hatte und im leeren Wohnzimmer an ihrem neuen, überdimensionierten Esstisch saß, hatte die Trennung von Diego auf eine gewisse Art und Weise auch die Trennung zwischen ihr und Toni vorbereitet. Obwohl der *Lobo* immer öfter wochenlang auf Bergtouren unterwegs gewesen war, hatte es anschließend immer jene Wochen der intensiven Rückkehr gegeben, in denen der *tío lobo* tagelang auf ihrer Couch übernachtet hatte, die Nachmittage mit Montse gespielt und die Nächte mit ihnen getrunken hatte. Dann waren die ersten Reisen in die Alpen gefolgt, der Mont Blanc und der Entschluss, die höchsten Berge der Erde zu besteigen. Sie hatten es für einen Scherz gehalten, hatten gelacht an einem Abend in einer Kneipe im Raval.

»Was glaubt ihr denn, warum ich all diese reichen Idioten auf den *Pico de Aneto* geführt habe?« Er knallte einige Scheine auf den Tresen und orderte die nächste Runde. »Jetzt bin ich mal dran, mich führen zu lassen und zu lernen.«

Als er einige Wochen später die Stadt verlassen, als Mireia neben Toni am Gleis in der *Estación de Francia* gestanden und ihm gewinkt hatte, da hatte sie den Entschluss, sich von Toni zu trennen, zwar schon getroffen, aber es hatte sich so angefühlt, als ob er erst genau in diesem Moment wirklich wurde, machbar, etwas Reales. Zwei Wochen später hatte sie es ihm gesagt. Und er hatte ihr gegenübergesessen und genickt.

»Ja«, hatte er gesagt, »du hast recht.« Immer wieder nur: »Ja, du hast recht.« Dazu dieses marionettenhafte Auf und Ab seines Kopfes.

Das war es gewesen. Das Ende. Etwas, das sie sich nie hatte vorstellen können. Es war ihr undenkbar erschienen, dass sie jemals ohne diesen nachdenklichen, liebevollen und albernen Aragonesen auskommen sollte, ohne diesen traurigen Riesen. Eine Mireia ohne Toni. Am Ende aber war es ganz einfach gewesen.

Sie schaute auf die Uhr, stand auf. Es war Zeit, Montse abzuholen. Das war jetzt ihre Aufgabe. Mireia, in einer Wohnung in Eixemple, ihrer ersten, ganz und gar eigenen Wohnung. Mit ihrer Tochter. Sie strich über den Tisch. Das, dachte sie, fühlte sich tatsächlich gut und richtig an. Immerhin das. Der Rest würde sich finden.

CHEZ CES GENS-LÀ (II)

[NORDEND, FRANKFURT, DEUTSCHLAND, OKTOBER 2017]

»Deine Frau wacht wie eine Löwin über dich.«

Germain lauschte auf die sich entfernenden Schritte, starrte auf das dunkle Glas der Wohnzimmertür, schaute sich anschließend im Raum um. Er pfiff leise durch die Zähne.

»Schöne Wohnung, wirklich. Läuft also gut, die Firma?«

Jürgen ließ die Frage im Raum stehen, wartete, lächelte. Germain sah, wie sich seine Beine unter der Wolldecke bewegten, wie sich sein Oberkörper spannte, und mit einem Mal glaubte er, die Krankheit sei nur Maskerade, der Deutsche würde jeden Moment hochschnellen und über ihn herfallen.

»Warum bist du hier?«, fragte Jürgen stattdessen und lehnte sich zurück.

»Wie bitte?«

»Warum du hier bist.«

»Wegen der Messe, also grundsätzlich. Dass ich hier vor dir sitze, das ist ein völlig absurder Zufall. Weißt du, ich wollte vom Messegelände aus durch das Westend …«

»Nein, nein«, Jürgen wedelte mit der Hand. Schweißtropfen auf seiner Stirn. »Nicht warum hier. Warum *DU*. Warum ist Toni nicht gekommen?«

»Wieso Toni?«

»Du willst mir also sagen, dass es Zufall ist, dass ich Toni in Spanien auf einer Hochzeit sehe und du hier ein paar Monate später auftauchst, nach all den Jahren? Warum ist er nicht selbst gekommen? Hat er dich geschickt?«

Germain wischte sich die Hände an seiner Cordhose ab, zögerte, schaute Jürgen an, der keine Anstalten machte, sich zu bewegen. Keine Feindseligkeit in seinem Blick. Eher eine offene Verwunderung.

»Toni weiß nicht, dass ich hier bin.«

»Das ist doch Bullshit.«

»Du hast schon recht. Natürlich. Er hat dich erkannt auf dieser Hochzeit.«

»Ja, dachte ich mir. Ich war mir zuerst nicht sicher, ob er es war. Anzug, Krawatte. Ich meine, Toni in Anzug und Krawatte, dazu beinahe eine Glatze.« Er schaute auf, musterte Germains Kopf, so als fiele ihm die Veränderung erst jetzt auf. »Aber dieses Gesicht. Vor allem diese Körperhaltung. Daran hätte ich ihn vermutlich auch nach hundert Jahren wiedererkannt.«

»Warum hast du ihn nicht angesprochen?«

Einen Augenblick war er still.

»Ja, oder? Das klingt so einfach, wenn man es jetzt sagt.«

»Ist es das nicht?«

»Das ist nie einfach, nach so vielen Jahren. Schau uns doch an! Wie zwei Fremde. Und dazu Toni und ich. Wir waren uns sehr nah, weißt du. Auch Mireia. Sie war auch da. Aber ich glaube, dass sie mich nicht erkannt hat. Die waren doch meine Adoptivfamilie damals. Und dann, nach dem Anschlag …«

»Du hast ihn verpfiffen, oder?«

»Was?«

»Toni. Hast du ihn verpfiffen? Er glaubt das jedenfalls.«

»Wieso denn verpfiffen?«

»Er saß im Knast, *Jorge*, beinahe fünf Jahre. Erst nach dem Amnestiegesetz hat Mireia einen Anwalt organisiert, der ihn da rausgeholt hat.«

Germain konnte sehen, wie Jürgen das Gesicht verzog. Er schloss die Augen. Germain beobachtete seinen Brustkorb, der sich langsam hob und senkte.

»Das«, sagte er, hielt die Augen geschlossen, atmete aus. »Das tut mir leid.«

»Also hat er recht?«

Germain spürte, dass ihm der Schweiß auf der Stirn stand. Sein gesamter Körper angespannt wie ein Ast, den man bis zur Grenze seiner Belastbarkeit gebogen hatte. Nur die Messe, nur drei Tage dort und im Hotel, keine Abenteuer, hatte er gedacht. *Er ist es nicht*, hatte er Toni gesagt. Und jetzt saß er hier, hatte diese Frage gestellt. Wartete ungeduldig auf eine Antwort und die eigene Reaktion. Wie würde er, wenn *Jorge* …? Vielleicht war es gut, dachte er, dass er an Tonis Stelle vor diesem herzschwachen Deutschen saß.

»Warum auch immer Toni in den Knast gegangen ist, meine Schuld ist es nicht.«

Germain musterte *Jorge*.

»Und warum bist du nicht aufgetaucht? Nicht an diesem Abend und auch danach nicht mehr?«

Jürgen hielt seinem Blick sehr lange stand.

»Es ist … Das ist schwer zu erklären. Das ist … Oder auch nicht. Paranoia, das ist alles. Einfach die verdammte Paranoia. Ich war überzeugt davon, dass mir jemand gefolgt ist nach dem Anschlag. Einer der *Grises* vielleicht. Ich bin durch die Stadt gehetzt wie ein Irrer. Überall Blicke, überall Menschen, die verdächtig waren, die mich verdächtig anschauten, die mich verdächtigten. Natürlich war das die Panik. Ich weiß das, jetzt, mit dem Abstand. Aber damals? Damals glaubte ich, der gesamte Geheimdienst sei mir auf den Fersen. Ich war wie in einem Tunnel.«

»Und dann?«

»Bin ich zur *Estación de Francia*, habe mir ein Ticket gekauft und bin weg. Nach Frankreich zuerst. Von da aus nach Deutschland, in den Süden, ein paar alte Freunde besuchen, unterschlupfen. Später nach Frankfurt.«

»Entschuldige bitte, aber das klingt nach ziemlichem Schwachsinn.«

»Ja, eben. Wahnsinn sogar.«

»Er hat fünf Jahre gesessen für dich.«

Jürgen öffnete den Mund, hob die Hände. Er überlegte, legte die Stirn in Falten. Auf der Zunge, dachte Germain. Es liegt ihm auf der Zunge.

»Es tut mir leid für Toni, wirklich. Aber wenn er eingesessen hat, dann nicht meinetwegen und nicht für mich. Für uns alle. Du warst auch nicht im Knast, nehme ich an? Und auch Marcos und Diego nicht, oder?«

Germain schwieg.

»Wenn ich euch verpfiffen hätte, warum ist dann nur er ins Gefängnis? Warum sollte ich von all den Mitgliedern der Gruppe ausgerechnet nur den einen verraten, der mir am nächsten war? Hätten sie euch dann nicht alle auf der Liste haben müssen? Dann hätten sie doch eure Namen gehabt, oder etwa nicht?«

Germain schwieg. Er hatte Toni oft genug mit genau diesem Argument zu überzeugen versucht. Er selbst war über die Grenze. Die anderen waren untergetaucht. Und nach allem, was Toni von den Verhören durch die Polizei erzählt hatte, hatten sie keine Namen gehabt. Sie hatten ihn sogar geprügelt, um sie aus ihm herauszubekommen. Die Geschichte des Deutschen blieb Unfug, die Flucht aus Angst, die Panik, der Verfolgungswahn. Andererseits: Vielleicht hatte er sie verraten und sie hatten alle, bis auf Toni, nur Glück gehabt.

»Ich habe keine Ahnung, wie sie Toni erwischt haben. Aber vielleicht hatte er einfach Pech.«

»Das macht es sehr einfach, oder?«

Der Deutsche schlug mit der flachen Hand auf seinen Oberschenkel. Sein Gesicht war rot gefleckt.

»Kannst du mir sagen, was das hier bringt? Und was ausgerechnet dich berechtigt, mich zu beschuldigen? Du könntest es auch einfach gut sein lassen?«

»Das lässt sich leicht sagen, wenn man so viel Geld gemacht hat wie du, oder?«

Jürgen lachte. Sein Oberkörper richtete sich auf.

»Was weißt du denn? Wirklich, Germain, sag es mir! Was weißt du von mir und meinem Leben? Und an welchem seidenen Hungertuch nagst du? Guck dich doch mal an! Oder Toni? Auf dieser luxuriösen Hochzeit seiner Tochter. Du hättest ihn mal sehen sollen, im schicken Anzug zwischen all diesen reichen Spaniern und Katalanen. In der CNT waren die bestimmt nicht. Ist wirklich nicht meine Schuld, dass er so gerne in prähistorischer Geschichte wühlt. Dass er darauf hängen geblieben ist. Aber du? Warum denn du, Germain? Was willst du denn von mir?«

Er fiel zurück in seine Kissen. Seine Augen schlossen sich einen Moment lang, sein Brustkorb hob und senkte sich in schneller Folge, begleitet von einem leisen, pfeifenden Geräusch.

»Weil ich ihn angelogen habe«, sagte Germain leise. »Weil er zu mir kam und sagte, dass er dich gefunden hätte. Daher hatte ich die Adresse deiner Firma. Aber ich habe ihm gesagt, dass er sich irrt, dass du ein anderer bist.«

Eine Weile war es still im Zimmer. Nur von draußen war kurz das Dröhnen eines beschleunigenden Motorrads zu hören, dazu das monotone Brummen der Stadt. Ein feiner Regen hatte eingesetzt, der vom Wind gegen die Fenster gedrückt wurde und ein Geräusch machte, als richte man einen Duschkopf auf einen Plastikvorhang.

»Das ist auch nicht mein Problem, oder?«

Der Deutsche hatte die Augen geöffnet. Die Farbe war aus seinem Gesicht gewichen. Er wirkte wieder so kraftlos wie vorher. Die Züge um seinen Mund waren weich geworden.

»Vermutlich hast du ihm einen Gefallen getan«, sagte Jürgen. »Oder vielleicht steht er in zwei Tagen mit einem Messer vor der Tür.«

Er lachte leise.

»Wenn er deine Lüge ohne Weiteres geglaubt hat, vielleicht hat er dich dann einfach gebraucht, um es sich ausreden zu lassen. So oder so: besser für ihn, besser für uns alle.«

»Würdest du ihm das nicht gerne sagen? Oder ihn sehen?«

»Ich würde gerne noch ein paar Jährchen leben«, sagte *Jorge* und tippte sich mit dem Zeigefinger zweimal kurz auf die Brust. »Das verändert die Perspektive etwas, mit Verlaub. Ich habe gerade wirklich anderes im Kopf als Tonis Seelenfrieden.«

»Ja«, sagte Germain, »schon klar.«

Sie musterten sich. Dass sie sich einmal nah waren, dass sie gemeinsam eine Diktatur aus den Angeln heben wollten, erschien Germain völlig absurd. Das war eine Geschichte, die nichts mehr mit ihrer Gegenwart zu tun hatte. Oder alles.

»Ich sollte dir Ruhe gönnen«, sagte er. »Dir und deiner Familie.«

»Schreib mir deine Telefonnummer auf, deine E-Mail«, sagte Jürgen.

»Und wieso das?«

Der Deutsche grinste, zuckte mit den Schultern. Eine Erinnerung an seine alte Selbstsicherheit lag in seinem Blick.

»Damit du von mir hören kannst, so oder so. Vielleicht breche ich zur großen Versöhnungstour auf, wenn mein Herz wieder arbeitet.«

»Allein dafür sollten sie dich gesundflicken«, sagte Germain. Er stand auf, streckte dem Deutschen die Hand entgegen. *Jorge* griff sie, drückte sie fest. Er nahm eine Visitenkarte von der Fensterbank, hielt sie ihm hin, so als beendeten sie gerade ein Businessmeeting.

»Trotz allem«, sagte er, »schön dich zu sehen, Franzose.«

Germain nahm die Karte. Die Tür öffnete sich. Die Frau des Deutschen trat ein, fragte, ob alles in Ordnung sei.

»Schreib mir einfach, wenn du magst«, sagte der Deutsche.

»Mach's gut, *Alemán*«, sagte Germain, »bis zum nächsten Mal!«

Im Flur fragte *Jorges* Frau, ob er auf einen Tee oder ein Glas Wein in die Küche kommen wolle, aber er lehnte dankend ab. Sie gaben sich die Hand. Der Sohn tauchte am Ende des Flurs auf, musterte ihn aus der Ferne. Die Frau des Deutschen lächelte.

»Wirklich sonderbar«, sagte sie, »ein Gesicht zu den Geschichten zu haben, nach all diesen Jahren; wirklich sonderbar.«

Und mit diesen Worten schloss sie die Tür.

IM HERZEN (II)

[FRANKFURT, NORDEND, OKTOBER 2017]

Jürgens ständige Witze machten Charlotte nervös, besonders die makabren, wenn er über seinen möglichen Tod scherzte.

»Wenn ihr irgendeinen Pfaffen in die Nähe meiner Leiche lasst, werde ich augenblicklich auferstehen, nur dass das klar ist! Wert wäre es das natürlich: ein auferstandener Atheist. Da würde ihm der Kopf platzen!«

Die OP war auf Anfang November terminiert worden, es gab ein Datum, eine Uhr, die für sie alle rückwärtslief. Die Witze machte er tagsüber, wenn sie zusammen im Wohnzimmer saßen oder spazieren gingen, vor allem, wenn Jonas in seiner Nähe war, wenn sie zusammen am Esstisch Suppe löffelten, Reis oder andere Dinge, die seinen Körper nicht belasteten.

Mit der Dunkelheit kam die Weichheit, wie damals in den ersten Nächten im Ostend, aber dazu gesellte sich eine blanke, kalte Panik, die auch von Charlotte selbst Besitz ergriff. Sie hörte ihn hektisch neben sich atmen, sie hielt seine schwitzige Hand, er drehte sich auf die Seite und schmiegte sich an sie. Und sie fühlte in ihrem Brustkorb einen Druck, als ob ihr eigenes Herz jeden Moment explodieren könnte.

»Alles ist gut«, flüsterte sie, »alles wird gut gehen.«

Es war einfach, den Tod auszublenden, wenn er im eigenen Leben nur am Rand ein Thema war. Aber wenn der Tod sich einmal eingenistet hatte, die Angst vor ihm, das Nachdenken über ihn, war es unendlich mühsam, ihn wieder loszuwerden. Ihre Eltern waren schon vor über zehn Jahren gestorben, zuerst ihr Vater, an einem Herzinfarkt, kurz darauf ihre Mutter, im Schlaf. Herzversagen. Der Schock, von dem Freunde berichtet hatten, dieser Schock des Zurückbleibens, der Gewissheit, dass man jetzt die nächste Generation war, war damals ausgeblieben.

Jetzt, neben ihrem schwachen, ängstlichen Mann im Bett, erfüllt von einer diffusen Todesangst, fragte sie sich und erkannte durchaus die Verzweiflung in dem Gedanken, ob es nicht ein Fehler gewesen war, Anne von sich zu stoßen. Anne, die einmal ein wichtiger Teil dieser Familie gewesen war. Vielleicht wäre es möglich gewesen, sie beide zu lieben. Vielleicht hätte Jürgen es verstehen können. Er war wütend gewesen, damals, als Jonas ihr Versteckspiel hatte auffliegen lassen, in seinem Glauben, den betrügerischen Vater bloßzustellen. Jürgen hatte getobt, geflucht; er hatte nicht geweint. Und er hatte sich wieder beruhigt. Er war geblieben. Charlotte war geblieben. Und Anne war nur noch eine Figur am Rand, die ihr ab und an Briefe schrieb, Fotos schickte, kleine Zeichnungen. Während sie ihre Hand auf Jürgens Brustkorb legte und spüren konnte, wie ihre Berührung seinen Herzschlag beruhigte, stellte sie sich Anne in ihrem Appartement in der Lower East Side vor, in ihrer Galerie, auf Reisen, in Ausstellungen. Sie hatte kein klares Bild mehr im Kopf, kein aktuelles, nur Erinnerungen und Fotos, oder Erinnerungen an Fotos. Sie vermisste sie.

Und Jonas?

Sie wartete, bis Jürgens Atem sich beruhigte, bis ein kurzes Zucken seiner Muskeln ihr verriet, dass er endlich in den Schlaf gefunden hatte, bevor sie seine Hand losließ. Sie starrte an die Decke, an der sich Schemen bewegten, Schattenspiele, Lichtreflexionen aus dem Hof.

Jonas, dachte sie, war ein besonderer Fall. Sie hatte ihn

geliebt wie eine Wahnsinnige, so wie vermutlich die meisten Mütter ihre Kinder lieben, wenn sie geboren werden. Und sie liebte ihn noch immer, würde ihn bis zu dem Zeitpunkt lieben, an dem sie ihr Leben aushauchte. Sie stand auf, wusch sich die Hände. Und er? Liv hatte er brennend geliebt, liebte sie noch immer, bis über ihren Tod hinaus, er drohte daran zu zerbrechen. Aber sie und Jürgen? Hatte er etwas von der kindlichen Liebe für sie hinüberretten können in sein Erwachsenensein? Sie war sich nicht sicher. Sie selbst hatte für ihre Eltern nie mehr empfunden als eine freundliche Zuneigung. Und sie fragte sich, ob es ihren Eltern anders gegangen war als ihr jetzt, ob da diese große, aber traurige, weil unerwiderte Liebe gewesen war, die jetzt womöglich sie und Jonas verband. Ob er sie liebte? Sie wollte lachen über dieses Wort und erschrak darüber.

Jonas war hier, wegen Jürgen, für sie, vielleicht. Das zählte. Das waren die Dinge, an denen sie sich festhalten musste. Es war eine Katastrophe, dass ihrem Sohn der einzige Mensch, mit dem sie ihn jemals wirklich glücklich gesehen hatte, entrissen wurde.

Sie lief den Flur hinab, öffnete vorsichtig die Tür zu seinem Zimmer, spähte hinein. Vor dem Bett lagen seine Hose und sein Pullover auf dem Boden, so als wäre er aus ihnen herausgesprungen, wie früher, dachte sie. Er lag auf der Seite, das Gesicht dem Fenster zugewandt, den Rücken ein wenig gekrümmt, die Beine angezogen. Sie unterdrückte den Impuls, in den Raum zu treten. Sie hörte ihn atmen und das leise Rauschen der Lüftung des Computers. Jonas hatte eine Jacke über den schwarzen Kasten gelegt, so wie man eine Decke über den Käfig eines Vogels legte. Sie schloss die Tür wieder, lief ins Wohnzimmer und trat an Fenster.

Wenn sie sah, wie Jürgen und Jonas jetzt miteinander redeten, in diesen letzten Tagen, dann machte ihr das Hoffnung.

Traurig, dass es erst die Erkrankung gebraucht hatte. Aber immerhin. Er war gekommen, er war geblieben. Er führte seinen Vater spazieren, er half ihm die Treppen empor, stützte ihn. Am meisten, dachte sie, gefielen ihr die Stunden, in denen die beiden schweigend zusammen auf dem Sofa saßen und lasen, jeder in seiner Ecke, Jürgen unter der Decke und mit mehreren Kissen im Rücken, Jonas oft dem Fenster zugewandt, vor dem auch sie jetzt stand, Vater und Sohn, ruhig und friedlich in einem Raum. Das hatte es lange nicht mehr gegeben in ihrer Wohnung. Sie hatte verstanden, warum Jürgen die Rolle des *Bad Cop* auf sich genommen hatte, er hatte gespürt, dass sein Sohn gegen seinen Vater ankämpfte, sich von ihm, der so anders war als er selbst, zu lösen versuchte. Jürgen hatte geglaubt, er könne es ihm einfacher machen, er könne es auch Charlotte einfacher machen, wenn sich die negativen Energien auf ein Elternteil fokussierten. Und das hatte er auch. Es war einfacher für sie gewesen. Aber er hatte sich trotzdem auch von ihr entfernt. Sie wollte es auf die räumliche Distanz schieben, aber sie hatte immer gewusst, dass das eine Lüge war.

Der Himmel über Frankfurt leuchtete. Das Licht der Stadt reflektierte in den tief hängenden Wolken. Im Gebäude gegenüber sah sie einzelne Fenster erleuchtet, das Flackern eines Fernsehers.

Standard-Operation. Routineeingriff. Das waren die Wörter. Die Gesichter der Ärzte voller Ruhe, voller Zuversicht. Aber das Herz blieb das Herz blieb das Herz. Jonas würde sagen, dass das Gehirn viel wichtiger sei. Ein Herz kann man zur Not transplantieren, hatte er gesagt, als sie nach dem Besuch des Franzosen bei einem Glas Wein in der Küche gesessen hatten. Jürgen hatte geschlafen.

Der Franzose hatte ihn erschöpft, hatte ihn aufgeregt. Trotzdem war es seltsam, wie ruhig er anschließend eingeschlafen war, lächelnd, während Charlotte noch dabei war, die Vorhänge vor das Fenster zu ziehen. Er hatte leise geschnarcht.

»Es wird gut gehen, Mama«, hatte Jonas gesagt. Seine Zunge war schwer gewesen. Er hatte auf den Wein in seinem Glas gestarrt, mit dem Daumennagel am Rand des Kelches gekratzt.

»War der nicht seltsam?«, hatte sie entgegnet.

»Der Franzose?«

Sie nickte. Er seufzte.

»Keine Ahnung. Sonderbarer Auftritt jedenfalls. Aber Papa scheint sich gefreut zu haben.«

»Meinst du?«

Sie registrierte, dass er sie nicht mehr bei ihren Vornamen nannte, schrieb das aber eher dem Alkohol zu.

»Natürlich hat er sich gefreut. Ich glaube eher, dass es zu viel Aufregung war deswegen. Kein gutes Timing, so kurz vor der OP. Aber trotzdem.«

»Er wollte nichts sagen.«

»Was sagen?«

»Worüber sie gesprochen haben. Alte Zeiten, hat er gesagt. So ein Quark!«

Jonas lachte.

»Morgen wird er's erzählen. Oder übermorgen. Vielleicht muss er das alles erst mal sacken lassen, nach so vielen Jahren.«

Aber Jonas hatte sich geirrt, dachte sie. Auf dem Fußboden vor dem Sofa entdeckte sie eine leere Teetasse von Jürgen. Sie hob sie auf, stellte sie auf den Tisch. Er hatte nichts mehr erzählt. Alte Zeiten. Dabei war es geblieben. Dabei wusste sie, dass die Dinge nicht einfach gewesen waren. Das Attentat, Jürgens Flucht. Er hatte nie erfahren, was aus den anderen geworden war. Hatte es nicht wissen wollen. Aber jetzt wusste er es. Da war sie sich sicher. Irgendwann würde sie noch einmal danach fragen. In Ruhe, nach der OP. Wenn. Nein, Charlotte, nicht wenn. Routine. Nicht vergessen.

Sie kehrte ins Schlafzimmer zurück, schlüpfte unter die Bettdecke. Ihre Beine schmerzten, die Knöchel. Sie spürte die Trockenheit der Haut in ihrem Gesicht. Sie brauchte Ruhe. Bald, dachte sie. Vielleicht ein Urlaub, nach der Reha. Warum nicht Spanien. Sie hörte ihn atmen, strich ihm mit der Hand über den Arm. In der Dunkelheit konnte sie glauben, sie seien wieder jung, konnte glauben, sie hätten die Welt vor sich, eine offene, weite Welt.

CHEZ CES GENS-LÀ (III)

[BEI METZ, FRANKREICH, OKTOBER 2017]

Der TGV jagte durchs Land, die Dörfer an der Strecke nur Schemen für Augenblicke, der Himmel grau, tief hängend, die meisten Felder schon abgeerntet, die Wälder satt und dunkel. Der Regen wischte in langen Schlieren das Fenster entlang, Germain lehnte seinen Kopf dagegen, starrte hinaus, bis die Welt sich vor seinen Augen unscharf stellte.

Auf dem Laptop vor ihm: Dutzende E-Mails; Kontaktanfragen, Interviewwünsche, auch interne Nachrichten, die Nachbereitung der Messe stand an. Ein kurzes Ping: Eine Nachricht von Éloise erschien. Ob er schon auf dem Rückweg sei. Sie freue sich darauf, ihn im Ministerium zu sehen. Der Präsident jedenfalls sei sehr zufrieden mit dem Echo seiner Rede in der deutschen Presse, überhaupt mit der Wahrnehmung des französischen Auftritts. Es würde ein Dinner geben, Mitte November im Élysée-Palast, ob er und Catherine sich vorstellen könnten, daran teilzunehmen.

Ich habe nicht viele Leute, die ich platzieren kann, aber wenn ihr dort wärt, fühlte ich mich vielleicht nur halb so verloren.

Er starrte auf den Bildschirm. Das Zentrum der Macht. Er musste lachen. Der Mann, der über den Gang hinweg neben ihm saß, ebenfalls einen Laptop vor sich, schaute auf, fragte, ob es ein guter Witz sei.

»Der beste«, sagte Germain.

Er schrieb Catherine eine Nachricht.

»du und ich im november, dinner mit monsieur le président? sehr witzig.«

Ihre Antwort kam prompt. Er schickte ihr Éloises E-Mail. Kurz darauf klingelte sein Telefon.

»Das ist doch absurd«, sagte sie. »Was sollen wir denn beim Präsidenten?«

»Die Tafel wird vermutlich 100 Meter lang sein und wir werden ganz am Ende sitzen, neben einigen Autoren und Künstlern. Vermutlich werden wir ihn kaum sehen können.«

»So klein, wie der ist.«

»Vielleicht können wir ihm zu Beginn einmal die Hand schütteln.«

»Mit seiner Frau würde ich mich gerne unterhalten. Aber wirst du dahin gehen?«

»Warum denn nicht?«

»Weil er, und ich zitiere dich hier sehr ungefähr, *ein neoliberales Arschloch* ist.«

Germain lachte.

»Und deshalb sollen wir auf ein gutes Dinner verzichten?«

Einen Augenblick war die Leitung still. Er glaubte schon, sie verloren zu haben.

»Hör mal, du wirst da nichts abziehen, oder?«

»Was soll ich denn abziehen?«

»Du weißt genau, was ich meine. *Vive l'anarchisme!* oder etwas in der Art.«

»Wie immer inspirierst du mich.«

Er hörte sie lachen.

»Wenn du dir das mal anschauen willst, kann ich das verstehen. Aber bitte sorg nicht dafür, dass wir beide gefeuert und verhaftet werden.«

»Keine Sorge. Wenn, dann gehe ich alleine unter.«

»Ach, leck mich doch! Ich freu mich auf später!«

Sie legte auf. Ich war beim Deutschen, hatte er sagen wollen. Er hielt das Telefon noch in der Hand, überlegte, ob er sie zurückrufen sollte. Scheiß auf den Präsidenten, ich war bei *Jorge.* Aber vielleicht war es besser, ihr davon am Abend zu berichten. Das bleiche Gesicht des Deutschen stand ihm vor Augen, beschienen von der Ecklampe an seinem Sofa. Alt hatte er ausgesehen, oder vielleicht nicht alt, aber gezeichnet von der Krankheit, erschöpft, zerbrechlich. Er wusste nicht, welche Erwartung er an das Treffen mit dem *Alemán* gehabt hatte. Aber seine Erscheinung war in seiner Vorstellung in all den Jahren unverändert geblieben, selbst nachdem er die Fotos auf der Webseite der Firma angeschaut hatte, Fotos, auf denen es schien, als sei dieser Mann aus den Siebzigern nur um wenige Jahre gealtert. Er verstand immer noch nicht, wie leicht es gewesen war, Toni davon zu überzeugen, dass dieser Mann ein anderer war. Aber vielleicht hatte *Jorge* recht, vielleicht hatte Toni nur darauf gewartet, dass jemand ihm diesen Teufel endlich austrieb.

Du könntest den Dämon wieder beschwören, jederzeit. Du könntest Toni die Adresse schicken, sogar die Telefonnummer. Du könntest ihm sagen, was der Deutsche dir gesagt hat. Diese Unschuldsbeteuerung, die ehrlich auf dich gewirkt hat. Aber diese sonderbare Geschichte seiner Flucht, die hatte auf ihn wie ein auswendig gelerntes Märchen gewirkt. Er lügt und er lügt nicht, könntest du Toni sagen, wenn du mehr wissen willst, musst du selber hinfahren. Dann könntest du zum Präsidenten gehen, ein paar Wochen später, und könntest den ganzen Laden hochgehen lassen, einen Eklat provozieren, über den alle Medien berichten müssten. *Vive l'anarchisme,* warum eigentlich nicht? Es gab immer noch genug Gründe, das gesamte Schweinesystem zum Teufel zu jagen.

Aber gleichzeitig wusste Germain, dass die Zeit für Heldentaten vorbei war. Weil er zu alt war, aber auch, weil Heldentaten nichts mehr veränderten, es vielleicht nie getan hatten. Toni hatte für seine Heldentat fünf Jahre seines Lebens verloren. Und heute war sie nicht mehr als eine Fußnote in der Geschichte des späten Franquismus. Er hatte nie darum gebeten. Um das Zentrum der Macht. Aber er würde bleiben. In diesem rasenden Metallkasten irgendwo im französischen Hinterland war er sich plötzlich sicher, dass er bleiben würde. Arbeiten, Kultur fördern, auch die kleine, die schräge, die Leute, die abseits der großen Theater und weißen Galerien arbeiteten. Er würde Éloise den Rücken stärken, weil auch sie ihm immer den Rücken gestärkt hatte. Er würde Catherine lieben, verrückt und kindisch und dumm, weil er nichts anderes kannte, weil er nicht anders konnte. Ab und an, dachte er, würde er Toni in Barcelona besuchen und mit ihm Wein trinken, würde sich ein wenig Nostalgie erlauben, ein paar Geschichten aus den alten Zeiten. Und vielleicht, wer wusste das schon, würde irgendwann eine Zeit kommen, wo auch der Deutsche wieder neben ihnen saß. Toni, der Deutsche und er, in einer Kneipe, über ihre Gläser gebeugt. Wenn er ehrlich war, gefiel ihm dieser Gedanke.

IM HERZEN (III)

[SACHSENHAUSEN-NORD, FRANKFURT, DEUTSCHLAND, NOVEMBER 2017]

Er sah friedlich aus, beinahe zufrieden. Sie strich ihm mit der Hand über die Wange, die in den letzten Wochen eingefallen war. Seine Haut war warm, sehr warm sogar, eine Tatsache, die sie jedes Mal aufs Neue beruhigte. Auf dem Monitor an der Seite des Bettes die Schläge seines Herzens, sein Blutdruck. Das regelmäßige, mechanische Geräusch der Beatmungsmaschine, das sie, manchmal, für einen kurzen Moment, für das Atmen eines Menschen hielt. Der Gedanke daran konnte ihr auch noch nach Tagen eine Gänsehaut über die Arme jagen. *The uncanny.* Eine lebendige Maschine. Anders konnte sie dieses Luftholen nicht beschreiben. Jürgens Lippen glänzten fettig, er hatte einen Bart bekommen. Ob sie ihn nicht rasieren wolle, hatte die Schwester gefragt, aber Charlotte hatte abgelehnt. Dieser Bart, in dem sie am Morgen einige rote und weiße Haare entdeckt hatte, war ein Beweis für sie, dass ihr Mann noch lebte, ein Beweis, der über das Leuchten von Symbolen auf einem Monitor hinausging, über das regelmäßige Reagieren einer Maschine. Haare, Wärme, manchmal das Flackern seiner Augen, so als träumte er nur.

Sie zog sich ihre Strickjacke über, öffnete vorsichtig die Zimmertür und trat in den Flur. Einige Besucher kamen ihr entgegen, eine Frau in ihrem Alter mit kurzen weißen Haaren, an ihrer Seite zwei erwachsene Kinder, vermutete Charlotte, ein Bruder und eine Schwester, die Charlotte vorsichtig anlächelten. Die Frau mit den weißen Haaren starrte den Gang hinunter, schien die Bewegung am Rand ihres Sichtfeldes gar nicht wahrzunehmen. Die Gänge in der Herzchirurgie waren Trauerflure, Tränenflure. Trotzdem besser als die Intensiv, die nicht einmal mehr Raum für Trauer bot, nur Stille, Mechanik, Tod. Sie war froh, wieder hier zu sein. Die Frau und ihre Kinder hatten eine Tür ein Stück weiter im Gang erreicht, Charlotte konnte sehen, wie alle drei kurz zögerten, wie sie Luft holten. Schließlich war es die Tochter, die ihre Hand auf die Klinke legte und öffnete. Die drei verschwanden. Der Aufzug öffnete sich, eine Schwester trat in den Gang, eine kleine, zierliche Person, vermutlich noch keine zwanzig Jahre alt.

»Alles in Ordnung, Frau Klingsporn?«, fragte sie.

Charlotte hasste die leisen, vorsichtigen Stimmen hier. Sie nickte. Die Schwester legte ihr kurz die Hand auf den Arm, wandte sich zum Gehen.

»Schwester Clara?«

Die Frau drehte den Kopf.

»Hat Frau Doktor Aydin noch irgendetwas gesagt?«

Schwester Clara lächelte.

»Dass er aufwachen wird. Früher oder später. Aber das wissen Sie ja schon.«

Sie setzte ihren Weg ins Schwesternzimmer fort. Charlotte starrte dem kurzen blonden Stachel ihres Pferdeschwanzes nach, der bei jedem Schritt ein wenig wippte. Früher oder später. Das war die Beschwörungsformel. Früher oder später. Dass er längst hätte aufwachen sollen, dass das Koma, dieses erste künstliche Koma, das vor dem Eingriff von den Ärzten eingeleitet worden war, längst hätte enden sollen, dass sein Körper sich aber geweigert hatte, es zu verlassen, oder von einem Koma ins andere geglitten war, so genau hatte Charlotte das nicht begriffen, diese Tatsache umschifften Schwester

Clara und all die anderen Schwestern gerne mit ihren sanften, flüsternden Stimmen.

»Die OP ist gut verlaufen«, hatte die Ärztin gesagt, eine junge Frau mit kurzen, dunklen Locken.

»Aber warum ist er dann noch nicht wach?«, hatte Charlotte gefragt. »Sollte er nicht wach sein?«

Sie hatten am Bett gestanden, übermüdet und überreizt, Jonas hatte ihre Hand gehalten und sie immer wieder fest gedrückt, ohne dass Charlotte sicher sein konnte, dass er sich dieser Bewegung überhaupt bewusst war. Doktor Aydin hatte freundlich erklärt, dass es in der Tat geplant gewesen sei, ihren Mann schon wieder aufwachen zu lassen. Dass Herr Klingsporn jedoch nicht auf die übliche Stimulation reagiert habe. Sein Körper habe vielmehr eine Abwehrreaktion gezeigt. Es sei deshalb nicht möglich gewesen, ihn aufzuwecken. Das sei zwar eine Komplikation, sagte Doktor Aydin, aber für ihren Mann erst einmal nicht weiter schlimm. Er sei in guten Händen. Es sei nur eine Frage der Zeit, bis er ganz von allein aufwachen werde.

»Manche Patienten brauchen etwas länger nach einem so schweren Eingriff«, hatte sie gesagt.

Eine Woche war seitdem vergangen. Und ihr Mann lag immer noch regungslos im Bett, die Nahrung und die Flüssigkeit mussten über Schläuche in seinen Körper geführt werden. Er begann abzunehmen, einzufallen. Charlotte war dabei gewesen, als die Schwestern ihn wuschen. Sie hatte den Anblick, wie sein Körper gehoben und gewendet wurde, wie seine Arme dabei hin und her fielen, nicht ausgehalten. Wie ein Golem, dessen Erweckungsformel man vergessen hatte.

Sie folgte der Pflegerin, erreichte die angelehnte Tür zum Schwesternzimmer, hinter der die Stimmen der anwesenden Pflegekräfte zu hören waren; leises Gelächter, Popmusik aus einem Radio. Durch den Türspalt sah Charlotte schwere Patientenordner, die auf dem Tisch in der Mitte des Raumes gestapelt waren, daneben eine bunte Zeitung und Kaffeetassen. Sie fürchtete, dass die Tür jeden Moment geöffnet werden konnte, eilte leise weiter, erreichte die Toilette.

Dass der Spiegel nicht gnädig sein würde, hatte sie schon vorher befürchtet. Die zweite Nacht in Folge auf einem Sessel in Jürgens Zimmer. Dunkle Augenringe, die Haut an ihren Wangen und ihrem Hals schlaff, müde. Ihre Arme erschienen ihr in den letzten Tagen dünn geworden zu sein, skelettartig. Sie griff das Waschbecken, hielt sich daran fest. Atmete. Sie musste durchhalten. Dazu gab es keine Alternative.

Als sie in das Zimmer zurückkehrte, war alles unverändert. Charlotte betrachtete ihren Mann. Über vierzig Jahre. Was für eine absurde Zeitspanne. Und jetzt diese Tage und Stunden, von denen sie hoffte, dass sie kein Abschied waren. Sie zog einen Stuhl heran, setzte sich neben ihn. Reden, hatten die Schwestern gesagt, reden helfe. Er könne sie hören, hatten sie behauptet.

»Grüße von Jonas«, sagte sie. Sie drückte seine Hand, wartete wie immer kurz auf eine Reaktion, fuhr trotzdem fort, als sie ausblieb. »Er schreibt, dass er wieder zu Hause ist, bei der Arbeit. Du darfst ihm das nicht übel nehmen.«

Sie lachte leise.

»Es war ja nicht abzusehen, dass du hier einfach so liegen bleibst.«

Sie fuhr ihm mit dem freien Zeigefinger den Arm entlang, vom Handgelenk zur Armbeuge und wieder zurück. Seine hellen, feinen Haare stellten sich auf. Beim ersten Mal war sie aufgeschreckt, hatte darin ein Zeichen gesehen. Jetzt wusste sie: Sein Körper reagierte auf sie, mehr nicht.

»Ich glaube, ehrlich gesagt«, flüsterte sie, »dass er nicht nach Kopenhagen geflogen ist. Er hatte so einen betretenen

Ausdruck im Gesicht, dieses Schuldigengesicht, wie früher, wenn er im Zimmer gekifft oder zum Tanzen Pillen genommen und gehofft hatte, wir würden es nicht bemerken. Keine Ahnung, wohin er ist. Aber nicht zurück. Vielleicht nach Hawaii, nach Australien, Neuseeland. Ich wünsche ihm, dass er verrückt genug ist dafür. Was soll er auch dort, in dieser trüben Stadt, in die er ihretwegen gezogen ist, in dieser Wohnung, die sie gemeinsam ausgesucht haben. Wenn du mich verlassen hättest, damals, nach der Geschichte mit Anne, wenn du damals gegangen wärst, ich hätte mir sofort eine andere Wohnung gesucht. Vielleicht eine andere Stadt. Das findest du albern, oder? Übertrieben dramatisch, sicher. Du könntest jetzt wirklich einen guten Witz auf meine Kosten machen, weißt du.«

Sie wartete einen Augenblick. Wollte wieder zu sprechen anheben, als es an der Tür klopfte.

Sie ließ die Schwester ihre Arbeit verrichten, ging hinunter in die Kantine und frühstückte. Der Kaffee war sehr stark, das Brötchen gummiartig und das Ei zu hart, aber es war überwältigend zu spüren, wie stark der Hunger sich meldete, jetzt, da sie einmal mit dem Essen begonnen hatte. Sie bestellte noch ein Brötchen und einen zuckerigen Krapfen, sie fraß sich die Müdigkeit aus dem Körper.

Sie tippte eine Nachricht an Jonas:

»Alles beim Alten beim Alten. Ich halte dich auf dem Laufenden.«

»Danke«, schrieb er nur.

Die Kantine füllte sich allmählich mit Besuchern, auch einige Pflegerinnen und Pfleger erschienen, die eine Pause machten oder nach dem Nachtdienst noch auf einen Kaffee zusammensaßen. Charlotte gehörte zum Inventar. Die Abläufe, die Geräusche, die Stimmen, selbst die Gerüche hatten etwas Vertrautes angenommen. In ein paar Tagen, dachte sie, würde sie nach Hause müssen. Wäsche waschen, eine neue Tasche packen. Aber wenn sie ehrlich war, zog sie die Geschäftigkeit der Klinik der Stille ihrer Wohnung vor.

Es roch nach Seife, nach Desinfektionsmittel. Das Bett war frisch bezogen, die Decke über seinem Körper noch sehr gerade, fast eckig, obwohl die Konturen desselben sich darunter abzeichneten. Sie trat heran und zupfte daran, bis man den Eindruck haben konnte, Jürgen habe sich im Schlaf ein wenig bewegt.

»Was träumst du?«, fragte sie. Der Satz war in der Stille des Raumes viel zu laut.

»Was träumst du?«, wiederholte sie leiser. »Träumst du überhaupt, da drinnen?«

Sie strich ihm über die Stirn.

»Ich würde wirklich gerne wissen, was jetzt in dir vorgeht. Was das soll, dieses Abschalten, dieses Weiterschlafen. Das passt gar nicht zu dir. In der Firma sagen sie, ich solle mir keine Sorgen machen. In besten Händen, sagen sie, in besten Händen. Und ich weiß nicht, ob sie sich über deine Abwesenheit freuen oder ob ihnen dieser Gedanke Angst macht. Ich jedenfalls habe Angst, weißt du? Ich wäre dir wirklich dankbar, wenn du wieder aufwachen würdest, egal ob heute, morgen oder in ein paar Tagen. Das war so nicht abgemacht, so einfach ist das. Nicht abgemacht.«

Sie würde weinen, merkte sie, setzte sich, schloss die Augen, ließ die Tränen laufen, hielt seine Hand, atmete, lauschte auf das Fiepen und Atmen der Maschinen, die ihn am Leben hielten.

»Ich wäre dir verdammt noch mal wirklich dankbar«, sagte sie leise.

EL OTRO LADO (III)

[GRÀCIA, BARCELONA, SPANIEN, OKTOBER 2017]

Manchmal gab sich die Stadt noch Mühe mit ihr. Dann erinnerte sie Mireia daran, wie wundervoll sie eigentlich war, abseits der politischen Schützengräben, abseits der Touristenmassen, des Verkehrslärms, der steigenden Mieten und der stagnierenden Löhne. Ein Kunstwerk aus Stein und Beton mit Tupfern aus Grün, eingeklemmt zwischen den Bergen der *Serra de Collserola* und dem Mittelmeer, ein Ort, an dem sie auch im Herbst nur in einer Bluse auf einem Platz sitzen und ein Bier trinken konnte, die Sonne im Gesicht, überall Stimmen, Gelächter, Kinder und Alte. Ein Ort, der ihr Zuhause war und immer sein würde, ein Ort, der immer wach war, sich stetig wandelte, neu erfand. Als sie die Augen schloss, roch sie das Meer, obwohl es kilometerweit entfernt war, hörte das Rauschen der Brandung und sah, so scharf, als wäre sie dort, die alten Männer mit Dominosteinen und Schachbrettern auf ihren wackeligen Plastikstühlen an der *Platja de Barceloneta* sitzen, ihre dunkel gebräunten Körper, lauschte ihren Gesprächen, ihrem Gelächter. Sie öffnete die Augen: Vor ihr lag wieder Gràcia, der Platz, das Café, sie schob die Sonnenbrille in die Haare, winkte der Kellnerin, um zu bezahlen. Es war erst früher Nachmittag, der Tag und der Abend lagen noch vor ihr, offen, unausgefüllt.

Morgen würde sie Montse treffen, zum Frühstück, obwohl es ein Mittwoch war. Die Flitterwochen waren wohl, wenn Mireia das aus den knappen Aussagen ihrer Tochter am Telefon richtig herausgelesen hatte, nicht ganz harmonisch verlaufen. Mireia legte das Geld in die kleine Plastikschale und trank den Rest ihres Bieres aus. Manchmal waren die Reaktionen ihrer Tochter aber auch einfach übertrieben. Das hatte sie von ihrem Vater. Sie fragte sich, ob Montse auch Toni schon eingeweiht hatte, wenn es denn wirklich etwas zu berichten gab. Sie dachte an Toni in seinem knittrigen Anzug auf der Hochzeit, an seinen traurigen Blick, als sie ihn abwies, obwohl sie ihn eigentlich schon verführt hatte. Ihren Begleiter hatte sie damals als Ausrede vorgeschoben, nur um ihn zwei Wochen später zum Teufel zu jagen. Sie hätte mit Toni schlafen sollen in diesem Hotelzimmer. Aber vielleicht, sie lachte still in sich hinein, würden sie es einfach auf Montses nächster Hochzeit tun.

»Soll ich vorbeikommen?«, hatte sie am Vorabend gefragt, als ihre Tochter ihr am Telefon verkündete, sie wisse momentan einfach nicht mehr, wo ihr der Kopf stehe.

»Schon in Ordnung, Mama. Wir sehen uns übermorgen zum Frühstücken. Bis dahin wird es schon gehen. Außerdem habe ich einfach einen furchtbaren Kater.«

»Noch vom Samstag? Wo zum Teufel warst du?«

»›Apollo‹. Eine französische DJane hat aufgelegt. Ausgegangen mit ein paar alten Freundinnen. Ich wollte da eigentlich nur tanzen.«

»Aber?«

Sie hatte ihre Tochter am anderen Ende der Leitung lachen gehört.

»Zu viel getrunken. Viel zu viel. Genommen, was eben da war. Und am Ende …« Sie machte eine Pause.

»Schon in Ordnung, *Mona*.«

»Ich hab rumgeknutscht, Mama, also ich bin echt …«

Einen Moment war es still in der Leitung gewesen.

»Hast du gehört?«

»Ja, habe ich«, hatte Mireia gesagt und gegrinst, ohne recht zu wissen, weshalb.

»Wie albern«, hatte sie ihre Tochter sagen gehört. »Nur weil David und ich uns gerade öfter streiten. Und dann noch mit so einem Typen, den ich nicht mal nach seinem Namen gefragt habe. Sah aus wie der traurigste Schwede im ganzen ›Apollo‹. So ein einsamer, traurig dreinblickender Tänzer. Den muss ich natürlich küssen.«

»Ist doch okay.«

»Ist es das?«

»Ich hab keine Ahnung, was mit dir und David los ist. Das besprechen wir übermorgen. Aber einmal Knutschen? Komm schon, Mona, davon geht die Welt doch nicht unter.«

»Mama terapeuta«, hatte Montse gesagt und gelacht, *»t'estimo.«*

»I jo«, hatte Mireia geantwortet.

Sie stand auf, schulterte ihre Tasche. Die Blätter der Platanen am Platz rauschten leise. Ihre Tochter flippte aus, zumindest ein wenig. Schade, dass sie dazu erst heiraten musste, aber besser spät als nie. Ihr eigenes Leben zwischen 17 und 30 war ein einziges Chaos gewesen, ein Sturm hatte sie damals erfasst und mitgerissen, aber ein Sturm, in den sie sich mit offenen Augen und ausgebreiteten Armen gestürzt hatte. Und jetzt? Besser war es nicht geworden.

Sie schlenderte die *Carrer de Torrijos* hinab, musterte die Touristen vor dem *Salambó*, schaute für einige Minuten einem einzelnen Paar zu, das in der Swingschule mit solch einer Hingabe tanzte, dass ihr beinahe schwindelig wurde. Seit dem Tod ihrer Eltern und dem Verkauf von Firma und Haus war Geld nichts mehr, über das sie sich Sorgen machen musste.

»Was wirst du tun?«, hatte Rosa gefragt, als sie ihr die Kündigung überreicht hatte.

»Spazieren gehen«, hatte sie schließlich gesagt, »mich treiben lassen. Das habe ich verlernt in den letzten Jahren. Ich werde reisen. Vielleicht helfe ich danach wieder in der Organisation der Hausbesetzer mit, versuche den Familien zu helfen, den jungen Menschen, die auf die Straße gesetzt worden sind. Ganz konkrete Dinge anschieben. Das fehlt mir.«

Aus der deutschen Kita weiter unten in der Straße strömte ein Pulk lärmender Kinder, blond, braunhaarig, schwarzhaarig, glatte Haare, lockige Haare, krause Haare, groß, klein, dick, dünn. Sie hörte Deutsch, Spanisch, Katalanisch.

Es sei nichts Politisches, hatte sie ihrer Freundin gesagt. Sie sei einfach müde, die Krankheit, die Sorge, das habe ihre Perspektive geändert. Es hatte aber auch mit Grenzen zu tun, mit den Grenzen, die in der Politik andauernd gezogen wurden, gerade in Barcelona, in Katalonien, in ganz Spanien dieser Tage. Sie hatte genug davon. Sie würde sich wieder ganz dem Chaos der kleinen Dinge widmen, dachte sie. Prozesse von unten unterstützen und hoffen, dass davon oben etwas ankam.

Als sie den Blick hob und in die Sonne blinzelte, das kleine Holzschild entdeckte und begriff, wohin sie gelaufen war, beschloss sie, auf das neue Leben und das Chaos anzustoßen. Sie öffnete die Tür des kleinen Ladens.

Er stand gerade mit einem jungen Paar vor den Wermutflaschen und ließ sie probieren, nickte freundlich, als die Männer den Geschmack des Wermuts lobten. Er klopfte ihnen auf die Schultern. Als Mitbringsel für Zuhause, sagte er in einem überraschend flüssigen Englisch, oder direkt für später, als Einstimmung auf einen langen Abend in der Stadt. Als er Mireia entdeckte, strahlte er.

»Take your time«, sagte er zu den Männern, *»finish your glasses. And then let me know how you've decided. I have to take care of this special customer.«*

Er kam auf sie zu, deutete eine kleine Verbeugung an.

»*How may I help you, mylady?*«

Sie umarmten sich, küssten sich auf die Wange. Dann trat er zurück, breitete die Arme aus, fragte sie, wie es ihr gefalle. Die Wände waren frisch geweißt, die Regale neu, aber aus altem Holz gefertigt. Weiter hinten, vor dem Durchgang zu den Lagerräumen, in denen vermutlich auch die Tanks mit dem Wermut standen, stapelten sich die Fässer, die beleuchtet waren wie Kunstobjekte, vom Boden bis zur Decke. In dem großen Raum, in dem die beiden Touristen zusammenstanden und sich flüsternd über die Menge der Flaschen einigten, die sie kaufen würden, hing über dem Hauptregal mit den Weinflaschen weiterhin die schwarz-rote Fahne über dem Regal, die alte Fahne von früher, aber Toni hatte sie rahmen lassen, sodass alle Kunden das Symbol des Anarchismus jetzt hinter Glas und mit verschnörkeltem Goldrand bewundern konnten. Es sah absurd aus, aber sie mochte den Kontrast, die Selbstironie, die jetzt in dieser Fahne lag. Der Boden schien mit einem Wasserstrahler vom Schmutz und Staub der Jahrzehnte befreit worden zu sein.

»Und?«

Sie nickte.

»Beeindruckend. Ich dachte, du wolltest nur einen neuen Tank kaufen.«

»Hab ich auch«, sagte er. »Aber dann habe ich mir gedacht: Warum nicht den ganzen Laden ein wenig auf Vordermann bringen. Das wurde einfach Zeit.« Er lächelte. »Aber du bist sicher nicht nur wegen einer Ladenführung hier. Was kann ich für dich tun?«

Seine Fröhlichkeit entwaffnete sie. Es war, als habe der Wasserstrahl während der Renovierung nicht nur den Glanz der Kacheln, sondern auch den alten, begeisterten Toni freigelegt. Als sie sagte, dass sie einen *Cava* suche, legte er seine

Hand auf ihren Arm und führte sie zu seiner Auswahl. Sie sog seinen Geruch ein, einen alten, urvertrauten Geruch, dem die Bitterkeit der letzten Jahre fehlte.

»Ein besonderer Anlass?«

»Ich feiere meine Freiheit«, sagte sie.

»Für die Freiheit haben wir in dieser *Bodega* schon immer die richtigen Getränke gehabt«, sagte er.

Er nahm zwei Flaschen aus dem Regal und reichte sie ihr.

»Der erste ist gut, wirklich gut, sehr frisch. Von Elis Kooperative. Aber der zweite, der ist etwas für besondere Anlässe. Von einem kleinen Gut am *Pla del Penedès.*«

»Ich habe im Rathaus gekündigt«, sagte sie. »Ich gehe in Rente, zumindest fürs Erste.«

»Dann«, sagte er und stellte die erste Flasche zurück, »muss es der zweite sein.«

Er trug ein neues weißes Hemd, das er sogar gebügelt hatte, schlecht gebügelt zwar, aber die Veränderung war trotzdem beeindruckend. Er sah gut aus, hatte Farbe bekommen.

Sie folgte ihm zur Kasse, er packte ihr die Flasche in eine bunte Papiertüte und als sie ihm ihre Kreditkarte reichen wollte, winkte er ab.

»Besonderer Service. Wenn man nach über dreißig Jahren wieder in den Laden kommt, gibt es die erste Flasche umsonst.«

Sie griff die Tüte, warf ihm eine Kusshand zu. Als sie die Türklinke schon in der Hand hatte, drehte sie sich noch einmal um, sah ihn zu dem Paar treten, das mittlerweile vier Flaschen aus dem Regal genommen hatte.

»Toni«, rief sie. Und als er den Kopf wandte und sie ansah, hob sie die Tüte mit dem *Cava* und deutete mit dem Zeigefinger darauf. »Wann machst du Feierabend?«

FUNKEN [FINIS]

Wie hell hat alles geleuchtet, damals, wie hell war Barcelona, diese dunkle, dreckige Stadt. Wie gleißend schien die Sonne auf den rußigen Bauch der *Estación de Francia*, als ich, Marcos folgend, hinaustrat in den Lärm und die Hitze. Ich tauchte ein, ich schwebte, ja, damals schwebte ich. Ich hätte gefälschte Papiere, hatte ich ihm erzählt, so sei ich eingereist. Was für ein Unfug. Dieses Märchen von der Gefährlichkeit meiner Person, von meinem Draufgängertum, das ich den französischen Bekanntschaften erzählt hatte, nachdem ich genug hatte von München, der Uni, der Familie, ließ sich problemlos weiterspinnen. Vorher war ich ein Papieranarchist, der in der Bibliothek in den Texten von Lenin, Bakunin und Stirner las, der in den Treffen der kommunistischen Gruppen saß und sich unendlich langweilte, den papierenen Gesprächen lauschte und sich falsch fühlte, fehl am Platz. In mir brannte etwas, das ich in Deutschland nicht finden konnte, in all dieser Trockenheit der Theorie, der Gespräche, der Diskussionen, auch nicht in der RAF, die für mich nicht mehr waren als kommunistische Gesinnungsterroristen, fern von allem, fern von der Welt. Jürgen war ich, wütend und überzeugt, dass es anderswo mehr geben musste, mehr Kämpfe, mehr tatsächliche Solidarität. Was für eine langweilige Geschichte. Also erfand ich eine neue. Sie haben mir von dir erzählt, sagte Marcos. Ich lächelte. Und so wurde ich *Jorge, el Alemán*, Anarchist aus Berlin, Stirnerjünger, Verfechter der direkten

Aktion, eine Figur, die ich mir auf den Leib zuschnitt, die mir erst eine zweite Haut wurde, schließlich mit mir verschmolz.

Kaum hatte ich ihn abgestreift, meinen alten deutschen Pelz, kaum erreichte ich Barcelona in den leichten Hemden und Hosen des Südens, da wurde alles einfach, da kam mir die Sprache, die sich in langen Stunden in der Volkshochschule nur sperrig in meinem Mund hatte bewegen wollen, mit einem Mal leicht von den Lippen.

Und die Funken stoben, als ich in die Gruppe kam, im Beisein von Marcos und den anderen, von Germain, vor allem aber im Beisein von Mireia und Toni.

Die beiden hatten etwas, wenn sie zusammen waren, eine Energie, die alle in der Gruppe mitreißen konnte. Schon Toni allein hatte ausgereicht, um die Gespräche zu lenken, auf seine ruhige, bedachte Art, aber als Mireia dazukam, nachdem sie mir bei den Planungen für den Anschlag geholfen hatte, war ein Schwung in uns, von dem wir damals glaubten, niemand könne ihn aufhalten. Für mich waren sie Sauerstoff, ich atmete sie. Ich loderte.

Sie auf dieser Hochzeit Jahrzehnte später zu sehen, Mire und Toni, war für mich kaum auszuhalten. Ich spielte mit dem Gedanken, mich heillos zu betrinken, sie beide zu schnappen, mit mir in den Garten zu zerren, ihnen um den Hals zu fallen, ihnen zu sagen: Ich bin's, *Jorge*, ich bin zurück. Und in meiner Traumvorstellung hätten sie mich in ihre Arme genommen, wir hätten beisammengestanden, wir wären glücklich gewesen, dass wir uns endlich wiedergefunden hatten.

Aber dieses Bild ist falsch. Es ist ein Kindertraum. Der Franzose hat es mir bestätigt, hat mir die Gewissheit gebracht, nach so vielen Jahren: *Jorge*, der Verräter. Das hat Toni gedacht, über Jahre hinweg, das ist, was von mir für ihn geblieben ist. Der Deutsche, der ihn an die Polizei verraten hat. Dieses Bauchgefühl, im großen Saal inmitten der Festgesellschaft, dieses Unwohlsein, das mich jahrelang davon abgehalten hatte, nach Barcelona zurückzukehren und mich dort davon abhielt, die wenigen Schritte auf ihn zuzugehen, ihn anzusprechen, zu berühren, diese Angst hat mich nicht getäuscht.

Jorge, el traidor.

Dieser unpassend passende Name. Was daran schmerzt, ist die Tatsache, dass es mein Verrat war, der meine Kraft erstickte, und dass mein Verrat doch ein anderer ist als jener, den Toni mir vorwirft. Dass es mein Verrat war, der ihn retten sollte. Ein Verrat also, der am Ende völlig wertlos war.

Toni und *Jorge*. Mireia und *Jorge*. Die drei Musketiere. Wie hätte ich jemals? Wie konnte er glauben, ich hätte jemals? All diese Stunden, Tage und Wochen mit ihnen, unter ihrem Dach, beieinander, verschmolzen unter der Glutdecke der Stadt, draußen in den Straßen, draußen am Meer. Was für eine Freude, mit ihnen Barcelona zu erkunden, dieses alte, dreckige, dem Meer abgewandte Barcelona, das sich nicht um Touristen scherte, weil es keine Touristen gab, das stank und stahl, das pisste und kotzte. Unser Barcelona ist untergegangen, die Werkstatt zwischen den Nutten und Dealern im Raval, das Abenteuer, das diese Stadt einmal versprach, alles wird verdrängt, nur die Nutten und Drogen dort halten sich noch, sie sind zäh, sie wehren sich. Unser Glück dagegen währte nur kurz.

Jahre im Gefängnis. Es fällt mir schwer, mir Toni dort vorzustellen, in einer Zelle, isoliert, inmitten der Kriminellen, der Hungerstreiks, der Kämpfe, der Drogen, ein einsamer, trauriger Toni.

Ich habe ihm nicht helfen können, obwohl ich ein Verräter wurde, nicht gegen ihn, nicht gegen Mireia und die anderen, sondern für sie, für sie alle.

Jorge, el Alemán, wurde wieder zu Jürgen. Zu Jürgen, dem

Verräter. *Jorge* ist tot, ist gestorben in einem Verhörkeller der Franquisten, ist geprügelt worden, bis nichts mehr von ihm blieb, ein schweigender, blutender *Jorge*, der als Jürgen auferstand, als jemand, der bereit war zu reden.

Jorge warf seine Molotowcocktails an diesem heißen Tag im Sommer, er warf sie und rannte, er war euphorisch, er war voller Freude, er flog in die Seitenstraße, und er flog dort direkt in die Knüppel einer Streife, ausgerechnet, der einzigen gottverdammten Streife in der Nähe.

Ich habe mir immer gesagt, dass es das wert war. Die Schläge, die Tritte, die Schmerzen. Dass es das wert war, weil meine Schmerzen bedeuteten, mein Winden in ihren Armen, mein Schreien, all das bedeutete, dass die anderen davonkamen. Ich war der, der ins Netz ging. Ich war der, der im Keller saß, im grellen Licht, für Stunden, für Tage, ich war derjenige, dem das Blut vom Gesicht troff, dessen Lippen aufplatzten, dessen Augen zuschwollen. Ich war *Jorge*. Und ich starb. Aber ich schützte die anderen. Ich schwieg. Am Ende: für nichts. Marcos und die anderen kamen zwar davon, Germain und Diego, sogar Mireia. Aber nicht Toni. Er nicht.

Und als der Deutsche kam, war ich bereit. Als die Spanier aufgaben, nach Tagen ohne Pause, ohne Schlaf unter der grellen Lampe, als die Spanier aufgaben und der Deutsche kam, da war ich bereit. Ich schlug die Augen auf und war Jürgen, war bereit Jürgen zu sein, der Verräter.

Der Deutsche war freundlich, hatte ein weiches Gesicht, volle Lippen und aschblonde Locken, war von der Sonne Spaniens fein gebräunt, er trug ein Leinenhemd, das er bis zu den Ärmeln hochgekrempelt hatte, eine dunkle Hose und helle Stoffschuhe ohne Socken.

Er sei aus der Botschaft, behauptete er, er sei informiert worden und augenblicklich gekommen. Er sei schockiert, behauptete er, dass ein deutscher Staatsbürger so behandelt worden sei. Inakzeptabel sei das, sagte er, wiederholte dieses Wort: In-ak-zep-tabel. Man werde mir helfen, natürlich werde man das, man werde einen Deutschen nicht den Franquisten überlassen.

Jorge hätte schreien können, lachen, über die Verlogenheit spotten. Aber Jürgen nicht. Jürgen wusste, was man von ihm erwartete, Jürgen begriff, welche Rolle er hier zu spielen hatte. Dankbar sein. Verräter sein. Natürlich, sagte er brav, wolle er zurück nach Hause. Und als der Deutsche auf der anderen Seite anfing von Gegenleistungen zu sprechen, von meiner Hilfe, die der deutsche Staat so dringend benötigte, so wie ich jetzt eben auch die Hilfe des Staates brauchte, meines Staates, da nickte ich nur. Ich nickte und schwieg.

Was für ein Dummkopf, hätte *Jorge* gedacht, dass er so viel vom Staat faselte, obwohl er einem Anarchisten gegenübersaß. Aber vielleicht wusste das der Deutsche nicht einmal. Oder vielleicht wusste er es und rieb es Jürgen erst recht unter die Nase, wie sehr er, der armselige Anarchist, den verdammten deutschen Staat benötigte.

Es war mir egal. Ich wollte fort. Ich wollte die anderen zurücklassen, wollte mich opfern. Dumme Heldenpose. Nichts hat es geholfen. Toni hat gesessen. Die Gruppe sich aufgelöst. Und ich? Ich war nie mehr allein. Ich hatte neue Freunde gewonnen. Freunde, die zunächst dafür sorgten, dass ich in einen Raum mit einem Bett kam, dass ich schlafen konnte. Ich träumte, ich sei wieder in der Wohnung in *El Clot*, ich träumte von meinen Träumen in Tonis Wohnung, ich träumte vom Lärm der *Meridiana*, ich träumte von Mireia und Toni und mir. Dann fuhr ich nach Deutschland. Ich bekam einen neuen Pass. Ich war jetzt auch offiziell wieder Jürgen, der Deutsche. Ich hatte jetzt einen Kontaktmann, ich bekam Listen. Städte, Universitäten, Namen. Ich würde mich einschreiben, sagte man mir, wo immer ich wollte. Ich würde studieren, was immer ich wollte. Ich würde BaföG bekommen. Oder etwas in der Art. Später würde man sehen. Ich sei frei in der Wahl meiner Orte und meiner Studien. Überhaupt sei ich frei. Frei bis auf die Listen, die Listen mit den Namen.

Ich erbat mir Urlaub, um meine Eltern zu besuchen. Ich saß in den sommerlichen Voralpen und spielte mit dem Gedanken an Flucht. Ich wanderte wie ein Irrer, trieb meinen Körper die Berge hinauf, rannte beinahe, schaute über die Bergspitzen hinweg nach Süden, dachte an Italien. Traute mich nicht. *Jorge* wäre gegangen, aber Jürgen stieg an den Tegernsee hinab, trank drei Liter Bier und fuhr mit der Bahn zurück nach Hause. Abends saß ich meinen Eltern gegenüber, starrte sie an. Und sie schauten zurück, schauten geradewegs durch ihren gläsernen Sohn hindurch. Sie sagten Sätze, die ich nicht verstand. Also nahm ich die Listen, spielte mit dem Gedanken an Hamburg, aber fürchtete den Norden, entschied mich schließlich für Frankfurt.

»Was träumst du?«

Charlottes Händedruck. Ich höre sie sprechen, auch hier, in meinem Dazwischen, ihre Stimme dringt zu mir hindurch. Ihretwegen blieb ich damals dort. Ihretwegen würde ich heute zurück. Der einzige Grund. Ich spüre ihren Atem auf meinem Gesicht. Ihre Anwesenheit zieht an mir, zieht mich nach oben, aber es ist nicht genug. Einen Augenblick schwebe ich, aber dann sinke ich wieder hinab. Ich spüre die Leichtigkeit, aber spüre auch die Matratze unter mir, das Gewicht der Decke auf meinem Körper.

»Was träumst du?«

Ich träume mein Leben, Lotte, ich träume von Spanien, träume von Mireia und Toni, und ich träume von dir.

»Ich würde wirklich gerne wissen, was du träumst.«

Ich träume von dir, Lotte, die du anfangs nicht mehr warst

als ein Name auf einer Liste. Auf meiner Liste. Gewaltbereite Subjekte. Diese Menschen arbeiteten an der Zersetzung unseres Staates, sagte man mir. Unseres Staates, lachte ich. Und mein Kontaktmann zuckte die Schultern. Und wie harmlos ihr wart. Oder die meisten von euch. Voller Energie wart ihr, voller Wut, voller Bereitschaft, die Dinge zu verändern, aber doch harmlos, friedlich, gewalttätig nur, um euch zu verteidigen. Du würdest mir widersprechen, Lotte, die Häuserkämpfe, würdest du sagen, die Straßenschlachten. Und ich würde sagen, dass ihr die Kämpfe nie zum Feind getragen habt, sondern der Feind immer zu euch kam. Versteh mich nicht falsch, Lotte: Ich habe dich bewundert, habe dich geliebt für dein Engagement, für deine Intelligenz, für die Überzeugung, mit der du in die besetzten Häuser gegangen bist, ich habe unsere Zeit dort geliebt, in unserer wundersamen Villa in Rödelheim. Was für ein Kontrast, habe ich manchmal gedacht, zu meiner Zeit in der Hitze, zu meiner Zeit mit Mireia und Toni. Wie viel Raum wir hatten, wie viel Zeit.

Und als meine staatstreuen Freunde mich fragten, was es denn nun auf sich habe mit dieser Charlotte Thalmann, wie gefährlich sie sei, welche Pläne sie habe, da habe ich ihnen andere als gefährliche Subjekte serviert. Erinnerst du dich an Norbert? An diesen Norbert von Anne, der seine Kämpfe führen wollte, aber immer nur das Maul aufriss. Ihn habe ich auf ihre Liste gesetzt. Dich dafür gestrichen. Wie harmlos, die Lotte, wie harmlos. Ich habe keine Ahnung, was aus ihm geworden ist. Ob sie ihn wegfischten, bevor er in den bewaffneten Widerstand ging, oder ob sie gerade wollten, dass er dorthin ging. Auch Daniel, Lotte, auch Daniel habe ich ihnen geliefert, Daniel, der vielleicht derjenige war, der am ehesten bereit war zu kämpfen, der Bomben bauen wollte, der wusste, was er zu tun hatte. Er tat mir leid. Aber ich hatte zu liefern, und so wie ich vorher ein Verräter war, um endlich aus

Spanien zu entkommen, um nicht gebrochen zu werden dort und Mireia und Toni zu verraten, wurde ich später zum Verräter der anderen, damit die Blicke nie wieder auf dich fallen konnten. Ich habe gelacht darüber. Ich habe mir gesagt, dass ich derjenige bin, der die Kontrolle hat, dass ich derjenige bin, der über die Namen entscheidet.

Das ist die Lüge, die ich mir erzählen musste. Ich musste mir glauben. Wie hätte ich sonst weitermachen können?

Aber trotzdem, trotz aller Überzeugungskraft, bin ich daran langsam erstickt.

Und was war der Ausweg? Die Maschinen. Die Firma, das Geld. Schaut her, habe ich gesagt, schaut her, liebe Freunde, wie sehr ich mich verändert habe, wie sehr ich mich entfernt habe, wie sehr ich ein anderer geworden bin. Dass wir damals das Haus verließen und in die Wohnung mit Anne zogen, hat ihnen nicht gefallen. Ich habe gesagt, dass es nicht anders gehe, weil ihr, die Frauen, das Haus unbedingt verlassen wolltet. Ich habe sie eine Weile bei der Stange gehalten mit Geschichten über Anne, Anne Lohnberg, den steigenden Stern am Kunsthimmel. Geschichten von Galerieeröffnungen, Treffen mit Künstlern, Namen aus der internationalen Kunstszene. Da leckten sie sich die Lippen. Lügen habe ich ihnen erzählt, Geschichten habe ich erfunden. Und als Anne dann immer öfter fortblieb, als ich nichts mehr zu erzählen hatte, da konnte ich die Arme ausbreiten und sagen: Schaut her, liebe Freunde, schaut ihn euch an, euren Jürgen, euren Verräter, wie er dasteht, ganz fern dem Untergrund, ganz fern den verdächtigen Gestalten. Ein Kapitalist ist er geworden, eine Firma möchte er gründen. Ist es da nicht Zeit, ihn zu entlassen, euren kleinen Spielzeuganarchisten? Der Anarchismus ist tot, habe ich ihnen gesagt, mausetot. Und sie haben mit den Schultern gezuckt. Vielleicht, haben sie gesagt, vielleicht. Und sind verschwunden. Wir werden uns melden, haben sie gesagt, wir werden uns melden. Und haben es nie wieder getan.

Ist es Abend, Lotte? Bist du noch bei mir?

Da ist eine Ahnung von Dunkelheit hinter meinen Lidern, von Kälte. Es zieht an mir, von allen Seiten, es zieht hinab und hinauf, mal will ich dem einen Drängen nachgeben, mal dem anderen.

Die Angst ist ein Meer aus Eis. Das Nichts ist nicht denkbar, ist das Grauen. Vielleicht ist es genug, habe ich gesagt. Habe versucht, mich zu belügen. Es ist nie genug, Lotte. Es gäbe immer noch mehr, immer noch *Jorge*, der tief in mir lauert, den ich herausgeschmuggelt habe aus Spanien, gerettet habe durch all diese Jahre, da ist immer noch ein kleiner Funke, den es sich lohnt zu füttern, immer noch mehr als nichts, ein kleines bisschen nur.

Wenn ich nicht mehr zurückkehre, Lotte, würden sie leiden. Das wäre die einzige Genugtuung. All diese Daten, Lotte, die ich über Jahre gesammelt und angeblich geschützt habe, all diese Daten würde ich freigeben, ins Netz, würde sie hinausjagen, für all jene sichtbar, greifbar, nutzbar, die damit etwas zu tun wissen. CD-Protect, meine *Columna Durruti*, mein letzter Heldenritt des Anarchismus. Ich habe nie aufgegeben, habe nie aufgehört. Vielleicht würde Toni davon lesen, vielleicht auch Mireia. Dann würden sie verstehen.

Aber wir warten noch. Wir geben ihnen noch Zeit. Wir wollen noch mehr. Ich will noch mehr. Gib mir deine Hand, Lotte, wo bist du?

DANKSAGUNG

Mein großer Dank gilt meiner Lektorin Kristine Kress, die den Text von seinen ersten Seiten an einen weiten Weg begleitet hat, und meinem Lektor Benjamin Brückner für die intensive und fruchtbare Arbeit am Text. Außerdem danken möchte ich Elisabeth Ruge und Valentin Tritschler für das Vertrauen und die frühe Arbeit am Roman.

Besonderer Dank gebührt Núria Gibert und Paco Fernández für ihre große Hilfe bei der Recherche und Spurensuche in Barcelona, Carlos Trallero für seine Real Zaragoza-Gruppe und Àngels Cordón für die lange, persönliche Führung im Gefängnis Modelo und die weitere Hilfe bei der Recherche. Außerdem danken möchte ich Inger-Maria Mahlke und Ibon Zubiaur fürs Lesen und Mutmachen.

Und immer: Paula. Fürs Lesen, Lesen und Wiederlesen. Fürs Kritisieren, Anregen, Diskutieren, fürs Ideen- und Kraftgeben. Siempre serás mi primera lectora. Y la más importante.